Gustav Kühne

Die Freimaurer

Dritter Band, Zweiter Theil, Drittes Buch

SALZWASSER VERLAG

Gustav Kühne

Die Freimaurer

Dritter Band, Zweiter Theil, Drittes Buch

1. Auflage | ISBN: 978-3-75254-151-9

Erscheinungsort: Frankfurt am Main, Deutschland

Erscheinungsjahr: 2021

Salzwasser Verlag GmbH, Deutschland.

Unveränderter Nachdruck der Originalausgabe von 1867.

Die Freimaurer.

Eine

Familiengeschichte aus dem vorigen Jahrhundert

von

Gustav Kühne.

Zweite verbesserte Auflage.

Dritter Band.

Zweiter Theil. Drittes Buch.

Leipzig

Ludwig Denicke

1867.

Inhaltsverzeichniß.

Drittes Buch.

Graf Giuseppe della Torre.

Drittes Buch.

Graf Giuseppe della Torre.

Erstes Capitel.

Mormona, die Waldenserin.

Die finstern Alpenthäler Piemonts sind meine Heimat. Wohl muß ich ihn finster nennen, den Geist, der dort umgeht, sind gleich an die dunkeln Waldschluchten, an die kargen Felsenhöhlen die süßen Gefühle meiner Jugend geknüpft. Es ist ein seltsam geartetes Land, mein Piemont. Mitten in unfruchtbaren Gefilden stößt man auf kurze Strecken, wo Blüthe und Frucht ein jähes, rasches Leben treiben und mit einer Zauberpracht, wie der Kaktus, überraschen, der für sein saftiges Fleisch, für das wunderbare Farbenspiel seiner Blumen aus steinichtem Boden seine Nahrung saugt. So überraschend sind alle die Lieblichkeiten meines Landes, ganz dazu gemacht, den Wanderer zu schrecken, weil sie mitten aus ödem Felsgerüll wie ein Räthsel aufsteigen. Hier und da drängt sich ein schmahles Thal zwischen steile Wände. Es lockt dich mit seinem dunklen Erlengrün immer weiter in eine geheimnißvolle Welt, wo du dem Quell des noch unberührten Lebens, dem Schacht der verschlossenen Tiefe dich zu nähern glaubst, bis plötzlich ein wildes Bergwasser um die Felsenecke bricht, unvermuthet deinen Pfad überschäumt und den geträumten Frieden stiller Verborgenheit in Nacht und Graus verschüttet. Du mußt fliehen, soll dich die Wildniß nicht verschlingen. Du fliehst, und möchtest doch von neuem in den Schooß jener Bergwelt zurück. So lockt und schreckt zu gleicher Zeit mein Piemont!

Und die Menschen in den Thalschluchten sind nur deren persönlich gewordenes Wesen, deren lebendige Seele. Sie locken und schrecken dich; Jeder ist zugleich dein guter und dein böser Geist. Die stille Einfalt ihrer Sitten schützen sie mit wildem Ungestüm. Die schäumenden Wasser und die toddrohenden Klüfte mußtest du überwinden, wolltest du eine kleine arme Hütte mit Wiesengrund finden. Den verwegenen Trotz der Kinder der Natur mußt du erst zwingen, dir dienstbar zu sein, gehst du darauf aus, ein unberührtes Menschenherz zu entdecken, das in den rauhen Bergen mit seinem Gottesfrieden sich angesiedelt. Wie ihr Land, so sind die Waldenser, die ein grausames Geschick aus dem großen Strom der Menschenwelt bei Seite geschleudert. Ich weiß nicht, ist ihr Wesen in den Bergen erst verwildert, oder sind sie als fertige Sonderlinge hier eingewandert. Die Tücke der Verfolger hat sie verschüchtert; ihre Verstocktheit, ihr Argwohn gegen Alles, was sonst noch Gottes Welt erfüllt, ist so felsenfest wie die Berge, die sie schirmen. Wohl mögen die stolzen Menschen, die sich im Besitz einer ausschließlichen Wahrheit dünken, bei diesen Kindern der Natur die schroffe Unzugänglichkeit verschuldet haben. Die Waldenser waren von je voll tiefen Grolls gegen die Welt, sie erklärten uns fortwährend den Krieg, aber sie tödteten ihre Feinde, wie die Parther, nur immer im Fliehen. Sie sind hinter ihren Bergen geblieben und haben sich nach jeder blutigen Berührung mit uns römischen Christen nur immer tiefer hineingegraben in die Einöden und in die wilde Seltsamkeit des Landes. Wo du aber mitten in der verwahrlosten Ungebährdigkeit ein stillfreudiges Herz, hinter der rauhen, felsigen Außenwand einen Quell frischen Lebens findest, da glaubst du als Menschenfreund einen Fingerzeig Gottes zu erkennen, da jubelst du über den Fund, weil in der vielverworrenen Menschenwelt der reinen Quellen so wenige sind. Ist der Geist der Verfolgung bei den Tyrannen erlahmt, so übt der Unterdrückte unmerklich eine Macht aus auf die gewaltigen Herren; der griechische Sklave beherrschte zuletzt den Römer mitten in seiner eigenen Welt. Und so hab' ich's denn, der letzte La Torre, für eine Sühne des Schicksals gehalten, daß meine Mutter eine Waldenserin war. Mein Vater war nicht der Erste des Hauses, dessen Herz ein waldensisch Mädchen bezwang. Mit unwillkürlicher, geheimnißvoller Liebe sollten die Nachkommen die blutige Schuld der Vorfahren sühnen. Diese Rache übten die ketzerischen Waldenser an uns. Giebt es eine Rache, die christlicher wäre? — Aber der blinde Aberglaube, der blinde Wahn verstand nicht immer den Wink des guten Gottes.

Santa Maria, der Stammsitz unseres Hauses, ist auf dem Abhange jener Hügelreihen erbaut, die sich vom höheren Gebirge herab gemach in die Ebene verlieren. Unfern vom Bergschlosse liegt das uns zugehörige, uns gleichnamige Städtchen

La Torre. Rückwärts reicht unser Gebiet in's Ungewisse jener Felsenwelt hinauf, wo, wie man den Kindern sagte, die Kobolde und die Ketzer hausen. Beides ward dem Knaben schon früh als gleichbedeutend vorgestellt, der Pfarrer im Schlosse und die alten Weiber im Hofe, Religionslehrer und Ammenmährchen schienen verbündet, meine junge Seele mit einem schicksalsvollen Glauben zu erfüllen, der mich schrecken und das Heil meines Lebens sichern sollte. Was aber schrecken soll, das reizt! Ist das im menschlichen Wesen allgemein gegründet? Oder war es nur für mein Geschlecht eine verhängnißvolle Erbeigenthümlichkeit? — Der Hang zum Widerspruch saß in mir so fest wie in vielen meiner Vorväter, von deren Lebensschicksalen ich hörte. In den Hallen eines halb verfallenen Schloßtheiles ging der Geist der Urmutter des Hauses um. Sie hieß im Munde des Volkes „die alte Waldenserin." Sie konnte, flüsterte man sich zu, im Grabe nicht ruhen, denn sie sei, obschon römisch bekehrt, getauft und eingesegnet, doch im Grunde des Herzens nicht ganz Christin geworden, habe nicht ganz dem Ketzerthume ihrer Brüder in den Bergen entsagt. Das sei den Waldensern eigen, sagten die Leute. Wo man sie gewonnen zu haben glaubte für das Heil, das die Mutter Gottes bietet, da fügten sie sich nur zum Schein, gaben sich nur in der Betäubung gefangen, wenn sie wie gläubig niedersanken, fromme Thränen vergossen und nach römischer Art die Kügelchen am Rosenkranz drehten. Wenn sie sich aber aufrichteten, waren sie plötzlich wieder die Alten, hoben den gebeugten Nacken in die Höhe und wandelten wie verstockte

Heiden mit dem ganzen Trotz ihrer inneren Unüberwindlichkeit unter uns Schafen der alleinigen Heerde des Herrn einher. Einige liefen gleich nach der Bekehrung spornstreichs in die Berge zurück; Andere entwichen nach jahrelangem Verkehr mit uns und verließen dann eben so plötzlich die vollen Fleischtöpfe in den Städten, um daheim wieder in der kargen Wildheit der Wüste ihr Wesen zu treiben. Man wußte von bekehrten Waldensern, die über Nacht Haus und Hof, Weib und Kind verließen, um wieder freie Söhne der Berge und ihres angeborenen Glaubens zu sein. Die Ahnmutter meines Hauses hatte die Ihrigen nicht wieder verlassen, aber sie war, so hieß es, nicht vollständig bekehrt; im verborgenen Winkel ihrer Seele, sagte der Caplan, sei ein Rest Ketzerei sitzen geblieben. Um deswillen, sagten die alten Weiber, müsse sie umgehen und könne nicht Einkehr halten in den Wohnungen des Herrn. Von ihr schrieb sich auch der Fluch her, der auf unser Haus geschleudert war. „Der Geist der Berge wird über Euch kommen! Und im Aufruhr der Elemente werdet Ihr zu Grunde gehen!“ So lautete die Verwünschung, die sich seit Jahrhunderten fortgepflanzt und die uns die heilige Kirche in ihrer Weise zu deuten suchte. Weil von Alters her mütterlicher Seits ketzerisches Blut in unsern Adern floß, so fehlte es bei uns nicht an geistlichem Zuspruch, auch nicht an finsteren Gemüthern, die unter dem „Aufruhr der Elemente“ die wilde Berggegend und die Berührung mit den Waldensern verstanden. Und der Ahnherr war nicht der einzige geblieben, den es geheimnißvoll in die Berge trieb, wo sein Herz einen Magnet gefunden. Es war im Landvolk sprüchwörtlich, daß von Zeit zu Zeit ein Graf La Torre von einer Nymphe im Walde bethört werden müsse. Wer von uns gewissen Einflüsterungen sein Ohr lieh, der ward eifrig bemüht, sich durch Gebete und Gelübde vor dem Reiz der Berge zu schützen. Mancher sah in blutiger Verfolgung ein frommes, gottgefälliges Werk. Nicht selten hatte ein Graf La Torre die Waldbewohner von allem Verkehr mit dem flachen Lande abgeschnitten, gleichsam einen gläubig-christlichen Pestcordon um die Schluchten gezogen und Demjenigen, der ihn überschritt, mit dem Tode gedroht. Brachen dann die Bewohner der Berge hier und da hervor, so wurden sie wie wilde Thiere gefangen, wie Verbrecher gerichtet. Die Behandlung der Unglücklichen wechselte jedoch epochenweise. Nach solcher Hetzjagd überkam dann den nächstgeborenen La Torre um so tiefer ein Zug der Milde, die vergüten wollte, was die finstere Barbarei des Vorfahren in Haß verschuldet. Und meines Vaters Herz erlag der Macht, die ein junges Kind der Berge auf ihn übte. Die Geschichte meiner Mutter erschien mir selbst im Berichte des Caplans, meines Erziehers, wie eine Romanze auf die Liebe. Auf der Jagd hatte mein Vater sie gesehen und der Zauberbann war rasch um ihn gezogen. Mit einem Rudel verwegener Bursche, die Wilddieberei getrieben, war sie aus dem Versteck aufgescheucht. Ihre Gefährten waren gefangen, lagen gebunden am Boden. Sie allein entsprang den Verfolgern und kletterte, eine Büchse in der Hand, vor den Augen ihrer Feinde die Felsen hinan. Sie lud und schoß nicht ohne Glück auf die Vorwitzigen, die ihr nahten. Wie eine Gemse stieg sie von einer Kuppe zur anderen, der eiteln Versuche spottend, ihr zu folgen. Als ihr das Pulver ausging, rollte sie Felssteine in die Tiefe. Die Erbitterung der Jäger stieg zur Wuth. Im Innern meines Vaters aber wurden andere Gefühle wach. Ihn reizte die junge verwegene Mädchenseele. Er parlamentirte mit ihr wie mit einem ehrenwerthen Feinde, versprach ihr die Freiheit, wenn sie sich ergeben wolle. Sie kam herunter und streckte ihr Gewehr. Mein Vater gab dann den ganzen Haufen der Waldenser frei. Das erschütterte das junge Mädchenherz. Die räuberischen Gesellen, mit den Waffen in der Hand gefangen, des nahen Todes gewiß und nun plötzlich aller Strafe ledig, ihres Lebens wieder froh, jubelten und lärmten in ausgelassener Lust. Sie aber war still geworden. Sie erklärte, nicht wieder in die Berge zurückzukehren; sie bot sich als Geißel an, als Bürgschaft, daß keiner von den Ihrigen je wieder Waldfrevel üben werde. Sie schien fast zu stolz, die Freiheit der Brüder ohne Gegenbuße als Geschenk anzunehmen. Mein Vater führte sie mit sich fort. Während sie sich zu seiner Gefangenen erklärte, war sein Herz schon in ihren Banden; der Geist der Berge war über ihn gekommen. Seine Großmuth hatte sie überrascht und sie liebte ihn ebenso plötzlich mit leidenschaftlicher Gewalt. Sie wurde römische Christin, wurde seine Gattin.

Dauerte das Glück dieses Bundes nicht länger als der erste Rausch der Gefühle? War für meinen Vater der Reiz mit der Besiegung der Hindernisse geschwunden? — Eine Unschuld aus den Bergen war in die Dame seines Schlosses verwandelt. Nun Alles geordnet schien, stiegen die Geister der Zwietracht auf. Mißverständniß und Reue hießen die „Elemente“, in deren Aufruhr das Glück meiner Eltern zu Grunde ging. Und so schien auch der zweite Spruch der alten Waldenserin wieder einzutreffen.

Meine Mutter starb bald nach meiner Geburt. Sie lebte in der letzten Zeit wie verstoßen in den inneren Gemächern des kleinen Schloßflügels, während mein Vater in der Welt herumschwärmte, um gewaltsam den Frieden zu suchen, den ihn daheim sein Gewissen nicht finden ließ. War in meiner Mutter die Waldenserin nicht ganz getilgt? Hatte sich in ihr jener unverwüstliche Rest des starren Unglaubens geregt? Es war Thatsache, daß sie in Gram und Einsamkeit schnell alterte, für kurze Liebesfreude einen frühen Tod erntete. Sie starb sehr plötzlich, ohne Nachtmahl, ohne Versöhnung mit ihrem Gatten, in der Entbehrung ihres einzigen Kindes, das man ihr entzog.

Um mich vor ähnlichem Zwiespalt und Unheil zu bewahren, ward ich schon früh aus dem elterlichen Schlosse entfernt und nach Genua in das Seminar der Jesuiten gebracht, wo ich unter Obhut unseres ehemaligen Caplans heranwuchs, der von seinem Orden nach Genua zurückberufen, später Rector des Collegiums, endlich Provinzial der Gesellschaft wurde. Ich wußte lange nicht, was sich Verhängnißvolles im Hause der Meinigen gestaltete und dort noch immerfort Himmel und Hölle in Streit erhielt. Aber der Haß gegen Ketzer, der Abscheu gegen die verlorenen Kinder in den Bergen sollte in mir nicht blos als Aberglaube, sondern durch Predigt und Moral-philosophie wissenschaftlich begründet und so tief eingepflanzt werden, daß jede Berührung mit Ungläubigen mir wie Todsünde erschien. So ward ich mehr priesterlich erzogen als für die Welt und meinen Stand. Das alte Schicksal meines Hauses sollte mit allen weltlichen Gelüsten in mir ertödtet werden. Ich hatte vielleicht von früh an in meinem Wesen eine Scheu vor Menschen, doch weil man angeblich aus Gottesfurcht so aberwitzig war, mir förmlich Menschenhaß zu lehren, so ward ich stutzig und ein geheimer Trotz in meiner Natur entschied sich bald für das Gegentheil; aus dem Haß, den man säen gewollt, wurde Mitleid und Liebe. Dieser Trotz, dieser Reiz zum Widerspruch ist wohl das eigentlich Schicksalsvolle in der Geschichte meines Hauses, nicht die waldensischen Mädchen im Waldesgrün! Dieser Trotz gab uns den Hang, das Verborgene, das Namenlose, das Unenträthselte aufzusuchen. Und zu diesem Geheimnißvollen gehörten freilich die Ketzer in den Bergen, die man uns als Kobolde, als Vampyre schilderte.

Ich wuchs langsam auf, war zarter und schwacher Art. Man mußte mich schonen, that mir keinen Zwang an, und so streng sonst die jungen Zöglinge der Jesuitenschule gehalten wurden, so mußte man doch behutsam auf meine Gesundheit achten. War ich doch der einzige Sproß der alten Familie. Ich lernte ohne Sträuben, schien fügsam und gutartig. Bei alledem war ich trotz der scheinbaren Schwächlichkeit eine zähe Natur, passiv dauerhaft, obwohl in dem was vor Augen lag, nicht viel leistend. Ich duldete ruhig meine Zucht, es fiel mir nicht ein, lieber wie ein junger Cavalier zu Pferde sitzen zu wollen, als klösterlich mit Büchern zu verkehren. Der weltliche Trieb war jedoch nicht in mir erstickt. Vielmehr hatte ich schnell durch eine Gunst der Schickung eine Auskunft gefunden, die mein Instinct sich selbst verschaffte. Der Drang zum Geheimniß war in mir da: ich gab ihm eine schnelle Nahrung. Ich trieb Tages über meine Studien getreu und ehrlich, Nachts aber, wenn ich als schläfrig entlassen war, wenn die Hüter selbst schliefen und sicher zu sein glaubten, schüttelte ich den Zwang von mir. Meine Seele athmete auf, wenn die Nacht aus dem Meere tauchte. Mich reizten die Schauer der Dunkelheit und die Gefahren auf den Wogen des unermeßlichen Elementes. Ich stieg aus dem Fenster, ging an den Strand, lief an die Mole, wo die Fahrzeuge buchten, nahm ein Boot und fuhr in's Meer hinaus. Anfangs hielt ich mich in der Bucht zwischen den Hafendämmen. Der Fischer, den ich miethete, ward mein Freund, ich liebte ihn wie meinen Retter. Wenn Genua, die wunderbare Felsenstadt, mit ihren Palästen, Terrassen und Thürmen im Mondschein hinter mir aufstieg und die kleine Barke durch die hundert Schiffe hin und her glitt, hab' ich oft meinen Fährmann umarmt vor lauter Lust am schönen, geheimnißreichen Leben, das mir in der Mitte der Nacht seine tiefsten Schätze, seine verborgenen Seltsamkeiten zu verheißen schien. Oft fuhr ich allein; ich lernte rudern, wagte mich weit hinaus in's offene Meer; erst mit dem dämmernden Morgen kehrte ich heim. Ob mein Lehrer darum wußte, ob er zuweilen von weitem mir folgte, erfuhr ich damals nicht. Die nächtlichen Freistunden waren eine stillschweigende Bedingung meines sonst guten Verhaltens. Ich vollzog, was man mir als Pflicht auferlegte, ich war dem Gesetze gehorsam, gewöhnte mich in einen großen Zusammenhang, der mir wie Nothwendigkeit erschien. Aber ich verlangte innerhalb dieser Schranken eine heimliche Freiheit, verlangte im Stillen meinen eigenen kleinen Gottesdienst. Dieser Hang zur Willkür trat mit dem Reiz am Geheimnißvollen in einen Bund, so daß ich noch jetzt kaum meinen Trotz und meinen Drang zum Unerforschlichen zu trennen weiß. Was ich sonst trieb und that, blieb mir gleichgültig, hatte es nicht einen Zusammenhang mit diesen meinen Gelüsten. Ich lernte mechanisch, ich that den frommen Dienst ohne Aufregung der Seele, bis ich plötzlich begriff, es handle sich in Religion und Wissenschaft um das große Geheimniß, Gott und Natur zu finden und zu deuten. Wenn ich in den Hörsälen des Collegiums vom Tode, vom Lande Jenseits reden hörte, schweiften meine kindischen Empfindungen lange Zeit ab auf's weite, ungewiß wogende Meer. Es war auch später derselbe Reiz am Unerforschlichen, am Verborgenen, der mich bei den Dogmen von den Wundern des geheiligten Lebens ergriff. Aber jenen nächtlichen Wanderungen am Ufer, meinen heimlichen Ausflügen auf's Meer hatt' ich es zu verdanken, daß ich gesund blieb an Leib und Seele; mein junger Sinn schaffte sich damit eine Befriedigung, bis er sich reif fühlte zu den großen Entdeckungsfahrten, auf denen es gilt, sich in den Wundern der geistigen Welt zurechtzufinden.

das Ungeheure, das Unermeßliche für die Menschenseele zugänglich zu machen.

So war ich herangewachsen ohne eigentliche Beziehungen zu Menschen, im Wechsel zwischen Kirchendienst und dem geheimen Gelüst zur Willkür, dem ich den Tribut entrichtete. — Mein Vater war von seinen Reisen zurückgekehrt. Ich hatte mein sechzehntes Jahr angetreten, als ich vor ihn beschieden ward. Mein ruhiges, scheinbar stilles Wesen hielt er für eine gute Frucht meiner Erziehung; er meinte, es sei nun genug geschehen, um mich gegen die Gefahren der Ketzerei sicher zu machen. Zum wirklichen Mönch war der letzte La Torre denn doch nicht bestimmt. Ich blieb nun auf Santa Maria, lernte die ritterlichen Dienste, ging mit auf die Jagd. Das Alles that ich so handwerksmäßig, wie ich im Collegium Latein gelernt. Degen und Büchse konnten mir erst Reiz gewähren, wenn ich sie willkürlich führte, nach freiem Drang sie benutzte. Meiner Umgebung schien ich ein Mensch ohne Eitelkeit, ohne Ehrgeiz, ohne Aufregung der Sinne. Man hatte das in mir niedergehalten; kein Wunder, wenn mein Gemüth verschüchtert war und in jene träumerische Gleichgültigkeit verfiel, die das Gebotene mechanisch übt, aber im Stillen auf die Stunde der Erlösung harrt. Ich war bei alledem bald der Liebling der ganzen Dienerschaft, weil ich eben so leutselig war wie mein Vater herrisch. Sie erzählten mir von den wilden Verfolgungsscenen im Gebirge, von der Ahnmutter und ihrem Fluch, von den Schicksalen des Hauses. Ich erfuhr, daß nicht eigentlich das Volk, vielmehr nur seine Führer und Vormünder grauame Gelüste und Aberglauben weiterschleppen. Die Härte, die man auf Befehl meines Vaters gegen meine Mutter verübt, suchte man am Sohne reichlich zu vergüten. Nur die Schönheit der Mutter, sagten die Leute, sei das Unglück des alten Herrn gewesen. In den Weibern aus den Bergen gehe für die Grafen La Torre der Teufel umher und suche, wen er verschlinge. Man sagte mir das, weil man mich, wo nicht für einen geistlichen Herrn, doch für einen gelehrten und tüchtigen Christen hielt, und man hielt mich dafür, weil ich fromm schien und den äußern Kirchendienst mit einer Pünktlichkeit übte, die den Leuten wie Eifer erschien. Meine klösterlichen Gewohnheiten erweckten dem Vater zuweilen sogar Besorgnisse; er fing an, mich weniger streng zu halten; es gab Augenblicke, wo er mich mit einer schwärmerischen Zärtlichkeit überhäufte. Vielleicht mochte ihn die Furcht überkommen, mit mir könne das Geschlecht der La Torre erlöschen. Hatte mich seine frühere Gleichgültigkeit unfähig gemacht, einem Gefühle für ihn Raum zu geben, so mußt' ich jetzt fürchten, seine plötzliche Weichheit sei nur augenblickliche Reue, eine Laune so gut wie die frühere Kälte, die mich Fremdlingen und der Zucht des Klosters überließ. Für seine Liebe, die sich mir jetzt als Schwäche zeigte, hatte ich keine Entgegnung; aber sie gab mir eine Macht über ihn, die ich benutzte. In einer Stunde solcher weichen Hingebung fragte ich ihn dreist, warum er meine Mutter wie eine Gefangene gehalten. Mit diesem Worte sprengte ich die Pforte, die das Unglück des alten finstern Mannes verschlossen hielt. Von einem Zögling der Kirche hatte er die Frage nicht erwartet; aber ich stellte sie ihm als Sohn, als Mensch. Er schien verwirrt und betäubt; er schwur, meine Mutter bis an ihr Ende geliebt zu haben, ihr treu sein zu wollen über's Grab hinaus; die Heiligen, hoffte er, würden sie dereinst ihm wieder zuführen. Ich fragte, was sie als Gattin, als Mutter verbrochen. „Sie war keine Christin!“ sagte der Alte scheu und still.

Ich sah ihn zornig an. Ein halbes Jahr nach meiner Geburt, in einer süßen Stunde der Umarmung, da hatte sie ihm, erzählte er mir, voll Uebermuth in's Ohr geflüstert, nur seinetwillen mache sie Alles so mit, wie es der Pater vorgeschrieben, den sie im Grund ihrer Seele hasse. Wie könne ein Mann, der nie gewußt, wie Menschen menschlich fühlen, ihr anbefehlen, wie ihr zu Muthe sein solle! All' die Martergeschichten seien ihr ein Gräuel, sie könne mit vermoderten Gebeinen nicht schön thun, ja sie schäme sich der Heiligen, weil sie zuließen, daß man ihnen so viel Thörichtes nachsage. „Ich schreckte auf aus ihren Armen,“ rief mein Vater mit Entsetzen. „Ich starrte sie an; sie war mir unter den Händen wie verwandelt. Ein Schauder trieb mich vom Lager, es überkam mich die Erinnerung an den alten Fluch, daß der Geist der Waldenserin unter uns umgehe und nicht sterben könne!“

Er hielt den Leichtsinn einer unbewachten Heiterkeit für den Dämon des Hauses. Er hatte sein Weib nie wieder berührt. Er eilte nach Rom und beichtete. Die Kirche stellte auf sein Verlangen ihre Abgeordneten, um den bösen Geist auszutreiben. Mein Vater schwankte, sein besserer Genius erwachte noch einmal. In der Angst um ihr Seelenheil hatte sich nur die irregeleitete Liebe verrathen, die zu falschen Mitteln griff. Wie man sie förmlich als Ketzerin behandeln wollte, empörte sich sein Stolz und er trieb die Abgeordneten der Inquisition mit Gewalt aus den Hallen seines Schlosses. Aber er selbst blieb gegen meine Mutter der strafende Dominicaner, der die Verurtheilte nicht einmal mehr hörte. Sie hatte keine Gewalt mehr über ihn, er blieb taub gegen ihre Reue, ihre Thränen, ihre Verzweiflung. Daß sie ihn sehr heilig liebte, hat sie ihm wohl zur Genüge bewiesen, weil sie nicht lange ohne seine Huld leben konnte. Das Glück hatte sie sicher gemacht und das alte Ketzerthum ihres Stammes in ihr aufgerüttelt. Nachdem sie seine Gunst verscherzt, war sie wieder demüthig wie eine Magd, hielt sich still, fastete und verzehrte sich in Reue und Buße, wenn auch ohne förmliche Sühne mit der Kirche. Während er in der Welt herumirrte, auf Seezügen und Kriegsfahrten, um die Zweifel, die Unruhe und die Finsterniß seiner Seele zu verscheuchen, lag sie auf dem einsamen Todtenbette. In einem Augenblicke der Angst verlangte sie nach dem kirchlichen Trost. Bevor man ihr das Mahl des Herrn reichte, sollte sie bekennen, daß ein böser Geist in ihr wohne. Da machte sie sich stark, fand sich mit ihrem Gott allein zurecht, wandte sich stolz und zornig ab und starb still und entschlossen, ohne Klage, ohne Furcht, aber auch ohne Verlangen nach dem Benedeiten. Das war das Ende meiner Mutter, der Schluß der Romanze von der treuen Liebe.

Mein Vater hatte seine Erzählung beendet. Die Erinnerung hatte ihn überwältigt; matt und erschöpft saß er vor mir im Sessel. Ich sprang auf und schüttelte mein Haupt. „Die Sünde, Vater, vergiebt Euch Gott nicht!" rief ich. Ich stand mit glühendem Angesicht vor dem Alten. Mein Wort fiel wie Feuer vom Himmel; der Schmerz machte mich mündig. Der Alte schreckte auf. Er erhob sich langsam aus dem Sessel und starrte mich mit dem Blicke des unsichern Entsetzens an. Er wollte reden, aber die Lippen zitterten wortlos. Er griff mit der Hand über die Stirn; er wußte nicht, mit wem er sprach; das war der Zögling des Klosters nicht, der so redete. Der Anblick seiner rathlosen Unsicherheit milderte meinen Groll; zwei große schwere Perlen rollten über sein Angesicht.

„Vater," sagte ich, „Ihr habt meine Mutter allzu rasch verdammt!"

„Ich habe dafür gebüßt," sagte er dumpf und still, „und die Kirche hat mir vergeben."

„Die Kirche, ja, aber Gott nicht!"

„Wie?" schrie er auf, „giebt es denn auch einen Gott noch außerhalb der Kirche?"

Die finstere Gluth seines Zornes entlud sich in seinen Blicken. Ich lernte an diesen Blicken den Dämon kennen, der das Glück meines Hauses unterwühlte. Aber dieser Dämon schreckte mich nicht mehr. „Vater," sagt' ich fest und sicher, „es giebt einen Gott in uns, dessen leise Rede kein Spruch der Kirche, keine Fürbitte der Heiligen übertönt, eine innere Stimme, die uns gegen die Satzungen der Gewohnheit zu handeln gebietet. Meine Mutter ist dem Herkommen des Glaubens geopfert, und ein Menschenleben ist doch wohl heiliger bals ein Wort. Ein Menschenleben ist eine That Gottes!"

Der Alte sank still und stumm in sich zusammen, verhüllte sein Haupt und brütete für sich hin. Er ließ nach wie vor eifrig Messen lesen für sein und der Gestorbenen Heil, betete und that gute Werke, wenn es ihn wie die Unruhe eines gequälten Geistes überfiel. Wir berührten diesen Punkt nie wieder; denn wir hatten uns wie wildfremde Menschen einander gegenüber gestellt. Er war seitdem bald in finsterer Starrheit gefangen, bald zerdrückt und zerflossen; seine ganze Natur war aus ihren Fugen gerückt, aber er zeigte sich mir nie wieder in einer Stunde, wo er, wie er sagte, schwach war. Seine Ueberzeugungen blieben dieselben, oder vielmehr sie wurden strenger und härter; er glaubte, es sei noch nicht genug geschehen, um das Unglück des Hauses zu sühnen; das Unheil sei im Wachsen, sei erblich auf mich übergegangen.

Ich ließ von ihm ab. Auch war meine Aufregung bald geschwunden; jener Gleichtact, zu dem ich im Kloster erzogen war, stellte sich in mir wieder her. Daß ein Mann ein Weib heilig liebte, und weil er entdeckt, sie glaube nicht wie er an Gott, sie verstößt und verdammt, das hätte mich fast für Beides, für die Liebe und für den Glauben, abtödten können. Es kümmerte mich damals noch zu wenig, wo der Wurm sitzen mochte, der heimlich das Leben der Menschen zernagt. Seit jener Scene fühlte ich mich selbständig, hielt ich meine Erziehung für vollendet. Dem Unwillen gegen meinen Vater gab ich nicht weiter Sprache, aber ein wehmüthiger Groll

2*

gegen menschliche Thorheit und Grausamkeit setzte sich sehr fest in meiner Seele. Fast wünschte ich mir mein eintöniges Leben im Collegium zurück; die Thorheit im Gewande der Weisheit schien mir noch die erträglichste Maske unter Menschen. Nachts trieb es mich vom Lager fort; das alte Bedürfniß zum Wandern regte sich wieder. Ich wurde weniger als sonst beobachtet und die Diener im Schlosse waren mir stillschweigend zu Willen. Ich vermißte daheim das Meer, das Bild der Unendlichkeit in der dämmernden Stille der Nacht. Ich schlich in den alten verlassenen Sälen von Santa Maria umher; ich hätte mich gern an etwas Geheimnißvolles hingegeben. Der Geist der Ahnfrau wollte mir nicht erscheinen; ich hätte sie gern gefragt, weshalb sie noch nicht ruhen wolle und noch immer den Sinn der Nachgeborenen verwirre. Ich glaubte an keine Geister, darum erschien sie mir auch nicht.

Bald aber zog es mich in den Bergwald. Die wilden Steinklippen, die rauschenden Gewässer, die dunkeln Schluchten wurden mir vertraut; mit der Büchse über der Schulter drang ich immer tiefer in das Dickicht der verworrenen Wälder. Oft kehrt' ich erst am frühen Morgen von der ziellosen Wanderung heim. Ich hätte so gern einen Kobold gefunden, mit dem ich Zwiesprache hielte, der mir Red' und Antwort stände, warum er das Leben der Menschen so tückisch verwirrt. Nur das aufgestörte Wild regte sich in den Thälern, nur das Echo wurde zwischen den Felsen wach. — Dem Geist der Berge sollte ich aber doch, wenn auch nicht in schreckhafter Gestalt, begegnen.

Das Fest der Schutzpatronin von Santa Maria della Torre war nahe. An dem Mauerwerk des alten Schlosses klebte noch der heidnische Name, der, oft vertilgt, immer wieder auftauchte. Es war Sitte, alljährlich die Ruinen zu weihen, sie gleichsam von neuem zu taufen. Die Mutter Gottes selber ist die Patronin des Ortes. Außer dem Frohnleichnamsfeste giebt es dort keinen Tag des Jahres, den die ganze Gegend festlicher begeht. Je lebendiger die Sage von der alten Waldenserin, desto eifriger hing man an dem Brauche, die Mauern immer wieder einzusegnen, als ob man den Geist der Ketzerin, die dort umging, für mächtiger hielt als das christliche Weihwasser. Wasser thut's freilich nicht!

Es war Markttag in La Torre; das Landvolk war in Schaaren zusammengeströmt. Es gehörte zur Sitte, aus ihnen die Glückliche zu erwählen, welche die Heilige des Tages vorstellen mußte. Der Priester hielt seinen Umzug durch das Gewühl auf dem Platze. Die Mädchen beugten sich vor ihm, schamhaft erröthend im Gefühl der heimlichen Eitelkeit; Jeder schlug das Herz, sich wohlbewußt, der Geistliche werde die Gott und Menschen Wohlgefälligste, die Sittsamste und die Schönste auserlesen. Weltliches und Himmlisches mischt unsere Kirche nach altem Brauche; sie behauptet damit ihre Macht über die Gemüther, indem sie auch die Volksfeste heiligt, die Kinderspiele in ihren Dienst nimmt. — Mitten im Getümmel des Marktes standen die Mädchen um den Caplan in Reihe und Glied. Männer und Weiber hatten die Buden verlassen und waren dem Ruf des Herrn gefolgt. Das Geschrei der

Melonenverkäufer, die unerschöpfliche Kehlkraft der Zwiebelhändler verstummte. Der Geistliche hielt jetzt Musterung; sein Auge schweifte hinauf und hinunter, und wo sein Blick weilte, lief eine bange Bewegung durch die Reihen; jede hielt sich für berufen und zitterte doch, die Auserwählte zu sein. Da fiel der Blick des Priesters auf ein junges Wesen, das theilnahmlos schien und sich nicht anschließen wollte, wo doch jede berechtigt war. Sie saß auf ihrem Karren, schnitt Melonen auf und bot, gleichgültig um die festliche Handlung, die saftigen Stücke feil. Auf den Stangen des Fuhrwerks hing Wildgeflügel paarweise in schmucker Ordnung. Das Mädchen, in der Tracht des Landvolks aus den Bergen, war unscheinbar, arm und einfach. Ein derber Bursche mit struppigem Haar und wilder Häßlichkeit machte sich um sie zu thun und warf dem Esel Disteln vor. Wie der Caplan auf das Mädchen hinwies, ward sie sogleich der Zielpunkt aller Blicke. Er winkte; sie sah ihn an und verstand ihn nicht. Er wollte ihrer Schüchternheit zu Hülfe kommen und rief, sie solle sich anschließen. Da ward sie feuerroth und bedeckte ihr Gesicht mit beiden Händen. Wie sie aufblickte, sah sie in ihrer Verworrenheit so lieblich aus wie am Schöpfungstage die erste Blumenknospe, die sich dem hellen Lichte öffnet und im Spiegelbache vor sich selbst erschrickt. Das Mädchen ward vielleicht zum ersten Male ihres Daseins inne und fühlte die Blicke, die auf ihr ruhten. Sie blickte bang umher, sie wollte sich ungesehen machen und wußte sich keinen Rath. Endlich rief sie schnell dem Buben ein Wort zu. Er stachelte sein Thier, daß es laut aufschrie und doch nicht gleich anzog. Sie wollten zur Seite biegen, aber die Menge umdrängte schon den Wagen und riß dem Jungen den Knittel aus der Hand. Sie schrie laut auf, wie man die Früchte vom Karren riß und Hand an sie legte. Je mehr der Junge tobte und mit Fäusten auf den Esel schlug, desto mehr ward das Mädchen der Gegenstand des Verlangens. Der Tumult wuchs, das Volk schien wie von einer Raserei ergriffen, sie zur Heiligen des Festes erklären zu lassen. Wie man ihr Gewalt anthun wollte, sprang ich hinzu, ergriff sie am Arme und hob sie vom Wagen. Sie zitterte heftig; doch als sie bemerkte, daß mein Erscheinen die feindliche Berührung verhinderte, sah sie mich zutraulich an und kreuzte die Arme. Sie war kein Kind mehr und schien doch so hülfsbedürftig und schüchtern. Ich verstand es nicht, wie sie sich tief beugte, den Kopf schüttelte und alle Zeichen der Weigerung machte. „Mormona weiß das nicht zu machen!" sagte sie mit flehender Gebährde. Man hielt das für Blödigkeit, und ich sprach ihr Muth ein. Als der Caplan auf sie zuschritt, faßte sie mich rasch am Arme und drängte hastig zu der Mädchenschaar. Sie war todtenbleich, wie sie jetzt mit dem Zuge fortschritt. Ihr Begleiter lag tobend und schreiend am Boden, und der Esel am Karren, ungebährdig wie sein Führer, war das Gespött der Buben, während der Zug nach der Capelle aufbrach.

Mich beschäftigte noch der Bursche. Es war ein stämmiger, breitschulteriger Mensch mit dickem Kopf und schrägen blinzelnden Augen, an jene Cretins erinnernd, wie sie in den Bergen nicht selten sind. Er war aufgesprungen, als ich wieder zu ihm trat, sammelte die zerstreuten Früchte, hing das Geflügel zurecht, schlug sich vor die Stirn und ließ dann am Esel seinen Zorn aus. Wie ich ihm sein Wesen verwies, setzte er sich ruhig nieder, stützte seinen Kopf in die Hände und sah mich furchtsam von der Seite an. Auf meine Frage, wo er her sei, beschrieb er mir eine Gegend in den Bergen, die ich nicht kannte. — „Wer ist Mormona?“ — „Meine Schwester,“ sagte er. — „Wem gehört Ihr an?“ — „Niemanden; wir müssen daheim verhungern, wenn wir die Vögel und die Gurken nicht absetzen.“ — Ich gab ihm Geld, das er gleichgültig nahm. — „Zieht Ihr immer hieher zu Markte?“ — „Mormona zum ersten Mal,“ sagte er, „und gleich haben sie sie erwischt!“ — „Jede Andere“, sagte ich, „schätzt sich glücklich, wenn sie beim Feste mit aufzieht.“ — „Herr!“ sagte er ebenso gutmüthig wie listig, „wir sind zu dumm dazu!“

Von der Capelle aus wälzte sich jetzt die Menge wieder zurück. Die priesterliche Wahl hatte der Stimmung des Volkes entsprochen, Mormona war zur Heldin des Festes erkoren und lauter Jubel hieß sie jetzt willkommen, als sie an der Hand des Caplans erschien, um in das Kloster der frommen Schwestern geführt und für den nächsten Tag vorbereitet zu werden. In die Gesänge der Chorknaben mischte sich das Gebrüll des tollen Burschen, der laut heulend sich plötzlich mir zu Füßen warf und meine Kniee umklammerte. Ich griff ihm in's Genick und schüttelte ihn von mir. Er sprang wild auf und warf sich mir entgegen. „Rettet Mormona!“ flüsterte er, „wir verstehen nichts vom römischen Glauben.“ — „Ihr seid

Waldenser!" rief ich erschreckt. — Er sank zitternd zu Boden und kroch wimmernd unter die Kürbishaufen, die umher aufgeschichtet lagen.

Den ganzen Tag über hatte ich weder den Pfarrer von La Torre, noch unsern Caplan sprechen können, noch auch das Kloster besuchen dürfen, um über Mormona Kunde zu erhalten. Erst am andern Morgen erhielt ich Einlaß und fragte nicht ohne Furcht, wie sich das Kind zum heiligen Dienst anließe. — „Sie ist sehr unwissend," sagten die frommen Schwestern. — „Wie die liebe Dorfjugend in den zerstreuten Gemeinden!" war meine Erwiederung. — Sie wird schon die Hantierung lernen, hieß es, sich in ihre Aufgabe schicken, auch wenn sie nichts davon begreift! — Ausführlicher hatte sich die alte Priorin des Stiftes mit Mormona beschäftigt. Kurz zuvor eh' der Zug sich in Gang setzte, sprach ich die würdige Frau. Seit gestern hatte das Mädchen gefastet, die ganze Nacht über geweint, aus Angst, der großen Aufgabe nicht zu genügen. Aber am Morgen war ein guter Geist über sie gekommen, sie hatte Alle, die sie eingekleidet, herzlich geküßt und um Vergebung gebeten, wenn sie es nicht recht mache. Manches habe sie noch nicht begriffen, sagte die Alte, aber ihre Lieblichkeit versöhne Jedermann, sie sei ein gutes gottgeliebtes Kind, wenn auch wild aufgewachsen. — Das Geheimniß war also noch bewahrt.

Ich mochte mich nicht zu den Geistlichen halten, um nicht Mormona's Blicke auf mich zu ziehen, aber im bunten Gewühl der Menge suchte ich nur sie, hatte nur Augen für das holde

Kind, das so rein und lauter schien, wie der Quell in den Bergen, und also wohl würdig war, den Menschen ein Symbol der von Gott begnadigten Unschuld vorzustellen. Auf dem hohen Tragsessel, in dem blauen, sternbesäeten Kleide, unter dem Thronhimmel, den man über ihr hielt, erschien sie wirklich wie ein höheres Wesen, das herniedergestiegen, um das Werk der Menschen zu heiligen. Sie war sehr blaß, sie drohte zu verwelken, wie die A penrose in den Händen der Menschen, die sie in's Thal herunterbrachten. In ihren Augen war das bange Geständniß zu lesen, man habe sich in ihr geirrt, ihr Schmuck als Himmelskönigin sei nur ein falscher Schimmer. Und doch war eine Art Weihe über sie gekommen, als sei ihr Thun nicht mehr von dieser Welt und ihre Lippen lächelten zu der holden Verwirrung ihrer Sinne. Die stille Verzückung eines Engels saß in ihrem leuchtenden Auge, eines Engels, der die Sprache der Sterblichen nicht versteht, und doch mit Blick und Miene der dürftigen Creatur gern behülflich zur Seite steht. Sie war nicht mehr blöde, aber sie schien wie abwesend von dem, was um sie her vorging, dem eigenen Gebote folgend, das nur zufällig hier und da zu der übernommenen Rolle paßte. So saß sie an geweihter Stätte und hörte die Gesänge, die ihr galten; so ging sie an der Hand der beiden Priester durch die Hallen des Schlosses mit gen Himmel gekehrtem Blick, als wolle sie da oben den besseren Zusammenhang der heiligen Handlung suchen. Mit rührender Anmuth, halb gläubig fromm, halb ungläubig lächelnd, besprengte sie die Schwellen des Hauses und streute Blumen unter die Menge, die sich, berauscht von ihrer Schönheit, um sie drängte. Das Volk will vom Heiligen ein sinnlich Abbild; es betet zur Mutter Maria, weil es die Wahrheit nur in der Gestalt der Schönheit begreift. Es will und verlangt Symbole und Surrogate, und so bleibt der Geist Gottes den Völkern der große Unnahbare, an den sich Niemand wagt; selbst seine Gesandten und Propheten bedürfen noch menschlicher Vertreter.

Nach dem Schlusse der Prozession ward Mormona zu den Klosterfrauen zurückgebracht. Die Menge rauschte auseinander und hatte bald das Kind vergessen. Den wilden Pirro, der sich ihren Bruder nannte, hatte Niemand gesehen. Am andern Tage hielt ich Nachfrage bei der Pförtnerin der frommen Schwestern. Da war große Unruhe und Aufregung. Ganz erschöpft und nur halb ihrer mächtig war Mormona ihren Hüterinnen überliefert worden. Man hatte ihr Speise und Trank angeboten, Alles aber hatte sie abgewiesen, nach Schlaf verlangt, ihre Feierkleider still zusammengelegt und Niemand weiter in in der Zelle, wo sie schlummern wollte, geduldet. Früh Morgens fand man die Stätte leer; Mormona war verschwunden. Sie mußte noch in der Nacht entwichen sein. In der kleinen Seitenpforte fand man den Schlüssel stecken: sie mußte ihn der alten Schließerin aus dem Pulte entwendet haben. Somit ging sie aller Belohnungen, die sie zu gewärtigen gehabt, verlustig. — War die Furcht vor Entdeckung so stark gewesen? Oder hatte die reine Kindernatur es nicht ertragen, die Lüge, die sie getrieben, auch noch belohnt zu sehen?

Der Aberglaube und die müßige Erfindung zogen aus der

plötzlichen Flucht Mormona's Vermuthungen, die nur von fern die Wahrheit trafen. — Ein wildes Mädchen aus den Bergen hatte die Mutter Gottes vorgestellt, eine Ketzerin unser Haus eingesegnet! Man hätte heimlich lächeln sollen über die seltsame Fügung; aber es regte sich in mir eine Stimme, vor der aller Scherz verstummte.

Zweites Capitel.

Das Christenthum in den Bergen.

Von nun an wurden meine Wanderungen in die Berge eifriger betrieben, sie hatten jetzt ein Ziel. Ganze Tage, halbe Nächte dauerten meine Streifereien. Ich durchsuchte die einzelnen Meiereien, die Wohnungen der Holzhauer, die Hütten der Köhler. Vergeblich; überall sah ich an den Thüren, über den Fenstersimsen das christliche Kreuz; ich suchte Waldenser, die, wie ich wußte, einen Schauder vor dem Symbol haben, vielleicht weil sie so oft an's Kreuz geschlagen wurden, an das sie doch als Bekenner Christi ohnedies schon glauben sollten. Die Ketzer haben keinen Mariendienst und keine Meßopfer, sie reden, wenn sie beten, kein Latein, sondern die Sprache ihres Herzens, ihre Priester dünken sich keine Bevorzugte des Himmels, sie machen keinen besondern Stand, sie leben als Brüder mit dem Volke, theilen den Kelch mit ihnen und freien Weiber wie Alle, weil sie im Menschen den Menschen nicht tödten. Die Waldenser schwören nie, lügen also seltener, und leisten keine Eide, die der schwache Sterbliche nicht zu halten vermag. Sie taufen nicht gern die Kinder, viel lieber die Mündigen, die mit Bewußtsein und Ueberzeugung den heiligen Act an sich vollziehen. Sie treiben bei den Neugeborenen nicht den Teufel aus, denn sie halten die menschliche Seele für ursprünglich rein und gut. Sie lassen keine Heiligen für sich reden, sondern wenden sich selbst an ihren Gott, wenn es sie drängt. Sie flehen nicht um die Hülfe der Jungfrau Maria, denn sie halten das Weib für schwach. Sie beten nicht zum todten Christus, sondern zum allzeit lebendigen; nicht sein Leiden und Sterben feiern sie, wohl aber seine Geburt. Sie sind Kinder und leben so hin, wie sie aus der Hand der Natur hervorgingen, wie die Vögel nach ihrer Art ein Loblied Gottes singen, die Lilien seine Herrlichkeit preisen nach innerem, schlichtem Naturgesetz. — Ich las seitdem die Ketzergeschichten und begriff, daß oft eitel harmlose Einfalt war, was die stolzen Herren des römischen Christenthums für heidnisch in ihnen hielten.

Ich war die ganze Zeit über mehr als je schweigsam und in mich gekehrt. Ich prüfte die Satzungen der Kirche und verfolgte ihre Entwickelung rückwärts hinauf bis zu ihrer Quelle. Ich begriff jenes apostolische Christenthum, von dem die Welt nur noch wenig zu kennen scheint. Ich machte die Entdeckung, daß es kein Werk des Teufels sein könne, wenn der Mensch bemüht sei, die Wahrheit aus sich selbst zu finden. Wie jedem nach seiner Art zu Muthe und zu Sinne ist, danach gestaltet er sich doch ungesucht sein Christenthum; nach seinem Bedürfniß baut sich unbewußt ein jeglich Volk seinen Glauben aus. Diese Entdeckung machte mich froh und heiter. Ich reinigte meinen Glauben, läuterte mein Wissen und wurde erst jetzt der unverwüstlichen Herrlichkeit des Christenthums recht inne. Hätte man mich mitten in meinen Forschungen und Zweifeln ertappt, ich wäre vielleicht als Ketzer verdammt. Aber ich wurde erst jetzt still für mich meines Gottes voll, ja, wurde von nun an erst wahrhaft gläubig. Von der Quelle aus verfolgte ich die Strömungen der Völkergeschichte wieder abwärts bis auf unsere Tage, und fand, daß auch das römische Christenthum keine Erfindung der Priester sei. Ich erbaute es mir neu und selbständig, indem ich mir die ganze Menschheit zu einer einzigen großen Gemeinde gestaltete, wo sich der Einzelne mit und in dem Ganzen getragen fühlt, aber diese Nothwendigkeit seine Freiheit nicht erdrückt. Gewalt, Zwang, Fanatismus und jede engherzige Furcht, menschliche Forschung werde, sich selbst überlassen, die Wahrheit auf Erden zerstören, blieben freilich von der Kirche, die ich erbaute, von dem Christenthum in meiner Fassung ausgeschlossen. Auch die Ketzer hatten Raum in meinem Gotteshause.

Um diese Zeit war mein Erzieher, Pater Eusebius, der Rector des Collegiums, ehemals Caplan in Santa Maria, von Genua zum Besuch bei uns. Eusebio war ein Diener Jesu, wie sie alle sein sollten. Sehr fest und sicher in seinen Grundsätzen und doch freundlich und duldsam gegen Andersmeinende. Das Dogma stand für ihn felsenfest, aber er ließ die menschlichen Deutungen zu, nicht aus Hang zu den Künsteleien der Sophistik, sondern nach Maßgabe seiner ungewöhnlichen Kenntniß menschlicher Hülfsbedürftigkeit. Ihm verdanke ich meine Fügsamkeit und meinen Glauben an die Nothwendigkeit und an die Möglichkeit einer allgemeinen Kirche bei aller Forderung der freien Selbständigkeit des Einzelnen. Nach Eusebio's Meinung durfte und mußte sich die Kirche Gottes auf Erden, unbeschadet ihres innern Gehaltes, dergestalt erweitern, daß alle Völker, trotz ihrem verschiedenen Bedürfniß, Platz in ihr gewännen, der Mantel Christi Alle umfassen und am Segen theilhaftig machen konnte. Wer nicht gleich Zutritt haben konnte zum großen Schiff der Kirche, um am Hauptaltar zu beten, dem durfte, das war Eusebio's eigener Ausdruck, doch nicht die Seitencapelle oder das Bild in der Nische versagt und vorenthalten werden. In solchen Zusammenhang brachte schon früh mein jugendlicher Sinn das Verhältniß zwischen der Menschheit und dem Christenthum. Meine Kirche, wie ich mir sie dachte, hatte viele Seitenflügel, im Hause meines himmlischen Vaters waren viele Wohnungen und in einer derselben, einer stattlichen, lichten, nur vom Gewölbe des blauen Himmels überbauten Halle, brachte ich meine Waldenser unter. Ich erzählte Pater Eusebio nichts von meiner Entdeckung des Mädchens aus den Bergen, dessen Spur mir jetzt wieder entzogen war; aber ich stärkte an der milden Weisheit des Mannes meinen Entschluß, den Kindern der Wildniß dereinst ein freundlicher Herr zu sein. Meines Vaters Thun und Denken stand damit im geraden Gegensatz; und Eusebio's Nachfolger im Amte auf Santa Maria, Pater Uberto, ein Dominicaner, war ganz dazu gemacht, die dunkelrothe Gluth des

Hasses gegen Alles, was Ketzer hieß, zur vollen Flamme zu schüren. Nach Uberto's Ansicht konnte der Mantel der Kirche nicht eng genug um die einzig rechtgläubigen Anhänger gezogen werden, und als wenn er die Grundsätze seines Glaubens entweder zu schwach oder zu gefährdet hielt, suchte er durch fanatischen Eifer zu ersetzen, was ihm an Sicherheit und Festigkeit abging. Mich kümmerte damals noch zu wenig der Widerstreit beider Männer, ein Widerstreit, der sich bei der gegenseitigen Eifersucht der Gesellschaft Jesu und des Ordens der Dominicaner bis zur feindseligen Gehässigkeit steigerte. Ich erinnere mich nur, daß ich beide Männer einmal in Gegenwart meines Vaters in heftigem Wortkampf über die Ausschließlichkeit der römischen Kirche fand; daß sich daran das Schicksal meines Lebens knüpfte, ahnte ich damals nicht.

Ich hielt mich jeder fremden Leitung für entwachsen, und der neue Geistliche blieb ohne weiteren Einfluß auf mich. Leider jedoch ist es nicht genug, sich vom Wahne frei zu halten. Wer sich frei fühlt, muß fortgesetzt gegen die Knechtschaft kämpfen, sonst untergräbt man ihm doch langsam sein Fundament. Ich schien damals Niemand verdächtig. War ich doch ein sogenannter strenger Christ, der den Ritus hielt. Daß ich im Stillen ein noch weit besserer Christ war, indem ich auch die Ketzer zur Kindschaft Gottes berufen glaubte, darum wußte Niemand als ich selbst. Meine Streifereien im Gebirge fielen nicht auf. Ein junger Jägerbursche, der mir ganz zu Willen war, begleitete mich; er war für mich mit der Büchse thätig, wenn ich müßig umherzog oder meinen Forschungen nachhing.

Meinem Vater konnte ich wenig sein; er hatte eine Scheu vor mir, als spräche aus mir sein unterdrücktes Gewissen. Pater Uberto war zu schroff, um sogleich Einfluß auf ihn zu gewinnen; nach und nach jedoch brachte er ihn um so sicherer unter seine Botmäßigkeit. Seitdem wurden die frommen Uebungen verdoppelt. Ich meinestheils gewann dadurch nur um so freieren Spielraum. Als Beide zum Osterfest nach Rom gingen, war ich Herr meiner ganzen Zeit.

Pirro war nicht mehr nach La Torre zu Markte gekommen. Armes Volk aber muß doch irgendwo seine Gurken absetzen. Darauf baute ich meinen Entdeckungsplan. Ich zog an den Markttagen von Flecken zu Flecken. Endlich, in einem meilenweit entfernten Orte hinter der Hügelreihe, mit der sich das Land erhebt, fand ich den seltsamen Jungen unter einem Haufen Savoyarden wieder, die ihre Murmelthiere tanzen ließen. Ich erkannte ihn an dem struppigen Haar, an den geschlitzten, schielenden Augen. Er saß auf seinem Karren und spielte die Maultrommel. Wie ich ihn anredete, stellte er sich fremd, machte sich über seine Früchte her, schnitt sie von einander und bot sie mit lautem Geplärre feil. — „Willst Du mich nicht kennen, Waldenser?“ raunte ich ihm zu. Er grinzte mich an und griff nach seinem Messer, das am Gürtel hing. — „Ich bin gut Freund mit Euch!“ sagt' ich, „gieb mir die Hand, ich schwöre, Dich nicht zu verrathen!“

„Wer schwört, fürchtet daß man ihm nicht glaubt!“ murmelte er finster vor sich hin.

„Nun denn, wie soll ich Dein Vertrauen gewinnen?“

„Küss' die Schneide dieses Messers!" lachte er wild.

„Du hast Dich mir damals verrathen," sagte ich, „was soll jetzt Dein Argwohn?"

„Ich log aus Angst!" sagte der Bursch.

„Wenn Ihr katholische Christen seid, wozu dann die Furcht? Du lügst, wenn Du sagst, Du hättest damals gelogen!"

Er war beschämt und schlug in die Hand, die ich ihm reichte. Dummheit und Pfiffigkeit waren in seinem Wesen seltsam gemischt. Dabei blitzte mitten aus der Gutmüthigkeit Tücke und Rachlust hervor.

„Ich hätt' Euch mit dem Messer aufgeschlitzt," flüsterte er fast mit einer Art von Vertraulichkeit, „hättet Ihr Miene gemacht, Mormona bei'm heiligen Amt anzugeben!"

„Thörichter Mensch, ich war ja nirgends in Deiner Gewalt!"

„Hoho!" lachte er, „ich war Euch überall hart auf der Ferse, so lange das Fest dauerte. Auch traf ich Euch mehrmals im Gebirge, und" — fügte er hinzu — „ich schieße ziemlich gut."

„Wo ist Mormona?" fragt' ich, „wie entkam sie aus dem Kloster der frommen Schwestern?"

„O, es giebt auch gute Menschen unter Euch," sagte er, „getreue Helfer und Helfershelfer. Hier z. B. werden gleich zwölf Messer blank, wenn Ihr mir drohet. Armes Volk steht sich bei, ob es zu den Heiligen betet oder zum Teufel!"

„Ich möchte wohl wissen," sagt' ich, „wie Ihr daheim in den Bergen fertig werdet ohne alle Heiligen."

Er kniff die Lippen zusammen und schielte mich tückisch an.

„Ehrlich!“ fuhr ich fort. „Die Leute sagen Euch allerlei Böses nach. Ich kann's nicht glauben, möcht' aber gern wissen, ob ein guter Geist bei Euch haust. Ich ziehe mit Euch. Komm, führe mich. Hier nimm meine Büchse, meinen Fänger, ich will mich Euch wehrlos überliefern.“

Er sah mich ungläubig an; dann nahm er die Waffen, spielte damit, prüfte den Hahn und lachte boshaft. Wie er jedoch sah, daß ich auf seine Drohung nicht achtete, ließ er sich bald willig finden. Wir wurden handelseinig; er sollte seine Früchte losschlagen und mich mit sich führen. Im Jagdrock, den ich auf meinen Streifereien trug, blieb ich unerkannt. Ich vermied es, ihm ein Geschenk in Aussicht zu stellen, um seinen Argwohn nicht zu reizen. Ich sagte ihm, es sei mir auch lieb, die Stege im Gebirge durch ihn kennen zu lernen; ich hätte mich neulich verirrt und Nachts kein Obdach gefunden. Wenn ich seine Hütte gewußt, wär' ich bei ihm eingekehrt.

„Signor,“ sagte er, „Ihr müßt zuvor meinen Esel füttern. Da, macht Brüderschaft mit ihm und gebt ihm Disteln!“

Wie ich es geschickt genug that, klopfte er mir gutmüthig auf die Schulter. Er gab mir dann von seinen Früchten und ich steckte den Kopf wie ein Maulthiertreiber in den rothen Saft der Kürbisscheibe. Ich bestand alle diese Proben sehr gut; sein Vertrauen wuchs, obschon es noch nicht fest genug schien. Er hatte mit meiner Hülfe bald aufgezäumt. Ich saß auf und Pirro schritt munter neben dem zweiräderigen Wagen her, seine versteckten Augen unverwandt auf mich gerichtet.

Wenn ich seinen Blick traulich erwiederte, klopfte er das Thier oder meinen Schenkel und sagte, gleichviel, wen er meinte, mit freundlichem Grinsen: „Braver Kerl!“ Ich dachte an Mormona und staunte, wie die Berge so Verschiedenes als Geschwisterpaar erzeugen können, auf Einem Stengel einen Kobold und ein Elfenkind. Als ich ihm das sagte, lachte er über die Maßen und meinte, ich sei doch wohl Keiner vom „heiligen Amt“, weil ich's nicht klug genug anfinge, ihn zu täuschen. Nur begriffe er nicht, was er davon habe, mich in die Berge zu führen.

„Gefällt es mir bei Euch,“ sagt' ich, „dann sollst Du mir den Gegenbesuch machen und mit mir auf die Jagd gehen. Ich habe dort hinten mein eigenes Revier.“

„Euer eigenes Revier?“ lachte der Bursche. „Na, da ist es eicht möglich: wir bewirthen Euch mit einem Stück Wildpret von Eurem Gehege.“

Das Christenthum in der Wüste! dacht' ich bei mir, gastfreie Räuber! — „Wenn sie Dich als Wilddieb erwischen,“ sagt' ich, „so wirst Du gehängt, Pirro!“

„Besser als Wilddieb hangen, denn als Ketzer brennen!“ rief er laut, „da weiß man doch warum, und hat den Braten genossen!“

Er hielt in diesem Augenblicke sein Thier an und sah mich ernst und forschend an. Ich merkte, daß für mich erst jetzt die rechte Probe begann. Ich sagte ihm, von Ketzergerichten mit Feuer und Schwert wisse er doch wohl nur durch Hörensagen; die Zeiten der Barbarei seien vorüber, und in Zukunft würden die Menschen, wenn sie nur Alle an Gott glaubten, sich wie Brüder die Hände reichen.

„Da drüben," sagte er, nach den Thürmen von Santa Maria zeigend, „da hat Mormona die Mutter Gottes gespielt. Die Komödie war nicht schlecht."

„Die Mutter Gottes hatte ihre Lust an dem frommen Kinde," sagte ich sehr ernst. „Anfangs war Mormona schüchtern und sträubte sich gegen den frommen Dienst —"

„Ja, sie ist zu gut für Euer Heidenthum."

„Heidenthum?" wiederholte ich; „wir Römischen halten Euch für heidnisch Volk."

„Ja, das ist's eben," fuhr er heftig auf und arbeitete mit beiden Händen auf mich ein, um seine Rede durch kräftige Zeichensprache zu unterstützen; mitunter kam ihm ein abgerissenes Stück Bibeltext, das er von seinem Prediger in der Wüste aufgefangen, gar nicht übel zu Hülfe. „Ihr sollt keine Götter haben neben mir! spricht der Herr unser Gott! Kennt Ihr das Gebot wohl, Signor? Nun, wenn Ihr es kennt, so sündigt Ihr doch alle Tage dagegen, denn Ihr betet zu zehntausend Heiligen."

Der kecke Bursche schlug mich mit seiner losen Rede fast darnieder. „Aber die Heiligen", sagt' ich nach einer Weile, „sind ja keine Götter. Sie sind Menschen gewesen, wie die großen Propheten es waren, und wenn wir ihre Hülfe bei Gott für uns anflehen, so geschieht das, weil wir zu demüthig sind, um uns mit unserer Sündhaftigkeit in's Allerheiligste zu drängen."

„Ja, Ihr wißt Euch reinzubrennen!“ eiferte der Junge. „Und früher habt Ihr auch andere Menschenkinder reinbrennen wollen, auf dem Holzstoße, nicht?“

„Bist Du getauft, Pirro?“ fragt' ich in meiner Verwirrung und aus Verlegenheit. Ich fühlte, wie schwer es sei, dem gesunden Mutterwitz der bloßen blanken Natürlichkeit beizukommen. Pirro war mit seiner Antwort schnell bei der Hand. Mormona habe gesagt, er sei noch zu dumm dazu. „Aber sie ist klug,“ betheuerte er, „sie ist schon längst getauft und hat auch immer so etwas von der Kraft Gottes an sich gehabt. Bei Euch wär' sie längst verdorben, bei Euch, die Ihr Euch für ächte, reingebrannte Christen haltet. Das wahre Christenthum, sagt der lange Peter aus Savoyen, der Ziegenhirt oben in den Bergen, der unser Priester ist und allsonntags uns den Segen liest, — das Christenthum der Jünger und Apostel, sagt er, sei nur bei uns und der Herr Jesus, sagt er, sei auch erst als verständiger erwachsener Mensch getauft.“

Die Waldenser nehmen es mit der Kindertaufe nicht sehr genau, aber sie halten sich bei alledem ebenso ausschließlich für ächte, unfehlbare Christen, als der römisch Gläubige! In den zerrissenen Mantel Christi theilt sich alle Welt, und Jeder hält seinen Fetzen für den wahren Rockschooß des Herrn!

Wir waren inzwischen immer weiter in die unwirthliche Gegend der kahlen Bergwelt hineingerathen. Die Wohnungen der Menschen lagen schon weit hinter uns. Das Nadelholz wechselte mit niederem Gestrüpp, endlich hörte die Vegetation ganz auf, immer regelloser spalteten sich die Klüfte, immer verworrener schoben sich die Felsen in einander. Hier konnte entweder nur das Unglück hausen, das die Menschen aus ihrem Schooß vertrieben, oder die Unschuld, die bedürfnißlose, die den Reichthum und die Fülle des Lebens nicht kennt. Die Sünde verliert hier freilich ihre Anlockungen, aber die Tugend kann hier nichts anderes sein als ein Nothbehelf, ein eigensinnig starrer Trotz, so unfruchtbar wie diese Felsen. Dieser Aufenthalt ist freilich kein selbstgewählter, er ist eine Verbannung; die Thorheit der Welt, der Irrthum der Menschen da unten hat diese Einöde bevölkert. Das erste Christenthum barg sich vor dem heidnischen Rom in Höhlen und Klüften. Die Lehre von der Einfalt des Herzens war vor dem christlichen Rom nicht viel besser auf der Flucht. Sie thun Recht, wenn sie sich diese Einfalt nicht rauben lassen, aber diese Unschuld ist doch wohl nur der Anfang eines menschlichen Lebens, nur Kindheit, die, trotzig festgehalten, in eigensinnige Barbarei versinkt. — Wenn man das Wort der Versöhnung fände? Würde sich der vom Strom des Lebens abgetheilte Arm nicht wieder zum Ganzen finden? Und wenn nun die Mutterkirche vom alten Frevel abließe, Rache zu rufen, wo nur das Wort der Liebe gilt? Wenn sie anfinge, wirklich jener gute Hirte zu sein, der die Neunundneunzig lässet und das eine Verlorene sucht! — Und warum sollte ich nicht der Missionär sein können für meine waldensischen Brüder?

Der Pfad, immer steinichter und enger, hatte sich unmerklich gehoben; dann senkte er sich wieder, nachdem wir die erste Felsenschicht hinter uns hatten; er stieg nun keck und steil dem

Kamm des Gebirges zu. Die Schlucht, die wir betraten, bohrte sich immer tiefer, die Felsen schlugen fast über unseren Häuptern zusammen, und die Dämmerung wurde zur Dunkelheit. Ich war abgesessen und ging hinter dem rumpelnden Karren her, der bald links, bald rechts geschleudert wurde. Der Esel ging sicher; Pirro schritt vor ihm her, war lustig und pfiff ein Lied.

Endlich hielten wir. Eine Felswand hatte sich dicht vor uns geschoben. „Muth, Kamerad, wir sind am Ziel!" sagte Pirro. — „Mormona!" rief er nach der Höhe hinauf. — „Pirro!" tönte eine helle Stimme herunter.

Sie wechselten einige Worte im gebirgischen Kauderwälsch. Rasch waren dann Fuhrwerk und Thier in einer Höhle untergebracht, die zum Stalle diente. Von dort führten in den Stein gehauene Stufen aufwärts. Ich bestieg sie auf des Burschen Geheiß. Wie ich oben auf der Felsenplatte anlangte, fühlte ich eine weiche, warme Hand, die im Dunkel nach mir tastete. Als aber Pirro hinter mir auf des Mädchens Gruß antwortete, ließ sie mich rasch los. Ich tappte nach ihr, und so leitete sie mich über Stock und Stein an der Wand hin um die gefährliche Klippe. Schweigend betrat ich hinter ihr den engen Raum der Hütte. Die innere Thür sprang auf, und wie der helle Schein des Heerdfeuers uns beleuchtete, fuhr das Mädchen mit einem lauten Schrei zurück und stand, mich sprachlos anstarrend, wie eine Bildsäule mitten im Gemach. Ich fand nicht gleich das rechte Wort des Grußes und des Wiedersehens. Sie hatte mich mit dem ersten Blick erkannt und die Scene, wo ich sie auf dem Marktplatze zu La Torre vom

Karren gehoben und die Zitternde durch die tobende Volksmenge geführt, trat wieder lebhaft vor meine Seele. Auch in ihr mochten die Bilder des Festes sich erneuern. Sie ward so blaß wie sie damals war, ihr banges Auge irrte wie suchend umher und mit den Lippen lächelte sie wieder wie verklärte Geister, die sich menschlichem Thun zuneigen, es segnen und es in seiner Dürftigkeit doch nicht ganz zu begreifen scheinen.

„Ja, ja," lachte Pirro, der hinter uns eintrat, „das ist der Herr aus La Torre, der Dich zur Mutter Gottes machte."

Mormona trat erschrocken zurück und flüchtete sich in den Hintergrund der Höhle. Der rohe Bursche schien nur dazu da, um mir aus dem Traume zu helfen, in den mich der Anblick des Mädchens versenkt. „Ja," fuhr er in seiner mürrischen Lustigkeit fort, „sie haben an Heiligen die Hülle und Fülle, und suchen doch immer noch, wen sie fangen können! Haben sich diesmal durch eine Ketzerin ihr Schloß weihen lassen. Wohl bekomm's!"

Er schürte das Feuer, brummte ein Köhlerlied vom Hebebaum und Schüreisen und ging dann hinaus, für sein Bedürfniß sorgend.

Mormona stand im Dunkeln und wagte sich nicht hervor. Ich hatte den Muth nicht, sie anzureden. Sollt' ich gegen Pirro meinem Zorne Worte leihen? Es war ihr Bruder, vielleicht das einzige Wesen, mit dem sie zusammenhing. In der rußigen Hütte, in dem verworrenen Trödel von armseligem Hausbedarf erschien sie mir wie ein verschüttetes Kleinod; aber ich wußte nicht, wie weit diese rauhe Wirklichkeit zu ihrem Wesen gehörte. Sie stand mir zugewendet und regte sich nicht, aber ich fühlte aus dem Dunkel hervor, daß ihr Blick auf mir ruhte. Die bange Stille löste sie endlich selbst. „Seid Ihr gekommen," sagte sie plötzlich, „mich zur Rechenschaft zu ziehen? Hab' ich Euer Fest entheiligt?"

Sie trat zögernd hervor. Der Schein der Heerdflamme umgab ihr Haupt wie eine Glorie. Es überkam mich wie priesterliche Weihe, nur wußt' ich nicht, ob ich Segen spendete oder empfing.

„Was vor Gott rein ist," sagt' ich schüchtern, „kann das je ein menschlich Thun entheiligen?"

Eine helle Freude leuchtete aus ihren Augen. Sie zitterte nicht; sie war dreist und sicher, wie sie jetzt vor mir stand. Eine heftige Unruhe durchbebte mich, als sie mir beide Hände zur Versöhnung hinhielt. In der Verwirrung, die mich überfiel, legte ich die Hand auf ihre Schläfe; eine namenlose Bangigkeit lief durch meine Seele. Sie sah mich an mit ihrem unbewußten Lächeln, sie wußte nicht was in mir vorging. Wußt' ich es selbst?

Pirro trat lärmend ein. Er war geschäftig, sich das Mahl zu bereiten, und mit ihrer Hülfe war er bald damit am Ziel. Er schmähte auf mich, daß ich im Winkel blieb und nicht Theil an seiner Herrlichkeit nahm. „Das würd' ich hier oben wohl lernen müssen!" sagte er lachend. Er tafelte hastig, wie gesunde Kerle pflegen. Es war ihm nur neu, daß die Schwester ihn heute nicht bediente, und sich still gegen ihn verhielt. Dann schob er die Streu für sich und mich zurecht und lud mich ein, als guter Kamerad wenigstens das Lager mit ihm zu theilen. Ich bedeutete ihn, ich wolle auf dem Sessel meine Nachtruhe halten, die Fensterbrüstung solle meine Lehne sein. — Während dieser lärmenden Zurüstungen war Mormona verschwunden; sie hatte die Thür leise in's Schloß gedrückt.

Pirro lag still, ich saß betäubt. Ueber unseren Häuptern schlürften leise Tritte. „Wer ist dort oben?" fragt' ich Pirro. — „Wer sonst als sie!" stöhnte er schlaftrunken und gab im nächsten Augenblicke die tiefen Athemzüge des versunkenen Schläfers von sich. Auf dem Heerde erstarb die Gluth. Ich saß und sann und lauschte. Oben streifte noch der Saum eines Gewandes den Boden. Dann war Alles still. Dunkel und Traum woben ihren Schleier um meine Seele, ich schloß die müden Augen und die Natur forderte ihr Recht.

Am andern Morgen war ich mit dem Früh'sten wach und stieg, die Büchse in der Hand, mit Pirro auf die nahen waldigen Höhen. Er ging auf Gämsen, und ich mußte bald ablassen, dem gewandten Bergsteiger zu folgen. Er war ein Mensch von anderen Sehnen und glich an Sicherheit und keckem Schritt dem Thiere, dem er von Felsen zu Felsen nachsetzte. Ich begnügte mich, seiner Spur von fern zu folgen. Es war ein Grenzgebiet, wo er als Waidmann sein Handwerk trieb. Daß es Sonntag war, hinderte ihn nicht an der Wilddieberei. — Gab es also für das Christenthum in der Wüste nicht einmal einen vollständigen Feiertag? — Pirro war nicht glücklich gewesen und kehrte mürrisch zurück, den kargen Morgenimbiß mit mir zu theilen. Dann stiegen wir in die jenseitige Niederung hinunter.

Auf einem schmahlen Pfade gesellten sich Einzelne von gleichem Schlage zu uns, Buben und Weiber kamen haufenweise herbei. Wir hatten mit ihnen denselben Weg, dasselbe Ziel. Es waren Viele darunter, deren rußiges Aeußere ihr Gewerbe in der Köhlerhütte verrieth, auch loses Gesindel, in abgetragenen Sammetjacken und schäbigen Filzhüten. In einer Schlucht, die abseits in eine Höhle auslief, machten wir Halt. Der innere Raum, mit Baumstämmen nach der offenen Seite umschlossen, vom überhangenden Gestein halb gedeckt, war bald von Menschen angefüllt, die sich hier allsonntäglich begrüßten. Es war das Gotteshaus der Waldenser. Während die Weiber schwatzten, die Buben sich wälzten, ging unter den Männern die gemeinschaftliche Feldflasche herum. Es war Orangenwasser, mit Wein vermischt. Jeder that einen kräftigen Zug, um seine Kehle zu netzen. Dann erscholl ein verworrener Gesang, der wie ein Fluch Verdammter tönend, am Gewölbe mit dumpfem Gebrüll nachhallte. Es war Andacht in diesen Tönen, aber eine Andacht, die wie eine Verbrüderung zur Rache klang. Die Erscheinung eines hohen, knochigen und bärtigen Mannes machte dem Gesang ein Ende. Es war der lange Pietro, der Ziegenhirt aus Savoyen, der das Amt eines Predigers der Gemeinde versah. Die vier baumstarken Männer, die ihm folgten, waren seine Söhne. Sie waren alle zugleich Gerber; bei der gestrigen Wanderung hatte mir Pirro ihre Hütten am Gebirgsstrome gezeigt, wo diese Apostelfamilie ihr Geschäft betrieb. Von ihrer Hantierung hatte das Christenthum in den Bergen viel angenommen, wie es schien. Der höhere Standpunkt, wo Pietro als Kanzelredner Fuß faßte, war mit schönen Thierhäuten ausgeschlagen. Er selbst warf ein zottiges Fell, das an der Wand hing, um seine Schultern und stand — fast wie der Johannes der Wüste — fertig in seinem Ornate. Sein hartes, dürres Antlitz sah aus, als sei es in Schlachten ergraut. Die Keckheit des Piraten, die aus seinen Augen blitzte, ward aber durch die kummervolle Miene des Alters, durch einen Zug des Leidens gedämpft. Er kam nie in die Niederungen herab, hatte seit Jahrzehnden nicht die Städte und Dörfer der Menschen betreten. Schon die Heiligenbilder an den Straßen erregten ihm einen Widerwillen, den er nicht überwand. Er schlägt mit den Beinen ein Kreuz, hatte mir Pirro erzählt, wenn er den Heiland am Kreuze sieht, macht Kehrum und läuft davon!

Pietro las die Epistel des Tages satzweise vor, so daß die Gemeinde insgesammt die Worte nachsprach. Dann knüpfte der Redner in seiner harten, kargen, aber einfach kräftigen Weise seine Betrachtungen daran. Er sprach von der Grausamkeit der Welt, von den Qualen der unschuldig Verfolgten. Es war der Trotz des ungerecht Mißhandelten, was er predigte; die Religion der Unschuld, die dem Schaffott entfloh, gewann in seiner Rede ihren Ausdruck. Die Geschichte der Waldenser bestätigte jedes seiner Worte, aber die Wahrheit seiner Behauptungen stützte sich nur auf die Vergangenheit und ihre Sünden. Dies Christenthum der Höhlen und Schluchten verliert wie das Judenthum seine Berechtigung, wenn die Verfolgungen aufhören. Es ist so gut wie der römische Glaube an die Heiligen und Märtyrer, eine überlieferte, aus der Vergangenheit hergebrachte Lehre. Von eigenthümlicher Bedeutung war für mich der Schluß der Rede. „Sie feiern da unten“, sprach Pietro, „den Tod des Herrn. Sie umhüllen ihn mit schwarzen Gewändern und umräuchern seine Leiche. Sie wissen nicht was sie thun; wir aber wissen, daß er ihnen nicht verzeihen wird. Sie selber tödten den Herrn, denn sie tödten ihn in Jedem von uns. Was sie dem Geringsten unter uns thun, das thun sie ihm, und so sind sie die Ungläubigen, die ihn alltäglich an's Kreuz schlagen, eine Schaar von Judas Ischariots, die ihn stündlich verrathen und verkaufen. Herr, unser Gott, wendest Du Dein Antlitz vom Schauplatz der Erde? Magst Du die aufgeputzten Gräuel der Welt nicht sehen? — Wende Dich zu uns, Herr, und führe uns nicht in die Versuchung, zu glauben, Du könntest Dich in uns tödten lassen, ohne wieder aufzuerstehen! Amen!“ — Ein kurzes Gebet folgte der Rede, dann hatte der Geistliche sein Amt versehen, hing sein Feiertagsfell wieder auf und mischte sich unter die Brüder, die von neuem den heulenden Gesang begannen. Eine allgemeine Umarmung vertrat die Stelle des Segens. Dann war der Gottesdienst beendigt, die Flasche ging nochmals herum und Jeder suchte seinen Ausgang.

Wie ich mit Pirro auf der Höhe stand, sah ich die wie im Winde zusammengewehten Menschen nach allen Seiten über die Felsen klettern oder den Niederungen zueilen, wo sie der Wald wieder aufnahm. Die kleine Gemeinde, wenn man diesen Haufen Menschen so nennen will, war nur ein Nebenzweig der größern waldensischen Verbrüderung. — Was ächtes Christenthum in ihnen ist, muß der Welt zu Gute kommen, darf nicht im Winkel verkümmern! Das waren meine Gedanken, als ich neben meinem Gefährten die Höhle verließ.

Drittes Capitel.

Der Missionär.

Auf dem Rückwege wurde Pirro vertraulich; er erzählte von seinem früheren Leben. Die Geschwister waren aus Savoyen hieher gewandert. Die Alten, Köhlersleute, hatten eine eigene Schürhütte gehabt. In den Kriegsunruhen war ihr Hab und Gut eine Beute der Verfolger geworden. Sie hatten sich mit genauer Noth aus dem brennenden Meilergehöft gerettet und waren auf der Flucht elend umgekommen. Die beiden Kinder hatten das Wanderleben fortgesetzt, von einem Meiler zum andern, um Unterkunft zu finden. So waren sie heimathlos erwachsen. Der Bursch hatte keine Lust zum Köhlergewerk; er schweifte Tags und Nachts in den Wäldern um; wenn die Noth drückend wurde, ging er heimlich auf Wild. In unsern Bergen hatten sie endlich Halt gemacht und sich die Hütte zusammengeflickt. Pirro hielt sich Karren und Esel und führte den Krauthändlern am Abhange der Höhe ihre Frucht in die nächsten Ortschaften zu Markt. Der Bursch hatte gerade so viel Pfiffigkeit, um sich in der Welt durchzuhelfen, und gerade so viel Trotz, um es der Welt nie Dank zu wissen, wenn sie ihn leben ließ. Ein Naturzustand der Art mag gerechtfertigt sein. Aber etwas mehr Bedürfnisse, leiblich wie geistig, etwas mehr Pflege des Gemüthes: und aus diesem Nomaden wird von selbst ein getreuer Ansiedler, der Sinn hat für Menschenglück, Sinn für Recht und Sitte. Mitten im Zufall der Dinge dieser Welt erkennt und fühlt er dann eine leitende Hand Gottes auch im Thun und Sein der Andern. — Ich hing meinen Missionsgedanken nach, während Pirro schwatzte.

Ein einfaches Mahl vereinigte uns mit Mormona oben auf dem Felsen in der bretternen Hütte. Sie hatte ihr bestes Geräth aufgeputzt und schaltete und schaffte mit der ganzen Innigkeit ihres stillen Wesens, dem der Grundzug einer klaren, tiefen Heiterkeit eigen war. Nur die Worte fehlten zu den Blicken ihres dunkelblauen Auges, nur die hörbare Musik zu den schönen Wellenlinien ihrer Bewegung, und ein fertiges Kunstgebilde aus Gottes Hand stand vor mir in der Unschuld der ersten Empfindung und mit dem Zauber jenes Lächelns, das nur verschwiegen vom Glück des Daseins weiß. Wie sie mit schüchterner Demuth das Wenige, das ihr Vorrath bot, zu reichen und die Gabe durch die Anmuth des Gebens zu erhöhen wußte, wie sie mit großer Entschiedenheit dem unwirschen Bruder zu begegnen, ihn zu beschwichtigen und dadurch zu beherrschen verstand: in alle dem entwickelte sie die sichere Weisheit einer unbewußten Kinderseele. Es war so viel Klugheit in ihrer Unschuld, und diese Klugheit wußte doch nichts von sich selber. In der Art, wie sie den Bruder zu nehmen verstand, lag eine feine, listige Ueberlegenheit. Sie lenkte ihn, indem sie ihm ganz zu Willen war; sie kam seinen Wünschen, seinen Absichten und Zwecken voraus, und hatte ihn unvermerkt in ihrer Hand. Es schien fast, als könne sie ihn betrügen, indem sie ihn nur für den Augenblick befriedigte, und sich so für manche Unbilden an ihm rächte. In dem langen Umgang mit Pirro hatte sie ihm, nur um mit ihm fertig zu werden, seine Schwächen abgelauscht und triumphirte über ihn wider Wissen und Wollen. Auf den bloßen Augenblick war Pirro's ganze Natur gestellt. So hartnäckig sein Trotz, so war er doch jedem neuen Eindruck, der ihm schmeichelte, unterworfen; man konnte ihn mit scheinbar dienlichen Mitteln von seinem Ziele ableiten. Mormona hatte in der Herrschaft über den Bruder eine sichere Meisterschaft erlangt. — Ich saß und sann diesem ersten Gestalten menschlicher Zustände nach. Ein Missionär, dacht' ich, muß klug sein wie sie, aber auch eben so einfach natürlich!

Nach der Mahlzeit lagerten wir uns auf den Decken, die Pirro auf den Boden breitete. Durch die losen Fenster zog ein scharfer West; doch waren sie hoch genug, um uns nicht, wenn wir am Boden saßen, dem Luftstrom preiszugeben. Das ganze kleine Geräth der Wirthschaft stand um uns; von oben lugte hier und da durch die Sparren des lockeren Gebäu's mit hellem Auge der Himmel herein. Es war, wie wir zwischen Melonen und Gurken, Kohlköpfen und Wurzeln Siesta hielten, eine Idylle um uns her, wie man sie wohl in den Bildern jenes Bassano und anderer venezianischer Meister sieht. An hell gescheuerten kupfernen Kesseln, in deren Glanz und Widerschein man die ganze Scene noch einmal im Kleinen sieht, fehlte es freilich, aber nicht am Duft der Gemüse, der unser Mahl würzte. Der Bube mit dem struppigen Haar, den geschlitzten, halb schielenden Augen, Befangenheit und Pfiffigkeit seltsam gemischt, gutmüthig trotz der Tücke, und bei aller Rachlust offen und ehrlich, — der Bube machte das Bild um mich her zur Bambocciade.

„Hört 'mal, Kamerad," unterbrach Pirro die Stille, „hab' da eine Entdeckung gemacht! An Eurer Büchse ist ein Wappen. Ich bin kein Kenner solcher Dinge, aber ich sehe, daß man Euch doch wohl zu den vornehmen Leuten zählen muß. Ist es Euer eigenes Gewehr, oder gehört es einem Herrn, in dessen Dienst Ihr seid?"

„Es ist mein eigen Gewehr," sagt' ich. „Ich schenk' es Dir; und wenn Du einmal in Noth bist, so zeig' es in Santa Maria vor und man wird das Wappen ehren."

„Sie könnten freilich denken, ich hätte die Büchse gestohlen!"

„So laß Dich vor mich führen und ich will Dir helfen."

„Nun, so seid Ihr ein mächtiger Herr?"

„Wenigstens in Diensten eines solchen," lenkte ich ein.

„Sei es wie es sei," rief Pirro, „es wäre ein hübscher Zug von Euch, wenn Ihr Euch zu uns armem Volk in den Bergen hieltet. Ihr braucht kein Waldenser zu werden, aber wenn Ihr Geschmack an uns findet und Ihr ein Mann seid, der es ehrlich mit uns meint und uns nicht belügt, so bleiben wir im

Nothfall von Folter und Kerker verschont. Nicht? Ihr solltet öfter kommen und uns heimsuchen bei unserem Gottesdienst und in unseren Hütten. Hart Brot und ein Trunk Ziegenmilch, das ist all' Eins bei uns, und wie wir uns selbst bewirthen, so dienen wir auch dem Herrgott, schlecht und recht. Ihr brauchtet ja nicht viel Wesens davon zu machen, daß Ihr ein Wohlgefallen an uns hättet! Da unten triebet Ihr als römischer Christ Eure Sache nach wie vor; nur wäret Ihr gegen uns menschlich, ließet uns — wenn's nicht anders sein kann — durchprügeln, wenn Ihr uns im Walde auf falscher Fährte ertapptet, aber uns nicht Zeitlebens einsperren, weil wir zu einfältig sind, um Euern stolzen Glauben zu begreifen. Wir Bursche ständen Euch dann allesammt zu Gebote, wenn Ihr uns da unten das Wort reden wolltet, und ich würde Euch in Fällen der Noth einen Haufen Kerle werben, deren Freund zu sein Euch nie gereuen sollte. Dann und wann freilich müßtet Ihr, wie gesagt, hier oben bei uns hausen; sonst glaubten wir's nicht und dächten, Ihr meintet's nicht ehrlich. Mein Seel', wenn Ihr gute Kameradschaft mit uns hieltet, ich könnt' Euch Bruder schelten, so lieb wollt' ich Euch haben!"

„Nun Freund," sagt' ich, „da würd' ich nur dasselbe Vertrauen von Euch fordern. Ihr müßt mitunter bei mir hausen, und Du sollst mit mir auf die Jagd gehen und aufhören auf unrechter Fährte zu treiben. Das ehrliche Waidwerk nährt bei uns seinen Mann, und Du sollst zu Pferde sitzen, statt den Esel zu treiben."

„Ja, wenn nur Eure — Schwarzröcke nicht wären!"

„Ich stehe für sie ein," sagt' ich zuversichtlich.

„Ja, wer da trauen könnte!" lachte Pirro. „Ich hab' da unten im Kloster ein Paar alte, gute Freunde, denen ich das beste Geflügel bringe. Sie segnen mich immer; aber wenn sie wüßten, daß die Hand eines Ketzers sie bediente, sie würden mir Gift statt ihren Segen geben. Neulich streckte mir Einer das Crucifix vor. Ich bückte mich drüber hin, steckte aber die Zunge heraus, statt das Holz zu küssen. Er sah es und hieb mit dem Kreuze auf mich ein, faßte mich am Genick und rief die Klosterknechte. Mit genauer Noth entkam ich. Daß ich ihm gestohlenes Wild bringe, das läßt er gut sein, obschon er darum weiß. Sobald ich aber nicht recht nach seiner Art den Anstand habe, um mit dem Herrgott schön zu thun, wittert er gleich den Bösen in mir."

„Wenn ich Euern Pfarrer, den langen Pietro, verhöhnt hätte, mein Freund: Ihr hättet mich nicht lebendig von Euch gelassen!"

Pirro gab das weder zu, noch mocht' er's leugnen. „Ich kann mit einem todten Gott nicht schön thun," sagte er, „ich lobe mir einen lebendigen. Wir machen mit ihm überhaupt nicht so viel Umstände, nicht so viel Wesens, wie Ihr mit Euern vielen Höflichkeitsbezeugungen, Euerm Knieen und Knixen, Euerm Flennen und Schluchzen. In Rom, sagt der lange Pietro, feuern sie sogar mit Kanonen drein, wenn sie beten wollen. Sie meinen, der alte Herr im Himmel sei taub geworden. Der alte Gott ist auch nicht so bös' und finster, daß wir alle Zeit in Sack und Asche vor ihm hinstürzen müßten! Was ein ehrlicher Waldenser ist, der geht schlicht mit seinem Herrgott um, nimmt ihn sozusagen bei der Hand, schüttelt sie ihm und sagt: Lieber Herr, sei gut mit uns, denn Du bist ja doch der einzige brave Kerl im Lande!"

Mormona war vor mich hingetreten, als wollte sie den Unwillen, der in mir aufstieg, beschwichtigen. Sie sah zitternd zu mir auf und hob die Hände wie bittend in die Höhe.

„Ihr kennt den alten Gott sehr schlecht, wenn Ihr ihn wie Euresgleichen behandelt!" rief ich mit einem strafenden Ernst, der mich plötzlich gegen Pirro überkam. „Ihr wollt keine Götter haben neben ihm, aber in Euerm Uebermuthe seid Ihr nicht mehr fähig, die Spuren seines Wandels auf Erden zu sehen. Anders als in Zeichen spricht er ja nicht mit uns, Ihn selbst schauen wir nicht. Sein Athem durchdringt die Welt, aber sein Angesicht bleibt uns Allen verhüllt. Die ganze Natur ist der Schauplatz seines Wirkens, Alles um uns her ist eine Kunde von ihm; warum sollen wir ihn nicht in seinen Zeugen und Boten begrüßen? Selbst am kleinsten Sandkorn ist seine Heiligkeit zu ahnen und wir verstehen ihn in seinen Wirkungen. Du aber, der Du ihm selbst nahen willst, thue zuvor den Staub von Deinen Füßen, ziehe die Schuhe ab, denn die Stätte ist heilig. Du würdest erbeben und erblassen, wenn sich der Herr in seiner ganzen Gestalt Dir zeigen wollte! Unsere Religion giebt uns die Bedingungen an, uns ihm allmählich zu nähern. Du freilich siehst auch in der Art, wie sich Menschen zu einander verhalten und aus diesem Verhalten ein

Gewebe von Recht und Sitte machten, eitel Willkür, Zufall und Hinterlist. Du bist ein fahrloser, heiterer Schelm, der Böses und Gutes noch nicht scheiden lernte, wahren Schmerz und wahre Freude noch nicht kennt. Wohl ist das Leben nicht um des Todes willen da; aber eine Religion, die dem Tode und den Schmerzen nichts abzugewinnen weiß, versteht wohl sehr wenig vom Leben der Menschen und ihrem dunklen Drange. Auch die Natur stirbt ab, hat Schmerzen und trauert. Der Orkan reißt die Hütten nieder und ein wilder Dämon läßt nicht ab und ist immer geschäftig, die Saat des Guten zu zerstören. Wir müßten, wenn wir nicht um den gestorbenen Christus trauerten, der Natur ein Todtenfest halten, damit sich der Mensch mit seinen Schmerzen ein Genüge schaffte."

Mormona war am Boden niedergekniet, sie hatte ihr Gesicht in beide Hände gesenkt. Mit weit aufgerissenen Augen starrte mich Pirro an. Dann wälzte er sich wieder auf seinem Lager zurecht und murmelte vom langen Pietro, der es doch besser wüßte, wie es mit dem Christenthum der Römer stände. — Was ich ihm gesagt, ging freilich über sein' nächstes Bedürfniß hinaus, deshalb verstand er mein Christenthum nicht. Ich aber glaubte das seinige zu verstehen, ohne es für das alleinige Evangelium zu halten. „Eure Religion", sagt' ich, „ist in ihrem Ursprunge so heilig, wie jede. Nur ein Erleuchteter konnte den Gedanken fassen, den Gottesdienst wieder bis auf seine ersten Bedürfnisse zurückzuführen. Euer einfacher Glaube ist gültig, so lange Ihr selbst die einfachen Geschöpfe der Wüste bleibt; Kindern genügt ein Kinderglaube."

„Nu, nu! Wir sind nicht schlechter als Ihr," murrte Pirro.

„Die Erwachsenen sind nicht besser, aber ihr Leben ist voller, reicher geworden, die Kräfte haben sich erweitert. Ist der Zwiespalt einmal eingetreten, vom Baume der Erkenntniß die Frucht gebrochen, die Sünde als die That des freien Willens in die Welt gekommen, so herrschen gute Geister und Dämonen in wechselvollem Spiel. Die Menschenwelt, mein Freund, hat sich wie die Natur entwickelt, stufenweise. Wer will das Pflanzenleben mißachten! Es ist sogar lieblicher, zarter, unschuldsvoller als die nächste Stufe der Entfaltung; aber diese nächste Stufe, das Thierreich, ist eine Entwickelung reicherer Kräfte, stärkerer Gewalten. Leidenschaften sind in ihr wach geworden, der Selbstwille fängt an sich frei zu machen und zum Bewußtsein über Bös und Gut ist ein Schritt mehr gethan. Das römische Christenthum ist nur die reichere Entfaltung einer Summe von Wahrheiten und Bedürfnissen. Euer waldensisches Christenthum ist eine Stufe für menschliche Kindheit, Ihr seid Waisen, die sich trotzig gegen die Welt wehren und Niemand angehören wollen. Oder Euer Glaube müßte für eine Horde von Räubern sein, die ihre Wildheit für berechtigt halten, die Welt alles Heiligen zu entkleiden und ihr abzutrotzen, was sie nicht freiwillig giebt!"

Pirro lag still am Boden, er schlief entweder, oder stellte sich schlafen. Es hatte mir wohlgethan, mein Christenthum vertheidigen zu müssen. Ich glaubte jetzt erst recht fest an meinen Glauben, da ich die Weltregierung Gottes damit zu rechtfertigen hatte. Zugleich fühlte ich plötzlich, was unserm

Christenthum fehlt. Unsern Priestern fehlt es an dem lebendigen Geist, der am Pfingsttag ausgegossen ist. Jene Erleuchtung, die wie mit hundert Zungen redet, in die Welt zieht und alle Völker gewinnt, kommt nicht mehr über die Stellvertreter und Boten Gottes.

Wie ich schwieg, war Mormona aufgestanden. Ihre Augen leuchteten mich ungewiß an.

„Sind sie denn Alle da unten so mild?“ fragte sie mit scheuer, zitternder Stimme.

„Die Menschen, Mormona, haben immer verdorben, was ursprünglich rein war vor Gott.“

„Lehren das auch Eure Priester?“ fragte sie nach einer Weile von neuem.

„Ich will es Dir lehren, Mormona, ich will Dein Priester sein!“

Ich reichte ihr die Hand und sie legte zögernd ihre Linke in die meinige, während sie ihre Rechte an sich preßte. Ihre Augenlider senkten sich; aber sie ward nicht roth, es zog vielmehr jene leise Bläſſe über ihr Antlitz, wie sie mir am Heiligenfeste erschienen war, so durchsichtig hell, wie gelöst von allen leiblichen Banden. Wie ich ihre Hand festhielt, zuckte sie in in sich zusammen und wandte sich ab. Pirro regte sich am Boden und wir traten auseinander. Die Dämmerung brach herein; Mormona verließ schweigend das Zimmer.

Ein sanftes Feuer durchleuchtete mein Herz. Mitten im Dunkel sah ich helle Gestalten, lichte Schatten auf und niederschweben, gute Genien, freundliche Abbilder meiner Seele, denen nur noch die Sprache fehlte, um ihr Glück zu ermessen, noch zu scheu und schüchtern, noch zu sehr von Furcht befangen, um schon den Traum in Wirklichkeit zu verwandeln. — Ich saß und lauschte. Ihr leiser Schritt schwebte wieder über den Balken, das Gewand rauschte über den Boden hin. Ich zitterte heftig und doch wagte ich nicht mich zu regen. Wie gebannt saß ich auf der Stelle fest und fühlte doch die Fähigkeit, meine Seele freier und selbständiger zu bewegen, von der Schwere des Körpers gelöst und von einer wunderbaren Macht beflügelt. Ich fühlte Leib und Seele in mir getrennt und meinen Geist in einen lichteren Stoff gekleidet, in dessen Hülle er ganz neu athmete. Es war mir, als ständ' ich oben unter dem Dach der Hütte, die sich in einen Tempel Gottes verwandelt hatte, als kniete Mormona vor einem Altar, auf dem sie ihr Herz darbringen wollte, und als wär' ich als Priester ihr links und rechts behülflich, ihr das Opfer zu erleichtern. Traum und Wirklichkeit liefen wirr durcheinander, und doch war ich mir des Wachens bewußt. Endlich schlief ich fest und sicher ein. Da war mir, als stieg' ich, dem kecken Gemsenjäger gleich, von Fels zu Fels. Immer reiner ward die ätherische Luft, immer leichter mein Schritt. Oben auf der Spitze, den First der Bergwand entlang, schwebte eine flatternde Mädchengestalt. Ich jagte ihr nach, und wie ich sie endlich am Saume ihres Gewandes erhaschte, sank sie plötzlich mit lautem Schrei in meine Arme. Es war Mormona. Aber sie sah unendlich leidend aus, ihr helles Auge schien in Gram aufgelöst. Wie ich sie küßte, lächelte sie schmerzlich und ich hätte vor geheimem

Weh vergehen mögen. Sie entwand sich meinen Armen und schwebte wieder ungewiß in der Luft. Wie sie sinken wollte, schrie ich auf, denn ich war unfähig, sie mit den Händen zu fassen. Da rauschte es wie mit Fittigen über sie her, ein weiter Mantel umhüllte sie von beiden Seiten, zwei Arme umschlossen rücklings ihren Leib, eine kräftige Gestalt führte sie auf Flügeln himmelwärts, und das dunkle Auge einer ernsten Frau blickte aus den Wolken auf mich herab. Ich weiß nicht, war es meine unglückliche Mutter oder die alte Waldenserin, die Ahnmutter unseres Hauses, welche die Leidende an ihrer Hand hinauf in die Wohnungen der Seligen führte.

Mit dem heranbrechenden Morgenlicht schwanden die Gestalten; aber ich wußte, daß ich wach war, als mich Pirro rief und zum Aufbruch gemahnte. Meine Missionsgedanken hatten seit jener Nacht das Ziel: Mormona um jeden Preis und gleichviel mit welchem Glauben und Bekenntniß mein zu nennen.

Pirro hatte rasch angeschirrt und trieb mich mit geschäftiger Eile fort. Ich wollte heim; er ging seinem Gewerbe nach. Der Strahl der Morgensonne ragte noch nicht bis in die Schlucht hinab, aber umsäumte die Spitzen der Felsen und die bretterne Hütte, die wie ein Nest zwischen den steilen Wänden hing. Mormona schlummerte noch; Engel Gottes breiteten die goldnen Flügel um das kleine Haus. Wir saßen auf, ohne sie begrüßt zu haben.

„Also Ihr wollt wiederkommen?“ rief mir Pirro zu,

nachdem wir eine Zeitlang schweigend neben dem Esel, ich hüben, er drüben, fortgeschritten waren.

„Unter der Bedingung, daß Du nach Santa Maria kommst,“ sagt' ich.

„Nach Santa Maria!“ wiederholte er. „So seid Ihr einer von den Leuten des alten gestrengen Grafen, der ein waldensisch Mädchen zur Frau gehabt? Bei einer Jagd auf Wilddiebe hatte er sie mit einem Rudel frischer Bursche aufgefangen. Er gab den ganzen Haufen wieder los; dafür folgte sie ihm wie eine getreue Magd in's Schloß. Und seitdem treibt kein Waldenser mehr Dieberei im Gebiete von La Torre. Es giebt der Reviere noch sonst genug. Das arme waldensische Kind ward aber doch wohl ein Opfer Eurer Priester von Gottes Gnaden. Sie sagen, sie sei plötzlich gestorben, noch vor meiner Zeit. Nun, sie ermorden Keinen mehr in seiner heilen Haut; so grausam ist man nicht mehr. Aber wer weiß, ob die arme Ketzerin im alten Schlosse drüben nicht noch im Versteck lebt unter Martern und Foltern! Sie sagen, es gehe im Schlosse um. Vielleicht sind es die ehrwürdigen Herren selber, die wie Vampyre umgehen und Seelen fordern!“

„Mensch, Du lügst!“ schrie ich auf. „Muß denn Alles in der Welt ein Gewebe von Lug und Trug sein!“

„Meinetwegen,“ sagte er, „ich bin gegen Gespenster aller Art gewaffnet.“ — Er zog ein Stilett aus dem Gürtel und steckte es ruhig wieder ein. — „Man sagt,“ fügte er hinzu, „der junge Graf sei ein sehr finsterer Herr. Wird wohl in den

Händen der heiligen Männer Gottes sein. Vielleicht giebt's einmal wieder eine Waldenserhetze!"

Ich faßte ihn hart an der Brust. „Mensch!" sagt' ich, „Ihr wollt in den Bergen Euch rein halten von der Schlechtigkeit der Welt, und Euere Gedanken stecken voller Tücke, denn Ihr nährt Euch von der Lüge und der Argwohn hat Eure Herzen vergiftet."

„Meinetwegen!" sagte der Junge ganz gedankenlos. — „Ich will Euch aufsuchen in Santa Maria. Es wär' recht gut, wenn wir einen Freund da hätten. Wie erfragt man Euch?"

„Zeig' Dein Gewehr vor, und man wird Dich zu mir führen."

„Ehrlich und ohne Falsch?" sagte er, „topp!" — Ich schlug in seine Hand. — „Eure Büchse soll mich führen," setzte er hinzu. „Ihr Lauf ist gut und ich denke, mir entgeht nichts, wenn ich sie regiere. Schaut einmal dort das Eulennest im Geklüft! Seht Ihr's?"

Ich hatte den Punkt in der Felsenspalte mit den Augen kaum erfaßt, als der Schuß fiel, das Geflecht sich vom Steine löste und herabstürzte. — „Nun wißt Ihr wenigstens," sagte Pirro, „daß ich nicht der Kerl bin, den Ihr leichten Kaufes haben könnt." — Lachend zog er seines Weges fort. Wie er um die Felsenecke sammt Esel und Wagen verschwand, hörte ich ihn noch lange eine jener Weisen singen, die die Savoyarden zum Tanz der Murmelthiere spielen. — So lustig und so starrköpfig, so zutraulich und so argwöhnisch sind die Menschen im Gebirg.

Viertes Capitel.

Der Geist der Berge.

Mein Ausbleiben hatte in Santa Maria doch mehr Aufsehen erregt, als ich wünschte. Ich hatte meine Sorglosigkeit zu bereuen. Der Jägerbursch, den ich auf dem Markte von La Torre verabschiedet, mußte geplaudert haben. Ich war zwei Nächte fortgeblieben und hatte Sorge erregt. Im Schloßhofe hielt Giacomo, der alte Haushofmeister, mit den Dienern hohen Rath. Sie waren zu einem Streifzuge in die Berge gerüstet, als ich plötzlich unter sie trat. Die staunende Freude verwandelte sich in Scheu und Angst, als sie mich, obschon mit heiler Haut, doch waffenlos vor sich sahen. Mein verworrener Anzug war Zeuge meines Verkehrs mit der Wildniß. Ich gebot dem Alten, die Diener zu beschwichtigen, und legte Allen Stillschweigen auf. Giacomo, in der Freude mich wiederzusehen, gelobte der Mutter Gottes in der nächsten Dorfkirche ein neues Gewand sammt Schleppe und Gürtel. Dabei lief es doch wie Furcht und Entsetzen über sein altes, mürbes Gesicht. „Gelobt sei Jesus Maria!" sagte er, mich argwöhnisch musternd, „glaubt' ich doch, der Geist der Berge müßte über uns gekommen sein. Die alte Waldenserin ist auch wieder erschienen!"

„Mir auch!" sagte ich, „diese Nacht im Traume, oben in der Hütte, wo ich gastlich übernachtete. Sie trat im blauen Sternenmantel, wie die Mutter Gottes, vor mich hin; ein ernster, aber seliger Geist, der längst im Himmel seinen Frieden gefunden. Und ich gelobte ihr, auch auf Erden Frieden zu stiften, damit das Leben der Menschen ein Schauplatz brüderlicher Liebe werde!"

Die Diener murmelten und sprachen von einer andern Gestalt, die im Schlosse erschienen sein sollte. „Hast Du sie gesehen?" fuhr ich auf, „oder Du? oder wer? — Wer will mit mir wachen im Schlosse, damit der Geist uns Rede stehe?" — Niemand regte sich. — „So seid Ihr, kindisches Volk! Zu prüfen, wie Männern ziemt, wagt Keiner, und so bleibt Ihr Alle, wie Weiber und Kinder, in Euerm Glauben Narren und Sklaven. Eure Feigheit trägt die Schuld, wenn Hirngespinnste mit der alten Schreckensmacht uns beherrschen. Es gilt Euch ein Kleines, selbst ein Menschenleben Euerm Wahne zu opfern. Ihr selbst seid es, die Ihr als Gespenster und als Gehäuse des Aberglaubens umgeht bei hellem Tage! Euer Wahn ist blutgierig, Euer finsterer Glaube ist unselig, nicht die gequälte Seele der Ahnfrau, die von Euern Missethaten im Schooße Gottes ausruht. Aber es soll anders werden auf Santa Maria, so wahr ich hier einst Herr bin! Die Freude soll einkehren in unsern Mauern, die Menschenliebe ihren Sitz bei uns aufschlagen. Das soll die Sühne sein für die Frevel, die wir an den Brüdern in den Bergen verübt!"

Die Diener schlichen bei Seite. Giacomo bekreuzte sich und sah mit seiner weisheitsvollen Wehmuth auf mich herab. Mit dieser frommen, gutmüthigen und weichen Seele war er doch der harte Kerkermeister meiner Mutter gewesen.

Es drängte mich, das Bild der Verewigten zu sehen, das man im alten Schloßflügel in den verfehmten Zimmern vor Jedermann verbarg. Mein Vater beging das Osterfest in Rom; ich hatte bis zu seiner Rückkehr noch einige Tage Spielraum. Ich wollte sie benutzen. Im großen Ahnensaale fehlte auch das Bild der alten Waldenserin. Ich brachte den Haushofmeister darauf, von dem Gemälde zu sprechen, obwohl ich längst wußte, welche Bewandtniß es damit hatte. In den letzten Tagen ihres Lebens hatte meine Mutter es vor ihr Bett bringen lassen. Es war der Wunsch einer Sterbenden gewesen, man hatte ihr willfahren müssen. Seitdem war es nicht wieder in die Reihe der Familienbilder aufgenommen. Giacomo zitterte, als ich in ihn drang, mir die Schlüssel zu geben, die zu dem verbotenen Flügel des Schlosses führten. „Um des Herrn und Heilandes willen! Dort ist alles Unglück des Hauses bei Seite geräumt!" flehte er dringend.

„Ja," sagte ich, „was Ihr das Unglück des Hauses nennt, das haltet Ihr wie einen pestartigen Stoff fern, als läge die Ansteckung in der körperlichen Berührung! Ich sage Dir, sie liegt in der Luft, die Alles durchdringt, und die Niemand abschließt." — Der Alte rang die Hände. — „Du machst meinen

Argwohn rege. Oeffne! Der Sohn will die Stätte betreten, wo seine Mutter ein Opfer Eures Wahnes wurde. Eile, Dein zukünftiger Herr befiehlt!"

Gegen meinen Zorn, gegen die Erinnerung an die Unbill, die der Verstorbenen widerfuhr, war der Alte nicht gewaffnet; er holte die Schlüssel aus einem geheimen Wandschranke im Zimmer meines Vaters. Ich entriß sie ihm und ging. Seiner Verschwiegenheit konnte ich sicher sein; ich wußte, daß er, wie ich selbst, gegen das Verbot meines Vaters handelte. Ich eilte den langen Gang hinunter, der zu den verlassenen Zimmern führte. Es war heller Mittag, aber ich trat in einen völlig dunkeln Raum. Ich stieß die Läden von den Fenstern. Der frische Luftzug wirbelte Staub auf, die vergilbten Vorhänge zitterten, die alten Tapeten rauschten, die dumpfe Luft und der Geruch des Moders beengten meine Brust. Es war ein Vorgemach, in dem ich stand. Ich tappte weiter und öffnete. Erst im dritten Zimmer stand das Bett der Entschlafenen mit Stuhl und Tisch und all' der Umgebung ihrer letzten Augenblicke. Hier war sie gestorben; hier hatte ein freies Herz, verkannt und verschmäht, unter dumpfen Banden ausgeathmet; eine frische Alpenrose war hier in der schwühlen Luft der Menschenwelt so rasch verwelkt! Ich sank in meine Kniee; der Schmerz überwältigte mich. Ich lag am Boden, ich weinte, aber gelobte eine Rache, über die alle seligen Geister im Himmel frohlocken sollten. Labte sich mein Herz doch an einem frischen Quell der Liebe, konnte ich doch im Glück einer nahen Zukunft schwelgen!

In der Nische hing das Brustbild der Mutter; ein lachender Mädchenkopf mit flatternden Locken, eine spielende Heiterkeit im dunkelblauen Auge. Sie blickte in der Frische des ersten Frühlings, in der Lust am schönen Leben, in der neckenden Freundlichkeit der ersten Jugendliebe so hell und keck in die weite Welt, die sich ihr so bald eng und düster verschloß. Und hier, so dicht neben ihrer blühenden Gestalt, das Bett und die traurigen Zeugen eines kummervollen Todes! Dem Bett gegenüber, den festen Blick mir zugewendet, hing das Bild der waldensischen Ahnfrau, in ganzer Gestalt, in aufrechter Haltung, in der steifen, stolzen Tracht einer Dame des Hauses von ehedem. Sie war es, die mir in der Nacht erschien, als ich im Traume meine Hand nach Mormona ausstreckte; nur war damals ihre Stirn mit einem hellen Schein umzogen, der Mantel der Königin des Himmels breitete sich um ihre Schultern. — Was wollte mir dies dunkelblaue Auge sagen? Blickte es strafend herunter oder warnend? Diese Züge waren so lebendig, diese weiße Hand streckte sich so frei heraus, als wollte die ganze Gestalt aus dem Rahmen steigen und mich erfassen. Plötzlich war mir's, als liefen die Züge der Ahnfrau, die Züge der Mutter, die Züge Mormona's durcheinander. Dasselbe dunkelblaue Auge, dasselbe lichtbraune Haar und der schelmische Zug der sanft geschwellten Lippen! War es immer nur, nach Zeit und Alter wechselnd, dieselbe Gestalt gewesen, die den Söhnen meines Hauses erschienen war? Seltsames Spiel des Zufalls! — Ein wirrer Nebelschleier zog sich um meine Sinne, um meine Gedanken zusammen.

Ein Geräusch hinter mir schreckte mich auf. Es war Giacomo, der mir nachgeschlichen.

„Menschen!" rief ich, „seht hier die Opfer Eures Irrthums! Ihr waret Alle Mörder aus frommem Wahn! Aber ich will den Fluch, den Ihr über Euch selbst verhängt, in Segen wandeln, ich will die Schmach vom Hause nehmen, die Gräuel Eures Glaubens beenden. Die Liebe regiere auf Erden, der Haß sei getilgt!"

Der Alte kniete auf der Schwelle und betete eifrig, vielleicht für mein Seelenwohl. Ich verließ mit stummer Scheu die Räume, in denen meine Mutter starb.

„Wer war um die Sterbende?" fragte ich Giacomo, als wir die Gemächer schlossen.

„Eine Dienerin, die nicht mehr lebt," sagte der Alte. „Diese hatte in der Angst der Seele den Priester kommen lassen; aber als er der Leidenden das Allerheiligste reichen wollte, ward er mit Unwillen wieder abgewiesen. Die Sterbende wollte das Kreuz nicht küssen, das er ihr hinhielt."

„Sie trug schwer genug an dem Kreuze, das Ihr über sie verhängtet!"

„Sie wollte auch zu keinem Heiligen beten! Heilige Mutter Gottes, bitt' für sie!"

„Sie betete", unterbrach ich ihn, „zu der Heiligen ihrer eigenen Wahl. Darum ließ sie sich das Bild der Ahnmutter kommen, in deren starken und festen Blicken sie Trost suchte."

„Sie ist ohne Segen, ohne die letzte Oelung gestorben!" sagte Giacomo.

„Ohne den Leib des Herrn, ich weiß. Vielleicht bedurfte sie seines Leibes weniger, weil sein Geist sie erfüllte und ihr Muth gab, der schnöden Welt zu trotzen. O, Ihr Verblendeten! Ihr nanntet es Verbrechen, daß sie sich nicht zum Gekreuzigten wandte, und Ihr wußtet nicht, wie tief und still sie ihn im Herzen trug.“

„Die Heiligen wollen ihr jenseits gnädig sein!“ flüsterte der Alte und sah mich betäubt und verworren an. —

Um die Todten kümmerte ich mich nicht ferner: die Lebenden verlangten meine Sorge. Es trieb mich eine dunkle Regung, der Herkunft meiner Mutter nachzuforschen. Ich wußte selbst nicht warum, aber es war ja möglich, daß die Aehnlichkeit der Züge in einer nahen Blutsverwandtschaft ihren Grund hatte. Oder war diese ganze Entdeckung nur ein Blendwerk meiner aufgeregten Sinne? — Ich eilte zum Klostermeier im nahen Walde. Er war früher um die Person meines Vaters gewesen, hatte seine Jugend mit ihm verlebt, war eingeweiht in seine Verhältnisse. Soviel er wußte, hatte die Verstorbene keinen Anhang mehr in den Bergen. Ihre drei Brüder, da sie sich nicht zum römischen Glauben bekehren wollten, waren mit einem Jahrgehalte nach Genua verwiesen, hatten aber, unter Androhung der Inquisition, schwören müssen, unser Gebiet nicht wieder zu betreten. Die Republik brauchte Soldaten gegen das aufrührerische Corsica. Die drei Waldenser nahmen Seedienste, wurden aber von den Corsen gefangen und waren, als Genua mit französischer Hülfe wieder Besitz von der Insel nahm, entweder in den blutigen Wirren umgekommen, oder mit dem abenteuernden König Theodor geflüchtet. Für den Fall, daß sie noch lebten und sich meldeten, lag die für sie ausgesetzte Summe in den Händen des Pater Rector im Collegium zu Genua bereit. Keiner von ihnen hatte in der Heimath Nachkommen gehabt.

Mein Plan stand fest, um mich Mormona's zu bemächtigen. Mein Herz duldete sie nicht länger in der Wildniß der Berge. Ich eilte von Genua, wo ich mir diese Kunde verschafft hatte, zum Klostermeier zurück; ich that sehr zuversichtlich, als wär' es meinen Nachforschungen gelungen, über die Abkunft meiner Mutter Aufschluß zu erhalten. „Die drei Brüder", sagte ich ihm, „waren nicht die einzigen Anverwandten." — Der Alte staunte, aber schien gläubig, wie ich ihm von zwei weitläufig verwandten Sprößlingen aus Savoyen erzählte, die in unsern Bergen hausten. Auf meinen Streifereien, sagte ich ihm, hätt' ich sie ausfindig gemacht, und gedächte sie nicht ferner sich selbst zu überlassen. Der Alte wehklagte, daß das Gewebe eines schicksalvollen Zusammenhanges des Hauses mit den Ketzern dort oben unauflöslich sei. Und wenn alle die verwaisten Kinder in den Bergen, rief ich, zur Sippschaft der Mutter gehörten, so wolle ich es unternehmen, ihnen wohlzuthun und sie als Brüder anzuerkennen. Gott sei ein Gott der Liebe und kein Gott des Zornes; die Heiligen würden mit mir sein, um die verlorenen Schafe zur Heerde des Herrn zu versammeln. — Ich wendete mich ab; mein glühendes Antlitz war der Verräther meiner Lüge. Aber die List gelang; der Alte bot willig die Hand, räumte in der Meierei ein entlegenes Zimmer ein und war des Besuches, den ich ihm zuführen wollte, gewärtig. „Ein einfach gutes Kind," sagte ich ihm, „ein Mädchen, fromm und still, und ein wilder Bursche, der sich nicht einzäunen läßt und gern im freien Walde herumschwärmt!" Der Klostermeier gelobte Verschwiegenheit, denn weder der Vater, noch die Sprößlinge selbst dürften vorläufig wissen, in welcher Beziehung sie zum Hause La Torre ständen.

Ich athmete frei, als ich wieder auffaß und der alte Meier mir seinen Segen nachrief. „Der Geist des Unheils komme nicht über Euch!" sagte er und hob die Hand gen Himmel. Ich lachte und frohlockte im Innern meines Herzens. Wohl war der Geist der Berge über mich gekommen, aber dieser Geist war ein Genius im Feierkleide, ein Engel, der einen neuen Frühling vom Paradiese brachte.

In Santa Maria hört' ich, ein wilder Junge habe sich vor kurzem gemeldet, sich zum Stallmeister führen lassen, aber diesem gesagt, er suche Jemand anders. Er wußte keinen Namen anzugeben, aber zeigte eine Büchse vor, mit dem Wappen des Hauses. „Es war Eure Büchse, Herr! Wir verweigerten sie ihm, als er sie wiederforderte. Wie er hörte, es sei das Gewehr, das Ihr jüngst von der Jagd nicht wieder heimgebracht, erschrak er heftig, entriß uns die Waffe und sprang mit der Schnelligkeit eines Raubthiers über den Graben. Die Hunde setzten ihm nach; wir konnten ihn nicht erreichen, seine Spur verlor sich im Walde."

„Pirro!" rief ich. — „Kommt er wieder, so haltet ihn gut, er ist men Freund."

„Wohl gar der Vetter?" flüsterte mir der Klostermeier mit allen Zeichen des Schreckens in's Ohr.

Ich dachte dem nicht weiter nach und eilte fort. Bald stand ich in den Bergen und fand die Schlucht, die zur Hütte führte. Eine Gestalt sprang mir zur Seite aus dem Dickicht hervor; es war Pirro. Er hing drüben am Felsen, der Waldbach brauste zwischen uns. „Laßt ab von diesem Pfade!" schrie er mir zu, „ein Graf La Torre wandelt hier auf falscher Fährte!"

„Pirro," rief ich, „bist Du's, Freund?"

„Freund?" lachte er zornig und schlug an's Gewehr, ließ es aber rasch wieder sinken. „Meidet die Waldenser! Unsre Kugeln sind schneller, als Eure Schloßhunde. Ich warne Euch, hier ist Euer Gebiet zu Ende."

„Höre mich, Pirro, es war ein Mißverständniß; komm mit mir zurück nach Santa Maria, sie werden ihr Unrecht an Dir vergüten!"

„Lüge, alles Lüge, wie Ihr selbst!" schrie er wild. „Hütet Euch vor Eurer eignen Waffe!"

Der Gießbach schäumte. Pirro's Worte verrauschten im Getose der Fluthen. Ich streckte die Hand nach ihm aus, da er meine Stimme nicht hörte. Er hob drohend die Faust und verschwand.

Ich hoffte ihn oben zu finden, ihm Alles aufklären, ihn begütigen zu können, und setzte meinen Weg fort. Noch eine Stunde und ich war am Ziele.

Wie ich an der Bergwand hielt, auf deren Höhe die Hütte

stand, gab ich das mir vertraute Zeichen. Mormona erschien auf der Platte. Ich rief ihr zu; sie antwortete nicht; aber wie ich das Maulthier in die Grotte zog und die Stufen im Felsen hinanstieg, öffnete sich oben der Deckel, der den einzigen Zugang auf die Höhe möglich machte. Ich sprang hinauf und umfaßte das Mädchen mit beiden Händen. Sie entwand sich meinen Armen und sah mich ungewiß an. „Pirro ist nicht hier!" sagte sie zögernd.

„Ich weiß," war meine Erwiederung, „ich will ihn hier erwarten. Oder bin ich Euer Gastfreund nicht mehr?"

Sie blickte beschämt zu Boden und trat langsam zurück.

„Mormona," rief ich, „willst Du Dich von mir wenden, weil sich zwischen mich und Pirro ein Irrthum drängte? Was die Menschen da unten zu Haß und Tücke treibt, was die Religion der Priester in einen düstern Fanatismus verwandelt, regt sich das nun auch bei Euch, unter den freien Kindern der Natur, wo der Mensch offen zum Menschen tritt? Bin ich Dir plötzlich fremd geworden, Mormona?"

Sie fand kein Wort der Erwiederung, sie zitterte bang in sich zusammen; sie wollte fliehen und hatte mir doch den Eingang gestattet. Sie wußte nicht, was sie wollte, indem sie mich den schmahlen Pfad an der Felsenwand hinführte und dann an der Schwelle der Hütte doch wieder stillstand. Mir zur Linken lief der schaurige Abgrund in die Tiefe und rechts, an die steile Wand gelehnt, hielt mich die kleine Hand des zitternden Mädchens.

Endlich trat sie in die Thür, und wir standen an dem traulichen Heerde. „Mormona,“ sagt' ich, „unter dieses Dach sollt' ich nicht mehr treten, wo ich den wichtigsten Lebenstraum geträumt, den ich zur Wirklichkeit machen will? Ich bin Einer jener La Torre, in deren Adern waldensisch Blut fließt. Ein alter Zauber treibt uns in die Wildniß und unser Herz sucht nach dem reinen Thau des Himmels aus Gottes Hand. Der alte Glaubenshaß, den die Priester gelehrt, will seine Sühne. Der Ahnherr sündigte gegen die Ahnmutter des Hauses und der Zwiespalt des alten Irrwahns lief bis auf unsere Tage herab. Mein Vater hielt seine Gattin, die ihm aus den Bergen gefolgt, für verloren, weil sie Gott in einer andern Weise angeredet. Mormona, was die Väter gefrevelt, ich bin berufen es zu sühnen! Hier, wo Du hinknietest, um auf mein Wort zu lauschen, ob ich die Grausamkeit der Priester theilte, hier hab' ich im Stillen gelobt, zwischen Deinem und meinem Glauben einen Friedensbund zu stiften. Und Nachts stiegen gute Geister in meinen Traum, mein Thun zu segnen. Mormona, im Namen jener Waldenserinnen meines Hauses, Du sollst mir die Hand zum Bunde reichen. Laß uns treu aneinander halten, um die Welt vom Wahne zu befreien, laß uns Verschworene sein, die das heilige Werk vollführen, daß der Mensch nicht mehr den Menschen um seines Glaubens willen verflucht! Gott versteht jede Sprache des Herzens; er verwirft weder die lallende Zunge der kindlichen Völker, noch die zitternde Stimme eines altgewordenen Jahrhunderts. In seinen Geheimnissen forscht die Menschheit bis in alle Ewigkeit, jedes Alter, jede Stufe des Lebens, Kind, Jüngling, Mann und Greis, jedes Volk, jedes Land, jeder Himmelsstrich sucht und findet seinen Gott; und der große Geist, auf den alle Abbilder der Menschen deuten, bleibt nur sich selbst ewig derselbe, während die Vorstellungen, die sich die Menschen von ihm machen, wechseln. Wer darf sagen, er habe den alleinigen Gott Himmels und der Erde gefunden? Und wer es wähnt und glaubt und dem Bruder flucht, der zum ewigen Wesen in anderer Weise betet, dem ist der gute Geist, Gott selbst, der die Liebe ist, gewiß am fernsten. Mormona, heilig bist Du mir und unantastbar bleibe mir Dein Glaube! Nur Dein Herz will ich, freilich Dein Selbst, und ohne Deinen Glauben bist Du nicht denkbar. Aber wie dem auch sei; ich glaube an die Macht der Liebe und will Dein Herz, Deine Hand. Ihr wollt nichts hören von Schwur und Eid, Ihr seid zu oft getäuscht von den ränkevollen Menschen; so gelobe ich mir selbst, im Namen Gottes zum Heil der Welt, ewige Treue Dir und meinem Versöhnungswerk."

Sie sah zu mir auf und erhob willenlos und wie im Traum ihre Hand, als ich meine Rechte gen Himmel hielt. Dann zitterte sie heftig, ihre ganze Gestalt drohte zusammenzusinken und weinend stürzte sie an meine Brust. Sie wollte nicht mehr frei sein, nicht mehr unabhängig; mit dem Argwohn erstarb in ihr auch jede Kraft des selbständigen Willens. Mir anzugehören war das einzige Gefühl, das alle Schleusen ihres Innern durchbrach. Ihrem Volke zu leben hatte ich ihr gelobt, und dafür gewann ich sie selbst zu eigen.

Wir saßen still beisammen, ganz versunken in das heilige

Glück, uns als zusammengehörig zu fühlen. Es gab für uns keine Vergangenheit mit ihrem Fluch, keine Zukunft mit ihren Drohungen. Wie ich daran gemahnte, es sei mein Plan, sie bald als meinen Besitz, als meinen Raub davonzutragen, fand sie kein Wort der Erwiederung; sie lächelte, als schwanke ihr Herz zwischen Glauben und Unglauben. Im Rausch der stummen Seligkeit fuhren Stunden auf ihren Schwingen über uns hin.

Plötzlich schreckte Mormona aus meinen Armen auf. „Pirro!" rief sie. Ihr scharfes Ohr glaubte sein Zeichen, seine Stimme zu vernehmen. Sie stürzte an's Fenster, an die Thür, dann wieder zurück. — „Sei ruhig, Mormona," sagt' ich ihr, „ich beschwichtige ihn!"

„Er ist wild in seinem Zorn," rief sie, „er glaubt sich verhöhnt, verrathen, er sieht nur den römischen Christen in Euch, und das Blut der gemarterten Brüder schäumt in ihm auf, geräth sein Haß in Gährung."

„Er komme! Ich will ihm Rede stehen," sagt' ich.

Sie stand unschlüssig, ob sie ihm öffnen sollte. Einen zweiten Einlaß gab es nicht. Wenn sie den Querbalken, der die Fallthür an der Stiege sperrte, nicht zurückschob, so war der Zugang unmöglich. Der Fels, auf dem die Hütte stand, lief nach allen Seiten steil hinab, nicht eine Gemse konnte ihn erklimmen.

Heftige Schläge gegen den Deckel über der Höhlung der Felsentreppe meldeten jetzt wiederholt Pirro's Begehren zum Eintritt. Das sonst so starke Mädchen rang die Hände und drückte ihr Gesicht in's Tuch; aber plötzlich schüttelte sie die Haarflechten von der Stirn zurück und schien gefaßt. Ein strahlendes Feuer strömte aus ihren Augen; ihre Nerven, ihre Muskeln waren gespannt, ihre ganze Gestalt entwickelte sich zur Heldin. — „Er weiß, daß Du hier bist," sagte sie, „das Maulthier in der Höhle verrieth Dich, — und ich werde Dich nicht verleugnen!" setzte sie stolz und entschlossen hinzu.

Die Besorgniß, die sie vor Pirro's Wuth gezeigt, war jetzt auf mich übergegangen. Da fiel draußen ein dumpfer Schuß. Mormona stürzte hinaus. Der Deckel der Fallthür über der Treppe war gesprengt. Mit wildem Geschrei, von der Gewalt der Anstrengung erhitzt, war Pirro hinaufgesprungen, Wuth und Empörung schnaubend stand er vor uns auf der Platte und streckte drohend seinen Arm in die Höhe. Gefahr für sie fürchtend, war ich Mormona nachgeeilt. Sie schwebte auf dem schmahlen Rande, der an der Felsenwand und dicht am Abgrund hinlief. Es konnte kein Zweiter vorbei, wenn sie den Pfad besetzt hielt. So stand sie zwischen ihm und mir, Beide mit den Händen abwehrend.

„Wo ist der Verräther? Alles ist Lug und Trug!" schrie Pirro wie vom Wahnsinn befallen. — Wie er vordringen wollte, machte sie Miene, ihn in die Tiefe hinabzudrücken. — „Verrätherischer La Torre! Denkst Du statt Gemsen waldensische Mädchen zu erjagen? Soll Eurem Todtendienst ein neues Opfer fallen? Ich habe Dir gelobt, Dich mit Deiner eigenen Waffe zu treffen. Nimm die Kugel hin als Gegengeschenk!"

Mormona schrie vor Entsetzen auf, als er den Hahn spannte. Ihre Bewegung, um den Lauf der Büchse in die Höhe zu schnellen, mißglückte, sie glitt zu Boden, der Schuß fiel ungehindert. Ich sah den Blitz kaum. Getroffen, erschüttert, wankte ich einen Augenblick zurück, raffte mich wieder zusammen und sah, wie Mormona sich mit wilder Gewalt auf den Bruder stürzte, wie sie mit ihm in wilder Verzweiflung rang. „Mörder, Du!“ hörte ich ihre Stimme rufen.

„Hinab mit seinem Leib in den Schlund!“ rief Pirro, „mag er am Felsengezack hängen bleiben, für Geier ein langsamer Fraß!“

Sie griff wild in sein Haar, hing sich mit Löwenstärke an seine struppigen Mähnen und schleuderte ihn rückwärts nieder.

„Wie!“ schrie er, „Du willst ihn schützen?“

„Dir fluchen will ich, Dich verderben, rührst Du seinen Leib an! Ja, ich will ihn schützen, denn ich liebe ihn; ich werde ihn ewig schützen und lieben, denn ich will sein Weib sein!“

Sie stand wie ein Racheengel vor ihm, wie einer Judith glühte ihr das Gesicht, zuckten ihre Muskeln. Pirro starrte sie an. Er taumelte zurück wie ein Nachtwandler, der plötzlich an sich selber irre wird. Weinend und heulend brach er zusammen. Die Büchse entfiel seiner Hand. Ich hörte sie stürzen von Felsen zu Felsen bis tief unten in die Schlucht; sie stürzte statt meiner. Es war der letzte Laut, den ich hörte. Von alle dem ein thatenloser Zeuge, lag ich gebrochen da. Wie sich mir jetzt das Auge verfinsterte, sah ich noch Mormona's Antlitz durch die Wolke schimmern, die meine Stirn umzog. Ich trank noch den Athem ihres Mundes, fühlte ihre brennende Lippe auf meiner Stirn; dann sank ich zurück und Alles um mich her war still.

Fünftes Capitel.

Mormona-Maria.

Wie ich aus der Betäubung erwachte, lag ich auf weiches Moos gebettet; ein Oelbaum breitete seinen grauen Schatten über mich her. Mormona kniete vor mir. Sie hatte ihr Tuch vom Busen gelöst und suchte meine Wunde von neuem zu verbinden. Sie bog sich auf meine Brust und sog das Blut mit sanften Zügen in sich. Der brennendste Schmerz und die süßeste Empfindung mischten sich zu einem namenlosen Entzücken, eine wunderbare Seligkeit rieselte durch meine schwindenden Lebensgeister. Sie hatte mich, Mormona mit Pirro's Hülfe, vom Felsen heruntergeschleppt, auf das Maulthier gehoben und so eine Strecke weit fortgeschafft, um mich ärztlicher Hülfe zuzuführen. Aber die Bewegung hatte den Bluterguß erneut; in der Niederung ward Halt gemacht.

Aus Mormona's glühendem Antlitz sprachen der Muth und die Tapferkeit der unternehmenden Liebe, aber zugleich die irre Angst der tiefen Bekümmerniß. In dieser Rathlosigkeit und die Gefahr der Wunde nicht erkennend, hatte sie mich der

Ruhe in der Hütte entzogen und damit wider Willen meinen Zustand verschlimmert. Der wilde Pirro kauerte bleich und entstellt zu meinen Füßen; seine Wuth war in ihr Gegentheil, in Furcht und Reue, verwandelt. Wie sie das Tuch von neuem um meine Brust geknüpft hatte, stand sie auf und herrschte ihm Befehle zu. Ich verstand ihre Worte nicht, ich sah nur ihre zürnende Bewegung, die Grazien des holden Kindes waren in Furien verwandelt, und der Unglückliche, der in Raserei eine That verübt, die er nun selbst bedauerte, lief in Angst geschäftig und winselnd hin und her. Er brachte frisches Quellwasser herbei und Mormona benetzte damit meine Wunde, mir den brennenden Schmerz lindernd. Ich hatte nur ein schwaches Lächeln für die Wohlthat der geliebten Hand. So sahen wir uns schweigend an, drei auf den Tod verbündete Gefährten. Pirro kniete tief in Demuth nieder, den scheuen Blick auf das zürnende Mädchen gerichtet. Er umfaßte meine Kniee; sie stieß ihn zurück, und wie er nicht weichen wollte, ergriff sie die Stange, die den Tragkorb des Maulthiers hielt, und setzte sie ihm wie eine Keule auf die Brust. Es war mir, als müßte ich Gnade rufen, aber der Laut erstarb im Gefühl des erneuten Schmerzes, und ich sank wieder zurück in Betäubung.

Der Marsch ward dann mit Mühe fortgesetzt. Pirro hatte Hülfe herbeigeholt, auf einer Tragbahre ward ich nach der Meierei gebracht. Sie lag näher als das Schloß, und es dunkelte bereits, als wir anlangten. In demselben kleinen Zimmer des Wirthschaftsgebäudes, das für Mormona's Zuflucht bestimmt war, erwachte ich, von den bestürzten Dienern umringt, unter den Händen des Arztes, der eben tief in der Wunde nach der Kugel fühlte. Sie war zwischen Schulter und Brust in das Fleisch gedrungen und hatte sich während des Marsches weiter hineingewühlt. Nur nach wiederholten Versuchen gelang es, sie aus der Wunde zu lösen. Mein erster Schrei, dessen die Lippen fähig wurden, war: „Mormona!" Sie hatte sich vor den Männern, die mich umringten, in den Winkel des Zimmers geflüchtet. Jetzt zertheilte sie den Kreis der Diener und sank weinend vor meinem Bette nieder. Wie ich die Hand auf ihr Haupt legte, versiechte der Strom ihrer Thränen. „Meine Retterin!" sagte ich zum Klostermeier, dessen altes, bekümmertes Antlitz sich fragend über uns neigte. Ich blickte im Kreise um; Pirro war nicht unter uns. Sie mochte meinen suchenden Blick verstehen, sah mich an und schüttelte ihr Haupt. Pirro war, sobald seine Hülfe nicht weiter nöthig schien, entflohen; der Schwester Fluch hatte ihn verscheucht. Der Aufruhr unter den Dienern, die sich jetzt auf den Wink des Arztes mit scheuem Geflüster entfernen wollten, gab mir die Nöthigung, zu reden. „Ich hatte einem Wilddiebe aufgelauert," sagte ich, sie bedeutend, „mein Schuß streckte ihn in demselben Augenblicke, wo seine Kugel mich traf, todt zu Boden. Sucht den Thäter nicht unter den Lebenden! Sein Leichnam liegt in der Schlucht, die der Waldstrom überspült!" — Mormona's Thränen, die meine Hand benetzten, waren das Letzte, was ich fühlte. Ich sprach wie ein Scheidender und wühlte krampfhaft mit meiner Hand in ihrem aufgelösten Haar.

Es vergingen Tage voll dumpfer Stille. Meine Wunde

brachte Todesgefahr; es waren edle Theile nahe am Herzen verletzt; der Arzt schien in Sorge. Ich lag in tiefem Schlaf gefangen, aber doch fühlte ich leise durch Alles hindurch den Hauch der geschäftigen Liebe, die als Genius mein Lager umgab. So verlief die sogenannte stille Woche. Am Ostertage athmete ich leichter und saß aufgerichtet. Aber der Arzt hatte seine steigende Besorgniß ausgesprochen. Mormona's bleiches Antlitz verkündete mir seine Furcht, ob sie gleich mit aller Kraft der Seele sich zwang, ihren Schmerz in die Farbe der sanften Ergebung zu kleiden. Ich glaubte mich allein mit ihr. — „Mormona," sagt' ich, „wenn ich scheide, mußt Du zuvor die Meine sein! Du bist das einzige Gut, das ich mit hinüber nehme, mein einziger Gewinn, schwer erkauft, theuer errungen; aber ich sterbe überreich und glücklich, wenn ich mir Deine Liebe, Deinen Besitz durch den Tod errang!"

Sie unterdrückte ihr heftiges Zittern, ihr Busen bezwang den Aufruhr ihrer Seele, aber die zurückgedrängten Schläge ihres Herzens waren hörbar. Sie sah mich scheu an; der Klostermeier stand hinter uns. Sie bog sich zu mir, sie flüsterte mir scheue Worte in's Ohr. Ich verstand nicht, was sie sprach, die Verwirrung drohte ihre Brust zu zersprengen. Dunkle Gluth wechselte auf ihren Wangen mit der Farbe der blassen Angst. So im Aufruhr aller Elemente raffte sie sich auf und stürzte fort. Der alte Freund des Hauses trat schüchtern aus dem Winkel hervor und sah mich furchtsam und fragend an. „Sie ist noch Waldenserin!" sagt' ich leise zu ihm. Er legte erschrocken beide Hände über das zitternde Gesicht. „Der Geist der Berge ist wieder über uns gekommen!" sagte er mit dumpfem Schmerz.

„Sei er uns ein guter Geist! Er bringt Versöhnung!" tröstete ich den Alten und lächelte gläubig in seine bekümmerte Miene.

Ein Diener rief ihn ab. Mormona blieb noch immer aus; es war fast eine volle Stunde vergangen. Plötzlich trat sie an der Hand eines Geistlichen in's Zimmer; der Klostermeier folgte ihnen mit gebücktem Haupt, mit gefalteten Händen. Es war der Pfarrer von La Torre, derselbe Priester, der sie zur Königin des Festes eingeweiht. Er versah in des Schloßcaplans Abwesenheit auch in Santa Maria den Dienst. Zu ihm war sie geeilt, ihm hatte sie sich entdeckt, und was sie mir heimlich nicht gestehen wollte, verkündete sie jetzt mit entschlossener Freudigkeit. Noch stand sie schweigend vor mir, den Blick zu Boden gesenkt, als suche sie sich zu sammeln; beide Hände drückte sie noch einmal an ihren Busen, als koste es einen letzten Kampf; dann schüttelte sie die wallenden Locken von der lachenden Stirn und blickte mich mit dem Glanz ihrer strahlenden Heiterkeit an. Der Geistliche trat an mein Bett, suchte nach dem Wort, das er nicht gleich fand und neigte nur sein Haupt zu mir, als wollte er ihren Entschluß bejahen. — „Mormona," rief ich, „Du willst mein Weib sein?"

„Erst Deinem Glauben angehören!" sagte sie mit der Festigkeit eines Siegers, der sich selbst überwunden. Aus ihren Augen sprach freudetrunken die Begeisterung eines Kindes, das die ganze Bedeutung des eigenen Wortes nicht versteht und doch voll Hingebung und Heldenmuth der Welt seinen Entschluß verkündigt. Der Priester legte ernst und sanft die Hand auf ihre Schulter. Es galt, eine Irrgläubige zu gewinnen, und er war willig zur Bekehrung dieser Seele. Er sprach von einer langsamen Vorbereitung. „O," sagte sie freudigen Muthes, auf mich hindeutend, „ich bin schon gar sehr gut römisch gesinnt; er hat mich gewonnen, sein Glaube soll der meinige sein. Oben in der Hütte auf dem Felsen hat mir Giuseppe Eure Religion verkündet, das Christenthum einer Mutterkirche, die wie die Henne ihre Küchlein sucht, die Lehre von der Liebe Gottes und der Liebe der Menschen unter einander. Wie er dort oben so weise und doch so freundlich sprach, da bin ich schon leise im Innern zusammengebebt und gläubig geworden für die Wunder der Welt. Die Heiligen werden mir gnädig sein, ist noch Schuld und Sünde in mir!"

Sie sprach das mit der Zuversicht eines Engels, der ohne Reue und Buße mit seinem Bekenntniß sich kindlich offen an Gottes Herz drängt. Diese Einfalt rührte mich zu Thränen, wie ich sie nie so rein und fromm geweint; ich hätte aufjauchzen, allen guten Geistern ein Loblied singen mögen. Nur der Klostermeier wechselte mit dem Pfarrer stille, bedenkliche Blicke. Wie Dieser jetzt von der Nöthigung sprach, sie stufenweise in die Geheimnisse unserer Religion einzuweihen, unterbrach sie ihn rasch und gemahnte ihn an das Fest, wo sie ja schon die Heilige vorgestellt und sich ganz gut gebährdet habe. Und was sie damals nur gespielt, das wolle sie jetzt werden, denn der Ernst des Lebens habe sie nun erfaßt, da es sich um Tod und Leben handle.

Mein Zustand erinnerte allerdings daran, daß wir auf der Schwelle von beiden standen. Mich verlangte nach dem Bunde mit Mormona und der Wunsch eines Sterbenden war dringend. Die halbe Nacht, den ganzen Tag über schloß der Pfarrer sich mit ihr ein, ihr den Glauben unserer Kirche und die römischen Gebote begreiflich zu machen. Die Liebe beflügelte ihren Willen und sie erweckte ihm fast die Ueberzeugung, als sei sie des Heils schon lange bedürftig gewesen. Im Schlosse war Trauer und bange Sorge. Von den Eilboten, die nach Rom gegangen waren, lief noch immer keine Kunde ein. Pater Eusebio hätte bei der Gefahr, in der ich schwebte, nicht gesäumt, nach Santa Maria zu eilen, aber die Briefe erreichten ihn nicht, er war in Geschäften seines Ordens über Turin nach der Schweiz gereist. Die Furcht vor meinem Tode beherrschte die Gemüther um mich her; in der Capelle wurde Tag und Nacht Messe gelesen. Das entzündliche Fieber wiederholte sich; die Miene des Arztes wurde bedenklicher. Der Priester freilich zögerte noch immer. Da lief ein Brief vom Pater Rector über Genua ein; er schrieb, er werde kommen, er werde eilen und am nächsten Tage bei uns sein. Dies entschied; der Pfarrer, ein Weltgeistlicher, wollte aus Eifersucht einem Geistlichen von den Vätern Jesu das Amt nicht abtreten, zu dem Eile und Noth drängte; Abends trat er, Mormona an der Hand, feierlich in's Gemach. — „Sie ist dem Herrn übergeben!“ sagte er, „die Heiligen wollen ihr Herz behüten!“ —

Er hatte sie nach kurzer Einleitung getauft und eingesegnet. Die Kunde von Eusebio's naher Ankunft hatte plötzlich meine Kräfte belebt, aber der Arzt hielt es für das letzte Aufflackern meiner Lebensgeister und der Priester fügte, bevor er mir das Abendmahl reichte, meine und Mormona's Hände in einander. Die Chorknaben sangen draußen mit gedämpfter Stimme ein Loblied Gottes. Wie der Priester das Allerheiligste vor uns erhob, stürzten alle Anwesenden in's Knie; ich sank betäubt in die Kissen meines Lagers zurück.

So war Mormona römische Christin und mein Weib geworden. Die Trauung am Krankenlager geschah in Beisein vieler Zeugen; in Gegenwart der Beamten des Schlosses hatte der Priester unsere Ehe eingesegnet. Mormona's rasche Aufnahme in den Schooß der alten Kirche war heimlich in der nahen Dorfcapelle geschehen; an ihrer Bekehrung zu den Wahrheiten des römischen Glaubens wollte der Pfarrer noch fortgesetzt im Stillen arbeiten. Vor meinem Vater durfte sie nur, wie der Spanier sagt, als eine „alte Christin" erscheinen. Ihr Familienname erinnerte an ein erloschenes Geschlecht aus der italienischen Schweiz; dies genügte, sie vor der ersten Nachforschung ihrer Herkunft sicher zu stellen. Ihr ganzes Wesen stand im Einklang mit solcher Angabe ihrer Heimath; war sie doch wirklich aus Savoyen eingewandert; wir verschwiegen dabei nur ihre Abkunft von Köhlern. Den Vorurtheilen meines Vaters und seinem Aberglauben vom Fluch des Hauses waren wir diese Verheimlichung schuldig; war Alles in Segen verwandelt, so durfte man vielleicht durch offenes Geständniß Verzeihung erhoffen. Daß Mormona meine Lebensretterin, war Thatsache. Um das Geheimniß ihrer schnellen Bekehrung zur Mutterkirche wußte nur der Klostermeier; dieser hatte dem Pfarrer auf's Sacrament das Gelübde des Schweigens geleistet. Alles Andere überließen wir der gütigen Fügung des Himmels.

Aus Genua waren Briefe angekommen, daß mein Vater, ohne von den Boten erreicht zu sein, von Loretto nach der Küste geeilt und in Livorno zur See gegangen war. Erst in Genua erfuhr er die Ereignisse in der Heimath; der letzte Bericht, den der Arzt ihm lieferte, meldete die Nähe meines Todes. In Begleitung Eusebio's traf er plötzlich in Santa Maria ein. Er erfuhr schon von Diesem die wunderbare Rettung seines Sohnes aus den Händen der Wildschützen; er fand mich in der Pflege des geliebten Wesens, das, falls mein Leben noch zu erhalten war, zum zweiten Mal als meine Retterin erscheinen mußte. Der letzte La Torre auf dem Todtenbett! Der Gedanke war genug für ihn, um Alles, was geschehen war, gut zu heißen. War Mormona doch auch jetzt noch der Schutzgeist, der mein Lager umschwebte, sie war die Bedingung meines Lebens; der Alte konnte im Drang der ersten Sorge nicht umhin, sie als Tochter, als das Weib des todtkranken Sohnes zu begrüßen.

Sie hieß Maria, seitdem sie römische Christin war. Mit dem alten Namen hatte sie auch die Kleidung abgelegt, die an das Mädchen aus den Bergen erinnerte. Sie fand sich leicht in die Rolle der Dame des Hauses, sie brachte über Alle einen frisch belebenden Geist. Der Liebreiz ihres Wesens war auch bald für den Alten ein Zauber; an ihrem Blick, an ihrem Thun und ihrer Pflege schien plötzlich sein wie mein Glück zu hangen.

Die Lebensgefahr war vorüber; ich genas, wenn auch langsam. Der Arzt gab die Hoffnung einer möglichen Herstellung; ich konnte schon nach Verlauf der nächsten Woche in's Schloß geschafft werden. Noch ehe sich äußerlich meine Heilung kundgab, hatte ich längst das Gefühl, daß die Heiterkeit voll tiefen Glückes, die mein Herz durchleuchtete, von Innen her Genesung bewirkte; die Wohlthaten von liebender Hand haben magische Kraft. In Mormona's Armen wäre mir der Tod süß gewesen; wie sollte das neuerwachende Leben in ihrer Nähe, in ihrem Besitz nicht ein Gefühl von Wonne in mir verbreiten! So sehr ist der Körper der Seele unterthan. Meine Genesung war für die Aerzte ein Räthsel; nicht für mich. In kurzer Zeit konnte ich mit Mormona auf der Terrasse des Schlosses wandeln und den Balsam der Gewächse einathmen. Alles erschien mir neu, der Himmel, die Luft, der Baum, der Fels. Alles war für mich in das Licht einer Verklärung, die ganze Welt um mich her in einen stillen Zauber getaucht, um dessen geheimnißvolle Lösung nur ich selber wußte. Aus Allem sog ich Heilung; ein Glanz der Heiterkeit, den man wohl das tiefste Glück einer gottgefälligen Seele nennen darf, durchleuchtete Seele und Leib in mir. Es war das Alles nur der Abglanz von Mormona's Wesen, und das Gefühl der Genesung schlug in mir rasche Funken der Kraft, belebte mich, wie die erste Schöpfung ein Frühlingstag. In Mormona's Armen war ich ein Phönix, der sich aus der Asche wieder erhebt.

Mormona fühlte sich Mutter. Sie barg mir nicht ihr Glück; selbst den Vater überraschte sie mit der freudigen Botschaft. Es war, als hätte uns ein Taumel der Freude erfaßt; so schleunig waren wir aus Tod und Traurigkeit, aus dem Umsturz unseres Lebens erstanden. Wir begannen ein fröhliches, leicht bewegtes Leben. Es wurden Spazierfahrten unternommen und bald zu Reisen ausgedehnt nach den luchesischen Wäldern, nach Genua, die Riviera levante entlang, nach dem Busen von Spezzia, Anfangs in der Sänfte und bald auf den getreuen Schultern des Maulthiers. Alles gelang; der Himmel stand lachend über uns, weil er in uns fröhlich leuchtete. In's Gebirge hinauf drängte es Niemand von uns. Selbst Mormona hatte nicht den Wunsch, die wilden Steppen ihrer Vergangenheit wieder zu betreten. Sie schien gar keine Erinnerung an ihr früheres Leben zu haben, so sehr war sie, von der Gegenwart erfüllt, ganz die Unserige, gehörte nur mir und meiner Welt. Daß wir vor dem Vater Geheimnisse hatten, trübte kaum auf Augenblicke den reinen Himmel unseres Lebens; vielleicht erhöhte es für mich nur noch den Reiz unseres paradiesischen Glückes, daß die Quelle desselben verschwiegen war.

Ich weiß nicht, wie lange dies harmonische Leben dauern konnte, hätte es ruhig in sich selbst seinen Verlauf gehabt. Trägt jedes Glück einen Keim des Todes in sich? Dürfen die Ungethüme im Menschenherzen nicht allzulange in ihren Höhlen schlafen? — Werden sie wach, so umschleichen sie erst von fern den Schauplatz, wo sich Menschenglück ansiedeln wollte, umkreisen es in immer engern Linien; die Beute ist ihr, auch wenn sie von weitem nur lauern. Setzen sie dir plötzlich die Tatze auf die Brust, dann ersparen sie dir das bange Vorgefühl der immer wachen Sorge!

Unser Glück machte uns übermüthig. Wir waren des Gottes in uns so sicher, daß wir den Götzen, denen die Menschen dienen, den Tribut zu geben vergaßen. Es mochte in dem Zustande Mormona's begründet sein, daß sie allerlei Launen seltsamer Art hatte. Sie verrieth mitunter Gelüste, die an das freie Mädchen aus den Bergen erinnerten. Mein Vater begann mißtrauisch zu werden. Mormona's Widerwille gegen diese und jene kirchliche Uebung und Sitte stieg; sie war endlich nicht mehr dazu zu bringen, in unserer Capelle die Messe zu hören. Sie gab vor, der Geruch des Weihrauchs errege ihr Uebelkeiten. Daß sie die Bilder des gemarterten Gottes, den man allerorts der Welt preisgiebt, nicht sehen mochte, ließ sich physisch erklären. Aber sie mochte auch keinen Fixus über ihrem Bette dulden. So lange ich krank auf dem Lager war, hatte sie das Kreuz, das ich auf der Brust trug, geküßt und war, das Auge auf den Gekreuzigten über mir an der Wand gerichtet, mit Inbrunst niedergekniet. Seit der Zeit hatte sie selbst auch ein Kreuz am Halse getragen und in jeder Weise die gute katholische Christin gezeigt. Jetzt ließ sie Alles, was an solchen Dienst erinnerte, aus ihrer Nähe entfernen. Ihr Widerwille gegen Weihrauch und Heiligenbilder wurde zu einer kränklichen Apathie, die man schonen mußte. „Ich halte das Gefühl der Verwesung nicht aus!" sagte sie mir entschieden, als ich ihr für den strenggläubigen Vater Rücksichten gebot.

Der Weltgeistliche, der Pfarrer von La Torre, war noch eine Zeit lang regelmäßig gekommen, um ihr, wie er sagte, im Glauben nachzuhelfen, und sie hatte den besten Willen gehabt, auf seine gelinde, verständige Rede zu merken. Unser herumschweifendes Leben unterbrach diese stille Seelsorge des guten Mannes. Von einem unserer Ausflüge zurückgekehrt, fanden wir jedoch einen Stellvertreter im Amte zu La Torre, einen wildfremden Menschen, der nichts von uns wußte. Es fiel uns nicht auf, daß der Pfarrer so schnell nach einem andern Wirkungskreise abberufen war, allein es that uns leid, daß er ohne alle Rücksprache mit uns seine Stelle verlassen hatte. Wie ich später erfuhr, war er auf Antrag meines Vaters von seinem Bischof plötzlich befördert; es hieß, er sei auf ein fernes Dorf verwiesen. Nie hab' ich wieder von ihm gehört. Auch der Klostermeier wurde uns bald entzogen. Sein Geheimniß schien ihn zu drücken; krank und matt, scheu und grambeladen, ward er später das Opfer einer Bußfahrt, die er sich auferlegte. — Es war uns keineswegs tröstlich, die beiden Zeugen unserer Heimlichkeiten nicht mehr um uns zu wissen. Gegen meinen Vater äußerte ich das Bedauern, den werthen Pfarrer einzubüßen, da sich Mormona an ihn gewöhnt. Mein Vater sah mich durchdringend an und schwieg. Dann deutete er auf den Pater Uberto, den Caplan des Schlosses, der soeben in's Zimmer trat. „Dieser", sagte er, „weiß um alle meine Sorgen, er schlichtet alle meine

Zweifel, er ist streng, aber sein Wille und sein Wort ist ein Spiegel Gottes!"

Der düstere Dominicaner schien mir nicht gemacht für Mormona's Seelsorge. Gleichwohl ward ich ausdrücklich auf ihn verwiesen, da er alsbald auch die Pfarre in der Stadt übernahm. Mormona selbst schien Muth genug zu haben, dem Dominicaner zu beichten. Sie machte ihm keine Geständnisse, die unser Geheimniß verriethen; sie brachte im Gegentheil nur leichte Scrupel vor, die er widerlegen sollte. Sie sei wild aufgewachsen in ihrer Heimath, sagte sie ihm, aber sie habe herzliches Verlangen nach den Wahrheiten der geheiligten Religion. In ihrem stolzen Uebermuthe raunte sie mir in's Ohr, sie wolle sehen, wer den Andern bezwingen werde und wessen Gott der mächtigere sei. Das stille, scheue Kind der Berge war im Glück ihres Muttergefühls ein strahlendes Weib geworden, das die Welt zum Kampf herauszufordern schien.

Ich hatte den Pater Uberto vorbereitet und zur Rücksicht auf ihren Zustand geneigt gemacht, bevor ich Mormona ihm als Beichtkind zuführte. „Die Kirche ist mild!" sagte der Caplan, „wer sich ihr hingiebt, den trägt sie auf Händen, bis ihn Engel auf ihre Fittiche nehmen. Ist die Kirche nicht selbst Mutter, eine Mutter für Alle, auch die Verlorenen?"

„Er ist nicht so schlimm, wie er aussieht!" lachte mir Mormona nach ihrer ersten Begegnung mit dem Dominicaner entgegen. „Er hört mir zu und läßt mich reden!"

Ich mahnte sie an die nöthige Zurückhaltung; sie ihrerseits war froher und guter Dinge, und in ihrem Uebermuthe wagte sie sich bald zu weit heraus. Pater Uberto blieb plötzlich aus, Mormona ließ ihn nicht mehr kommen. Ich stellte sie zur Rede. Sie gab vor, sie hätte sich mit ihm entzweit. Sie nahm das so leicht; ich erinnerte sie an den Ernst der Sache. Sie seufzte tief auf, bevor sie ihrer Klage freien Spielraum gab.

„Es thut nicht gut," sagte sie endlich, „daß der Pater behauptet, um fest und sicher zu werden im Glauben, müsse man Die verabscheuen, die ihn nicht theilten. Ist denn der Himmel so eng und klein, hab' ich ihm gesagt, daß ich Andere erst verdrängen muß, um selig zu werden? Ketzerthum ist doch höchstens nur Dummheit, und Die um das Heil nicht wissen, können doch unbewußt Gottes Kinder und Erben des Himmels sein, besser oft als die Klugen und Gescheidten, die sich darüber zanken!"

Wie ich ihr Vorwürfe machte, versiegelte sie mir mit einem Kuß den Mund. „Giuseppe," sagte sie ernst und sah mich treuherzig an, „Dir gegenüber und wie Du es meinst, hat Alles Wahrheit und scheint Alles gut und glaublich, was sie in der Kirche thun und treiben. Aber erst der Sinn, den Du darin findest, macht es mir begreiflich, und wo ich noch nicht den Verstand dafür habe, giebt mir Dein Wort doch die Ahnung dessen, was sich mir noch verschließt und verhüllt. Selbst die Thorheiten find' ich dann oft menschlich schön und mich dünkt, man müsse auch eben das Thörichte als gerechtfertigt und als erklärlich einsehen, will man die Wahrheit verstehen. Mein Glaube, Giuseppe, wurzelt nur in Dir; nur weil ich Dich liebe, bist Du überzeugend für mich. Was ich von der heiligen Religion verstehe, weiß ich ja nur von Dir. Mein römisches Bekenntniß begann auf dem Markte von La Torre, mit dem Augenblick, wo Du mich vom Karren hobst und das zitternde Mädchen zu dem Herrn Pfarrer führtest, der mich in die Reihe der Gläubigen stellte. Früher in den Bergen hatte ich gemeint, der Mensch sei viel zu dumm, um viel von Gott zu wissen, oder wenigstens würde ich zur Weisheit noch Zeit haben, wenn ich alt und grau werde. Als ich bei jener Procession in den himmelblauen, sternbesäeten Kleidern die fleckenlose Jungfrau, die Königin des Himmels und der Erde, spielen sollte, da überkam es mich wie ein Mährchen in Freude und Angst. Ich freute mich, daß der Mensch auch in seiner Sündhaftigkeit von der Gnade erfaßt werden könnte, und ich hatte doch Furcht davor, daß dies katholische Mährchen Wahrheit sein könne. Ich war bestürzt, aber ich dachte, ein guter Geist würde mir schon eingeben, was ich thun und lassen sollte. So saß ich denn still unter dem Thronhimmel, wo die heilige Taube brütet, und wartete darauf, sie würde vielleicht den Schnabel aufsperren und für mich zeugen und einstehen für die Wahrhaftigkeit meiner Darstellung der Mutter Gottes. Aber die Taube saß oben so still, wie ich unten mit gespannten Augen und Ohren, und so ließ ich über mich ergehen, was da wollte. Und der brave Pfarrer von La Torre kam und sagte, ich hätte mich gut gehalten. Ich hatte aber dumm und von Nichts wissend drein gelächelt. Ich hätte so heilig und überirdisch ausgesehen! sagten die frommen Schwestern im Kloster. Nun, dann muß es wohl der heiligen Jungfrau eben so im Traume gekommen sein, sie wußte nicht wie. Und der Meinung möcht' ich beinahe sein, daß Dummheit vor den Menschen oft Weisheit vor Gott sein kann. Den Kindern giebt's der Herr im Schlaf und Die, die nichts wissen, sollen das Himmelreich erben. Dumm sein und nichts vom Bösen wissen ist viel besser, als klug sein und ungerecht. Hab' ich doch damals beinahe selbst an meine Würdigkeit als Jungfrau Maria geglaubt, trotzdem ich nicht wußte, wie mir geschah. Nur in der Kirche, in der gepolsterten und grell ausstaffirten Herrlichkeit, mit der man mich behing, ward ich wieder irre an meiner Rechtmäßigkeit. Wie die Orgel so kläglich that, die Posaunen mich ankrächzten, die alten Nonnen die zerfetzten Fahnen über mich senkten und die bunten Burschen mir den Dampf der Rauchfässer in's Angesicht wirbelten, da hätt' ich, wie von Gespenstern erschreckt, laut aufschreien mögen; aber ich blieb stumm, von starrem Entsetzen befangen, ich kämpfte gegen die Angst, die in meinen Adern pochte. Ich hielt streng an mich, und wer weiß, ob ich nicht am Ende zur Mumie eingetrocknet wäre, hätt' ich da länger sitzen müssen. Wie es aus war, beneideten mich die guten Klosterfrauen: aber ich kam mir recht schlecht und verworfen vor, daß ich noch eine beneidenswerthe Miene annehmen konnte, nachdem sich mein Herz mit Widerwillen erfüllt. Ich war betäubt und beklommen und athmete erst auf, als ich Nachts den Schlüssel stahl und Pirro draußen an der Mauer mit der Strickleiter stand. In den Bergen erst ward ich wieder froh, daß man dort mit dem Herrgott nicht so viel Wesens macht, nicht so lärmt und tobt, um ihm wohlzugefallen."

So sprach das süße Weib. Ich sah bewegt und gerührt in ihr klares Angesicht; mir unbewußt stürzte eine Thräne aus meinen Augen. Erschrocken blickte sie auf und schmiegte sich an mich.

„Ach, verzeih' mir die einfältige Rede, Freund meines Herzens!“ fuhr sie fort. „Ich bin wohl wieder recht sündhaft und schlecht, aber ich kann jetzt erst wieder beten, wenn ich mit meinem Herzen ganz allein bin. Lehre Du mich Dein besseres Christenthum, und Gott wird mit mir sein! Du hattest mir ja damals in der Hütte auf dem Felsen gelobt, mein Priester zu sein. Warum bist Du es nicht mehr ausschließlich und allein, seitdem ich Dein Weib geworden?“

Wir saßen auf der Terrasse des Hauses, während sie so sprach. Die Sonne sank hinter den Bergen. Ihre glühenden Strahlen umsäumten Mormona's Gestalt, wie sie neben mir saß und ihr Haupt an meine Schulter lehnte. Dann blickte sie mich lange durchdringend an; ein plötzlicher Ernst überschattete ihr Gesicht. „Wenn Du nicht zu mir in die Berge gekommen wärest,“ sagte sie fast mit klagender Stimme, „so wäre das Fest in La Torre und in Santa Maria ein Traum für mich geblieben und niemals Wirklichkeit geworden. Von dem Augenblicke aber, wo Du mir wieder erschienst, hielt ich mich für berufen, begriff ich auch nicht wozu, glaubte mich aber befähigt zu einer höheren Welt. Du bist meine höhere Welt und unsere Liebe ist mein Cultus und mein Glaube. Als Du oben auf dem Felsen in unsere Hütte tratest, da dacht' ich, daß ich wohl Maria sein könnte, wenn Du mein Joseph wärest. Und bist Du es nicht? Bin ich nicht die Maria Deiner Liebe? Hat mich nicht der Geist des Herrn überschattet, bin ich nicht benedeiet von Gott und Natur? Siehe, was die Priester von der unbefleckten Jungfrau Maria sagen und lehren, das muß ich doch viel besser wissen, als ein alter, finsterer, liebeleerer Mensch! Wohl war Maria's Herz rein und unbefleckt, aber doch nicht unberührt von der Liebe zum Geliebten. Und die Berührung hat sie ja nicht erniedrigt, vielmehr ihre ganze Seele erst beflügelt. Meint Ihr, ich wüßte das nicht? Stammt mein Muttergefühl nicht auch vom Himmel? — O, glaube mir, es ist sehr heilig, in aller Demuth zu fühlen, daß Joseph und Maria immer von neuem einen Bund schließen, wo ein junges Leben im Keime sich regt!"

Sie war, wie sie das sagte, aufgestanden, hatte ihre Hände auf meinen Scheitel gelegt und sah still und fest hinauf zum Himmel. Eine Weihe voll tiefer Zuversicht lag in ihrer ruhig strengen Miene. Es war die Beglaubigung von Gott, daß ein kindlich Gemüth, selbst im Aberwitz seiner spielerischen Einfalt, niemals könne verworfen werden.

Ich ermahnte sie, an den Tribut zu denken, den man dem Glauben und der Sitte seiner Mitmenschen schuldig sei. „Ich will Alles thun, wie Du willst," sagte sie, „aber der Dominicaner darf mir nicht kommen mit seiner Drohung einer ewigen Verdammniß, wenn ich nicht Alle für verloren hielte, die anders dächten und glaubten. Wenn ich nicht mit denselben Worten betete, wie er sie mir vorgesprochen, so bliebe noch immer ein Stück Heidenthum in mir sitzen, hat er gesagt."

„Heidenthum?“ rief ich, „sagte er das? O mein Gott! So weiß er um unser Geheimniß?“

„Ich sagt' es ihm nicht,“ erwiederte Mormona, „aber er meinte, Ketzer könne man riechen auf eine halbe Meile weit. Ich will nichts davon wissen, und ich will nicht besser scheinen, als ich bin und sein kann. Gott erhört mich auch in meiner Weise und ich denke mich mit ihm in meinem Herzen abzufinden. In den Bergen habe ich beten können, und es war Segen in meinem Gebet, auch wenn ich nicht den Fluch aussprach über Alle, die anders beten. Der Caplan soll mich nicht schrecken und martern, es gäbe für Heiden und Ketzer kein Himmelreich. Ich will sie nicht verdammen, ich will ihnen nicht fluchen, ich will höchstens beten: Herr Gott, erleuchte auch sie, wenn Du uns erleuchtet zu haben glaubst! Auch will ich nichts mehr sehen und hören von den Wundenmalen der gespießten und geschundenen Heiligen! Ich könnte Eure Bilder zerreißen und die Fetzen in die vier Winde streuen! Daß der Tod etwas Heiliges ist, das hab' ich an Deinem Lager erfahren. Damals hab' ich zu den großen Duldern und Märtyrern gebetet und habe das Kreuz geküßt, weil ich in Nöthen war, die Schwere des Kreuzes empfand und den Schwertstreich, der durch Maria's Seele ging, fühlte. Nun aber Leben sich in mir regt, heiliges, junges Leben unter meinem Herzen sich kündet, will ich nichts wissen vom Tode und seinen Herolden. Leben ist Gottes Gebot, und die Heiterkeit einer demüthigen Magd des Herrn ist auch wohl würdig, ihn zu empfangen.“

„Amen!“ sagte ich. „Es geschehe uns zum Heile!“

Aber mein Gemüth fühlte sich bedrückt, wenn ich an den finstern Glauben dachte, der uns umgab.

Mormona beichtete nicht wieder bei'm Vater Uberto.

Sechstes Capitel.

Selig oder nicht?

Mein Vater war seit einiger Zeit tiefer in sein menschenscheues Wesen verfallen. Er vermied, wo er konnte, die Veranlassung zum Beisammensein mit uns. — Das Geheimniß konnte nicht verrathen sein. Der Klostermeier war todt; er war in der Fremde, in einer abgelegenen Hütte am Wege gestorben; arme Leute hatten ihm die Augen zugedrückt, kein Priester hatte ihm das letzte Geständniß abgenommen. Es war also von dieser Seite die Verletzung eines Beichtgeheimnisses nicht möglich; den Pfarrer, der uns entzogen war, hatten wir nur als ehrenwerthen Mann gekannt. Aber man konnte von selbst die Entdeckung gemacht haben, daß Mormona das Mädchen war, das an jenem Einweihungsfeste die Mutter Gottes dargestellt. Ist der Argwohn einmal rege, so wird er erfinderisch. Was für Gedanken mit solcher Entdeckung im Innern finsterer Menschen Raum gewonnen, davon hat uns Niemand Rede gestanden; wir erfuhren es nur an den Wirkungen, so sorgfältig man sie gegen uns verheimlichte. Die Veränderung meines Vaters war schon lange merklich genug; wir besaßen nicht mehr sein Vertrauen. Seine Stirn war wieder mit Gram belastet, seine finstere Braue hing tief und aus den Augenhöhlen blickte jenes dunkle Etwas, das ich als das eigentlich Schicksalsvolle unseres Hauses kannte: die blöde Furcht vor unserem Geschick, die schwühle, dumpfe Angst vor dem, was er den alten, ungesühnten Fluch nannte. Mein Vater verdoppelte wieder seine strengen Bußübungen und ich zitterte vor seiner Entdeckung, eine Waldenserin zu den Seinigen zählen, sie Tochter nennen zu müssen. Der Geist der Berge stand also doch mit seinen Schrecken über unsern Häuptern. Es vergingen Monate in verschwiegener Angst und Sorge.

So lange es möglich war, mit Mormona Ausflüge in die Nachbarschaft zu machen, blieb unser drohendes Verhalten zu einander erträglich. Ich hoffte noch immer, der Ausbruch des Wetters, das über uns hing, würde sich bis zu der Entscheidung hinhalten, der Mormona entgegenging. Seitdem ihr Zustand den Wechsel des Aufenthalts, die Entfernung von Santa Maria unmöglich machte, ward jedoch die Stimmung der Gemüther gedrückter und banger. Diese fortgesetzte Sorge nagte an unserer Ruhe, äußerte auf mich selbst ihre ungünstige Wirkung. Meine Genesung, die man für vollendet gehalten, erwies sich als wenig gesichert, ich machte Rückschritte, und es gab ganze Tage, wo ich, auf mich selbst verwiesen, Mormona in ihrem Verkehr mit Andern weniger behüten konnte, den Alten unbeachtet sich selber überließ.

Mein Gesundheitszustand erregte bald ernstliche Besorgnisse. Ich mußte dem Drängen des Arztes, der mir Seeluft und Bäder empfahl, von Zeit zu Zeit nachgeben. Wir besaßen ein Landhaus an der Riviera, wo ich unter günstigeren Bedingungen für mein inneres Wohlsein gewiß mich bald erquickt hätte. Die Villa war das Erbe eines benachbarten ausgestorbenen fürstlichen Hauses, dessen letzter weiblicher Sproß an den protestantischen Erbprinzen einer deutschen Grafschaft vermählt war. Der Prinz war damit für Rom gewonnen, so hieß es; aber es war kein Segen in dem Gewinn, der Graf war wieder in seine nordischen Wälder gezogen, seine Gattin aber, das Opfer des Ränkespiels, erlag bei der Geburt eines Kindes; ein Denkstein am Ufer deutete mit seiner Inschrift auf das unglückliche Bündniß zwischen Rom und Germanien. — Die maritime Villa mit ihren zerfallenen, noch aus der Römerzeit stammenden Mauern ward mein Lieblingsaufenthalt, ohne daß ich ahnte, wie sehr der gestürzte Altar der Venus im Atrium des Hauses auch für mich Bedeutung hatte. Dann und wann ging ich nach Genua zu Eusebio. Ihm hatte ich mich längst vertraut. Aber es duldete mich nirgends lange, ich erlaubte mir überall nur kurze Frist, es drängte mich dahin zurück, wo Lust und Leid, Glück und Unglück für mich auf einer drohenden Spitze schwebte.

Es war in einer wolkenschweren Julinacht, als ich von einem jener Ausflüge in der Sänfte nach Santa Maria zurückkehrte. Ich hatte den Tag über ruhen, die späten Abendstunden benutzen müssen. Die regelmäßige Botschaft von Mormona's Befinden hatte mich erreicht, mich beruhigt; es war nichts gemeldet, das mich aufstören konnte; dennoch befiel es mich wie Gewitterschwühle, als ich im Schloßhofe anlangte. Die Diener standen in Haufen beisammen und flüsterten in scheuer Hast; sie traten rasch auseinander, als sie mich erblickten. Es wurde mir etwas verheimlicht, und ich wußte nicht, ob ich dem nachforschen sollte. Erst nach langen Ausweichungen ging ein Diener mit der Sprache heraus. Er nannte es einen unbedeutenden Vorfall, der nicht neu sei. Ein wilder, verwegener Mensch hatte sich seit einiger Zeit am Gitter der Seitenpforte gezeigt; mit seinem verdächtigen Begehren um Einlaß mehrmals abgewiesen, hatte er sich endlich dreister, mit Waffen in der Hand, den Zutritt in's Haus verschafft. Er bettelte nicht er schien trotzig, wie Räuber die kleine Gabe verschmähen, um eines großen Fanges gewiß zu sein. Im Wortstreit mit den Leuten ließ er unsinnige Reden fallen: er gehöre hierher, habe ein Recht, hier aufzutreten, er suche die junge, schöne Gräfin La Torre.

Pirro! sagte ich mir im Stillen. Wir hatten ihn allzulange aus den Augen gelassen, nachdem meine ersten Nachforschungen über seinen Aufenthalt vergeblich gewesen. „Aus dem Wortwechsel“, fuhr der Haushofmeister fort, „wurde ein Handgemenge. Der wilde Mensch verwundete die Knechte; sie banden ihn, bis auf sein wiederholtes Begehren, vor den Grafen gebracht zu werden, dieser selbst auf den Altan des Hauses trat. Er ließ den Burschen vor sich führen. Er war eine ganze Zeit mit ihm allein; dann öffnete er die Thür und übergab ihn gebunden, wie er geblieben war, den Wächtern. Geduldig ließ sich der seltsame Mensch abführen und hinter Schloß und Riegel legen. Er weint und lacht und hat alle Gebährden eines Tollen. Der Herr Graf läßt ihn verpflegen, hält ihn aber streng fest und führt selbst den Schlüssel zu seinem Gemach. Einige unserer Leute wollen ihn schon früher gesehen haben."

So war es also am Tage! Mein längst gefaßter Entschluß, dem Vater zu Füßen zu fallen und Alles ehrlich zu gestehen, was ihm vorenthalten war, kam zu spät. Mormona wußte nichts von dem Vorfall. Sie war heiter und sorglos wie die ganze Zeit über, wenn sie sich nicht von ihrem Zustande belästigt fühlte. Eine junge Zofe, ein Mädchen aus der Meierei, an das sie sich gewöhnt, war ihre einzige Gefährtin. Mormona hatte kein Arg vor der Welt, sie schien es nicht einmal zu ahnen, daß sie in der gottvollen Einfalt ihres Wesens der allgemeine Gegenstand eines düstern Argwohnes, eines fanatischen Aberglaubens war. Die Diener beteten sie fast an, aber doch wie eine fremde Gestalt, vor der sie eine bange Scheu empfanden. Der Caplan gab seiner feindseligen Stimmung keine Worte, aber eben weil er sich von ihr fern hielt, steigerte sich in Allen das Gefühl der peinlichen Ungewißheit, das ihre Nähe verbreitete. Der Vater behandelte sie nach wie vor sehr aufmerksam, aber was früher Zärtlichkeit war, schien jetzt nur gewissenhafte Pünktlichkeit. Sie wurde auf seinen Befehl in allen Stücken als die Dame des Hauses angesehen, aber er selbst hob, wo er konnte, den Verkehr mit ihr auf, und wenn er ihren Liebkosungen sich nicht entzog, so litt er sie nur mit Ueberwindung. Es ward ihm schwer, den inneren Groll zu bergen;

aber sie selbst, das fühlte er, durfte nicht das Ziel sein, gegen das sich sein Zorn entladen konnte. Ich war entschlossen gewesen, ihm Alles zu bekennen. Das Bewußtsein der geheimen Selbstverschuldung erschien mir drückender als der volle, offen ausgesprochene Haß des Alten; ich wollte gestehen und um die schwerste Buße bitten. Er ließ mich nicht zu sich, und als ich mich zu ihm drängte, gab er mir kein Gehör; er hieß mich Mormona's Zustand bedenken und jede Aufregung vermeiden. Auf meine Anfrage, wen er in den hintern Zimmern gefangen halte, ließ er mir entgegnen: Einen Vagabunden aus den Bergen, vielleicht einen jener Waldenser, für die wir Alle Buße thun müssen! Das Blut schoß mir nach dem Herzen, ich hatte zur Fassung meine ganze Kraft nöthig.

Es war die höchste Zeit, mich ihm zu erklären; es sollte schriftlich geschehen. In welchem Zusammenhange Pirro mit uns stand, konnte ihm nicht länger ein Räthsel sein, und Niemand anders konnte der Gefangene sein. Ich war überzeugt, mein Vater würde Mormona nicht die Aufregung entgelten lassen, in die ihn meine Mittheilungen versetzen mußten. Da er mich nicht reden ließ, so war ich außer Stande, den Eindruck meines Geständnisses zu mildern; jede Zögerung aber brachte Gefahr. Ich selbst litt zu sehr unter der Last des verhängnißvollen Geheimnisses; er seinerseits fügte sich vielleicht nach kurzem Sturm in die Nothwendigkeit. Auf der Villa Speroni wollt' ich ihm schreiben, demüthig und doch fest und sicher. Zugleich wollt' ich mit der ganzen Macht meiner freieren Ueberzeugungen die dumpfe Schwere seines finsteren Glaubens zu überwinden suchen; ich wollte ihm das Gewicht des ächt Menschlichen gegen die starre Form des Herkommens in die Wagschaale legen. Mormona war römische Christin, und Maria war mein Weib, gleichviel ob sich in ihrer kindlichen Seele noch Spuren der waldensischen Abkunft verriethen. Wer nicht hoffen konnte, daß Erinnerungen solcher Art sich mit der Zeit in ihr verwischen würden, dem mußte doch die Thatsache des Verhältnisses genügen. Sie trug den rechtmäßigen Sproß des Hauses unter ihrem Herzen. Es war nichts als die dumpfe Qual unserer Vorurtheile, die Engherzigkeit unserer religiösen Zweifel, was den Himmel unseres Glückes störte. Könnten die Heiligen, so wollt' ich ihm schreiben, im Schooße der Seligkeit zürnen, wenn ein kleines weibliches Herz sich ihrem Dienst entzöge, ihnen auf eine Zeit lang den Tribut verweigerte? Könnte der Himmel eifersüchtig sein auf die Einfalt einer in sich selbst beglückten, hier auf Erden schon mit sich selbst begnügten, aber von der Heiligkeit ihrer Pflichten erfüllten Seele? Ist sie nicht in ihrem ganzen Wesen die Wonne aller guten Geister? Verkennt sie als liebende Tochter, als Gattin ihren Beruf? Und da sie sich Mutter fühlt: Ist das Alles nicht genug, um die Gültigkeit ihres für uns segensvollen Lebens zu besiegeln? Nicht genug, daß Engel des Himmels heruntersteigen und ihr die Gnade des Herrn verkünden?

So wollte ich als Sohn meine Beichte abfassen, für die ich nur weltliche Absolution forderte, weil ich um deswillen mit dem Himmel sehr gut zu stehen glaubte. Der Anblick des Meeres an der reizenden Riviera, der Aufenthalt in der traulichen Villa am Ufer sollte mir für den alten Herrn, der die Tyrannei des alten Herkommens gefangen hielt, die mildesten Worte geben. Mein Saumthier war gesattelt. Mormona war, als ich von ihr Abschied nahm, so ausgelassen heiter als je. Sie schwatzte kindisch und neckisch, sie hatte Uebermuth genug, um selbst mit verhängnißvollen Mächten zu spielen weil sie meinte, mit Scherz und Schelmerei alle finstern Schrecken am besten verscheuchen zu können. Sie flüsterte mir in's Ohr, das Wesen, das sie unter dem Herzen trüge, — sie hoffte mit mir, es werde ein Knabe sein — sei gut waldensisch, es rege sich wie ein Kobold aus den Bergen. Seitdem sie ein Gefühl von ihm habe, sei sie auch wieder frei und lustig, wie ein Kind ihrer Heimath. Erst wenn sie Mutter geworden, wolle sie wieder gut katholisch sein und um des Kindes willen zu allen Heiligen beten.

Ich hatte keine Waffen gegen die lose Sprache dieser kecken Unschuld. Ich empfahl sie dem Schutz Dessen, der da sprach: Lasset die Kindlein zu mir kommen und wehret ihnen nicht! Und ein ander Mal: Wahrlich, ich sage Euch, wenn Ihr nicht werdet wie dieser eines, so werdet Ihr nicht das Himmelreich erben! Ich sagte Mormona Lebewohl und zählte ihr die Tage auf, die ich von ihr getrennt sein würde. — Es lag mir jede Ahnung fern, in welchem Aufruhr der Elemente ich sie wiederfinden sollte.

Es war früh am Tage, als ich ausritt. Die Landschaft duftete so frisch, als ginge sie von neuem aus der Hand des Schöpfers hervor. Der junge Morgen drängte sich lachend dem Tage entgegen, — wie ein junges Weib der Stunde ihrer Entscheidung, deren heiße Gluth sie noch nicht kennt.

Wo der Weg nach dem Ufer abführt, machte ich Halt. Ich bedachte die Weite des Zieles, das Drängende meines Briefes duldete keine Verzögerung, eine geheime Stimme mahnte mich, Heil und Unheil endlich ohne Säumniß zu entscheiden. Ich entschloß mich, bog rechts in den Wald ein und war nach einer Stunde in der Meierei des Klosters. Hier, wo schon einmal über mein Schicksal verfügt wurde, wollte ich meine Beichte aufsetzen, sie sofort nach dem Schlosse senden und dann getrost der Dinge harren, die sie hervorrief, der guten Vorsehung vertrauen und meinen Weg nach der Küste fortsetzen.

Der Brief war geschlossen, der Diener mit ihm abgesendet. Ich wartete nur auf seine Rückkehr, um aufzubrechen. Allein er zögerte; ich harrte mehrere Stunden, ward unruhig, ritt ihm nach und gelangte so noch vor Abend nach Santa Maria zurück.

Welcher Maler leiht mir die Farben, um das Unglück zu schildern, das über uns Alle verhängt war! Wie will ich die zitternde Hand regieren, die hier den Griffel führen soll! — Ich will mich zwingen, deutlich zu sein, und doch überstürzt mich, das fühl' ich wohl, die Verworrenheit unheilvoller Fügungen.

Vorausschicken muß ich, daß Mormona schon längst und wiederholt den Wunsch geäußert, die Bilder meiner Mutter und der waldensischen Ahnfrau zu sehen. Es gehörte das zu ihren stillen, aber doch immerfort quälenden und nagenden

Gelüsten. Ich hatte mit Ernst, mit Unwillen dem Begehren gesteuert, ihr mit dem Zorne des Vaters gedroht, mit aller Wärme sie beschworen, davon abzustehen, den Aberglauben, der als Gespenst in der Familie umging, nicht keck herauszufordern. Früher mochte ich, selbst fahrlässig genug, von meinem Besuche in den streng verwahrten Zimmern des alten Schloßflügels erzählt, ihr damit den ersten Anreiz dazu erweckt haben. Daß sie gegen den Alten diesen Wunsch geäußert, gestand sie nicht ein; aber wohl möglich, daß von verwegenen Aeußerungen solcher Art seine Verwandlung im Verhalten gegen uns sich herschrieb. Gegen mich hatte sie noch in den letzten Tagen ihr Verlangen wiederholt und meiner Betheuerung, davon abzulassen, den halb scherzhaften Trotz entgegengesetzt, sie wolle mich doch noch überlisten; auch sei es grausam, ihr wie einem unmündigen Kinde diesen Wunsch zu verweigern. Sie hatte keine Ahnung, zu welcher unseligen Verwirrung ihr Muthwille führte.

Gleich die nächste Stunde nach meiner Abreise hatte sie benutzt, dem Haushofmeister mit Hülfe der Zofe heimlich die Schlüssel zu entziehen. Daß sie zu dieser List ihre Zuflucht nahm, bewies die Heftigkeit ihres Verlangens. Oder war es eine dunkle, unbekannte Macht, welche die Waldenserin trieb, sich in die Reihe ihrer Schicksalsgefährtinnen zu drängen? — So betrat denn Mormona die Gemächer, die wie alles Verbotene reizten. Es geschah am hellen Tage. Die mit Läden geschlossenen, mit Gardinen verhüllten Fenster ließen die Räume dunkel, und um Licht zu schaffen, riß die eilige Zofe mit mehr Ungestüm als nöthig die Vorhänge, die Jalousien zurück. Ward auf diese Weise von Außen die Aufmerksamkeit auf den vereinsamten Schloßflügel rege, oder hatte man die Schlüssel alsbald vermißt: genug, es gab Aufsehen und Lärm. Zu meinem Vater gelangte eben so schnell die Kunde; auf dem Schloßhofe raunten sich die Leute zu, die alte Waldenserin sei drüben wieder lebendig. Alles im Hause war bald im Aufruhr.

Mormona mochte unterdessen im Anblick der mütterlichen Züge sich die Erinnerung an ihre heimathlichen Berge wach rufen. Gab das Bild doch eine Gestalt, so frisch, so duftig wie die Blume auf den Alpenhöhen, so zart und keck, so durchleuchtet von Anmuth und freiem Stolz wie Mormona selber war. Und die Ahnfrau in dem steifen Kragen, dem schwarzen Gewande und dem weißen Schleier mochte voll Rührung auf Beide herabblicken; ihr kalter Blick, ihre strenge Miene mochten sich begütigen, als sie nun auch die dritte im Bunde vor sich sah.

Die Lust, auch die andern Räume zu durchspähen, trieb Mormona weiter. Sie tappte von Zimmer zu Zimmer; in einem völlig dunklen Gemache blieb ihr Fuß festgewurzelt. Sie stand und lauschte. Es war ihr, als vernähme sie eine singende Stimme. Die Töne erschollen bald näher, bald ferner. Sie bebte, aber der Reiz der Entdeckung überwand ihre Furcht. Sie drang vor, dem Gesange nach. Einige Stufen führten zu einem erhöhten Fortbau des Hauses, bis eine verschlossene Thür ihre Schritte hemmte. Sie hörte hier vernehmlich eine männliche Stimme laut und schallend, sie hörte ein Lied. — Stimme und Lied, beides kam ihr bekannt vor, wie eine waldensische

Weise, wie ein Klang aus den Bergen. Sie pochte, sie rüttelte an der Thür. „Wer singt hier? Wer ist hier verborgen?“ rief sie laut. Der Schlag ihres Herzens nur gab Antwort. Mit allem Aufwand ihrer Kraft stieß sie von neuem gegen die Bretterwand. Ein dumpfer Schrei und die Klage eines Gefangenen ertönte näher und näher. Sie wollte zurückeilen und Hülfe rufen. Da stürzte die Zofe, die furchtsam zurückgeblieben war, aus den vorderen Gemächern mit der Kunde herbei, sie seien entdeckt, der alte Graf dringe mit einem Troß von Dienern ein. Um ungestört zu bleiben, hatte die Zofe den Eingang, durch den sie mit Mormona getreten, hinter sich verriegelt. Das laute Rufen und Rütteln an dieser Pforte war vergeblich gewesen. Aber jetzt ward der Lärm auf der anderen Seite des Flügels vernehmlich. Die Verfolgten lauschten, sie wußten nicht, wohin sich flüchten. So standen sie erwartungsvoll im Sterbezimmer meiner Mutter. Das Geräusch draußen verlor sich, die Verfolger hatten sich entfernt. Es ward ganz ruhig; Mormona saß mit der Zofe lauschend im Hintergrund des Zimmers; es blieb still. Aber die Stille ward plötzlich entsetzensvoll. Die alte Ahnfrau an der Wand, die hohe Gestalt, die von der Decke bis zum Boden reichte, wurde lebendig, sie bewegte sich, sie schien aus dem Bilde zu treten, nach Mormona die Hand auszustrecken: mit einem Schrei des Entsetzens stürzte das unglückliche Weib zu Boden. — Nicht die Ahnfrau, aber das Bild bewegte sich, der ganze Rahmen drehte sich in seinen Angeln und mit ruhigem, gemessenem Schritt, bleich, einem Geiste ähnlich und doch fieber=

haft zitternd, trat mein Vater durch die Wandthür, die das Bild bedeckte, in's Gemach meiner Mutter.

Er hatte den Raum nie wieder betreten, die Luft nicht athmen wollen, wo, wie er sagte, der Geist des Bösen als Widerspruch gegen die Segnungen der Kirche noch Wache hielt. Die Mutter war feierlich bestattet worden, aber nach dem Aberglauben der Leute hauste ihre mit der Kirche noch immer nicht ganz versöhnte Seele auf dem Schauplatze ihrer letzten Wohnstätte. Der Ort selbst war unberührt, unentweiht geblieben. Das Bild der alten Waldenserin schien recht eigentlich hierherzugehören, man brachte es nicht in den Ahnensaal zurück. Jeder Sessel, jedes Geräth stand und lag noch auf der alten Stelle, als wäre der Bann darüber gesprochen. Scheute der Alte die Ansteckung der Luft, die man hier athmete, und hielt er seine Rechtgläubigkeit doch nicht ganz für unantastbar? Oder fürchtete er den Rückfall seiner Jugendempfindung, das Gefühl der alten Liebe, das ihn vernichten mußte, wenn es ihn als Reue anwandelte?

Er stand jetzt mitten auf dem Schauplatz seines kurzen irdischen Glückes, mitten im Zimmer vor dem Bette der Entschlafenen. Der Vorhang bebte, vom Luftzug lebendig gemacht. Der Alte vergaß, weshalb er gekommen. Mit einer wunderbaren Hast stürzte er auf das Bild seiner Frau zu, die Erinnerung an die Macht ihrer Schönheit erschütterte seine harte, feste Natur, und wie er die Hände nach ihrem Antlitz ausstreckte, brach ein Strom heißer Thränen über seine zitternde Wange. Dann besann er sich plötzlich, verhüllte sein Haupt und stand wie eine Bildsäule von starrem Schmerz in sich selbst gebannt. In dieser Verfassung sah ihn die Stätte seines schönsten Lebens wieder, von seinem eigenen Gefühl verrathen und verdammt.

Mormona regte sich endlich wieder am Boden. Die Zofe hatte sich wieder herbeigewagt und kniete zu ihr hin. Zugleich vernahm man an der Thür über der Treppe, von dem verschlossenen inneren Raum her, ein gewaltsames Pochen; immer lauter erklang der bald bittende, bald klagende Ruf des Gefangenen, der endlich wüthende Schläge der Faust mit Flüchen begleitete.

Mormona, die sich so eben erholt hatte, lauschte auf die Töne des Unglücklichen, der jetzt die Thür seines Kerkers zu sprengen drohte. Sie sprang in die Höhe, stürzte auf den Alten zu und umklammerte mit beiden Händen seinen Hals. „Mein Bruder!“ schrie sie in wilder Hast, „Du hältst ihn gefangen, gieb ihn heraus, Kerkermeister! Sein Schrei klingt wie Verzweiflung, wie Wahnsinn!“

Sie schrie selbst wie im Wahnsinn auf, als der Alte sie von sich schleuderte, das große Schlüsselbund aus der Wandthür zog, durch den nächsten Raum eilte, die Treppe hinaufstürmte und die Thür, die der Gefangene schon halb aus den Angeln hob, öffnete. Wie ein Ungethüm kollerte Pirro die dunkle Stiege hinunter, wand sich schreiend am Boden, sprang weiter vor in's Zimmer und fuhr wieder zurück, vom hellen Schein des Lichtes geblendet. Sein Haar sträubte sich aufrecht, seine schrägen Augen blitzten mit der Wuth des Tigers, seine Hände fuhren krampfhaft umher, als wär' er mit Gespenstern im Kampf. Mit lautem Entsetzen stürzte Mormona auf ihn zu und glitt, da er sie nicht hielt, an seiner Gestalt nieder.

Der Alte stand ruhig neben ihnen. „Da ist Dein Bruder! Habt Euch denn, da Ihr doch zusammen gehört!“ sagte er mit dem finstern Groll des Beleidigten, riß das Schlüsselbund in die Höhe und verschwand wie er gekommen war hinter der Tapete.

Das Bild der Ahnmutter zitterte heftig in seinen Angeln, die Züge der bleichen Gestalt wogten zornig auf der Leinwand hin und her. — Die Schritte des Alten verklangen im nächsten Raum, Thür auf Thür fuhr rasselnd hinter ihm zu. Die beiden Waldenser waren allein, neben den alten Genossinnen ihres Stammes und ihres Unglücks. —

Es dunkelte fast, als ich in den Schloßhof ritt. Die Diener umstürmten mich; ich wußte schnell das ganze Ereigniß, begriff ich auch nicht gleich den Zusammenhang. Ich eilte zu meinem Vater; mit Gewalt erbrach ich sein Cabinet. Stumm und starr saß er im Lehnstuhl, in der welken Hand hing das große Schlüsselbund. Ich führte in der Angst eine verworrene Sprache. Er stand auf und wollte sich mit seinem Stolze gegen mich waffnen. Das war keine Macht mehr, die Stand hielt; ich war in Raserei, wenn ich mein Weib in dem Aufenthalt des Schreckens, in Gemeinschaft mit Pirro dachte. Ich schrie dem Alten zu, ob er ruchlos vergessen, in welchem Zustande meine Gattin sei, entriß ihm die Schlüssel und stürzte fort in die unglückseligen Gemächer.

Mormona lag auf dem Bette der Mutter, still, blaß, unsäglich leidend; die Erschütterung hätte sie tödten können. Die Zofe weinte. Pirro wühlte am Boden umher; er schien nicht zu wissen, was um ihn her vorging. Er wurde bald entfernt. Wie ich mit Mormona allein war, machte sie mir die Entdeckung, daß sie glaube, ihre Stunde sei plötzlich gekommen. Der Arzt erschien und erklärte die Anzeichen als darauf deutend, daß wir einer schnellen Entscheidung gewärtig sein müßten.

Und so war es denn auch. Unter Leiden und Schmerzen, nach einer bang durchlebten Nacht, genas Mormona eines Sohnes. Was sie mit Freuden dargebracht hätte, war der Lauf der Dinge weniger feindlich für sie und uns Alle, das gebar sie jetzt in Noth und Angst. Das Leben des Kindes war gesichert, aber Mormona selbst in Todesgefahr. Für Tage und Nächte, am Schmerzenslager zugebracht, hat man noch kein menschlich Maß gefunden; unermeßlich ist, was die Liebe in der Duldung vermag, unerhört, wie sie auf der leiblichen Folter zu liegen für nichts achtet und über alle Mühsal triumphirend im Geiste ganz Seligkeit ist.

Es giebt Schmerzen, für welche die Sprache, um sie auszudrücken, erst bei der Musik borgen müßte. Wollte ich unseren Zustand schildern, ich müßte erst Töne erfinden, ganz in den Weisen jener alten Aeolsharfe hingehaucht, die sich nordische Völker im dunkeln Nebel ihrer feindlichen Zone erdachten.

Noch vor Mormona's Tode war der Alte bei dem ungeahnten Gang der Dinge verwandelt. Es wäre jetzt an mir gewesen, die Rolle des stolzen Unwillens zu übernehmen, aber der Anblick des Greises erschütterte mich zu tief. Seine Haltung, seine Fassung war hin, er lag stundenlang wie vernichtet am Lager der Kranken. Wir wechselten kein Wort, die Blicke waren verständlich und sein gramgefurchtes Antlitz sprach deutlich genug, wie zerstört er sich fühlte. Mormona duldete ihn gern um sich, schalt ihn einen armen guten Thoren und strich ihm sanft das greise Haar, wenn er vor ihr kniete und sein nasses Auge in der Decke barg.

Pirro ward gut gehalten, aber er durfte nicht zur Schwester; sein geistiger Zustand schien der ärztlichen Pflege bedürftig. Gleich bei seiner Ankunft im Schlosse hatte er Spuren von Zerrüttung gezeigt. Er mochte eine lange Zeit vorher in Qual und Selbstanklage ein unglückliches Leben in den Bergen geführt haben. Wir hatten fast Alle mörderisch gegen einander gehandelt, aus Wahn oder aus Eigensinn: was Wunder, wenn die zerstörende Wirkung, die der Mensch gegen den Mitbruder richtet, sich von Zeit zu Zeit gegen ihn selbst wendet.

Wir standen an Mormona's Sterbelager; ihre letzten Stunden waren nahe. Das schöne junge Leben wehrte sich noch tapfer gegen die ernsten Anfechtungen des Todes. Ein erster Kampf war vorüber; sie schöpfte freien Athem und rief den Vater und mich zu sich. „Ihr Männer, lieben Brüder," sagte sie weinend und lachend, „tragt keine Sorge um mein ewig Seelenheil; ich will als gute katholische Christin sterben."

Mein Vater stand ihr zu Füßen; er blickte starr zu Boden, er hatte keinen Sinn für die spielerische Kindlichkeit ihres guten Herzens.

„Sei nicht so finster, alter Mann!“ sagte sie zu ihm, „ich will ja gern in Euern aparten Himmel hinein und mich lossagen von meinen armen Brüdern und ihrem Ketzerthum. Ach, ihr Glaube war doch so frisch und fröhlich frei wie die Luft der Berge! Aber für bedrängte und beladene Menschen ist Euer Dienst recht gut erfunden. Im Jammer, wo man Gott den Herrn unendlich fern glaubt, da giebt man schon nach, ach! da schwindet schon alle Hartnäckigkeit des freien fröhlichen Herzens! Gebt nur her, ich will dem leidenden Gott die Wundenmaale küssen!“

Mein Vater wendete sich ab und verhüllte sein Haupt, aber er wagte nicht, die Feier der Todesstunde zu stören.

„Wendet Euch nicht ab,“ sagte sie zu ihm, „von einer armen Creatur, die in ihrer Unschuld dumm, aber nicht böse ist! Euch zu Liebe soll auch nach dem Priester geschickt werden und will ich all' meine Sünde ihm überantworten. Die Leidtragenden, die Schwerzensgestalten, die Herolde des Todes haben ja ihr Unheimliches für mich verloren, mit Schmerzen und Leiden bin ich nun vertraut geworden. — Von einem Herzen freilich, das in Heiterkeit seines Gottes voll ist, scheint Ihr nichts zu wissen!“

Sie weinte heftig, wie sie das Wort gesagt; sie schien der Aufregung zu erliegen. Mein Vater stand noch immer in sich verloren und abgewendet. „Wollt Ihr der Sterbenden nicht die Hand reichen?“ sagt' ich zu ihm.

Sie hatte ihm die ihrige vergeblich hingestreckt; der Alte

war erschüttert und kämpfte noch mit dem letzten Schatten seiner finstern Regung.

In dem Augenblicke läutete draußen die Glocke des Ministranten, die das Allerheiligste verkündete; die Thür öffnete sich, die Chorknaben standen mit Kreuz und Becken im Vorzimmer und der Caplan trat in's Gemach.

Mein Vater hatte sich rasch zu ihm gewendet und sank in's Knie. In der Verwirrung, in der Sorge um die hinschwindende Seele meines Weibes mochte ich versäumt haben, beim Erscheinen des Sanctum mein Haupt zu neigen, bis der Priester uns mit lauter Stimme die Gegenwart seines Gottes verkündete. Mormona hatte sich im Bette aufgerichtet und sank jetzt in die Kissen zurück, als der Priester zu ihr trat. „Seid barmherzig mit mir, gestrenger Mann Gottes!" sagte sie mit zitternder Stimme, „ich stehe ja ohnedies bald vor dem Richter, der alle meine Missethat kennt! Ich meine, er müßte sie mir verzeihen!"

Ich fühlte wie bitter der Wermuth war, daß sich ein heiteres freies Herz seine Sünden selbst vergeben wollte. Uberto stand wie eine starre Bildsäule mitten im Zimmer, während seine Begleiter die Vorkehrungen zum letzten Amte trafen. Er blickte unerbittlich fest und streng auf die Sterbende. Das war die kalte ruhige Miene des Kriegers, der nur sklavischen Gehorsam, kein Mitleid, kein Erbarmen kennt. Ich sah hülfeflehend zu ihm auf. Von ihm hing es ab, ihr die Absolution zu geben; nicht um ihretwillen, der Umstehenden wegen wünschte ich es. Ich ergriff des Paters Arme, ich suchte sein Auge.

„Geht nicht allzustreng mit ihr in's Gericht," flüsterte ich ihm leise zu. „Es waren Irrthümer in ihrem Glauben und Denken: aber seid milde, ihr Leben floß in Unschuld und Liebe dahin!"

„Sie wird Gott die alleinige Ehre geben," sagte der Priester, „und unsere heilige Kirche als den alleinigen Schooß der Seligkeit anerkennen."

„That sie das nicht," eiferte ich, „wo nicht mit Worten, so doch mit ihrem Leben, thatsächlich und freiwillig? Hat sie sich nicht zu uns bekannt, hab' ich sie nicht gewonnen? Haltet nicht so streng auf das Wort, martert nicht die Seele eines armen Weibes mit der Form. War doch der Inhalt ihres Lebens gut!"

Die Kranke, die die ganze Zeit über das Auge geschlossen gehalten, regte sich plötzlich. Wir horchten auf. Sie hob sich in die Höhe, rief mich leise bei Namen, ergriff meine beiden Hände und sah mich groß und ernst an. „Ich bin nicht schwach," sagte sie, „es giebt noch einen Gott für mich und Dich: sei ruhig, Giuseppe!"

Sie wandte sich dann geschäftig bald nach der einen, bald nach der andern Seite. „Es ist noch viel zu thun übrig!" sagte sie, „eilt! Die Zeit drängt!"

Die Dienerin mußte ihr den Knaben bringen. Das schlafende Kind lächelte still und süß. Sie drückte es feierlich an's Herz, legte es dann vor sich hin auf's Bett, breitete die Hände über sein Antlitz und empfahl es mit leisem Gebet dem Schutz aller guten Geister. — „Amen!" sagt' ich, wie sie zu mir aufblickte und mir winkte. Dann wies sie den Knaben rasch von sich, als fürchte sie, ihre Kraft sei zu Ende. „Pirro?“ flüsterte sie. Ich schüttelte das Haupt; er war entflohen. „Ich weiß,“ sagte sie, „er ist nicht hier. — Kommt, alter Mann, Vater meines Giuseppe!“ fuhr sie fort, und ich zog ihn auf ihren Wink an's Lager. Er wehrte sich nicht länger und drückte ihr die Hand. Sie nahm die seinige und schloß sie betend zusammen. Sie blickte in sein Antlitz und zwang ihn, ihrem Blicke Stand zu halten. Eine selige Friedfertigkeit leuchtete in ihren Augen, ob sie schon die Schatten der heranbrechenden Nacht verdunkelten. „Und die Waldenser sind auch unsere Brüder?“ sagte sie laut mit fragendem Ton. — „Amen!“ rief ich und lehnte den Arm um die Schulter des Alten, der sich über das Lager bückte. Er küßte ihr die Hand, wendete sich zur Seite und drängte den Priester heran. Aber sie wehrte ihn ab mit der Hand, sie wollte sich mit mir allein noch beschäftigen. Sie sank in ihr Lager zurück, ihre Stimme ward matter; ich kniete vor ihr nieder und sah zu ihr auf wie zu einer Heiligen. Sie lächelte wie ein verklärter Geist. Mit schwacher Stimme, aber durchdringendem Tone dankte sie mir für das Glück der Liebe. „Mein allzu kurzes Leben“, flüsterte sie, „war in Lust und Leid doch ein gesegnetes! Giuseppe, meinst Du nicht?“

„Und was sagt Euer Gott dazu?“ flüsterte ich zum Priester.

„Unser Gott?“ sagte Uberto, „ist er denn nicht der Eurige?“

Ich schlang den Arm um ihren Nacken, um ihre Lippen dem dargebotenen Heil des Priesters näher zu bringen. „Gestehet daß unser Gott auch der Eurige!“ sagte Uberto und wollte ihr den Leib des Herrn reichen.

„Mein Gott ist gut!“ hauchte sie still, zuckte leise in sich zusammen und hatte vollendet; sie stand vor dem Richter, der ihr und unser Aller Gott. Der Priester hielt ihr noch die heilige Speise vor; die zusammengepreßten Lippen weigerten sich sie anzunehmen. Uberto sah finster drein. „Unselig hingegangen!“ sagte er und sah mich drohend an, wie ich mit der ganzen Bitterkeit des Schmerzes seinem Blick begegnete. Wie mein Vater die Hände rang, machte der Dominicaner das Zeichen des Kreuzes über sie, sah aber schweigend gen Himmel.

Siebentes Capitel.

Todtendienst und neues Leben; Dominicaner und Jesuit.

Selig oder nicht: Gott wird es richten! — In einer kleinen Waldcapelle, von Oliven und Ulmen umschattet, war Mormona's Hülle beigesetzt. Der Neubau der alten Begräbnißhalle zu Santa Maria hatte die Nöthigung gegeben, ihr diese Ruhestätte fern von den Angehörigen der Familie zu bereiten. Mir galt das gleich. War sie doch sonst mit allen Ehren einer Gräfin des Hauses bestattet. Während man in der Schloßkirche Tag und Nacht das Todtenamt hielt, lag sie im Schatten des Waldes, der Menschenwelt und ihrem irdischen Lärm entzogen, in dem grünen, luftigen Tempel, wo die Vögel des Himmels sich anbauen und ohne Brevier und Formular dem Herrn ihr Loblied singen. Selig oder nicht: hier galt kein Unterschied.

Mein Vater hatte die Feierlichkeit der Beisetzung mit einer Sorgfalt betrieben, die glauben ließ, sein Schuldbewußtsein wolle sich mit diesem Liebesdienst eine letzte Buße auferlegen. Fast schien es, als solle ihm die todte Mormona werden, was ihm die lebendige nie ganz gewesen. Diese Reue verlangte geehrt zu werden. So viel Eifer um das dahingeschwundene Leben hätte mit ihm versöhnen können, hätte diese Frömmigkeit sich nicht an den Wahn geklammert, die Todte werde jenseits vom ewigen Richter verworfen werden. Für mich stand Mormona im Glorienschein der vollen Liebe Gottes! Seit ihrem Tode hatte ich das feste Gefühl von ihrer und meiner Rechtgläubigkeit, im Nothfall auch der Kirche gegenüber; es war als wäre Mormona's selbstgewisse Sicherheit auf mich übergegangen.

Ich sah und hörte wenig vom Treiben um mich her, ich theilte weder meine Andacht, noch auch die Bedürfnisse des Tages mit der Welt, die mich umgab. Meines Vaters Andacht ließ ungewiß, ob er mehr an Mormona's Erlösung oder an seinem eigenen und seines Hauses Seelenheil zweifelte. Die Lebenden galten ihm wenig, auch der Sohn der Todten, der Knabe Saverio, so wenig als ich selbst. Ihn zu stören in seinem Thun war vergeblich; die Berührung zwischen uns war allzu schmerzlich; das Unglück hatte uns vereinigt, um uns für immer zu trennen.

Von Kindheit auf hatte ich an meinem Vater keine andere Regung, keine andere Beschäftigung als diese fast mönchische gekannt; die Gewohnheit hatte seinem Thun und Treiben, seinem ewigen Todtendienst mitten im lebendigen Leben, das Fremdartige genommen. Diese Weltentfremdung war freilich nicht von Jugend auf in ihm gewesen; sie hatte ihre Geschichte gehabt, sie war das Ergebniß seiner Schickungen. Eng befreundet mit Victor Amadeus, jenem Herzoge von Savoyen, der den Titel eines Königs von Sardinien annahm, hatte mein Vater dessen Unternehmungen, dessen Feldzüge getheilt, war nicht von seinem Hoflager, nicht von seiner Seite gewichen; er war sein Freund gewesen im schönsten Sinne des Wortes. Wie ein Meister seinen Schüler, so hatte Victor Amadeus den Grafen La Torre geliebt. Plötzlich bemächtigte sich des Fürsten ein ränkevolles Weib. Victor Amadeus legte die Krone nieder, um in den Armen der Marchese von San Sebastiano das vermeinte Glück der Liebe ungestört zu genießen. Die Abdankung zu Gunsten Karl Emanuel's geschah unter dem trotzigsten Widerspruch meines Vaters, des treuesten Vasallen. Er ward als Rebell in Ketten geworfen. Ein Jahr darauf bereute der alte König den unbesonnenen Schritt; er wollte sein Regiment wieder antreten, er forderte vom regierenden Sohne das Scepter zurück. Meines Vaters Warnung hatte also Gehör gefunden. Seiner Banden frei, in seinen Ehren wiederhergestellt, war Graf La Torre eifrig bemüht, die insgeheim zusammenberufenen Barone des Reichs für den alten König zu stimmen. Diese Treue für das Alter mußte der Jugend für Verbrechen gelten. Karl Emanuel kam der Verschwörung zuvor, Victor Amadeus wurde der Gefangene seines Sohnes. Mein Vater theilte freiwillig das Loos, der königliche Greis starb in den Armen seines Freundes. Den jungen Herrscher rührte diese Hingebung nicht, mein Vater ward wie ein gemeiner Missethäter auf die Galeere geschickt, bis ihn die Vermittelung des römischen Hofes von der ehrlosen Strafe erlöste. Krank und an der Menschheit verzweifelnd, die ihn die beste Tugend seines Herzens, die Treue, so tückisch büßen ließ, lebte mein Vater längere Zeit in Rom, galt den Leuten, wie sie sagen, für tiefsinnig und ward sehr fromm. Man trug sich sogar mit dem Gerücht, Graf La Torre sei heimlich in einen geistlichen Orden getreten. Die Politik der Höfe, die Laune und die Willkür der Mächtigen, die treulose Ränkesucht der Ehrgeizigen, der ganze Lauf der Dinge dieser Welt erschien ihm seitdem ein Werk des Bösen. Dem heiligen Vater verdankte er den Wiedergewinn seiner Rechte als Mensch, seiner Besitzungen als Erbherr seines Hauses; geistlicher Zuspruch bewahrte ihn, daß sein Gemüth nicht irre ward an Gott und seiner Weltregierung. Er sah fortan in der Kirche den allein festen, den allein rechtmäßigen Zusammenhang zwischen Himmel und Erde. Der Staat und die Gesellschaft der Menschen hatte sich ihm als ein trüglich Machwerk, die Kirche allein als eine Stiftung Gottes, als der Fels Petri erwiesen. Er kehrte von Zeit zu Zeit nach Santa Maria zurück, lebte aber auch hier still, in sich gekehrt, kirchlichen Uebungen ergeben. Seine erste, ebenbürtige Gattin, die ihm weder Glück noch Nachkommenschaft gegeben, war in den Armen eines Nebenbuhlers gestorben. Plötzlich trat in sein gramumflortes, wolkenschweres Leben ein lichter Engel, ein Genius der Liebe und Freude, das Mädchen aus den Bergen. Dieser Engel des Lichts ward auf Augenblicke mächtig genug, die Nacht um seine Stirn zu verscheuchen, den Dämon zu bezwingen, die schlummernde Natur in ihm aus ihrem Grabe aufzurufen. Sie ward sein Weib, aber er hatte nicht Kraft und Klarheit des Geistes genug, die Unschuld, die ihm Gott aus dem Schooß der Natur gespendet, heiligzuhalten, im Widerspruch mit Finsterlingen, die das Fleisch tödten, um dann den todten Leib zu benedeien. Eine Zeitlang ward den waldensischen Brüdern in den Bergen eine Freiheit, eine Wohlthat nach der anderen zugewendet, meine Mutter regierte zu Santa Maria; dann plötzlich kehrte mein Vater zu seinen Bußübungen, zu dem finsteren Glauben zurück, sein Haus sei vom alten Fluche wieder heimgesucht. In diesem Wahn ließ er sein Weib, meine Mutter, sterben. Dieser Wahn, der Fluch des Hauses sei unsühnbar, lebte jetzt von neuem in seinem zerstörten Gemüth.

Für mich hatte die Welt seit Mormona's Tode ihre Farben verloren, mir liefen die Gestalten des Lebens gleichgültig ineinander. Ich verließ nur selten die Gemächer des Schlosses, in denen mein Weib gewaltet, gelebt und geliebt, gelitten und geendet. Ich hatte mich in diesen Räumen fest eingerichtet, aus diesem Zusammenhang mit der nächsten Vergangenheit wollte ich nicht scheiden. Dort wehte mir noch der Hauch ihres Mundes; in den verhüllten Zimmern, die kein ungeweihter Fuß mehr betrat, im Schatten dieser Dämmerungen, die ich halb träumend, halb wachend an mir vorübergleiten ließ, fühlte ich noch die Gestalt der Geliebten, ja, ich glaubte sie im Fluge an mir hinschweben zu sehen, das Rauschen ihres Gewandes, den süßen Klang ihrer Stimme zu hören. Das war m e i n Todtendienst. Meine Andacht bestand darin, mir Mormona's Gestalt lebendig zu erhalten. Jedes ihrer Worte rief ich mir zurück, um aus all' den kleinen Zügen ihres kurzen Lebens mir ihr Abbild festzustellen. Ihr Leben weiterzuleben, das schien mir mehr werth als alle Buße. Und in der That, ich fühlte ihren Geist in mir wachsen und gedeihen, als wenn ihre Natur auf mich übergegangen wäre. Sie hatte sich aus Liebe zu mir zum römischen Dienst bekannt. Ich war damals fast auf dem Punkte, aus Liebe zu ihr den Glauben der Ketzer mein zu nennen. Sie hatte nicht ausgehalten im Dienst meiner Kirche, der freie Strahl ihrer heiteren Seele war vom Dunkel der Dämmerungen, das er nicht zu durchbrechen vermocht, wieder zurückgescheucht. Ich meinerseits gedachte die nüchterne Helle des einfachen Ketzerthums der Waldenser mit der Wärme des vollen Menschenlebens zu beseelen, um sie für die Welt wieder zu gewinnen, die alte Unbill auszugleichen, den jahrhundertlangen Fluch zu sühnen. Anders, das fühlte ich schon damals, kann man nicht Missionär sein und Proselyten werben, als wenn man auf die Bedürfnisse der Verirrten liebevoll eingeht, sie theilt und menschlich findet. Das Alterthum der Griechen lehrte schön und gut sein, und hielt Beides für dasselbe. Das Christenthum wollte mehr sein als das, und ist hinter diesem Ziele zurückgeblieben. Soll die Welt die verlorne Harmonie nicht wiederfinden? Sollen wir das Leben nur immer erst heilighalten, wenn es eingesargt vor uns liegt? Dieser Todtendienst höre auf, das Leben abzutödten! —

Ich hätte ohne Zwang an die früheren Jahre meiner Jugend wieder anknüpfen können, die ich im Collegium zu Genua zugebracht. Aber ich brauchte Menschen, die für meine Ueberzeugungen empfänglich waren, uneingenommene, frische Menschen, denen ich von Mormona erzählen, den Inhalt ihres Lebens und meinen Glauben deuten konnte, wie Gott in einer kindlichen Seele seine liebste Offenbarung sieht. Das Bedürfniß nach Mittheilung, nach Thätigkeit und Wirksamkeit scheuchte mich endlich fort aus meiner abgegrenzten Stille. Der Knabe Saverio mit der Sorge für seine ersten Bedürfnisse erfüllte zu wenig meine Zeit und Muße. Das frisch kräftige Kind war dem neuen Hausmeister und seiner Frau, die von gleichem Alter ein Kind gebar und nährte, zur Pflege übergeben; beide Knaben hatten damit als Milchbrüder dieselbe Mutterbrust. Dieser Hausmeier und sein Weib waren verständige Leute, ob sie schon unmündig waren in Sachen des Glaubens, priesterlichen Willen unbedingt und blind über sich verfügen ließen. Der Knabe Saverio entwickelte sich rasch und feurig; die fröhliche Schnellkraft seiner Mutter schien in ihm lebendig zu sein; die Züge seines Gesichtes machten ihn auch äußerlich zu ihrem Ebenbilde. In mir aber lebte Mormona's Urbild weiter, ihr Geist durfte nicht entschwunden sein vom Schauplatz ihres Lebens, ihr Dasein war noch nicht abgeschlossen, ihre Sache, die Sache der verkannten Unschuld, noch nicht erledigt. Wenn ich für das Recht der verketzerten Menschheit, für das Recht der Kinder in den Bergen und ihre Anwartschaft auf die Segnungen des Lebens als Anwalt auftrat, glaubte ich Mormona's beste Erbschaft anzutreten, der beste Vollstrecker ihres letzten Willens zu sein.

Was mich von Zeit zu Zeit wiederholt in die Berge trieb, war die Sorge, Kunde von Pirro zu erhalten. Niemand wußte von ihm, weder auf dem Markt von La Torre, wie die aufgestellten Wächter mir meldeten, noch daheim in den zerstreuten Hütten der Köhler und Murmelthierzüchter. Er war der Erste von den Brüdern in den Bergen, denen mein Leben gehörte, wollt' ich Mormona's Leben weiterführen. Die Ungewißheit über sein Ergehen wurde mir zur Pein. Er konnte in Noth sein, in innerer Bedrängniß, der Verzweiflung preisgegeben! In der Hütte auf dem Felsen war keine Spur von ihm zu entdecken.

Wie ich zum ersten Mal jenen Schauplatz meiner ersten Freude wieder betrat, rieselte ein leiser Schauer der Andacht durch meine Seele. Hier hatte meine Alpenrose geblüht, bevor sie sich den Menschen im Thale anvertraute. Auf dieser Schwelle war sie vor meinem ersten Erscheinen droben in der Hütte zusammengeschreckt, hier am Heerde hatte sie meinem Worte gelauscht, das ihr die Bruderliebe unter den Menschen als das höhere, Gott allein wohlgefällige Christenthum verkündete. Hier hatte sie feierlich die Hand gen Himmel gehoben, als ihr schüchterner Blick mich gefragt, ob ich es ehrlich gemeint; dort war sie still in sich erzittert, als meine Hand sie berührt. Ich kniete nieder auf den Spuren ihres Wandels, ich gelobte die Stätte heiligzuhalten, ich gelobte mehr; ich gelobte ihren Brüdern in den Bergen, die die Welt verdammt, ein Verkündiger von der Liebe Gottes zu sein. Den großen schweren Streit zwischen altem und neuem Glauben schwur ich unter den Menschen schlichten zu helfen, und rief Mormona's Geist aus den Gefilden der Seligen zum guten Werk herab. Und es war mir, als wenn es wie mit Fittichen der Seraphim mich umrauschte, ein lichter Geist mit hellem Klang sein Triumphlied sänge. — Wie ich aus der Thür wieder hinaustrat, stand die Sonne scheidend am Rand der Berge; ich fühlte ihren Glanz um mein Haupt, die Hütte um mich her stand in Glorie. Auf die Platte des Felsenstiegs schrieb ich mit deutlichen Zügen: „Pirro, eile zu mir, Mormona's letzten Willen zu vernehmen!"

Damals stieg der Wunsch in mir auf, Priester zu werden, um auch äußerlich das Recht zu haben, den Menschen einen Glauben zu verkündigen. Ich konnte ja dann auch meine Genossen für den wahren Gottesdienst gewinnen, ich durfte vor sie hintreten und sagen: Ihr Thoren, die ihr Gott suchen wollet! Er wandelt unter euch, ein stiller Geist, und ihr erkennt ihn nicht. Ihr erwartet ihn mit Schrecken zum jüngsten Gericht, und siehe, er ist alle Tage bei euch. Ihr erwartet ihn im Lande jenseits, und martert und kränkt ihn hier schon im Geringsten eurer Brüder! — Die Welt ist schon sehr alt geworden, und hat die Religion Christi, die Religion der Bruderliebe noch immer nicht verstanden.

Ich hatte bisher in der Geschichte einiger ketzerischen Secten geforscht. Ueberall, fand ich, hatte ein in der Stille Erleuchteter von neuem die Entdeckung gemacht, daß Gott sich nicht im bloßen Formendienst finden lasse. Ueberall freilich waren die Neuerer zu weit gegangen und hatten sich zur großen Gemeinde des Herrn nicht wieder zusammengefunden. Ich las jetzt die Geschichte unserer Orden. Ich fand auch sie ihrem Ursprunge entfremdet. Immer war es ein großer Gedanke eine tiefe Sehnsucht, was den Stifter einer neuen Gemeinschaft aus dem Lärm der verlorenen Welt in die Wüste oder in die Stille trieb, um sich, wie Christus in den vierzig Tagen, auf sich selbst und auf den reinen Ursprung der Menschheit aus Gott zu besinnen. Mit gesammelter Kraft trat er dann wieder unter die Menschen, um den Brüdern mitzutheilen, was ihm der Geist vertraut. Selbst jener Dominicus, von dem ein System furchtbarer Verfolgungen den Namen entlehnt, war ein gottgeweihter Mensch, den unser Dante, der große Dichter, in den Himmel versetzt, während er dessen Schüler und Anhänger zu den Verdammten in die Hölle wirft. Ueberall sah ich die ursprünglich reine Absicht unter dem leidenschaftlichen Thun der Menschen in ihr Gegentheil verkehrt, die Gelübde der Orden in äußerlichen Formeldienst, die Begeisterung in eine todte Knechtschaft des Buchstabens ausgeartet. Der Same des Christenthums war zu einem gewaltigen Baume aufgeschossen, aber die Vögel des freien Himmels fanden nicht mehr Obdach unter ihm. In stillen Nächten überfiel mich die Angst, ich könnte berufen sein, den todten Christus zu erwecken, und doch nicht die Kraft haben, den Menschen das Evangelium von der lebendigen Liebe zu deuten. Wohl war der Entschluß in mir stark genug, in die Einsamkeit der Wüste zu ziehen und im Anschauen Gottes meine Gedanken zu heiligen, aber die Furcht, in die Welt zurückgekehrt, einsam wie ein Wahnsinniger dazustehen, der den Steinen vergeblich predigt, lähmte meinen Entschluß, hielt meine Lebensgeister gebunden. Ich fühlte zugleich, daß ich der Genossen bedurfte, um für die Menschheit zu kämpfen und zu dulden. Die Kraft eines Einzelnen reicht nicht mehr hin, der Menschheit aufzuhelfen.

Pater Eusebio in Genua war mir in diesen Zweifeln Rath und Trost. Er war ohnedies gewohnt, in den Ereignissen unseres Hauses mitzuleben. Alles was in mir vorging, pflegte ich ihm zutraulich zu berichten. Eusebio war von Herkunft und Nation ein Franzose, aus der Schweiz gebürtig. Er kannte die Menschen, er wußte, wie man ihnen in ihrer Noth beispringt. An den Höfen der Fürsten, wie in der Hütte der Armuth hatte er mit weiser Hand Segen verbreiten und auch den Verstand der Weltklugen da leiten gelernt, wo der gute Wille und die Empfindung des Herzens nicht ausreichen. Er kannte auch die Philosophien jener verwegenen und aberwitzigen Köpfe, die damals schon den gesammten Inhalt der christlichen Menschheit anzweifelten und ihn verspotteten, weil sie ihn nicht bewältigen und neu gestalten konnten. Sie verwarfen das Bestehende und waren ohnmächtig, Neues zu schaffen. Eusebio verwarf nichts unbedingt; er prüfte Alles, behielt das Beste und war überzeugt, daß der guten Sache Alles zum Besten gereiche.

„Du irrst, mein Sohn,“ schrieb mir Eusebio, „wenn Du wähnst, man müsse eine Gemeinschaft aufgeklärter Köpfe erst stiften, die von der Knechtschaft der Form, von der Tyrannei der Satzung frei sei. Eine Gemeinschaft freier Denker existirt. Nicht Alles für Alle! ist freilich ihre erste Regel. Und man kann nur stufenweise in das Allerheiligste der unverhüllten Wahrheit dringen. Die Wahrheit macht frei, den Einzelnen wie ganze Völker, aber nur nach dem Grade der Befähigung, der klaren Besonnenheit und eines ruhigen Selbstbewußtseins. Mein Freund, es giebt eine Verbrüderung edler Menschen, die sich die Wahrheit und die Freiheit zum Ziel steckten; allein sie müssen sich noch geheim halten gleich den ersten Christen, die zur römischen Zeit in Höhlen und Schluchten den stillen Keim ihrer Lehre pflegten. Es giebt eine Gemeinde, die sich die Verbrüderung und Aufklärung aller Menschen zur Aufgabe ihrer Bestrebungen gemacht hat; aber sie hat am hellen lichten Tage noch keine Form gewonnen, und ihr offener Kampf mit den finstern Gewalten des Aberglaubens und der Unduldsamkeit ist noch nicht statthaft. Es wird die Zeit kommen, wo sich alle Besseren zu dem großen Bunde der Menschenliebe zusammenfinden, und die Kirche Gottes, die Gemeinschaft der Gläubigen wird dann wieder Raum haben für Alle, auch wenn sie nur die Wahrheit ahnen. Dann werden die Irrthümer der Philosophien, die Absonderlichkeiten der Secten, die hartgesottenen Behauptungen eigensinniger Kathederhelden verschwinden. Was in den Entdeckungen Einzelner wahr ist, kann nur Geltung haben, wenn es Gemeingut der Menschheit wird. Das haben jene Weltweisen Frankreich's und jene Sectenstifter der germanischen Nation nicht einsehen können, daß die Menge unfähig ist, das grelle Licht der ganzen Wahrheit zu ertragen, und darum thut der Menschheit ein Orden noth, der die Aufklärung des Verstandes zu regeln, die neuen Entdeckungen der Vernunft zu leiten, sie für die große Menge unschädlich zu machen weiß. Dieser Orden, mein Sohn, der auf das Treiben der Welt eingeht, am Thun der Menschen theilnimmt, das Weltliche heiligt und den schönen Garten Gottes, diesen von wilder Leidenschaft und vom Fanatismus des angeblich ausschließlichen Glaubens so oft verwüsteten Schauplatz der Erde wieder urbar macht und anbaut: dieser Orden braucht nicht erst gestiftet zu werden, weder er selbst, noch die besondere Loge der Aufgeklärten in ihm. Dieser Orden hält fest an der Kirche Gottes auf Erden, aber seine Esoteriker, seine Auserwählten, haben zugleich Theil am Fortschritt der Menschheit. Er kennt die Lehren der Weltweisen, er weiß um die Bedürfnisse der Völker, er ehrt das Streben des Einzelnen nach Freiheit; aber er behütet die heilige Flamme der reinen Wahrheit, er wacht darauf, daß die große Menge, das noch unmündige Volk vor den Irrungen der zweifelnden Vernunft bewahrt bleibe. Nicht Alles für Alle! Dies der oberste Grundsatz dieses Ordens, Gehorsam deshalb seine Basis, Verschwiegenheit die Bedingung, um ein Mitglied der Gesellschaft Jesu zu sein."

„Mein väterlicher Freund," schrieb ich an Eusebio zurück, „ich sehne mich nach einer Gemeinschaft edler Männer, die der Ueberzeugung leben, die Kirche Gottes müsse aufhören, eine Strafanstalt für die Menschen zu sein. Ich bin überzeugt, daß das Christenthum der Dominicaner nicht Eure Lehre ist. Ich bedarf vielleicht sogar des Schutzes gegen deren Christenthum, aber ich kann — verzeihet! — nicht die eine Gefangenschaft mit der andern vertauschen; ich kann nicht blinden Gehorsam schwören, wo ich einen Bund edeldenkender, freifühlender Menschen fordere. Blinder Gehorsam hindert die Bewegungen meines Geistes, hemmt meinen Wissenstrieb."

Hierauf schrieb Eusebio zurück: „Die Freiheit der Forschung, mein Sohn und mein Freund, wird Dir nie untersagt bei uns. Die heilige Kirche erlaubt sie dem Priester, dem Auserwählten, auch wenn er nicht die Weihen empfing. Wie sollte die Gesellschaft Jesu ihren Mitgliedern das Ringen nach Wahrheit verbieten! Wir Alle streben nach der Freiheit, wir wissen, daß nur die Wahrheit frei macht, aber wir halten uns nur stufenweise für die Freiheit befähigt. Es giebt keine Freiheit ohne Nothwendigkeiten. Steht die Weltkugel, die sich frei bewegt, nicht insgeheim unter dem Gesetz der Schwere? Ebenso ist der Mensch, dieser freie Schöpfer seiner Thaten, — frei, denn sonst hätte er keine Wahl zwischen Gutem und Bösem, — von Natur und Schicksal an geheimen Fäden festgehalten. Ist sein Sinn gesund, so giebt er sich diesen Naturbedingungen hin, ohne dadurch seine Freiheit für gefährdet zu erachten. — Mein Sohn, ich kannte von früh an Dein heimliches Gelüst nach Freiheit, das sich selbst in den Spielen des Knaben verrieth. Ich habe Dich schon damals, als Du hier im Collegium mir anvertraut warst, nach der Art und Weise geleitet, die Deine Natur zu verlangen schien. Du fügtest Dich in die Ordnungen der Anstalt, die jeder Tag mit sich brachte, während Du Nachts heimlich Deine Wanderungen am Strande, Deine Fahrten im Nachen ungehindert unternehmen konntest. Du dünktest Dich frei, weil Du nicht wußtest, daß jener Fischer, den Du für Dich gewannst und bestachest, schon vorher in meinem Solde war. So, mein Sohn, steht es um die Freiheit der Menschen, und nur so, wenn sie von einem Höheren überwacht ist, bleibt sie vor Gefahren gesichert! Begreife daran, wie die Gesellschaft Jesu Christi ihre Auserwählten zu leiten weiß. Zu den Auserwählten aber rechnete ich Dich schon immer, mein Freund; ich wußte, daß dieser Hang zur Freiheit Deine Kräfte entwickeln, nicht Deinen Sinn verwildern werde. Und nun der Himmel Schmerzen seltener Art über Dich verhängte, fand ich meinen Glauben an Dich nur bestätigt. Der Himmel hat Dich hart und bitter geprüft. Er nahm Dir Dein irdisches Kleinod, um Dir einen Schatz im Himmel zu sichern. Gieb diesen Gewinn nicht auf, suche ihn schon auf Erden wirksam anzulegen! Du bist zu einem Apostel Gottes, zu einem Verkündiger seines Reiches auf Erden berufen, denn Du gehst in Liebe auf die Irrungen der Menschen ein, Du hast die Gabe, Dich der Gemüther zu bemächtigen und sie mitten im Kampfe gegen die finstern Leidenschaften zu Gott zurückzuführen. Das Christenthum der Dominicaner fürchte nicht! Die Herrschaft der Mönche und der Fanatiker ist aus. In Dir aber, mein Freund, erkenne ich das außerordentliche Werkzeug eines höheren Christenthums. Werde Priester und ziehe hinaus in die Welt, um den Menschen zu verkünden, was ihnen noth thut! Oder tritt wenigstens als Laie in den Verband unseres Ordens und wirke nach dem Maß Deiner Kräfte und nach dem Maß, wie Gott Dein Herz erleuchtet! Unser Orden ist bildungsfähig, das unterscheidet ihn von allen andern und deshalb wird er Schritt halten mit der Entwickelung der Jahrhunderte. Unter dem großen Stifter hatte die Gesellschaft Jesu die Aufgabe, in der Stille des Gemüths die Eintracht mit Gott wiederzufinden, die seinem Zeitalter verloren gegangen war. Loyola fand sie im Gebet und in der Buße, und in den Entzückungen seiner Phantasie wurden ihm die Wahrheiten der Religion zu Gestalten, mit denen er leibhaft zu verkehren glaubte. In den Anschauungen seines schwärmerischen Geistes fand er Gott wieder, den er in den Formen der Kirche seiner Zeit vergeblich suchte. Diese Rückkehr zum Einblick des Geistes in sich selber hat ihn wie alle Schwärmer als groß und gottselig hingestellt. Wären wir bei seinen Phantasien stehen geblieben, so hätten wir in Einsiedeleien und in der Wüste Büßer und Heilige erzogen. Aber die Welt soll sich nicht selbst überlassen sein, der Geist des Christenthums muß in sie eingehen und Fleisch werden. Man muß der Menschheit zu Hülfe kommen, an ihrer Bedürftigkeit Theil haben, wie Christus Mensch ward und die Gebrechen der Menschlichkeit auf sich nahm — er freilich, ohne zu sündigen. Jakob Laynez, unser zweiter General, gab dem Orden seine zweite Richtung. Er entfernte aus ihm, was von mönchischer Düsterheit ihm noch innewohnte; er milderte die Strenge des beschaulichen Lebens, er setzte sich zur Aufgabe, die Welt der Menschen mit der Kirche Gottes zu vermitteln. Dies geschieht durch Unterricht der Jugend und durch milde, aber unaufhörliche Bekämpfung des Unglaubens. Der Umgang mit Erwachsenen, Predigt und Beichtabnahme wurde nöthig, um überall die Welt auf ihrem eigenen Grund und

Boden sicher und unvermerkt zum Heil zu führen. Es gelang nicht wieder, den Orden auf bloße Beobachtung der kanonischen Stunden und ausschließlichen Mönchsdienst zurückzuführen; mit Franz Xaver war die Mission unter den Heiden glorreich eröffnet und dem Orden diese neue Seite erwachsen, Ungläubige zu bekehren, während die Erziehung der Gläubigen innerhalb der Christenheit unsere wesentliche Aufgabe blieb. So schreiten wir fort, mein Sohn, selbst wenn die Kirche und das Regiment des Papstes im Stillstand verharren wollte. Wir arbeiten für die Kirche, aber wir erneuern sie immerdar, indem wir ihr neue Grundmauern ziehen, und wenn wir auch blos den Bestand des alten Hauses zu sichern scheinen, so wächst doch langsam, aber unaufhörlich der unsichtbare Tempel fort, bis er die Größe, Weite und Herrlichkeit haben wird, in dem sich alle Welt zusammenfindet. Es wird nichts verloren sein, was die Bildung der Jahrhunderte an wahrem Gewinn heraufführt, es wird sich Alles in einer großen Gemeinschaft zusammenfinden. Dies, mein Sohn, ist der Sinn des Ordens in unserm Jahrhundert. Wir haben Großes vor, eine Reform und Neugestalt der Kirche, die sich über alle Secten verbreiten, alle Völker wieder gewinnen muß, um die wahrhaft allgemeine zu sein. Auf, auf, mein Sohn, ich wünsche, daß Du dereinst unsere Glorie theilest! Theile zuvor unsere Anstrengungen, unsere Opfer, unsere Arbeiten!"

Ich hatte mit dem Briefe des werthen Mannes das Glaubensbekenntniß eines römischen Priesters in der Hand, dessen Offenheit beinahe zu der Besorgniß führen durfte, es könne für ihn verhängnißvoll werden. Stand mein würdiger Lehrer doch ohnedies schon in dem Rufe einer Freisinnigkeit, die man nur als eine Ausnahme, vielleicht nur in Anbetracht seiner sonstigen vielfachen Verdienste gelten ließ. Seine Feinde hatten ihn schon mehrmals beim heiligen Amt der Inquisition wegen seiner Hinneigung zu den Philosophen Frankreichs und den deutschen Freimaurern verdächtigt. In der That enthielt sein Brief deutliche Spuren von seiner Theilnahme an der Gemeinschaft aufgeklärter Köpfe, die damals anfingen, sich in heimlichen Logen zu versammeln. Ich hörte damals zum ersten Male von dem Bunde der Rosenkreuzer, der Beides in sich vereinigen sollte, die Ideen der Freimaurerei und das Gelübde, die Aufklärung im Dienste Roms zu befördern.

„Es ist eine verhängnißvolle Zeit hereingebrochen,“ schrieb mir Eusebio hierüber, „Licht und Finsterniß, Liebe und Haß ringen mit einander; im Schooße der Kirche selber, wie in der ganzen Menschheit ist der Zwiespalt ausgebrochen. Es gilt jetzt mehr als je, daß die Edleren fest zusammenhalten und das Zeitalter vor den Verwüstungen bewahren, die von beiden Seiten uns drohen. Gegen den Unglauben waffnet sich der alte Aberglaube mit neuer Macht, gegen den Witz der ruchlosen Spötter treten die Geister des Schreckens und der Gewaltthat wieder in die Schranken, gegen einen Voltaire pflegt ein neuer Torquemada aufzustehen und der ächte Freund der Kirche Gottes und der Menschheit steht oft allein mitten im Kampfe der Parteien. Hier gilt es dann doppelt, am Heil des Ganzen nicht irre zu werden, wenn uns einzelne Ausartungen den

Glauben an Fortschritt und Freiheit trüben. Was Du auch von den Rosenkreuzern hörst: kümmere Dich nicht um Namen! Wisse nur so viel, daß auch die Kräfte der Natur noch unerforscht zu unsern Füßen liegen, die Zeit aber nicht fern ist, wo bisher noch ungehobene Schätze dem Schooß der Erde entsteigen werden, ungemünztes Gold uns zu Diensten steht. In den Naturwissenschaften regt es sich wunderbar. Du kennst meine eigenen schwachen Versuche in diesem Gebiete. Aber ich sage Dir, es wird aus den Naturwissenschaften eine Umwälzung für die gesammte Menschheit erwachsen. Wer hat nicht die Sucht der Alchymisten verspottet, künstlich Gold zu erzeugen! Und siehe, unter den Versuchen, Gold zu machen, hat man doch wenigstens das Porzellan gefunden. Drüben jenseits der Alpen, im kalten, deutschen Norden, im Lande Meißen, glaub' ich, schaffen sie in einer neuen Mischung von Gypsen und Erden diesen neuen Stoff, den sie in China schon vor Jahrhunderten kannten, aber geheim hielten. Ich sage Dir mehr! Ich nenne Dir im Lande jenseits des Oceans, im fernen Westen, wo Alles wie Empörung gegen die Gesetze des Menschenlebens sich gestaltet, ein Zustand der Auflösung, Republik genannt, sich entwickelt, — ich nenne Dir einen ketzerischen Mann, Benjamin Franklin! Er hat an einem Spielzeug der Buben, an einem im Winde aufsteigenden Drachen, die Geheimnisse der Electricität entdeckt. Diese Geheimkunde wird uns den Blitz lenken lehren, und der mit Frevlerhand den Königen das Scepter entwindet, er wird dem unberechenbaren Zorn des Himmels, wie wir sagen, dem Blitz, der über uns herzuckt, seine Bahnen weisen! Staunen wir und forschen, mein Sohn! Und daß wir nur, will sich uns der Schooß der Natur mit neuen, ungeahnten Kräften erschließen, Alles zur wahren Ehre Gottes anwenden! Die Aufklärung geht leisen, geheimen, aber sicheren Schrittes durch die Menschenwelt. Sei wachsam, mein Sohn, und im Stillen ein Genosse Derer, die für sie wirken, auch wo sie noch im Verborgenen bleiben! Ich grüße Dich als angehenden Bruder des verschwiegenen Bundes freier Denker!"

Ich meinestheils begriff bei Allem nur nicht, weshalb ich erst Jesuit werden sollte, um Freimaurer zu sein. Aber ich verschwieg ihm das; und ich war damit vielleicht schon reif zum Sodalen der Gesellschaft, deren Grundsatz ist: Nicht Alles für Alle!

Um diese Zeit trat eines Tages Pater Uberto, unser Caplan, zu mir in mein Gemach, ungemeldet, ungerufen. Ich hatte alle Begegnung mit ihm vermieden, ich war der Sphäre des Mannes entrückt. Er sah milder aus als gewöhnlich; mich rührte fast die hagere Gestalt mit den unfruchtbar düsteren Blicken des tief gehöhlten Augenpaars, das Gott nur in den Schrecken des Todes zu suchen schien. Der Ton seiner Stimme war unsicher und schüchtern. Es schien ein Friedensamt zu sein, das er übernommen; und doch lauerte in ihm der Geist eines Torquemada, jenes Beichtigers und Ketzerrichters sondergleichen.

„Ihr entzieht Euch den Eurigen, Signor," sagte Uberto mit so viel Ruhe, als ihm möglich war. „Man muß Euch mit Gewalt aufsuchen, Ihr seid leidend!"

Ich mochte nicht so hülfsbedürftig erscheinen. „Gönnt mir diese Einkehr, diese Einsamkeit,“ sagte ich, „ich gebe damit kein Aergerniß. Ich hoffe mich in meinem Unglück zurecht zu finden; mehr vermag der Mensch nicht. Ihr seid ein Mönch. Wird der Laie nicht Gnade vor Euch finden, wenn er sich von der Welt zurückzieht? Ich bin ja fast zum Klosterbruder reif! Ich würde in einen geistlichen Orden treten, wenn mein Zeitliches und das Interesse meiner Familie geordnet wäre, — und wenn ich unter den Orden, die ich kenne, eine Wahl zu treffen wüßte!“ setzte ich zögernd hinzu.

Uberto sah mich ungewiß an. „Signor,“ sagte er, „ich kenne nicht Eures erlauchten Vaters Ansicht über solchen, ihm ganz neuen Entschluß. Ich weiß auch nicht, ob die Weltweisheit, der Ihr huldigt, Euch vor der Welt und ihren Versuchungen sicherstellt. Ich beklage nur, daß Ihr Euch von unserer Gemeinschaft ausschließt. Ihr entzieht Euch selbst dem heiligen Dienste, den wir der Verstorbenen halten!“

„Mormona steht vor Gott,“ sagte ich, „er wird ihr ein gnädiger Richter sein.“

„Amen!“ sprach der Priester. „Was Anderes bezweckt unser Gebet, als die Erlösung und Begnadigung der Todten? Wir entbehren nur Eurer Theilnahme, wenn wir für sie beten.“

„Ich bete lieber für die Lebendigen,“ sagte ich, „sie bedürfen dessen weit mehr.“

„Signor, wir beten auch für Euch und Euer Seelenwohl!“

„So thut, was Eures Amtes ist und laßt mich meinem Gotte dienen, wie ich kann und mag.“

Ich war aufgestanden, um damit die Unterredung zu beenden; ich fühlte zu wohl, welche Kluft mich von dem Manne trennte.

Der Dominicaner blieb sitzen und sah mich ruhig an. „Euer Schmerz ist gerecht,“ sagte er, „ich würde ihn nicht tadeln, auch wenn er sich stürmischer äußerte. Aber Ihr thut nicht gut, den Zwiespalt festzuhalten, wo doch Alles, nachdem der Himmel entschieden hat, sich wieder zur Eintracht des Hauses wenden könnte. Euer erlauchter Vater meint —“

„Sprecht in Eurem eigenen Namen, Uberto!“ sagte ich, „mein Vater ist nur Euer Echo.“

„Wie meint Ihr, Signor?“

„Ich meine, daß Ihr es seid, der das Gemüth meines Vaters gefangen hält. Ihr beherrscht seinen Glauben, und Eure Vorstellungen sind düster und unversöhnlich.“

„Nicht meine Vorstellungen, Signor, die Wahrheiten der Religion erfüllen die Gedanken Eures Vaters. Ihr haltet mich für die Ursache des Zwiespaltes, und ich war es doch, der die im Widerwillen gegen die Segnungen der Kirche Gestorbene nicht öffentlich ausstieß aus der Gemeinschaft der Seligen und Gläubigen!“

O mein Gott! dacht' ich still für mich, muß ich mit dem Dominicaner über eine unbefleckte, reine Seele rechten!

„Ich war es,“ fuhr Uberto fort, „der sie auch im Leben schon freisprach, selbst wenn sich ein sündhaftes Gelüst in ihr

Gemüth drängte. Sie hat früher einmal, als ich ihr den Leib des Herrn reichen wollte, auch vom Kelche verlangt!"

„Ein kindischer Wunsch von ihr," sagt' ich, „in der Zeit, wo sie sich Mutter fühlte, nicht ganz zurechnungsfähig war! Und ein Beichtgeheimniß, Caplan! Wahret Eure Zunge!"

„Ich verletze es nicht," sagte Uberto, „weil mich hier Niemand hört als Gott und Der, — welcher vielleicht Theil hat an dem Irrglauben der Gestorbenen. Euer Weib starb im Widerwillen gegen die Gnadenmittel der römischen Kirche. Es war noch ein Rest des waldensischen Ketzerthums in ihr, und Ihr, Graf Giuseppe, seid mitschuldig an dieser Sünde. Ihr habt die Seele Eures Weibes nicht gehütet, wie Ihr solltet, Ihr habt Theil an diesem Ketzerthum."

„Ich will den Glauben der Köhler und Hirten in den Bergen nicht vertreten," sagt' ich ruhig, „aber ich will nicht dulden, daß man sie für verdammt hält, weil ihre Priester ihnen vom Kelche einen Tropfen bieten. Gilt Euch denn Ketzerthum und Heidenthum gleich viel? Nahm nicht Christus selbst den Kelch, dankte, reichte ihn den Seinigen und sprach: Nehmt hin und trinket Alle daraus, denn dieses ist mein Blut! — Und wer den Leib isset, empfängt der nicht auch vom Blut? Wie könnt Ihr, weiser Mann, wenn Ihr es ehrlich nehmt, Beides trennen? Wie kann es einen Leib geben ohne das Blut, das in dessen Adern rinnt?"

„Ihr seid in den witzigen Philosophien der Abgefallenen sehr belesen, Signor," sagte der Dominicaner.

„Philosophie!" sagte ich. „Ach das gilt Euch gleich mit

Ketzerthum und Heidenthum! Aber die Worte der Bibel werden die Satzungen der Menschen überdauern. Auch die Priesterehe bei den Ketzern gestattet die Bibel; Petrus war beweibt!"

Uberto war aufgestanden und reckte seine ganze dürre Gestalt in die Höhe. Sein finsteres Auge blitzte unter den buschigen Brauen; aber diesem Blitze fehlte zum vollen Bannstrahl der Donner des Worts, das ihm im Streite mit der Aufklärung des Jahrhunderts versagt zu sein schien. „Ihr entzieht Euch", sagte er kalt und tonlos, „wohl nur deshalb dem heiligen Dienst, weil Ihr den Glauben der Kirche nicht mehr theilt?"

„Unsere Unterredung wird zu einem Inquisitionsverhör! Seid Ihr ein Ketzerrichter?" gab ich ihm als Frage zurück.

„Ihr meint, weil mein Orden das heilige Amt verwaltet! Ich sitze nicht mit zu Gericht," sagte er ruhig.

„Nun denn, so steh' ich Euch Rede, Caplan. Nehmt mein Bekenntniß als Beichte, von der Ihr nicht weiter reden dürft. Ich theile nicht den Glauben der Waldenser, denn er stützt sich auf die Bedürfnisse von Naturkindern, hat mit seiner Einfalt wohl nur in den Höhlen und Schluchten Geltung, in die sich das Unglück vor blutiger Verfolgung geflüchtet hat. Ich theile nicht seine Irrthümer, die er im Haß gegen die Welt trotzig festhält, aber ich halte ihn eben so gut für ein Christenthum, als jede andere Lehre, die sich die ausschließliche und alleinseligmachende nennt. Der Waldenser hat keinen Meßdienst, weil er glaubt, Christus habe ein für alle Mal mit seinem Opfer die Versöhnung gestiftet. Seinen Nächsten lieben, sagt der Waldenser mit dem Worte des Apostels, ist besser als alles Brand- und Schlachtopfer! Die Liebe aber, die die Religion des Ketzers gebietet, machen wir ihm unmöglich, denn wir haben ihn mit Feuer und Schwert verfolgt. Unsere Grausamkeit ist Schuld, daß es auf Erden so wenig Christenthum giebt."

Uberto war bleich geworden, seine Lippen zitterten. „Die Waldenser", sagte er mit halb erstickter Stimme, „verschmähen die Geheimnisse unserer Religion, verschmähen die Anbetung des Kreuzes, die Anbetung der Mutter Gottes."

„Sie vergessen nicht über der Mutter den Sohn, der unser Aller Herr und Meister ist! Als man zu Jesu kam und sprach: Rabbi, draußen sind Deine Mutter und Deine Brüder! Da entgegnete er: Wen nennt Ihr meine Mutter und meine Brüder! Und siehe, er streckte die Hand aus über seine Gemeinde und sprach: Dies sind meine Mutter und meine Brüder! Gehet hin und thuet desgleichen! Was Ihr dem Geringsten unter ihnen thut, das thut Ihr mir! — Wer danach lebt, Priester des Herrn, der dient Gott dem Herrn!"

Ich hatte im Eifer meiner Worte nicht wahrgenommen, welche Wirkungen ich in Uberto hervorrief. Er war in den Sessel zurückgesunken; die Gestalt des athletischen Mannes lag wie ein Rohr geknickt vor mir. Fühlte er sich von seiner lebenslänglich geträumten Sicherheit und Höhe so plötzlich herabgestürzt? Er schien keiner Bewegung, keines Wortes mehr mächtig. Wie ich seine Hand ergriff, zuckte er heftig zusammen und raffte sich auf.

„Wir haben hier streitige Dogmen berührt," sagte ich im

Tone der Versöhnung und des schmerzlichen Mitgefühls. „Sind wir nicht einig, so haltet dem Laien zu gut, was nach Eurer Meinung Irrthum ist. Es kam mir nur darauf an, Euch daran zu erinnern, daß die Waldenser in den Bergen trotz der Verschiedenheit ihres Glaubens doch noch immer Christen sind. Ihr scheint sie für Heiden zu halten.“

Uberto hatte sich gesammelt und blickte mit düsterem Stolz auf mich herab.

„Ketzer sind schlimmer als Heiden!“ rief er mit dem dumpfen, hohlen Ton seiner Stimme, „Ketzer nisten sich mitten im Schooße des Christenthums ein, sie verkehren die Geheimnisse der Religion durch die Trugschlüsse ihrer sophistischen Klügelei in Wahnsinn. Darum trifft sie weit mehr als die Heiden der Fluch, den die Nachtmahlsbulle am Grünen Donnerstag vom Vatican auf sie schleudert.“

Der Dominicaner hatte sich, wo er den Streit der Meinungen nicht ausfechten konnte, rasch auf die Schrecken seiner Gewaltherrschaft besonnen; der Trotz der alten Sicherheit saß wieder in ihm fest.

„Ich weiß,“ sagte ich, „daß man noch immer die Ketzer verflucht. Es ist nicht die einzige Barbarei alter Jahrhunderte, die in uns sitzen geblieben. Liebet Eure Feinde, thut wohl Denen, die Euch fluchen! Das wäre christlicher, als solch Christenthum!“

„Signor Giuseppe,“ sagte der Caplan mit unterdrückter Stimme, „soll das Eure Beichte sein?“

„Pater Uberto," entgegnete ich ruhig und gelassen, „ich hatte Euch nicht zur Beichte gerufen."

„Ich wüßte auch für Euch keine Sühne im Himmel und auf Erden!" stöhnte er mühsam, „der Geist des Waldenserthums geht in Euch um!"

„Ich danke Euch für die Offenheit," sagte ich ohne Bitterkeit. „Pater Eusebio im Collegium zu Genua denkt milder; er verflucht nicht, wo er nicht widerlegen kann."

„Die Herren von der Gesellschaft clausuliren stets sehr fein nach der Weisheit ihrer Kathederlehre!" sagte Uberto mit dem ganzen Groll und Neid, den beide Orden gegen einander hegen.

Sein „Gott sei mit Euch!" klang wie das Gegentheil. Er wankte, seiner kaum mächtig, zur Thür hinaus.

Wie ich an's Fenster trat, sah ich ihn wie den Schatten eines Dämons nach den Zimmern meines Vaters hinüberwanken.

Es ward mir schwühl im Zimmer, ich eilte hinaus in die Freiheit der Berge.

Achtes Capitel.

Der Kobold.

Es war spät Abends, als ich von meiner Streiferei durch's Gebirge heimkehrte. Am Saume des Waldes, schußweit vom Hofthor des Schlosses, ward ich plötzlich von einem Rudel wilder Bursche umringt. Mit Knütteln und Messern bewaffnet, schlossen sie den Kreis um mich her so rasch und eng, daß meine Büchse zur Gegenwehr untauglich wurde. Ich zog den Fänger und stand des Angriffs gewärtig. Da sie stutzten, stieg meine Entschlossenheit. „Seid Ihr Räuber," rief ich, „so thätet Ihr besser, im Gebirge Eurer Beute aufzulauern, als hier, wo auf meinen Ruf Hülfe herbeieilt. Wer ein ehrlicher Bursche ist, strecke seine Waffe, so wie ich!" Ich that, wie ich sagte; sie steckten die Messer zögernd ein. Mehrere traten murmelnd zusammen. Wie ich nach ihrem Begehr fragte, riefen sie wild durcheinander: „Gebt den Gefangenen frei!" — Ich fragte erstaunt, wen sie meinten. — „Den Pirro!" hieß es, „er war zur See, kam aber heim, trieb sich um in La Torre und Santa

Maria, verschwand aber plötzlich wieder!" — Es war ein Leichtes, den Gesellen begreiflich zu machen, wie ich dem Bruder meines Weibes sehnsüchtig nachgeforscht in Berg und Wald und nirgends eine Spur von ihm gefunden. „Ich setze", sagt' ich, „einen ansehnlichen Preis für Den, der mir dazu verhilft!"

Inzwischen war Lärm im Hofe geworden, die Pforte knarrte in ihren Angeln, die Wächter riefen sich an, Diener und Jäger traten zusammen und die Rüden wurden losgelassen. Ein gellender Pfiff und das Rudel Bursche war im Gebüsch verschwunden. Ich hielt die Knechte und Hunde vom Streifzuge zurück. Die Leute erzählten, wie schon seit einigen Nächten verdächtiges Gesindel aus den Bergen das Schloß umstreift. Ich suchte den Eifer der Verfolgung zu beschwichtigen, empfahl friedliche Ansprache und erklärte das Begehren der Leute. Ich hörte zu meiner Beruhigung, daß seit lange weder ein Wilddieb, noch sonst ein Umschweifer im Schloß gefangen gehalten werde.

Der Hausmeier schlich mir nach auf mein Zimmer, Furcht und Besorgniß auf dem Herzen. „Herr", sagte er, „es regt sich wieder in den Bergen, und hier bei uns geht der Geist der alten Waldenserin um, eine Gestalt im grauen Mantel; man hat sie durch den Olivenhain schreiten sehen, um die Waldcapelle am Grabe der Entschlafenen."

„An der Gruft Mormona's, ihrer letzten Enkelin?" fragt' ich. „Ich sage Euch, wenn es ein Geist aus den Bergen ist, so ist's ein guter Geist!"

Der Furchtsame machte still ein Kreuz und schlich um mich herum, als thäte ihm das mir gegenüber noth. Ich äußerte meinen Entschluß, in der Capelle zu wachen. Er war willig, mir Gesellschaft zu leisten; er war Soldat gewesen. — Wie wir gegen die zwölfte Stunde aufbrachen, hatte er sich mit Waffen versehen und Wachen im Hinterhalt des Oelwaldes bestellt. Auch mit Kreuz und Amulett war er wohlverwahrt gegen Anfechtungen des Bösen.

An den Wänden der kleinen Waldcapelle lief Epheu hinauf, Ulmen beschatteten das Dach; mühsam wand sich die Spitze des Thürmchens durch die Umarmung der Zweige. Wie wir eintraten, umfing uns die Kühle der Gruft. Fünf Stufen führten hinunter an den offenen Platz, wo der Sarg stand. Dort lag mein Weib, die bleiche Alpenrose, mit Balsam benetzt, ein Bild des Schlafes, der vom Tode träumt; silberne Sterne und Immortellen um die Schläfe, eine Krone im Haar, blitzendes Geschmeide über ihren Leib gesäet, auf Stirn und Lippen aber jenes stille Lächeln, das über allen Pomp der Erde triumphirt. Das Kreuz hing schwer über ihr zu Häupten, das Kreuz, an dem diese Rose verblutete; das Wappen des Hauses, Kreuz und Rose, war der Erbfluch unseres Schicksals. — Die kleine Ampel warf vom Gewölbe herab einen bläulichen Schimmer auf ihr Antlitz; es war so still im Raume, als wenn die Todte auf den Ruf der Auferstehung lauschte. Man hatte ihr die Hände ineinander gefaltet, sie hatte aussehen müssen, als hieße sie all' das Treiben der Menschen gut. Freilich hatten die Menschen sie erst zum Schweigen gebracht. Die holde Stirn, auf der die Götter der Heiterkeit gethront, konnte nicht mehr zürnen; diese eingefallenen Wangen hob nicht mehr die Welle des fröhlichen Blutes, und das Lächeln der Lippe, mit dem man sie begrub, mußte sich auch bald genug in den tiefen Winkeln des Mundes verkriechen. Dies Auge mit all' dem Zauberglanz des Lebens, in der spielerischen Unschuld süßer Harmlosigkeit, war in seine Höhlen gesunken. O mein Gott, warum muß das Leben erst eingesargt sein, wenn es die Menschen heilig halten sollen? Es muß gemartert und getödtet werden, damit die Welt es in Reue und Zerknirschung erkennt. Ach Ihr Blinden! Auch Christus mußte erst von hinnen gehen, damit Ihr ihn in seiner Herrlichkeit erkennen lerntet!

Das Licht der Ampel flackerte auf; im bleichen Schein, der über das Angesicht der Todten zitterte, war es mir, als wenn die Geliebte mir aus dem fernen Jenseits ihren Gruß, ihr Ja und Amen herüberwinkte. Der Wind schüttelte draußen die Oliven, an den Fenstern der Capelle liefen flüsternde Stimmen auf und nieder, als wollte die Natur mit einstimmen in meine Klagen über die verworrene Menschenwelt, die ein Gott zur Freude schuf und die Creatur in ihrem Wahne verwüstet.

Ich lehnte den Sargdeckel über die Schlafende wieder zurück und schlich bei Seite in den Schatten, wo der Hausmeier lauschend stand. Er hatte die Thüre verriegelt; es waren Tritte von draußen hörbar geworden. Ein Griff verrieth jetzt den vergeblichen Versuch zum Eintritt. Ich war der Meinung, Niemanden den Weg zu sperren. Der Hausmeier hielt mich ab zu öffnen. „Geister", sagte er, „finden von selbst die Bahn." — „Wohl wahr, aber nicht Menschen!" — In dem Augenblicke ward es am Fenster dicht hinter dem Altar lebendig.

Eine Ulme ragte draußen hinauf; die heftig geschüttelten Zweige verriethen, daß sie als Mittel dienten, den Eingang auf ungewöhnlichem Wege zu erzwingen. Mit einem Sprunge stand im Fenstersims eine dunkle Gestalt, schob mit keckem Griff den Flügel zurück und drängte sich durch die Oeffnung der zersplitterten Scheiben. Der Mantel sank von den Schultern herab, ein zweiter Sprung verhalf dem Eindringling auf die Platte des Altars; die Leuchter und Gefäße klirrten, wankten und stürzten lärmend zu Boden. Der böse Geist der sehr leiblichen Erscheinung tappte an der heiligen Stätte hin und her und stand wohlbehalten unten. Wir lauschten hinter dem Pfeiler gegenüber, als er in das Licht der Ampel trat. Es war Pirro. Der Bruder der Entschlafenen war der arme Geist, der vielleicht schon mehrere Nächte umging und den Eintritt sich endlich ertrotzte. Er blickte scheu und wild um sich, rieb die Augen, die Stirn und schüttelte das struppige Haar, als wollte er sich auf Vergangenes und Gegenwärtiges besinnen. Er sah so ernst und blaß aus, als wär' er hier in der Halle des Todes der rechte Gast. Wie er den Deckel des Sarges zurückschlug, drang sein lauter Schrei von der Gruft herauf gellend durch die Wölbung.

Er war in den Schmerz des Anblicks so versunken, daß er nicht wahrnahm, wie ich an den Stufen schon hinter ihm stand. Zitternd, mit leisem Fingerdruck berührte er die Hand, die Wange der Todten, als wollte er sich überzeugen, wie fest sie schliefe. Dann zog er aus dem Busen einen Strauß, hob sanft das Ruhekissen und steckte die Blumen unter ihr Haupt.

Es ist eine Sitte, ein Lieblingswunsch der Menschen in den Bergen: sie ruhen gern auf Moos und Alpenrosen. Kein lautes Wort, nur das Schluchzen seiner Stimme begleitete diesen stillen Liebesdienst. Aber immer höher schlug die Woge des Schmerzes in seiner Brust, immer heftiger ward die Bewegung seiner Arme; mit einem lauten Ausbruch sank er plötzlich hinterrücks zu Boden.

Ich sprang hinzu, ich richtete sein Haupt, das sich auf den steinernen Stufen zu zerschlagen drohte, in die Höhe. Ich blickte ihm in die schrägen Augen, die mich verwirrt anstarrten. Die Züge seines Gesichtes zuckten wild auf, seine Hände griffen krampfhaft an meine Brust; dann stieß er mich mit der Gewalt des wilden Thieres der Wüste von sich, sprang die Stufen hinauf und stand oben wie zur Gegenwehr bereit.

„Pirro!“ rief ich, „erkennst Du mich nicht?“

„Wie sollt' ich Euch nicht kennen, Giuseppe La Torre!“ schrie er laut herunter. „Erkennt man Euch doch an Euren Thaten! Da liegt das Opfer Eurer Zärtlichkeit, das Opfer Eurer liebevollen und priesterlichen Pflege! Habt Ihr sie nun doch endlich an's Kreuz geschlagen, heimlich zu Tode geräuchert mit Ambra und Myrrhen?“

„Verblendeter,“ rief ich, „halt ein, welch' ein Wahnwitz hat Deine Sinne befallen!“

„Graf La Torre!“ schrie er, die Rechte ausstreckend, „ich habe Euch einmal nach dem Leben getrachtet, dort in der Waldschlucht schoß ich Euch zusammen. Daß Ihr wieder aufkamt, war nicht mein Verdienst; ich wollte Euer Mörder sein. Jetzt habt Ihr mir vergolten. Leben für Leben, Tod für Tod! Ich denke, wir sind quitt, und der Sohn der Berge ist Euch Nichts mehr schuldig. Zahn um Zahn also! Meine Kugel hat wieder ein gerechtes Ziel!"

Ich war auf ihn zugestürzt, hielt mit beiden Armen seinen Leib umschlungen und preßte mit Gewalt seine Brust an mich, trotz aller Gegenversuche, sich mir zu entwinden. Ich schrie ihm in's Ohr, welcher gottlosen Lästerung er sich schuldig mache; ich rief den Geist der Entschlafenen zum Zeugen auf, um ihn Lügen zu strafen. Ich erzählte ihm von Mormona's Leiden und Tod, von meinem Gelübde, den Waldensern und ihren unterdrückten Genossen in Nah und Fern mein Leben zu widmen. Ich beschwor ihn, seine Gedanken und sein umschweifendes Leben zu ordnen, bei mir zu bleiben und Theil zu nehmen an dem, was ich im Sinne der Geliebten zur Aufgabe meines Lebens gemacht.

Es schien mir zu gelingen, seine Aufregung zu unterdrücken; die Macht der Wahrheit überwand den Dämon seines Wahnes. Er gab sich mir hin und weinte bitterlich wie ein Kind. — Er hatte sich in Genua umhergetrieben, sich für den Seedienst der Republik gegen Corsica werben lassen. Ein Sturm warf das Schiff an die französische Küste; halb verhungert rettete sich die Mannschaft nach Marseille und wanderte dann nach Genua zurück. Dort hörte er die Ereignisse auf Santa Maria. Sein Schmerz hatte sich mit dem Argwohne vergiftet, Mormona sei gewaltsamen Todes gestorben.

Wir saßen erschöpft und betäubt auf den Stufen der Gruft.

Ich hatte nicht bemerkt, daß mein Begleiter davon geschlichen war. Ein Lärm vor der Thür scheuchte uns auf. Mehrere flüsternde Stimmen begegneten sich; Geräusch von Waffen klang zwischen durch. Die Thür öffnete sich; eine Schaar bewaffneter Diener hielt im Halbkreis vor der Capelle. Der Hausmeier hatte, von der heftigen Begegnung mit Pirro erschreckt, Hülfe herbeigerufen. Chorknaben mit Fackeln und Weihbecken neben dem Troß der Diener ließen darauf deuten, daß man sich zugleich gegen einen bösen Geist gerüstet. Pirro sprang erschreckt hinter den Pfeiler in's Dunkel. Wie ich mich anschickte, dem Haufen entgegen zu treten und ihn anzureden, stand mein Vater mit dem Caplan auf der Schwelle der Thür.

„Mein Vater," sagte ich, „seid Ihr mit Stangen und Schwertern ausgezogen, einen Geist zu fangen?"

„Wir wissen sehr wohl," war die Antwort, „daß hier ein lebendes Wesen seinen Unfug treibt und die Ruhe der Todten mit frechem Einbruch stört."

Ich sah einem neuen Aufruhr der Leidenschaften entgegen, als die Bewaffneten Miene machten, auf den Wink meines Vaters einzutreten.

„Haltet ein!" rief ich, „entweihet nicht die Stätte des Friedens! Der Bruder hat am Grabe der Schwester gekniet. Wer will ihm den Liebesdienst wehren?"

Der Caplan war in die Gruft hinabgestiegen und holte unter dem Ruhekissen der Schlafenden die Blumen hervor, die Pirro's Hand ihr dargebracht.

„Die Hand des Ketzers hat ein christliches Grab entweihet!“ sagte der Priester.

„Er hat dem Glauben seiner Väter gehuldigt,“ rief ich, „wie wir es gethan, als wir die Gestorbene nach unserem Brauche bestatteten.“

„Richter des heiligen Amtes mögen entscheiden, ob hier gefrevelt wurde!“ sagte mein Vater mit dumpfem Ton, indem er Uberto winkte.

Ich hatte Pirro aus dem Versteck hervorgezogen; Hand in Hand mit ihm trat ich vor und streckte den Arm aus zur Abwehr. „Mein Vater,“ sagte ich, „ich hafte für ihn, ich bürge für seine gute Absicht, die ihn hergeführt.“

„Vielleicht übernimmst Du auch die Bürgschaft für seinen Glauben?“ sagte mein Vater mit der ganzen Bitterkeit seines Grolls.

Vor dem Anblick des dunklen Zornes in seinem Antlitz hatte sich Pirro rasch meinen Händen entwunden. Der Ausgang war besetzt; so suchte er ihn, wo er den Eingang gefunden. Der Schwung seines elastischen Körpers half ihm mit einigen Sätzen zum Altar hinauf; mit der Leichtigkeit der Tigerkatze stand er mit einem Fuße auf dem Sims des Fensters und hielt den Flügel mit der einen Hand umfaßt, während er die andere geballt gegen uns ausstreckte. Dies Alles war das Ergebniß weniger Augenblicke, während die Diener ihn unbeweglich anstarrten. Niemand wagte Hand an ihn zu legen; noch stand er oben auf der Brüstung. „Fluch Allen,“ schrie er mit wildem Grimm, „die das Unglück über die Welt bringen! Fluch Eurem Todtendienst! Fluch den Mördern Mormona's!“

Der Fixus auf dem Altar am Kreuz zitterte unter den Tritten seines Fußes, die Gefäße im Allerheiligsten klirrten gellend aneinander, wie er sich jetzt hinaus schwang, und der Ulmenbaum, in dessen Laubwerk er griff, seine Zweige gegen die Fenster schleuderte. Ein lauter Schrei des Entsetzens entfuhr den Anwesenden. Der Baum neigte tief seine Krone und warf sie dann rauschend wieder in die Höhe. Wir hörten einen dumpfen Fall; Pirro's kreischende Stimme klang grell dazwischen. Er war draußen den aufgestellten Wächtern in die Hände gefallen.

„Gewalt gegen Gewalt!“ sagte ich und blickte vorwurfsvoll meinen Vater an. „Wer trägt hier die erste Schuld? Der Waldenser kam in Frieden. Ihr behandelt ihn als Frevler und erst Eure Grausamkeit zwingt ihn, es zu sein.“

„Wer mit ihm im Bunde ist,“ sagte mein Vater, „wahre seine eigene Seele!“

„Vater“, rief ich, „habt Ihr noch nicht an diesem Opfer genug?“ — Ich hatte ihn zur Gruft gedrängt und wies auf mein schlummerndes Weib. Er schüttelte meine Hand von sich, wie ich ihn ergriff. Er wechselte mit dem Caplan schweigende Blicke; sie schienen sich zu verstehen, wie man sich über einen Sinnlosen verständigt, an den man keine Widerrede mehr verschwendet. „Vater,“ flüsterte ich ihm zu, „Ihr werdet diesen Priester nicht zu Gericht sitzen lassen über Mormona's Bruder!“

„Vielleicht bist Du selbst schon reif für den Spruch des heiligen Amtes,“ sagte mein Vater in der ungewissen Hast seiner zitternden Angst. „Der Geist der Berge ist über Dich gekommen!“

Er bedeckte mit beiden Händen sein Gesicht. Der Dominicaner sah starr und finster auf mich hin.

„Wer will mein Ankläger sein bei'm heiligen Amte?“ fragt' ich ihn dreist und sicher.

„Das heilige Officium wartet auf den Kläger nicht,“ sagte Pater Uberto, „es handelt aus eigenem Antriebe im Namen Gottes!“

„Wann wird der Fluch meines Hauses enden!“ rief mein Vater schmerzlich und wankte zur Capelle hinaus; der Priester und das gesammte Gefolge schlich hinter ihm drein.

Ich stand allein an der entweihten Stätte des Friedens. Der Schein der Fackeln lief draußen an den Fenstern der Capelle hin; der Lärm der bewaffneten Diener, welche Pirro fortschleppten, verklang in die Ferne.

„Fluch und immer nur Fluch!“ rief ich, „wann werden die Menschen anfangen, Segen über sich auszusprechen?“

Die kleine Ampel zu Häupten Mormona's war erloschen. Die Züge der Todten blickten sehr ernst und drohend, als das Mondlicht seinen blassen Schein durch die Fenster in die Gruft herunter warf. —

Ich schrieb sofort über diesen Vorgang nach Genua an Eusebio. Er warnte mich, gegen den Dominicaner allzu leidenschaftlich aufzutreten. „Noch immer“, schrieb er, „ist von

Alters her das Amt der Inquisition, das Ketzergericht, wie die Censur der Bücher, in den Händen dieses Ordens. Nach altem Brauch ist der Magister des heiligen Palastes zu Rom, der den Index der verbotenen Schriften verfertigt und die Litteratur der katholischen Christenheit überwacht, noch immer ein Dominicaner."

Nicht durch Gesetze, nur durch die Klugheit, wo nicht durch die Humanität des Jahrhunderts, schrieb Eusebio, sei die Macht dieses Ordens gelähmt. Aber hier und da habe er noch seinen Sitz an kleinen Höfen, auf verwitterten Burgen und abgelegenen Stätten, während die Politik der großen Höfe, vom Licht der Aufklärung geblendet und schief geleitet, sich gegen die Gesellschaft Jesu wende. Der milde Sinn des heiligen Vaters zu Rom, des gelehrten Benedict, bürge jedoch dafür, daß die Beichtväter „ohnegleichen" nicht mehr verderbenbringend wirkten.

Mein Entschluß stand fester als je, die Verbindung mit einem Orden nicht von der Hand zu weisen, der die lebende Menschheit und ihren Fortschritt nicht gänzlich als Sache des bösen Geistes verwarf, wenigstens Versuche machte, den nach seiner Meinung Verirrten die Hand zu bieten, statt sie, wie die Dominicaner, zu verdammen. Fast jeder Orden stand damals den Bedürfnissen des Jahrhunderts schroff gegenüber; die Gesellschaft Jesu, die zugleich im Besitz aller Vorrechte sämmtlicher Prediger- und Bettelorden war, schien wenigstens die Fügsamkeit zu haben, die Forderungen der nach Freiheit ringenden Creatur zu prüfen. Ein edler Mann aus ihrer

Mitte bot mir die Hand zum Bunde, während der Dominicaner mich für sein Ketzergericht reif hielt. Ich bedurfte des Schutzes; ich schrieb an Eusebio von meiner Willfährigkeit, in seinen Orden zu treten.

„Wir haben", entgegnete er mir, „unter unsern Mitgliedern eine Classe weltlicher Coadjutoren. Diese Gehülfen, die sich zu uns bekennen, ohne die Gelübde der Priester abgelegt zu haben, nennen sich Brüder von der kurzen Robe, weil sie das lange Gewand zu tragen nicht gehalten sind. Eben so wenig sind sie gezwungen, in unsern Profeßhäusern zu wohnen; sie erfreuen sich mannichfacher Dispense von den Regeln des strengen Dienstes. Wir benutzen sie besonders für die Missionen in den Hauptstädten protestantischer Länder. Nur ein Gelübde hast Du als ein solches Ordensmitglied abzulegen: das Gelübde des Gehorsams gegen Deinen Obern. Dieser Obere, mein Sohn, will ich selber sein; Deine Liebe zu mir wird es Dir leicht machen, Dich meinem Willen unterzuordnen. Kann ich Dir nicht in jedem Falle über die Gründe, die mich leiten, Rede stehen, so sei doch gewiß, daß Dein Wohl und das Heil der nach Erlösung seufzenden Menschheit mir gleich sehr am Herzen liegen."

Eine gleiche reservatio mentalis, einen Vorbehalt in Gedanken, glaubte ich nach dem Beispiele meines Lehrers mir selbst einräumen zu dürfen, als ich den Entschluß faßte, weltlicher Sodale des Ordens zu werden. Waren die Bekenntnisse Eusebio's so elastischer Natur, daß sie vielerlei Deutung zuließen, so konnte auch ich mir vorbehalten, gegen äußern

Zwang meine innere Freiheit zu behaupten. Mich dünkt, ich war damals im guten Sinn zum Schüler Loyola's reif. Sofort wurde mein Entschluß an den General des Ordens berichtet und über meine Zulassung berathen. Vor der Hand war ich bereit, nach Rom zu gehen und das Seminar der Missionen, jenes Collegium der Propaganda, kennen zu lernen, das sich die Aufgabe stellt, allen Völkern das Heil zu verkünden, aber jedem in seiner Weise, jedem in seiner Sprache, so daß am heiligen Dreikönigsfeste, wie einst am Pfingsttage, die Kirche Gottes zu Rom in vielerlei Völkerzungen den Herrn verkündigt. Ich glaubte damals in der That an die Möglichkeit, den Waldensern den Wiedereintritt in die römische Kirche zu vermitteln, ihnen unter römischen Formen die Eigenthümlichkeit ihres Glaubens zu sichern. Es kam Alles darauf an, wie weit die Glaubensfreiheit innerhalb der Kirche möglich wurde, ein Kreis einflußreicher Männer sich zusammenfand zur Reform des Christenthums in diesem Sinne.

Neuntes Capitel.

Sancta Mormona.

Pirro ward im Gefängniß mit Schonung behandelt, aber der Zutritt zu ihm blieb mir versagt. Jeder Versuch, meinen Vater versöhnlicher zu stimmen, blieb fruchtlos. Um so mehr hoffte ich für uns Alle von meinem Entschlusse, in den Verband der Gesellschaft Jesu zu treten. Noch ein Opfer sollte fallen: ich wollte dies Opfer sein; das letzte! wie ich dachte. Ich versprach mir, mein Vater werde darin eine Sühne finden für den gestörten Frieden seines Hauses.

Da stürzte eines Tages der Hausmeier zu mir. „Signor," rief er in zitternder Hast, „unser Gebet ist erhört, der Himmel wird uns wieder gnädig sein, am Grabe der Entschlafenen hat sich der Herr offenbart und ein Wunder gethan!"

Er erzählte, ein Gichtbrüchiger habe sich elend und siech herbeischleppen lassen, habe sich plötzlich im Anblick der todten Mormona gestärkt gefühlt und sei, mit lauter Stimme Loblieder singend, ohne Krücken, ohne Stütze, frei und aufrecht von dannen gewandelt. Das Volk ziehe jubelnd herbei, das Wunder anzustaunen; der Fluch des Hauses werde sich nun in Segen verwandeln! Der Hausmeier weinte und lachte hell auf vor Freude. —

In der Waldcapelle ward auf Anordnung meines Vaters schon seit längerer Zeit Tag für Tag Messe gelesen. Es galt ja noch immer zu tilgen und zu sühnen, was an der Verstorbenen unselig geblieben. Seit der Begegnung mit Pirro ward der fromme Dienst verdoppelt, um, wie man vorgab, den durch Frevlerhand entweihten Ort zu reinigen. Zur Seelenreinigung kam noch diese zweite Buße. Morgens und Abends ging's geschäftig her in dem noch vor kurzem so stillen Olivenwald. Schaaren Landvolks von fern und nah zogen herbei, um an den Andachtsübungen theilzunehmen. Es war aber nicht anders als wenn die Capelle zum Wallfahrtsort werden sollte, zu dem sich die Zuversicht der Heilsbedürftigen drängte. Knüpfte der Glaube des Volkes schon immer an Santa Maria etwas Ungewöhnliches, so war es erklärlich, daß Mormona's Geschichte von Mund zu Mund sich immer wunderbarer gestaltete. Man vergaß, daß sie im Unfrieden mit der Kirche, ohne Beichte, ohne Nachtmahl geschieden. Alt und Jung gedachte ihrer Freundlichkeit im Leben, um deretwillen die Heiligen selbst, wenn sie nicht in aller Form Rechtens gestorben sei, wohl ein Einsehen haben würden. Man pries ihren Liebreiz, mit dem sie Vielen eine wohlthuende Helferin in der Noth, Allen eine Erscheinung voll Unschuld und Heiterkeit gewesen. Wenn das eine Ketzerin gewesen, meinten selbst altgläubige Seelen, so müßte es Ketzer von Gottes Gnaden geben! Immer stärker ward die Zahl der

Pilger, der Neugierigen und der Theilnahmvollen, der Mitleidigen und Hülfsbedürftigen. Daraus erwuchs nach und nach in der Meinung des Volks ein fester Glaube, demjenigen, was die Priester mit dem Todtendienst bezweckten, schier entgegengesetzt: der Glaube, hier ruhe ein armes Opfer, das die Menschen sich selbst gebracht, eine Auserwählte, von der die Bußfertigen eine Fürbitte im Himmel erflehten. So kehrten sich im Sinn des Volks Buße und Sühne am Grabe der waldensischen Maria in ihr Gegentheil; die als unselig Gestorbene fing an im Gedächtniß der Leute segensreich zu wirken. Die Priester vermeinten noch immer einen ungläubigen Geist beschwören zu müssen, und das Volk sah die Entschlafene schon als lichten Engel am Throne Gottes. Und jetzt war ein Wunder geschehen? Die Steine also begannen zu predigen, wo die Priester schwiegen? —

Ich eilte nach dem Olivenwald. Im grauen Schatten der Bäume flüsterte der Abendwind, das Glöckchen der Waldcapelle klang wie die Stimme des verirrten Lammes nach der Mutterheerde. In diesen Dämmerungen konnten wohl Wunder geboren werden, Kinder der Phantasie! Aber noch ein Ungläubiger, stand ich im Gewühl der Menge auf dem Platze, den die Ulmen beschatteten. Die Capelle war erleuchtet, Kerzen brannten an den Stufen der Gruft, der Gichtbrüchige stand aufrecht am Altar und überreichte dem Meßner seine Krücken, um sie als Weihgeschenk und als Andenken an seine Heilung aufzuhängen. Jeder der Anwesenden durfte sich von den gesund gewordenen Gliedern des Mannes überzeugen, das Holz der Krücken, deren er nicht mehr bedurfte, berühren. Zwei weißgekleidete Chorknaben mit Fackeln standen neben ihm wie euchtende Ausrufungszeichen, die gen Himmel wiesen. Im Schatten des Pfeilers nahm ich unerkannt Alles wahr. Das Auge des Alten blickte in stiller Rührung gen Himmel. Er war ein Hirt aus der Umgegend, ein Greis, der seit Jahren, von ärztlicher Hülfe aufgegeben, von einer Hütte zur andern mühsam herumkroch, oder den stummen Bäumen im Walde sein Leid klagte. Die durchfurchten Züge des Alten, dessen Gesicht das plötzliche Gefühl einer freudigen Ueberraschung erleuchtete, sahen nicht danach aus, als hätte die Lüge ihren Wohnsitz in ihnen aufgeschlagen. Dies greise Haupt konnte sich nicht mit einem Betruge im Herzen zur Gruft neigen.

Der Herr hat sich am Schwachen mächtig erwiesen! tönte der Gesang des Chors, sein Glaube hat ihm geholfen: er stand auf und wandelte! — Der Greis erhob sich und trat, während das Volk eine Gasse vor ihm bildete, an Mormona's Gruft. Hier streckte er noch einmal in stummem Dankgefühl seine Hände aus und weinte laut vor Freude. Ein Jubel rauschte über die Versammelten hin. Ich schlug an meine Brust und sprach: „Herr, willst Du Denen ein Licht anzünden, die den reinen Geist der Unschuld verketzern?"

Die Orgel beschloß mit dem Te Deum die feierliche Handlung. Die Menge fing an sich zu verlaufen, die Capelle wurde leerer, nur hier und da knieten noch einzelne Gruppen.

Ich hatte den Hirten nicht außer Augen gelassen; mir war, als hätt' ich ihn früher in den Bergen gesehen. Der ganze

Bau des Mannes, die starken Schultern, die breite Stirn, die struppigen Augenbrauen erinnerten an die Menschen im Gebirge. Mir fiel Pietro, der Ziegenhirt ein, der den Köhlern in der Felsenhalle das Wort Gottes gepredigt; ich rief mir die Versammlung der Waldenser zurück, die ich an Pirro's Seite besuchte; ich erinnerte mich eines gichtbrüchigen Alten, der im Winkel der Grotte kauerte und sein schmerzliches Geheul in den Gesang der Brüder mischte. Bei alledem blieb ich ungewiß.

Er schritt jetzt nach dem Pfeiler hin, in dessen Schatten ich lehnte. Zwei Buben boten ihm ihre Hülfe an, aber er lehnte sie ab, er wollte nicht schwach erscheinen, man sollte nicht von ihm sagen, daß die Kraft des Gebetes nicht ausgereicht habe, um der ganzen Gnade des Herrn theilhaftig zu werden. Draußen holte jedoch das Volk ein Maulthier herbei, das ihn tragen sollte. Der Alte stand noch immer in der leergewordenen Capelle; er suchte noch etwas, er schien noch ein Verlangen zu haben. Mir dicht gegenüber stand der kleine Beichtstuhl; der Alte wollte vielleicht sein Herz noch besonders erleichtern. Wie ich langsam aus dem Dunkel trat und neben dem Stuhl mich nach ihm umblickte, nahm er mich für einen Priester, der des Beichtenden gewärtig sei. Sein blödes Auge täuschte ihn, er tappte, noch eh' ich ihm wehren konnte, zu mir hin und sprach: „Ehrwürdiger Herr, darf ich reden? Mich drückt eine geheime Schuld. Wird der Himmel, der sich an dem Unwürdigen so gnädig erwies, mir auch die Sünde vergeben, die meine Seele noch belastet?“

„Du bist ein Waldenser!“ flüsterte ich ihm in's Ohr.

„Herr, so wißt Ihr Alles mit einem Male!“ sagte der Alte und sank zitternd in sein Knie. „Denkt nicht schlecht deshalb von mir! Ein einfältig Herze findet allerwegen, auch im Gebirge, sein Heil. Väter und Vorväter waren ihrem Glauben treu und dachten doch nicht immer von Denen übel, die sie verfolgten und verfluchten. Ich war viel in den Thälern, übernachtete in den Hütten der Rechtgläubigen, wie Ihr Euch nennt, habe auch vom Schlosse drüben manche Heerde gehütet und bei den Katholischen redlich und ehrlich gedient, ich ein Ketzer, wie Ihr sagt. Die Nothdurft hat mich oft gezwungen, bei Euch in Dienst zu gehen, und die Noth, lieber Herr, lehrt beten. Da hab' ich denn auch — verzeihet! — zum bösen Spiel gute Miene gemacht und bin auch in Eure Kirchen gegangen, um nicht verdächtig zu sein; hab' auch gemeint, es thäte mir nichts, wenn ich in Eure glänzenden Tempel mich drängte, das Kreuz schlüge und Eure Weise mitmachte. Dacht' ich doch bei mir: Der alte Herrgott droben bleibt sich überall gleich, schaut überall in's Herze der Menschen, ob sie schlicht die Hände falten, wie wir im Gebirge, oder niederknieen und über Stirn und Brust das Kreuz schlagen, wir Ihr. Ich hatte mir Euren Brauch in den Kirchen abgemerkt, also daß mich keiner als Ketzer erkannte. Dem alten Herrgott, meinte ich, könne der kleine Betrug nichts schaden, und wenn mich einmal — verzeiht! — das Gelüst peinigte, auch vom Kelche zu trinken, der den Römischen versagt ist, dann schlich ich heimlich hinauf in die Berge und nahm beim Ziegenpietro das Abendmahl in beiderlei Gestalt. Das that Euch nichts und mir geschah dann auch kein Abbruch! Sie nannten mich hier unten im Thale einen braven Kerl, weil ich ihre Heerden gut hielt, und ich dachte, ich sei um deswillen kein schlechter Mann, weil ich bald mit den Verdammten, bald mit den Auserwählten hantierte. So hatte ich's Jahrelang getrieben und kein Arg daran gehabt, doch nun — nichts für ungut! — als mich das Weh befiel und niederwarf, dacht' ich doch, es sei um dieser meiner Sünde willen. Wenn ich Nächte lang auf meinem Schmerzenslager wimmerte, meint' ich, es sei zur Strafe für mein doppelzüngig Wesen, zur Strafe, daß ich im Grunde meines Herzens waldensisch geblieben und in Euren Capellen den Rosenkranz gedreht. Ich hab' mir lange Zeit mein letztes Stündlein herbeigewünscht, wenn ich in der Angst meiner Seele und im Jammer meines Leidens keinen Rath und Trost mehr wußte. Da hörte ich von der waldensischen Maria, die römisch geworden und doch, wie sie sagten, nicht ganz tactfest gewesen sei. Ich hatte sie früher wohl im Gebirge gesehen, dort oben auf der Felsenkante und auf den Märkten im Lande umher mit ihrem Bruder. Sie waren Beide braver Leute gute Kinder, stark und fest im Christenthum der Berge, aus Savoyen hergewandert. Der Pirro galt freilich für einen trotzköpfigen Teufel, der Stein und Bein schwur, die Römischen seien voll Lug und Trug. Die Mormona dagegen nannten sie weit und breit eine Perle unter den Steinen der Berge. Und die war nun zu den Römischen übergegangen, war abgefallen von dem Glauben ihrer Väter! Man hörte freilich allerlei munkeln von Ketzerei auf Santa Maria. Plötzlich hatte sie sich auf dem Todtenbette nach dem Waldenserthum zurückgesehnt, war unselig gestorben, wie die Römischen sagten, aber doch wohl nicht verworfen vor Gott. Es zog mich mit einer geheimen Macht zur Waldcapelle, wo sie die zweifelhafte römische Gräfin beigesetzt. Ich rutschte auf meinen wunden Beinen Tage lang Stück für Stück hierher; meine Kraft wollte brechen, meine Angst stieg zur Verzweiflung, aber immer trieb es mich sehnsüchtig hierher, an's Grab der römisch gewordenen Waldenserin und waldensisch gebliebenen Römerin. Da lag sie, die Rose vom Gebirge, bleich und welk, aber wie ein Engel im Paradiese, den man nicht fragt: Bist du gut römisch oder gut waldensisch? ein Engel, dem man's ansieht, daß ein freundlich Angesicht dem Herrn wohlgefällig ist im Himmel und auf Erden. Das gab mir Trost und die Zuversicht, ich würde nicht verstoßen werden ob meines Abfalls und Rückfalls; ich meinte nun eingehen zu können in's andere Leben ohne die Last so schwerer Schuld. Ich dachte sogar, mein letztes Stündlein nahe allsogleich, so licht und leicht ward mir zu Muth. Und siehe da, der Muth, den ich mir im Anschauen der todten Mormona geholt, gab mir mehr als ich hoffte, gab mir auch neue Kräfte, und je länger ich hier am Grabe kniete, desto mehr fühlte ich meine alten Gebeine wieder stark. Wollt Ihr's glauben? Der Segen der Tröstung drang mir durch alle Knochen, die Krücke sank mir unter den Armen fort, und wie in jungen Tagen stand ich ungeknickt, ungebeugt da, eine Pinie des Waldes; mir war fast schwindelig und ich rief nach Hülfe, nicht um mich halten zu lassen, sondern um Zeugen zu haben. Ich schrie vor Freuden laut auf; die Leute rotteten sich zusammen um mich her und riefen: „Gelobt sei Gott in der Höhe! Die Waldenserin hat ein Wunder gethan!“ — Seht, Herr, nun wißt Ihr meine Sünde; ich bin kein römischer Christ, ich habe mir nur den katholischen Segen heimlich gestohlen. Ich habe lange gezweifelt und gebangt, ob es mir wohlgehen werde im Lande jenseits, weil ich auf beiden Seiten, bei Römischen und Waldensern geheuchelt, aber wie ich den Friedensengel hier in der Gruft sah, da überkam es mich wie ein guter Glaube, daß es mir vor Gott nicht allzustreng werde angerechnet werden, wenn ich Zeit meines Lebens unter den Menschenkindern mitgemacht habe, wie's eben ging. Straft mich, Priester der großen Kirche, wenn Ihr meint, daß Gott einen Unwürdigen mit seinem Wunder begnadigte, aber seid barmherzig!“

Der zitternde Alte sah erwartend zu mir auf; in seinen Augen leuchtete die Zuversicht der Gnade, es war nicht anders, als erwarte er den priesterlichen Segen. Ich legte beide Hände auf sein Haupt und küßte sein langes, greises Haar. Die rührende Unschuld des Alten hätte weit eher über einen Priester zu Gericht sitzen, als von ihm die Sühne fordern können.

„Selig sind, die reines Herzens nach dem Himmelreich trachten!“ flüsterte ich; „wir können Gott dienen in jeder Form, und sie ist nur heilig, wenn wir ihn wirklich suchen und vor Augen haben!“

Der Alte war niedergekniet, meinen Segen zu empfangen.

Ich legte ihm als Buße, als Bedingung der Sühne, Stillschweigen auf, hob ihn in die Höhe, schloß ihn in meine Arme und trat rasch, wie ich Schritte hörte, in's Dunkel der Nische zurück. Zwei Buben, die zu ihm zu gehören schienen, waren hinausgeeilt und kehrten jetzt zurück, den Alten zu geleiten. Heiter und fröhlichen Geistes schritt der alte Mensch hinaus. Bevor er die Capelle verließ, hatte er sich noch einmal zu dem Altar gewendet, das Knie gebeugt und das Kreuz geschlagen. Ihm waren die Zeichen der katholischen Anbetung lieb und werth geworden; nahm er doch nun die Zuversicht von hinnen, Gott habe ihm den Betrug verziehen.

Draußen hoben ihn die jungen Bursche auf's Maulthier. Er breitete seine Hände aus und stimmte mit heller Kehle ein Danklied an. Das Volk fiel hundertstimmig ein und der Zug setzte sich durch den Oelwald in Bewegung.

Die Capelle war jetzt dunkel und leer; nur die ewige Lampe brannte ruhig weiter über Mormona's Haupt und warf ihr stilles Licht auf den heiligen Frieden der Schlummernden. „Sancta Mormona!" rief ich und streckte die Arme nach ihr aus. „Nun Du todt bist, glauben sie an die süße Gewalt Deiner freundlichen Seele! Rose am Kreuz, mußtest Du erst verbluten, eh' Du ihnen heilig erschienst?" —

Am andern Morgen ließ ich mich bei meinem Vater melden. Ohne diese Förmlichkeit — so fern standen wir uns schon, — hatte ich keinen Zutritt mehr zu ihm. Er empfing mich nicht in seinem vertrauten Gemach; ich hatte vergessen ihn darum zu bitten; er ließ mich in sein Gesellschaftszimmer treten; Pater Uberto stand neben seinem Sessel.

Ich setzte voraus, daß Beiden der Vorgang bekannt war, erzählte das Ereigniß wie es sich zugetragen, verschwieg nur was der Hirt mir gebeichtet und was ich selbst ihm zu verheimlichen anempfohlen. Ich hoffte zu gläubigen Gemüthern geredet zu haben, die in der plötzlichen Heilung des Kranken mit freudiger Zuversicht einen Fingerzeig des Himmels sähen. Ich täuschte mich; ich fand Zweifler, die in ihrem finstern Wahn selbst nicht mehr die Empfänglichkeit für eine Bethätigung Gottes unter den Menschen besaßen. Ich sprach von der Heilung des Gichtbrüchigen, wie ich nicht anders konnte, als von einer unzweifelhaften Sache; ich sprach vom Glauben des Volks, das Loblieder singend, der todten Mormona das Wunder zuschrieb.

„Glaubst Du selbst an die wunderthuende Kraft der Gestorbenen?“ fragte mein Vater erwartungsvoll.

Gewissensfragen solcher Art im Beisein des Dominicaners machten die Unterredung zum Verhör. „Warum, mein Vater,“ sagt' ich, „wollt Ihr mich zu Denen zählen, die die Möglichkeit eines Wunders im Gemüth des Menschen leugnen? Ich leugne nicht, daß sich Gott an unserem Herzen bethätigt, ich leugne nicht, daß der Wanderer, der als sündiger Mensch mit dem Aufgebot seiner besten Entschließungen, als Kranker mit dem Aufwand seiner letzten Kräfte, einem für heilig erkannten Ziel entgegenpilgert und mit Mühe und Noth an diesem Ziele anlangt, plötzlich einen Umschwung in sich empfinden kann, der ihm für sein Gemüth wie für sein leibliches Verhalten der Wendepunkt eines neuen Lebens wird! Nicht die heiligen Knochen am Wallfahrtsort, die man ihn berühren und küssen läßt: die innere Entschließung, das Aufraffen seiner letzten moralischen und physischen Kraft bringt, wie mir däucht, ein Wunder der Verwandlung in ihm hervor."

Mein Vater wechselte mit Uberto Blicke und sah mich dann so bedauerlich an als wollte er sagen: Lehren Dich das Deine ketzerischen Bücher? Ist das der Geist des Waldenserthums? Wenn Du Recht hast, dann giebt es nirgends eine feste Wahrheit mehr, dann ist alles dem Belieben und der Laune der wandelbaren Menschen anheimgestellt! — Und in der That, wenn das ketzerisch ist, daß nur der Glaube, den ich in mir erfahre, selig macht und Wunder thut, dann bin ich und werde ewig unter den sogenannten Rechtgläubigen ein Ketzer sein! — Wir sprachen das nicht, aber es war, soll ich's aussprechen, der Grund und der Quell unseres Zwiespalts.

„Du hast, Sohn Giuseppe della Torre," sagte mein Vater nach langem Schweigen, „Meinungen geäußert, über die ich nicht Richter sein kann. Nach Deiner Ansicht ist der Fluch unseres Hauses auch gesühnt, sobald wir uns nur einbilden, der Sühne gar nicht mehr zu bedürfen. Erlaube einem alten greisen Manne sich an Thatsachen, nicht an Meinungen zu halten. Dein Weib starb im entschiedenen Widerwillen gegen die Formen und gegen die Gnadenmittel der heiligen Kirche. Diese Sünde ist die letzte Thatsache meines Hauses. Wir ordneten Bußen dafür an auf der Stätte ihres Todes und ihres Lebens."

„Und wo Ihr, mein Vater," unterbrach ich ihn, „noch immer

Buße fordert, da sieht der Glaube des Volkes schon Verklärung; Euch gilt die Todte noch immer für die Sündige, das Volk betet zu einer Verklärten!“

„Sie war Sünderin und vor Gott straffällig,“ sagte mein Vater.

„Sündigen,“ unterbrach ich ihn, „und vor Gott straffällig sein, setzt voraus, daß man von dem Bösen, das man thut, eine Erkenntniß habe. Wo kein Zweifel im Gemüth, mein Vater, wo kein Gewissensbiß sich regt: begeht man, auch wenn die Handlung nicht zulässig ist, noch keine Todsünde.“

„Die Sophistik der Schüler Loyola's hat nichts gemein mit meinem Glauben, noch mit der Lehre der Kirche!“ sagte mein Vater mit dem ganzen Groll seiner Unerbittlichkeit. Ich rang die Hände und schwieg; ich blickte starr in die Kluft, die mich von ihm trennte.

„Wenn der Himmel“, begann mein Vater von neuem, „die Thatsache der neuen Schuld, die auf unserm Hause lastet, hinwegnehmen will dadurch, daß er die Gestorbene begnadet, wenn die Kirche ein Wunder, das an ihrem Grabe geschehen sein soll, als Thatsache anerkennt und feststellt: wer will das freudiger begrüßen als ich, der ich bald heimgehe mit dem Bewußtsein der jetzt noch ungesühnten Sünde! Als eine Erlösung vom Fluch will ich's vom Himmel begrüßen, wird Mormona los und ledig gesprochen, auf daß sie eingehen kann in die Pforten der Seligkeit.“

„Mehr als das, mein Vater!“ rief ich in Schmerz und Unwillen, „das Wunder ist geschehen; beatificirt, kanonisirt wird sie werden von der Kirche! Ich gehe nach Rom, ich werfe mich dem heiligen Vater zu Füßen, ich fordere die Seligsprechung der waldensischen Maria!“

Mein Vater sah mich zweifelhaft an; ich war unsicher, ob er gegen mich oder gegen die Thatsache, auf die sich meine Verheißung stützte, Mißtrauen hegte. „Ich will der Propaganda des Glaubens beitreten,“ begann ich von neuem, „ich will wissen, was dazu gehört, um die Verirrten des Heils theilhaftig zu machen, dessen sie entbehren. Mir fehlt nur noch Eure Einwilligung, mein Vater. Ich gehe nach Rom“ —

„Ich weiß, als Sodale der Gesellschaft Jesu,“ sagte mein Vater.

„Ist Eusebio mir zuvorgekommen,“ fragt' ich, „Euch meinen Entschluß kundzuthun?“

Mein Vater schüttelte das Haupt; er versicherte, mit Männern der Gesellschaft Jesu keinen Theil zu haben. Ich staunte über die Möglichkeit eines Zwischenträgers in meinen nur Eusebio bekanntgewordenen Entwürfen; es ward mir erst später klar, daß meine Briefe, bevor sie an Eusebio nach Genua gingen, geöffnet wurden.

„Ich habe keinen Theil an der Lehre der Männer Loyola's,“ sagte mein Vater, „ich glaube nicht an einen wahrhaften Segen Deiner Verbindung mit ihnen, denn man kann nicht Gott und dem Mammon, nicht der Kirche und der Welt zugleich dienen. Aber es sei! Ich hoffe, Du wirst in Rom den großen festen Zusammenhang begreifen, der der Welt noth thut, wenn Du dort an den Vorbereitungen zur Verkündigung der Wahrheit an alle Völker theilnimmst. In das Chaos der Welt kann nur Ein Gott Ordnung bringen, nur Eine Kirche kann die wahre, die allumfassende sein."

„Ich habe dasselbe Ziel vor Augen, mein Vater," sagt' ich, „nur über die Mittel, zum Ziel zu gelangen, stehen wir uns fern."

Ich reichte ihm die Hand, die er mir nicht verweigern konnte. „Zum Beweise des Vertrauens," sagt' ich, „laßt Mormona's Bruder frei; ich nehme ihn mit mir nach Rom."

Mein Vater blickte auf. „Und wenn Ihr Beide," fragte er, „Du und er, dem heiligen Amte anheimfielet?"

„Beruhigt Euch," bat ich und sah dem Dominicaner fest in's Auge, „ich bürge für sein Seelenheil. Seine Ketzerei ist kein Werk des bösen Geistes; sie besteht in der Verwilderung des Naturmenschen. Ich werde seine Erziehung leiten, vielleicht — gewinne ich ihn für die Kirche!"

Pater Uberto sah fast lächelnd drein, als wollte er sagen: Entweder gewinnst Du ihn oder — er Dich für sein Waldenserthum!

„Es sei," sagte mein Vater, „der Waldenser sei Dein, mir bleibt das Kind Mormona's!"

„Ich lasse in ihm mein Theuerstes zurück!" sagte ich schwankend, „Ihr werdet das Kleinod hüten, Vater!"

„Und für das Kind der Waldenserin dem Himmel Bürgschaft leisten!“ entgegnete er mit feierlicher Handbewegung, „entweder Du oder der Knabe, Einer muß der Kirche gewidmet werden, damit der Fluch endet!“

Ich weiß nicht: regte sich ein Vaterherz in seinem Busen, wie er mich umfing und sein Arm mich zum Abschied an sich drückte? Sein Blick war umflort, eine Thräne schimmerte in den gefurchten Augenhöhlen. Ich war tief bewegt, und doch überkam mich die Angst, der Vater könne, während ich nach Rom ging und die Sühne des Hauses betrieb, im Stillen daheim den Dominicaner beauftragen, für mein eigenes Seelenheil Messen zu lesen.

Pirro saß in seinem Kerker wohlbehalten. Es hatte ihm in den Zimmern, die man ihm angewiesen, an nichts gefehlt; nach seinen Kreuz- und Querzügen zur See und zu Lande schien ihm die Ruhe vielleicht eine Erquickung zu sein. Wie er meiner ansichtig wurde, schien doch eine schmerzliche Erinnerung in ihm aufzutauchen. In der Verzweiflung über Mormona's Tod hatte er mich verkannt, in seinem Argwohn mir wehegethan; er gestand mir dies von freien Stücken ein und in diesem Gefühl der Reue konnte ich ihn leiten und beherrschen. Er hatte ganz sicher darauf gerechnet, daß ich ihn nicht den Händen seiner Feinde überließe, und so war er willig genug, als ich ihm zur Bedingung seiner Freiheit machte, mir nach Rom zu folgen. Vielleicht bezwang ihn dort der Glanz des kirchlichen Ritus, der doch noch immer auf sinnliche Menschen seine Macht geübt!

An Eusebio schrieb ich nur ganz kurz den Vorgang der Dinge; ich fand in Rom seine Briefe vor, nach denen er meinen Eintritt in's Collegium der Propaganda gemeldet und mir die Kreise jener Männer eröffnet, welche zur aufgeklärten Partei, zur Partei der Reformer gehörten.

Den Hirten hatte ich in Santa Maria nur noch einmal und nicht ohne Zeugen sprechen können. Ich fand ihn im vollen Gebrauch seiner Glieder, aber seine Kräfte waren im Allgemeinen erschöpft; die Erhebung seiner Geisteskräfte, die seine Heilung bewirkt, war vielleicht nur ein Vorbote seiner baldigen Auflösung gewesen. Er erkannte mich nicht wieder, am wenigsten Denjenigen in mir, dem er in der Capelle gebeichtet. Man hatte dem Alten in der Pfarrei des nächsten Ortes eine Behausung verschafft; ein Arzt war gerichtlich vernommen, um es zu bestätigen, daß menschliche Hülfe bei ihm nicht mehr ausgereicht habe. Man erwartete den Vicar des Bischofs, um die Aussagen der Zeugen von seiner wunderbaren Heilung mit dem kirchlichen Siegel zu belegen. Bis zur bischöflichen Approbation waren ihm geistliche Wächter beigegeben, die ihn wie einen kostbaren und doch noch zweifelhaften Schatz behüteten.

Mit Pater Uberto war mir noch vor der Abreise eine Zusammenkunft geworden. Ich hatte die kurze schwarze Robe angelegt, die man mir von Rom aus gesendet, sobald mein Name in die Liste der Sodalen des Ordens Jesu eingetragen war. I. H. S. V. stand auf der Medaille, die ich auf der Brust trug.

„In hoc signo vinces!“ sagte Uberto und sah schräg zum Himmel.

„Unter diesem Zeichen werde ich siegen!“ wiederholte ich, „siegen wider die Feinde Gottes; es kommt darauf an, wer Gottes Feind ist.“

„Extra ecclesiam nulla salus!“ erinnerte Uberto an den zweiten Wahlspruch der Gesellschaft Jesu.

„Außerhalb der Kirche kein Heil!“ wiederholte ich, „aber es fragt sich, wie eng oder wie weit der Begriff der wahren Kirche zu fassen ist, ob man eine Gemeinschaft der Nachfolger eines Torquemada, oder eine unsichtbare Kirche Christi damit meint.“

„Ihr könntet mit diesem Vorbehalt eben so gut in die Secte der Rosenkreuzer und der Freimaurer treten!“ sagte der Dominicaner spottend.

„Mit dem Unterschiede,“ war meine Erwiederung, „daß das Kleid dieses Ordens mich vor Gewalt und Hinterlist schützen wird. Ich bin damit keiner anderen Gerichtsbarkeit unterworfen als der des Generals der Gesellschaft.“

„Gott sei mit Euch!“ sagte Uberto.

„Gott, der gute Geist, zu dem ich bete!“ war meine Antwort.

Vom Knaben Saverio war mir der Abschied schwer geworden. Er schlief, wie ich ihn zum letzten Male sah; des Hausmeiers Frau, deren besonderer Obhut das Kind übergeben war, saß an seinem Lager; sein Milchbruder, das Kind der

Frau, lag an ihrer Brust. Wie ich eintrat, machte sie das Kreuz und neigte sich über die Knaben, als wollte sie beide vor mir behüten. Ein lieblich Abbild seiner Mutter, lächelte der Knabe Saverio im Traum. „Engel Gottes mögen ihn beschirmen,“ sagt' ich laut, — „und der Geist seiner Mutter!“ setzte ich still für mich hinzu.

Zehntes Capitel.

Das ewige Rom und der Generalvicar der Gesellschaft Jesu.

So hält mich denn die ewige Roma mit ihren Mauern umschlossen und ich belausche die Geheimnisse des Lebens in diesem Mitlelpunkt der Welt! Das ist die Stadt der sieben Hügel und der sieben Könige, dieselbe, die das Königthum schuf und absetzte, mit den Adlern der Legionen sich den Erdkreis unterwarf, selbst dann noch als die Herren dieser Welt in Rom selbst vor ihren eigenen Knechten zitterten. Was hat dies Rom für ein unsterblich Leben! Dem Adler folgte die Tiara in der Weltherrschaft. Als das Schwert nicht mehr die Völker bezwang, erfand sich Rom den Bannstrahl, und die Barbaren beugten ihren Nacken von neuem. Die Könige Germaniens stiegen mit rasselndem Harnisch über die Alpen, legten die wilden Städte der Lombarden in Asche, stürzten Reiche und Staaten, vernichteten ganze Geschlechter, schlachteten in ihrer Wuth Völker hin; und wenn die sieggekrönten Löwen vor den Statthalter Gottes traten, warfen sie sich gleich Lämmern in den Staub und huldigten! Dies Rom hat seine geheimnißvollen Zaubergaben. Ein Phönix aus Schutt und Asche, hat es selbst seine Ruinen sich zu neuen Trophäen gemacht. Jedes Jahrhundert der Menschheit ist hier als Mumie eingesargt, und unter dem Glanz jeder oberen Erdschicht fühlt man den Athemzug der unten beigesetzten, noch immer nicht völlig todten Geister der Vergangenheit. Vor Staunen komm' ich noch nicht recht zur Bewunderung. Ich finde ein Geschlecht von heute, das mit den übereinandergeschichteten Reichthümern aller Zeitalter spielt. Sie fühlen es nicht, auf welchem Moder von Jahrhunderten die Früchte wachsen, an deren Pracht ihr Stolz sich weidet!

Gestern hielt ein Capuziner vom Berge Carmel vor meinem Fenster eine Rede an's Volk; er beschwor die gutmüthige Menge beim Blut des Erlösers und sammelte dann Almosen. Betet vielleicht das christliche Rom zu einer Juno Moneta wie das alte? Der Stein, der dem Prediger zur Kanzel diente, war ein Säulenstumpf vom Tempel der Minerva. Wo Pompejus dieser Göttin opferte, steht jetzt eine Madonna, zu der das Volk wallfahrtet, weil sie Glücksgüter und Verstand giebt. Die Menschheit von heute hat Beides sehr nöthig. Jener marmornen Santa Maria sopra Minerva sind die Füße durch vieles Küssen so abgenutzt, daß man der Bildsäule neue Ueberschuhe von Metall machen ließ. Auch der heilige Petrus von Erz mußte schon mehrmals vorgeschuht werden, und man weiß, daß sein metallenes Fußgestell ein heidnisches Meisterstück, vielleicht das Postament zu einem Jupiter tonans war. Die alten Götter Roms gehen hier Hand in Hand mit den christlichen Heiligen.

Die drei Gestalten in der Sacristei der Paulskirche waren ehedem drei antike Grazien. Aus dem Antlitz der Mutter Gottes in San Loretto, die so viel Wunder thut, blicken, wie die Kenner mir zuflüstern, Züge eines Venusbildes hervor. Ist die Religion Jesu Christi hier vielleicht eine neue Fortuna publica geworden? Ist die alte Göttin Roma, die weltbeherrschende, noch immer die oberste Gottheit? Herrschsucht noch immer die vornehmste Virtus? — Rom ist ewig, so lange es weiß, wie der Mensch beherrscht sein will.

Das waren meine Gedanken in Rom, aber ich scheuchte sie in den Winkel meiner Seele zurück. „Nicht Alles für Alle!" ist ja der Grundsatz meines Ordens.

Das Profeßhaus zum „Gran Gesù", in dessen Seitenflügel ich einzog, ist ein Gebäude von überhäufter, geschmackloser Pracht. Es rührt aus dem Jahrhundert her, wo man den römischen, schon an sich mit schweren Ornamenten beladenen Styl noch mit Blumen und Guirlanden überdeckte. Wie ein Zeitalter denkt, so bauen und bilden seine Künstler. Was der Orden jetzt aufführt, verräth die gesuchte Absicht, die finstere Strenge des alten mönchischen Dienstes hinter lockenden Prunk zu verstecken. Da ist keine Säule, der nicht die Aufgabe, das Gebälk zu tragen, durch zierliche Rosenketten erleichtert werden soll; kein Architrav, dessen Schwere nicht durch allerlei in Stein gehauene fliegende Vogelgruppen den lächerlichen Anschein der Leichtigkeit erhalten soll. Jene einfache Größe, jene offene Einfalt, die Tugenden des alten heidnischen Roms: hat sie das christliche Rom von heute verlernt und verloren?

Im Mittelstück des Gebäudes wohnen die Professen, die Väter von vier Gelübden, die den eigentlichen Kern der Gesellschaft bilden. Zweck und Ziel des Ordens ist nur ihnen bewußt, und auch unter ihnen, sagt man, ist nur eine geringe Anzahl in die geheimen Maximen eingeweiht. Daß der Zweck die Mittel heiligt, hat wohl noch keiner von jenen Vätern eingestanden, welche an die unteren Brüder die Monita secreta erlassen. Im unteren Stock des Hauses wohnen die Scholastici approbati, die den Unterricht ertheilen. Der lange Flügel, der den Garten durchschneidet, enthält die Hörsäle, zu denen ich unbedingten Zutritt habe, und die Zellen der rothgekleideten Novizen. Diese stehen unter geistlichen Coadjutoren, welche als Priester die drei gewöhnlichen Gelübde: Gehorsam, Armuth, Keuschheit abgelegt haben. Den eigentlichen Stamm der Gesellschaft bilden, wie gesagt, nur die Väter von vier Gelübden. Ich habe noch nicht ergründen können, welches das vierte Gelübde sei. Der Ueberlieferung nach ist es eine unbedingte Ergebung in den Willen des heiligen Vaters. Aber nach Allem, was ich höre und mir enträthsele, kann der römische Hof nicht mehr auf den unbedingten Gehorsam des Ordens zählen, wenigstens nicht Papst Benedict XIV. Die Gesellschaft Jesu scheint aufhören zu wollen, die Soldatesca des Statthalters Christi zu sein. Das vierte Gelübde scheint der General des Ordens nach seiner Einsicht umzugestalten. Besteht es vielleicht für die Eingeweihten in der Erlaubniß, sich mit der Aufklärung des Jahrhunderts zu verbrüdern? Von sämmtlichen Orden der römischen Christenheit fühlt eben nur die Gesellschaft Jesu das Bedürfniß, die fortschreitende Bildung der Völker nicht aus der Hand zu geben, den Geist eines neuen Jahrhunderts nicht sich selbst zu überlassen. In diesem Sinne ist dann jedenfalls Pater Eusebio Jesuit des vierten Gelübdes. Erhebt dies vierte Gelübde vielleicht, wie bei den Freimäurern, in den höhern, den schottischen Grad? Dann könnte der Orden auch das Siegel der Maurerei annehmen: Drei Felsen, umrauscht von brandenden Wogen, mit der Aufschrift: Saevis immotus in undis!

Die weltlichen Coadjutoren des Ordens, die sämmtlich Laien sind, theilen sich in Adjuncte, die im Seitenflügel des Profeßhauses wohnen, und in Affiliirte, die zerstreut in der Welt leben, ohne daß man weiß, wie sie zur Gesellschaft gehören. Einige sind wie Zugvögel, gehen ab und zu, bald in weltlicher, bald in geistlicher Tracht. Alle diese heißen Mitglieder von der kurzen Robe und haben nur nach dem Maß ihrer Verdienste Theil an den geistlichen Gnaden des Ordens. Zu diesen Gnaden gehört außer der Vergebung der Sünden und der Zusicherung ewiger Seligkeit Unterstützung und Beförderung weltlicher Art. Das Gelübde des Gehorsams gegen den Oberen, der sie aufgenommen hat, müssen auch diese unbekannten und unsichtbaren Hülfstruppen ablegen. Vor der Hand schien Pater Eusebio auch in der Ferne mein Oberer zu bleiben. Nur wurden meine Beichtberichte, meine Briefe, immer spärlicher; ich konnte glauben, daß sie eröffnet wurden; ich vergrub meine Gedanken in meine Brust.

Mein Empfang im Profeßhause zum „großen Jesus“ glich

zu meiner Beschämung einem Feste. Man begrüßte mich als einen Sodalen, der seine Laufbahn „zur größern Ehre Gottes“ glorreich mit dem Gewinn einer Seele eröffnet habe. Diese Seele, die ich gewonnen, war Mormona, mein Weib. Das Bewußtsein dieses zweifelhaften Gewinnes und zweifelhaften Verdienstes drückte mich zu Boden. — Im großen Saal empfing mich der Vicar des Generals, umgeben von sämmtlichen Professen des Hauses. Scholaren standen im Hintergrunde, der Chor sang Danklieder zur Orgel. Man pries mich öffentlich als den Bekehrer der waldensischen Maria. Daß sich das Herz meines Weibes nur aus Liebe zu mir zur alten Kirche gewendet, konnte ich Priestern nicht begreiflich machen. Das blasse Antlitz des leidenden Erlösers sah vom Altar wehmüthig lächelnd auf mich herab, als sie mich umringten und einkleideten und der Chor ein Loblied der Mutter Maria, der Mutter der Liebe, sang.

Der Flügel des Hauses, in dem ich wohnte, heißt unter dem Volke in Rom der Palast der Excellenzen. Er ist von dem eigentlichen Collegium durch hohe Mauern geschieden. Schöne weite Hallen bieten hier allen Luxus der Weltlichkeit; die anstoßenden Gärten, in französischem Styl mit steifen Taxuswänden, haben auch ihre lauschigen Boskets, in deren schattigem Dunkel lachende Nymphen von weißem Marmor die Gedanken an das alte heidnische Rom erwecken. Man ging sonst in einen Orden, um die Welt und ihre Reize von sich abzuthun. Man geißelte sich in härenem Gewande, betrat man die einsame Zelle, in die durch das gewölbte Bogenfenster nur das Auge Gottes auf den Büßer herniedersah. War ein Schuldbewußtsein der Beweggrund, das Kloster zu suchen, dann mochte der mit der Welt zerfallene Geist die geweihte Stille wie eine Wohlthat begrüßen. — Die strenge Zucht scheint die Gesellschaft Jesu nur ihren eigentlichen Zöglingen vorzubehalten, in denen sie sich von Jugend auf willenlose Werkzeuge heranbildet. Unter den rothgekleideten Scholaren sah ich bleiche Gestalten dumpf und still herumwanken; sie hatten die Welt abgeschworen, ohne sie zu kennen, thaten Buße ohne Reue, trugen den Stempel des Fatalismus auf ihrer Stirn. Aber die Gesellschaft Jesu braucht auch gewandte Weltleute, feine Cavaliere, geschmeidige Talente, die der Welt die Herrschaft des geistlichen Willens in nicht abschreckender Gestalt zur Erscheinung bringen. Die Gesellschaft hat auch die Wissenschaften in ihren Dienst genommen; die Benedictiner sind nicht mehr die alleinigen Träger der katholischen Gelehrsamkeit. Die Zungen aller Völker tönen in unseren Hörsälen, alle Nationen haben in der Anstalt ihre Vertreter, in der Peterskirche stehen Beichtstühle für alle Sprachen der Welt, und die Propaganda des Glaubens wählt aus dem Collegium ihre tauglichsten Organe.

Es überraschte mich, daß selbst mein weltlicher Titel mir in die Anstalt folgte. Den Leuten in meiner Heimath hieß ich in meiner halb geistlichen Tracht: Domine. Hier war ich wieder zum Signor geworden, und die Cavaliere, die mit mir im Hause der Excellenzen wohnten, hatten in der That wenig Anstrich von geistlichen Herren. Der neue Anbau des Hauses hat nach einer Seitenstraße seine Eingänge. Dort rollen die Equipagen bis Mitternacht auf und ab. In den Höfen tummeln geschickte Reiter ihre Pferde, die Vorsäle wimmeln von galonnirten Dienern, auf der Terrasse empfängt man Gesellschaften, wo sich auch Damen hoher Abkunft einfinden. — Man lebt dort wie in einem glänzenden Hotel, und der Name meiner Familie zieht mir Besuche zu, die ich aus Anstand erwiedern muß. Ich finde dort junge Cavaliere, die vielleicht später als Diplomaten in der Politik glänzen wollen, und es scheint mir, als ob die Collegien des Ordens die Absicht haben, auch die alten Universitäten zu verdunkeln, indem sie junge Nobili für die Welt bilden.

Ich fand unter ihnen keinen Genossen, der mir behagte; ich lebte mit Pirro, der als mein Gefährte ungehindert Zutritt erhielt, still und eingezogen in meiner Behausung. Weit mehr zog es mich zu den eigentlichen Scholaren der Anstalt hin, welche drüben im Profeßhause in um so strengerer Zucht für den schweren Dienst heranreifen. Aus den blassen Gesichtern sah ich hier und da ein dunkles, feuriges Auge aufblitzen, das sich aber rasch wieder in seine Höhlen verkroch. Die Scheidewand der Stände trennt mich von ihnen, denn ich gehöre zum Hause der Excellenzen.

Pirro war Tags über meist sich selbst überlassen. Er brachte den größten Theil seiner Zeit bei den Schiffern am Tiberstrande zu; dort fand seine ruderfertige Hand ihre Uebung; erst mit der Dämmerung der Nacht kehrte er zu mir zurück. Ich gab ihn bei dieser Lebensweise so gut wie aus der Hand;

aber ich wußte, daß der Sohn der Berge nicht anders als bei diesem Maße zugestandener Freiheit mein Gefährte blieb. Die Beziehung zu Mormona war das geistige Band, das ihn an mich fesselte. Jedem Versuche, ihm durch Unterricht und geschulte Belehrung beizukommen, setzte er die fertige Verschlossenheit seines angebornen Trotzes entgegen, der sich zur Wildheit aufbäumte, wenn man ihn herausforderte. Um auf ihn einwirken zu können, mußte ich ihn eine Zeitlang noch sich selbst und der Reife der Zeit überlassen. —

Es mochten einige Wochen seit meiner Aufnahme in's Collegium verstrichen sein, als der Vicar des Generals mich zu sich entbieten ließ. Er empfing mich zur Audienz in seinem besondern Gemach. Der General des Ordens lag schon seit lange auf dem Siechbett; Pater Lorenzo, sein Vicar und Stellvertreter, war bereits jahrelang die Seele des Ganzen und Regent des großen geistlichen Staates der Gesellschaft. Die Assistenten für Italien, Frankreich, Deutschland, Spanien und Portugal waren ihm zur Seite gesetzt, aber er war der Sache nach schon so gut wie unumschränkter Monarch. Diese Monarchie der Jesuiten mit ihren 22,000 Unterthanen war im Stande, selbst bedeutenden Staaten mit bewaffneter Hand gegenüberzutreten. Paraguay, die südamericanische Republik, die der Orden ganz nach seiner souveränen Willkür regierte, offenbarte damals plötzlich dessen gefahrdrohende weltliche Macht. Spanien hatte in Folge eines Tauschvertrages einen Strich dieses Landes an Portugal abtreten wollen. Die Eingebornen widersetzten sich auf Betrieb ihrer Seelsorger und heimlichen Regenten diesem Willen und Uebereinkommen zweier Höfe, und zum Staunen der Welt trat der Orden Jesu plötzlich als politische Macht auf und überraschte durch das Schauspiel eines glänzend geführten Krieges. Dem Orden war so Vieles geglückt, daß er für seine Herrschsucht kaum noch die Maske der Klugheit nöthig zu haben glaubte.

Mich dünkt, in Lorenzo Ricci's Zügen spiegelte sich dieser Verstand, der in langgewohnter Sicherheit plötzlich die Stätigkeit seiner Berechnungen aufgiebt und baar und blank eine brutale Selbstgewißheit zur Schau trägt. Dieser Mann sah aus, als hätte die Klugheit nicht mehr nöthig, die Begier nach Herrschsucht und Beute zu zügeln; für ihn schien der Augenblick dazusein, wo man ertrotzen wollte, was man bisher mühsam und heimlich nach tausendfältigen Erwägungen und mit allen Kräften leiser Vorsicht errungen. Der damalige Vicar gehörte seiner Geburt nach zu den Menschen aus niederer Sphäre, die mit der Kraft eines eisernen Willens keine Anstrengung scheuen, um den Gipfel der Macht zu erreichen und nach dem Augenblick dürsten, wo sie sicher genug sind, um den angebornen Trotz der Anmaßung ungescheut zu entwickeln. Sein Antlitz war bei dem Widerstreit von Klugheit und Gewaltsamkeit ein Bergwerk, wo geheime Geister in zwei entgegengesetzten Schachten arbeiten und sich Gegenminen graben. Die borstige Augenbraue verrieth Kraft und Ausdauer. Sein Blick war scharf und kalt, durchdringend und besonnen; er ließ auf Enthaltsamkeit und auf Beherrschung aller eigenen Schwächen und Lieblingswünsche schließen. Aber die zusammengedrückte niedere Stirn mit ihren eigensinnigen Gedankenfalten erwies sich nicht als ein Sitz jener höheren milden Weisheit, die zugleich frei und harmlos macht. Die aufgeworfene Unterlippe und die untern Muskeln des Gesichts ließen fürchten, er scheue zur Erreichung seiner Zwecke auch gewaltsame Mittel nicht. So scharf, fest und sicher der Blick seines Auges und seines Verstandes schien, so beschränkt war vielleicht der Kreis seiner Empfindungen, und so war es möglich, daß das Gefühl der Sicherheit, das auf plumpen Voraussetzungen beruhte, ihn um die Früchte seiner besten Berechnungen brachte. Die Klugheit des berechnenden Verstandes sollte es nie verschmähen, auch bei der Güte des rücksichtsvollen Herzens in die Schule zu gehen, um jene Weisheit zu lernen, die auch die Forderungen des Gemüthes, wo nicht bei sich, doch bei Anderen mit in Anschlag bringt. Pater Lorenzo machte mir, je länger ich mit ihm verkehrte, desto mehr den Eindruck eines Wanderers, der, an die geebnete, wenn auch steinichte Straße gewöhnt, plötzlich zur Abkürzung des Weges einen Waldpfad einschlägt. Dieser Pfad verläuft sich immer tiefer in's Dickicht. Die Berechnung in der Wahl des Pfades war richtig, weil er das Ziel in gerader Linie trifft; aber er ist seit lange nicht mehr betreten, das Gestrüpp hat ihn überwuchert. Der Wandersmann tritt Anfangs mit scharfem Fuß die Hindernisse nieder, er schlägt sich mit beiden Armen durch; aber das Dickicht wird immer verstrickter und die Ruthen der Gesträuche zerfleischen sein Gesicht. Mit der Verwundung wächst sein Eifer, vorzudringen, bis ihn ein störriger Ast, der seinen Schädel trifft, plötzlich zu Boden wirft. — In den

Zügen seines Angesichts stand diese Klugheit geschrieben, die mit ihrem starken Eigensinn sich plötzlich in ihr Gegentheil verwandelt. Es schien als habe Lorenzo die Bedürfnisse der Menschen, auf die er rechnete, doch nicht genau genug gekannt. In seiner ganzen Haltung war dieser plötzliche Wechsel ersichtlich. Wie weiland Papst Sixtus hatte er gebückten Ganges sein Ziel erreichen wollen; aber er hielt sich schon zu früh auf dem Gipfel der Macht, er warf zu früh die Krücke von sich, um seine Gestalt frei in die Höhe zu richten; seine Klugheit endete in Anmaßung und Dünkel.

So stand er vor mir, als er halb lächelnd, halb abweisend meine Verwunderung über gewisse Einrichtungen im Ordenshause, die ich ihm aussprach, — er hatte gefragt, wie mir mein Aufenthalt in Rom und im Hause gefiele, — entgegennahm. Der Orden erkennt den Unterschied der weltlichen Stände selbst innerhalb der Mauern des Collegiums an.

„Ich habe es", sagte ich ihm ohne Scheu, „für einen Grundpfeiler des großen Gebäudes der Kirche gehalten, daß auf ihrem Gebiet der Sohn des Fürsten nur eben so sehr wie der Sohn des Hirten sich die Berechtigung zu einer Würde erringt, wie jener Sixtus lediglich kraft seines Geistes sich zur höchsten Staffel hinaufarbeitete und mit der Tiara das Haupt bedeckte, das in einer Hütte das Licht der Welt erblickt hatte. Dem weltlichen Herkommen, der Rangordnung des feudalen Kastenwesens gegenüber eröffnete die Kirche, dünkt mich, eine Laufbahn, auf welcher nur die geistige Befähigung gilt. Es lag eine Demokratie in dieser Kreuzung der weltlichen Ordnung. Erkennt der Orden diese Anwartschaft Aller zu Allem nicht an? Mich dünkt, die Priesterschaft der heiligen Kirche mußte blühen, so lange sie sich aus dem Kern des Volkes mit allzeit frischer Kraft ergänzte!"

Der Generalvicar sah mich mit einem Blicke an, der mehr Unwillen, mir antworten zu müssen, als Befremden über meine Aeußerung verrieth. Er schien im Augenblicke zu schwanken, ob es bequemer sei, über diese Weisheit eines Neulings geheimnißvoll zu lächeln, oder sie einer ernstlichen Erwiederung zu würdigen. Sein Gesicht sah jetzt wie ein versiegelter Brief aus, auf dem auch noch die Aufschrift unleserlich ist.

„Man bezwingt die Welt am leichtesten," begann Lorenzo Ricci, „indem man ihr läßt und giebt, was sie verlangt. Legt Ihr, Signor, kein Gewicht auf den Genuß weltlicher Dinge so werdet Ihr um so schneller unseren Zwecken entgegenreifen. Innerhalb unseres Ordens herrscht allein der Geist. Und brächte Jemand bei seinem förmlichen Eintritt in unsere Gesellschaft die Schätze eines Krösus zum Angebinde, er würde nicht um deshalb unter uns steigen! Die Person stirbt ab, sobald Du ein wirklicher Schüler Loyola's bist. Der Orden ist dann Deine Seele, Deine Ehre, Dein Verdienst und Deine Macht."

Das war nun freilich schon mehr als bloße Widerlegung meiner Vorwürfe; es war ein Geständniß, daß der Orden die Darbietungen der Welt sehr gern in Empfang zu nehmen pflege, aber ohne sich dafür zu Dank verpflichtet zu fühlen.

Andere fromme Brüderschaften, dacht' ich bei mir, ehren wenigstens das Andenken des Wohlthäters und lesen für sein Seelenwohl Messen.

„Ihr werdet", fuhr Lorenzo fort, „in unserer Gemeinschaft die verlangte Demokratie nicht vermissen, sobald es Euch, Graf La Torre, beliebt, uns ganz anzugehören. Erst nach mehreren Graden werdet Ihr das System unseres Ordens kennen lernen können; nur wenn er das Alter des gekreuzigten Heilandes erreicht hat, wird der Jesuit, wie Ihr wißt, eigentliches Mitglied der Gesellschaft, und dann allerdings verschwindet für ihn die Welt mit ihrer Gültigkeit. Wir erkennen ihre Berechtigung nicht an, aber wir lassen ihr das Spiel, das sie mit sich selber treibt. Die römische Curie kennt Rücksichten gegen weltliche Hoheit, sie bevorzugt den fürstlich Geborenen und geht in ihrer Nachgiebigkeit so weit, selbst mit widerspenstigen Königen und Fürsten Verträge zu schließen. So weit gehen wir nicht. Das hieße die Welt und ihren Bestand nicht blos zulassen, sondern auch anerkennen. Zur Herrschaft in der Welt ist aber nur der Geist berufen. Der Geist geht in die Welt ein, aber nicht um sie sich selbst zu überlassen, sondern um sie sich unterthan zu machen. Das Christenthum von ehedem hatte eine Scheu vor dem Thun der Menschen; deshalb haben sich die Staaten eine Selbständigkeit von der Kirche errungen; selbst die Wissenschaften glauben jetzt auf eigenen Füßen zu stehen. Diese Vorurtheile haben sich unter den Menschen festgesetzt und wir müssen sie so lange achten, bis Alles wieder in unserem Dienste steht. Wir gehen auf die Bedürfnisse der Völker ein, so lange sie diesen Schein einer angemaßten und gefährlichen Selbständigkeit zur Schau tragen. Niemand erntet, bevor er gesäet. Die Welt muß erst wieder empfänglich gemacht werden für die Herrschaft des Geistes. Deshalb, Graf La Torre, sind wir in unserer Thätigkeit so vielseitig und scheinbar oft so weltlich. Alles unter den Menschen beruht auf Vorurtheilen, und diese muß man schonen, will man sie überwinden. Wir haben in China am Hofe des Kaisers unsere Mathematiker, unsere Geographen, unsere Aerzte, selbst unsere Uhrmacher und Opiumdreher. Nachdem das Christenthum aufgehört hat, wie eine Eule in alten Höhlen zu nisten, darf es nicht mehr spröde sein, es muß eingehen in das Thun der Welt. Der Geist muß die Materie bearbeiten, will er sie beherrschen. Deshalb, mein junger Freund, sitzen Mitglieder unseres Ordens bald am Ruder des Staates, bald sind Handel und Gewerbe in ihrer Hand. Wir haben in Westindien und Südamerica unsere mercantilen Staaten, wir haben an allen Ecken und Enden der Welt unsere Commanditen. Wir nennen sie unsere Missionen, aber sie sind für uns, was die Colonien für das Mutterland sind, die Quellen unserer Macht. Zur Ehre Gottes, zur Herrschaft des Geistes auf Erden wird Alles verwendet. Ist es nicht wunderlich, daß die römische Curie zum Besten der Völker und Fürsten und zum Nachtheil der Kirche Gottes unsere Thätigkeit hemmen will? Die Bulle In mensa pastorum will uns jetzt den Sklavenhandel und die Unterjochung der Wilden verbieten! Als ob sich die Kirche für zu vornehm halten dürfte, sich mit der Welt zu befassen! Wir können nur herrschen, wenn wir den Mächtigen der Erde das Scepter aus der Hand winden, den Völkern die Quellen ihrer Wohlfahrt selbst eröffnen. Der Geist muß aufhören, als Gespenst unter den Menschen zu wandeln; das Christenthum muß eingehen in das Fleisch der Welt, um es sich dienstbar zu machen!"

Pater Lorenzo war aufgestanden und sah mich an, als wollte er sagen: Siehe, das ist das große Reich unserer Entwürfe! Es lag nichts Erhabenes im Gedanken dieser Herrschsucht; dieser Traum war sehr nüchtern und doch befiel mich die Furcht, ein Nachtwandler stehe vor mir und enthülle mir das Gewebe seiner Begierden. Das war allerdings kein Christenthum mehr, das die Welt dem Gedanken, die Erde dem Himmel opfert, kein Glaube, der die Menschen flieht, um in der Wüste ein einsames Grab zu finden; das war mit allen seinen Schrecken fast der Geist der Unterwelt selber, der in den Eingeweiden der Erde nach Gold wühlt, nicht um es zu genießen, sondern weil er Niemanden den Genuß dieser Schätze gönnt.

Ich fand in meiner Betäubung nicht gleich das Wort der Erwiederung, als Lorenzo auf meine eigenen Angelegenheiten überging.

„Ich habe Euch im Vertrauen zu mir entbieten lassen, Graf La Torre," begann der Generalvicar von neuem. „Ihr habt eine ungewöhnliche Stellung zum Orden. Ihr dürft, sollte eine Entscheidung eintreten, auf unseren besonderen Schutz rechnen." Er zögerte fortzufahren und lenkte dann ein. „Pater Eusebio hat Euch sehr warm empfohlen, Euch sehr gut bei uns angeschrieben. Ihr verkehrtet viel mit ihm?"

Ich erzählte, wie Eusebio früher als Caplan in Santa Maria und auch später, wo ich ihm in Genua eine Zeitlang übergeben war, mein Lehrer gewesen, bis der Einfluß des Dominicaners Uberto ihn im Vertrauen meines Vaters verdrängt; sein Beispiel, seine Lehre und die Hoffnung auf eine Gemeinschaft mit edlen Männern, die sich für das Wohl der menschlichen Gesellschaft verbrüdert, seien die Beweggründe meiner Hinneigung zum Orden gewesen.

„Wer wirken will, muß Macht haben; *δός μοι πού στῶ!*"*) sagte Lorenzo.

„Ich glaube," sagte ich, „daß der Geist der Duldung, der Aufklärung und Menschenliebe über die Welt kommen und sie beherrschen wird."

„Duldung, Aufklärung, Fortschritt, diese Heilmittel der Humanität," sagte der Vicar, „weisen wir nicht von uns."

Also Mittel zum Zweck, nicht Zweck selber sind sie Euch! dacht' ich still bei mir. „Eusebio", fuhr ich fort, „sprach mir von der Reform der Kirche, die der Orden zum Ziel habe."

„Man muß nicht von Dingen sprechen, die blos gethan sein wollen!" sagte Lorenzo.

„Eusebio", sagte ich, „stellte mir eine Verbrüderung mit den Aufgeklärten, mit den Freimaurern in Aussicht."

„Eusebio geht darin zu weit," unterbrach mich der Generalvicar. „Wir können dem geschworenen Priester nicht gestatten, einen zweiten Eid zu leisten, und ein Schwur wird ja vom

*) Gieb mir wo ich Fuß fasse!

Maurer verlangt. — Ihr habt die Logen in Turin besucht?" fragte er nach einer Pause eifrig.

Ich mußte es verneinen, aber gestand, daß ich das Verlangen nach einer Aufnahme in ihren Bund hätte.

„Den affiliirten Brüdern gestatten wir gern die Theilnahme an der Maurerei," sagte Lorenzo, „es ist uns sogar willkommen, Männer unseres Ordens, sobald sie nicht geweihte Priester sind, in den Logen zu haben. Es kann sein, daß der Orden dieser Logen benöthigt ist, tritt uns eine große Entscheidung näher!"

Lorenzo Ricci gehörte also zu den Diplomaten, die die Freiheit zulassen und ausnutzen, nicht sie befördern. Der Verstand, nicht das Herz, bestimmt ihre Denkart und ihr Thun. Er maß mit weiten Schritten das Gemach; ich hatte mich ebenfalls erhoben, meine Audienz schien beendet. Da begann der Generalvicar von neuem: „Weshalb ich Euch, Graf La Torre, kommen ließ;" — er setzte sich und lud mich wieder ein, Platz zu nehmen; — „Euer Gefährte und Wohngenosse ist — Waldenser?"

Ich äußerte, wie seine Bekehrung mein Werk sein solle, daß ich jedoch unter einem guten Bekehrer einen Erzieher verstände, der die gesammte Existenz, Charakter und Natur des Proselyten langsam auf die Stufe der Erleuchtung, das heißt der Bildung, erheben müsse.

„Hat durchaus keine Eile," sagte der Generalvicar zu meiner Ueberraschung. „Es liegt überhaupt wenig an diesen

Waldensern. Armes, dürftiges Volk, ein bettelhaftes Stück Land, — werden nach wie vor Murmelthiere abrichten und Kürbisköpfe aushöhlen — so wie so! Ihr müßt Euch, Graf Giuseppe, höhere Ziele stecken. Ich empfehle Euch den deutschen Norden zu Missionen. Euer feinerer Geist, Eure gemüthliche Befähigung, in die Denk- und Gefühlsart anderer Menschen, bis dato noch Ketzer genannt, einzugehen und mit ihnen zu empfinden, macht Euch zum Missionär an jenen Punkten, wo es für uns von Werth sein kann, Helfershelfer zu haben. Auch sind dort in der That die Logen stille, dem Lärm der Welt entzogene, aber wirksame Schauplätze aller höheren Bestrebungen."

Ich erwiederte, ich sei noch zu sehr Laie, um mich für einen Zweig der Thätigkeit zu bestimmen. Er empfahl mir wiederholt das Studium der nordischen Sprachen, Sitten und Eigenheiten; Bücher und Schriften des Collegiums und der Congregation ständen mir in ausgedehntester Weise zu Gebote; auch der Zutritt zur Sala intima der Propaganda sammt ihren Registern und Tagebüchern sei mir geöffnet. „Mit dem tollen Brausekopf von Waldenser nehmt Euch Zeit; in solchen Einfältigkeitsgemüthern steckt der Widerspruch oft sehr fest, mehr aus Naturell, als aus Sünde. — Eure Gattin, Graf La Torre, war ja wohl auch nicht ganz capitelfest, nicht recht römisch geworden?"

Er sah mich forschend, doch ohne bösen Hinterhalt an. Ich erzählte ihm offen und ohne Scheu von Mormona's Anwandlungen, erklärte diese aber physisch für Gelüste in Momenten wo ein Weib, das sich Mutter fühlt, nicht entschieden für zurechnungsfähig gilt.

„Würde sich auch haben ausgleichen lassen!“ sagte der Generalvicar mit trockenem Ernst; „nur muß man sich nicht Mönchen in die Hände geben, die Alles an die große Glocke schlagen und über kleine menschliche Schwankungen und Irrungen gleich die Schrecken des jüngsten Gerichts bringen! Am wenigsten konnte das Bischen Ketzerthum, das in der Seele Eures Weibes sitzen geblieben sein mochte, ausreichenden Grund abgeben, die katholische Rechtmäßigkeit Eurer Ehe zu bezweifeln!“

Ich fuhr empört in die Höhe. „Wer“, fragt' ich, „hat sich dessen erdreisten können?“

„Doch wohl Derselbe,“ sagte Pater Lorenzo, „der uns Sophisten schilt, weil wir auf die Natur des Menschen Rücksicht nehmen und die feinen Vergehen nicht für gleich straffällig wie die groben Verbrechen erachten. — Vielleicht auch nur ein Gewissensscrupel Eures erlauchten Vaters!“ setzte der Vicar hinzu.

Ich schwieg bestürzt. Es machte mich stumm vor Schreck, daß man es gewagt haben durfte, an das, was ich für das Sicherste gehalten, an das Eigenste, Reinste und Heiligste meines Lebens die Hand zu legen.

„Der Casus würde von Belang sein, ließe er sich festhalten und durchsetzen,“ fuhr Lorenzo fort, mich wenig beachtend; „wird es möglich, Eure Ehe für ungesetzlich zu erklären, so gilt auch Euer Sohn für unrechtmäßig.“

„Unerhört!" rief ich, „wie kann mein Vater sich so weit verirren, das Kind, den letzten Sproß des Hauses, in seiner Rechtmäßigkeit zu bezweifeln und damit den Untergang, das Aussterben des Stammes der La Torre zu verschulden!"

„In dem Falle," sagte der Generalvicar mit der langsamen Zähigkeit seines Tones, „in dem Falle würde, dünkt mich, der Seitenzweig Eurer Familie in Friaul erben. Dieser Seitenzweig Eures Hauses ist dem römischen Hofe sehr ergeben. Die Curie würde das begünstigen, glaub' ich. Oder Ihr würdet genöthigt, euch noch einmal und zwar ebenbürtig zu vermählen."

Ich fühlte bei der Enthüllung dieses Gewebes dessen namenlose Verstrickung und Verkettung. — „Uebrigens", beruhigte mich Pater Lorenzo, „übrigens ist es ja bis jetzt bei einer bloßen Anfrage geblieben; das heilige Amt der Inquisition hat die ihm als Gewissensscrupel gestellte Frage, ob eine so und so beschaffene, mit einer rückfälligen Ketzerin geschlossene Ehe nicht für null und nichtig erklärt werden könne, noch nicht einmal eingeleitet. Und jetzt, wo ja wohl ein Wunder am Grabe der Entschlafenen geschehen, wo die Todte erhöht, verklärt, sacrificirt werden soll, würde es ja thöricht erscheinen, wollte man auf deren Ungläubigkeit einen Proceß gründen! Indessen es ist recht gut von Euch, Graf La Torre, daß Ihr Euch beeilt, die Sache der Beatification bei der Curie zu betreiben; Ihr erledigt und beseitigt damit jene Scrupel. Auch zweifle ich nicht an der Geneigtheit des heiligen Vaters, auf Euer Gesuch einzugehen und die waldensische Maria zu beatificiren. Dinge dieser Art gehören zu seinen Liebhabereien. S. Heiligkeit Papst Benedict, der gelehrte Bologneſe, hat in ſeinen früheren Jahren, als Promotor Fidei, ſogar ein weitläufiges Werk geſchrieben über die bei Seligſprechungen üblichen Gebräuche. Von Alters her iſt die Curie noch von dem Anleben unter dem vorigen Papſte Eurem Hauſe eine Summe Geldes ſchuldig. Das wird dann in Eins abgemacht. Wird Eure Ehe nicht weiter angezweifelt, ſo iſt Euer Sohn Saverio ebenſo zweifellos Erbe Eures Hauſes; wo nicht, ſo dürft Ihr — als Genoß unſeres Ordens — unſeres Schutzes in jedwedem Falle ſicher ſein."

Es ſchien mir paſſend, auf dieſe Verſicherungen ein Wort des Dankes zu erwiedern; dieſer Dank mochte freilich etwas unbeholfen zum Ausdruck kommen, war ich doch wie betäubt und entſetzt über die Art, ganz profan geſchäftsmäßig über die heiligſten Dinge meines Lebens zu verhandeln.

„Noch Eins, Graf Giuſeppe della Torre!" ſagte der Generalvicar, als ich ſchon im Begriff war, mich zu verabſchieden. „Es ſchwebt auch noch in andrer Weiſe ein Damoklesſchwert ob Eurem Haupte! Ueber Eure eigene Rechtgläubigkeit iſt bei'm heiligen Amt Frage erhoben und Unterſuchung verlangt. Das Tribunal wird einen Spruch thun müſſen, — wahrſcheinlich blos um ebenfalls Gewiſſensſorgen zu beſchwichtigen! Seid alſo, bitt' ich, gewärtig, vom Conſultor der Inquiſition vorgefordert zu werden, und wär's auch nur zu einem bloßen Colloquium, der Form wegen. Aber ich würde doch wünſchen und rathen, vorſichtig und beſonnen zu ſein! Man ſieht in Euch, Graf Giuſeppe, den Genoſſen unſeres Ordens, und man könnte Euch um dieser Genossenschaft willen Angeln legen wollen."

„Ich werde der Wahrheit die Ehre geben, ohne den Orden zu beeinträchtigen," sagt' ich.

„Just in diesen Tagen", fuhr Lorenzo fort, „ist ein neuer Consultor der Inquisition ernannt."

„Ein Mann der Gesellschaft?" fragte ich.

„O nein, im Gegentheil, ein Franciscaner," lautete bitter die trockene Antwort.

Ich äußerte, der Meinung gewesen zu sein, als Sodale der Gesellschaft keiner anderen Gerichtsbarkeit als der des Ordens unterworfen werden zu können. Der Vicar entgegnete zur Erklärung, daß dieser Proceß gegen mich bereits anhängig gemacht sei, bevor ich meinen Entschluß, in den Orden zu treten, förmlich kundgethan, den Revers, den man mir geschickt, unterzeichnet und in die Liste der Sodalen eingetragen.

„Aber nur getrost!" wiederholte der Vicar, „die Gesellschaft wird Euch schützen. Seid Ihr selbst nur treu und auf Eurer Hut, und zögert nicht mit der Erklärung, uns ganz mit Allem, was Euer ist, anzugehören, falls sich Euch eine dringende Verlegenheit, eine drohende Entscheidung naht!"

„Mit Allem, was mein?" fragt' ich zerstreut und verlegen, „mit Hab und Gut, mit der Grafschaft La Torre?"

„Mit Allem, was Euer, gleichviel was es sei!" entgegnete Pater Lorenzo mit einem fast wegwerfenden Stolze. „Der ächte Sohn und Schüler Jesu nennt in der Welt nichts sein, will er dem Herrn wirklich folgen, ist und gilt draußen nichts,

Alles nur innerhalb der Gesellschaft. Für die Welt ist er todt, ein Leichnam; lebendig nur für die Zwecke des Ordens, der des Sodalen Sache zur seinigen macht, wenn Dieser sich mit seinem Wissen und Haben, seinem Wollen und Können zum Eigenthum der Gesellschaft erklärt."

Mit einer herablassenden Handbewegung ward ich entlassen. Ich eilte bestürzt von dannen. — Aus den Gängen und Hallen des Collegiums wehte mir ein schwühler Dunst entgegen. Männer hatte ich gesucht, die sich und ihr Alles der Menschheit und deren Wohlfahrt opfern, und fand Hierarchen, die umgekehrt die Menschheit und deren Heil ihrer eigenen Selbstsucht zum Opfer bringen! Eine Genossenschaft Edler sucht' ich und fand, daß ich in Rom vielleicht der Einzige war, der an dem Heil des Geschlechts, an der Errettung der Welt, an dem Werk des großen Baumeisters Hand anzulegen sich bereit fühlte.

Elftes Capitel.

Das Miserere der Christenheit und der Consultor der Inquisition.

Was mich am meisten bestürzt machte und bedrückte, war die Spannung, in welcher die Gesellschaft, der ich angehören sollte, mit dem obersten Bischof der Christenheit stand. Aus dem Munde des Generalvicars konnte ich entnehmen, daß der Orden beinahe des Papstes entbehren zu wollen schien, um neben ihm, wo nicht gar über ihm, eine selbständige Macht zu behaupten. Die Welt bedarf klarer Köpfe, edler Gemüther, die sich wohlwollend über die Sache der Menschheit einigen; dieser Zwiespalt unter den gesetzlichen Würdenträgern der Kirche stimmte mich tief herab.

Dieser ganzen Welt um mich her schien der Geist der Liebe und Eintracht abhanden gekommen zu sein. Wo sich Kraft und Selbstbewußtsein zeigte, da war es die Sucht nach äußerer Macht, die entweder ganz offen eine Gewaltherrschaft erstrebte, oder heimlich Minen anlegte, um das Leben der Menschen zu unterwühlen. Was sonst noch in die Räder dieser Maschine eingriff, schien mir Gedankenlosigkeit. —

Auf die Faschingszeit folgte in Rom die Reihe kirchlicher Feste. Sie erschienen mir wie ein glänzender Rahmen, dem das Bild, der eigentliche Inhalt, verloren ging. Im Zeitalter der christlichen Begeisterung kam ein Raffael und malte seine göttlichen Gestalten hinein, und die große Menge, die Gott nicht sieht, nahm diese erleuchteten Werke der Kunst für eine sinnbildliche Erscheinung des Allerhöchsten und Heiligen. Der Schein galt dann den Menschen für das Wesen, aber der Schein hatte vom Wesen einen Abglanz seiner Herrlichkeit. Jetzt hat dieser Schein seine Glorie eingebüßt, er ist nur ein Aushülfsmittel, denn dieses Zeitalter ist nüchtern geworden und doch nicht einfach, ehrlich und klar. Eine geheime Angst wandelte mich an in diesem Mittelpunkt der Christenheit. Ich hätte in den tiefsten Abgrund flüchten mögen, um die Qual dieser Entdeckung los zu werden. Entweder war ich ein unglücklicher Träumer, oder diese ganze Welt um mich her ein Schattenspiel. Die Gestalten bewegten sich noch wie Menschen, aber sie waren seelenlose Maschinen, und wenn sie die kalten Hände nach mir ausstreckten, fuhr ich entsetzt zurück.

Die heilige Woche war angebrochen. Alle Orden und Pilgerschaften waren auf den Beinen und durchzogen in endlosen Processionen mit dumpfem Gemurmel die Straßen der Stadt. Wo sie vorüberkamen, stürzten die Leute aus den Häusern hervor, knieten nieder, beteten rasch ihren Spruch ab und eilten zurück zu ihrem weltlichen Thun. Die Weiber und Buben folgten den Zügen; für sie schien die ganze Feierlichkeit ersonnen zu sein. Der Müßiggang ist hier sacrificirt, die Bettelei fast ein religiöses Geschäft geworden, und nachdem die Andacht zur Werkeltagsgewohnheit geworden, sucht man den schlaffen Sinn durch Prunk und Flitter anzufrischen. Auch die Coquetterie mischt ihr Spiel in die alten Gebräuche und treibt in heiligen Lumpen allerlei Kurzweil. Auf Eseln ziehen ganze Haufen angeblich bußfertiger Frauen und Mädchen, von Mönchen geführt, die Via Flaminia entlang, halten dann vor der Piazza del Popolo, werfen dort Schuh' und Strümpfe ab und treten baarfuß in die Kirche. Links und rechts machen Cavaliere Spalier, und aus den Palästen der Nepoten des verstorbenen Papstes schaut die elegante Welt, mit Operguckern bewaffnet, scherzend und witzelnd auf die Gruppen der bußfertigen Schönen herab. — Das alte heidnische Rom war in seiner Sinnlichkeit naiv. Das christliche Rom hat die natürliche Einfalt verloren, ist aber um deswillen nicht tugendhafter geworden. Auf den antiken Architraven steht noch zu lesen: Senatus Populusque Romanus. Aber dies S. P. Q. R. erklärt sich der Witz von heute ganz anders. Sancte Petre Quid Rides! ruft der freche Uebermuth des Pöbels.

Und der heilige Vater selbst? — Er schreibt zu viel und regiert zu wenig! lautete die Klage über ihn im Volke. Papst Benedict hat Akademien gestiftet, ließ einen Grad des Meridians messen, baute die Kirche San Marcellino nach seinem eigenen Grundriß und veranstaltete Uebersetzungen der besten französischen und englischen Bücher. Er ist ein Mann von französischer Bildung. Er hatte sich als Cardinal Lambertini zu Paris in den Bureaux d'Esprit der Dame Tencin gefallen. Es hatte für die Römer eine Zeit gegeben, wo sie ganz entzückt waren von Benedict's geistreichen Einfällen, die man sich Nachmittags im Garten des Quirinals bei'm Glase Kaffee erzählte. Diese Zeiten waren längst vorüber; die Römer nannten ihren Herrn den guten Alten, weil er fromm und einfach lebte; oder sie schalten ihn, mit Bezug auf seine Vaterstadt, „das gelehrte Bologna", weil seine Bücher so corpulent waren und einen Umfang hatten, wie die dicken massiven Häuser der grassa Bologna. Papst Benedict war aber ein Mann, der mitten in der Verlorenheit der römischen Welt als ein Muster seltener Tugenden des Geistes dastand. Er war fromm geworden, ohne deshalb aufgehört zu haben, duldsam und menschlich zu sein. Er sah in den guten Sitten die besten Wirkungen des Glaubens; seine Rechtschaffenheit war versöhnlicher und liebevoller Art. Unter seinem Regiment hatte das wüste Treiben des Nepotismus aufgehört. Aber sein Hofhalt war kärglich, und die Müßiggänger klagten über die schmahlen Zeiten. Er suchte Aufklärung zu verbreiten und das Mönchthum eiferte gegen ihn. Er war bemüht, der Verweltlichung der Kirche Schranken zu setzen, und der mächtige Orden der Schüler Loyola's arbeitete mit allen Kräften gegen ihn. Er gab strenge Gesetze gegen den Wucher und verfeindete sich die Reichen. Er verminderte die Zahl der Festtage, und das Volk murrte über die Schmählerungen seiner heiligen Spiele. Man hatte früher in Rom bei den Pferderennen den armen Thieren brennende Lunten angehängt, um sie wild zu machen, Juden in Säcken tanzen lassen, um den christlichen Pöbel zu amusiren; Benedict verbot das, und nun klagten diese Römer über Störung der Carnevalsfreuden. Diesem Volke thut vielleicht die starke Faust eines Sixtus noth: die sanfte Hand eines freundlichen, milden Greises, die nur Segen spenden will, richtet diese ausgeartete Welt nicht wieder in ihre natürlichen Fugen.

Am Aschermittwoch wird in der Sistina Allegri's Miserere aufgeführt. Ich bereitete mich dazu vor, wie zu einem hohen Festtage, dem man nur mit innerer Sammlung entgegengeht. Allegri's Musik, wie man mir sagte, gehört zu den geheimen Schätzen der Kirche; man bewahrt sie mit einer neidischen Sorgfalt. Seltsame Mährchen sind darüber in Umlauf. Es heißt, diese Musik zum Miserere sei immer noch die alte und werde doch alljährig erneuet; immer sei sie für die Sänger eine neue Offenbarung und wachse ihnen unter den Händen unerschöpflich fort. Aechte gottgeweihte Kunst aus alter Zeit ist also, wenigstens in der Musik, doch wohl noch eine Brücke, auf der man über dieses Zeitalter hinweg in ein Allerheiliges dringt? Alle Kunst versetzt uns auf Augenblicke in eine Vorhalle zum Himmel, aber sie vermag nicht mehr den ganzen Menschen zu durchdringen; sie ist nicht mehr mächtig genug, den ganzen Schauplatz der Welt zu erleuchten.

Ich hätte gern ungesehen, ungestört Allegri's Miserere auf mich wirken lassen; allein der schmahle Raum der Sistina gestattet nur wenigen Auserwählten den Zutritt; deshalb entzog ich mich nicht der Einladung des Generalvicars, seine Loge zu besuchen. Es war drei Uhr Nachmittags, als ich, vom Strom der Volksmenge getragen, über den Platz zum Vatican schritt. Vor dem Eingange ward das Gedränge stärker, die riesigen Schweizer, mit Spontons bewaffnet, hatten Mühe, den Einlaß zu ordnen. Endlich stand ich mitten im Raume der Kapelle. Im Presbyterium, durch die marmorne Ballustrade geschieden, saßen längs der Mauer auf erhöhten Polstern die greisen Cardinäle. Ihr Gefolge, die Caudatarien, lauter blühende Schwarzköpfe, ein sorgfältig gewählter Gegensatz zu den silberhaarigen Vätern der Kirche, kauerte zu ihren Füßen und legte die langen Schleppen der Abiti Pavonazzi, die reichen Falten der violetten Gewänder, zurecht. Der Thron zur Rechten des Hochaltars war für das Haupt der Christenheit bestimmt; ihm gegenüber die kastenartige Loge der Sänger und Spieler; ein hohes Gitter trennt die Celebranten von den Bänken der Auserlesenen, die gewürdigt werden, als Gäste der Feier beizuwohnen. Die fünfzehn Kerzen auf jedem fünfzehnarmigen Leuchter brannten schon auf dem Altar, als der heilige Vater durch die Hauptthür eintrat und sich niederließ. Dieser Glanz ist im Stande, in eine andere Welt zu versetzen; aber es ist nicht die Vorhalle des Himmels, in die man sich durch so viel stolzen Prunk entrückt fühlt. Wildfremd erschien mir diese andere Welt und es dünkte mich, China habe sein ganzes Hofceremoniell entfaltet, als die Begleiter der Prälaten, den Mandarinen gleich, mit ihren Pfauenwedeln sich links und rechts geschäftig machten. Michelangelo's jüngstes Gerücht, viel geschwärzt und gedunkelt, sieht ernst und strafend herab auf die bunte Weltlichkeit der heutigen Kirche.

Ein allgemeines Schweigen verkündete den Beginn der Feier. Psalmen ertönten vom Chor; in jeder Pause murmelte der Klerus sein Gebet; nach jedem Gesang erlosch eine der Kerzen. Mit dem Erlöschen der letzten begann Allegri's Kyrie. Papst und Cardinäle lagen in der Dunkelheit auf den Knieen.

Langsam, einfach, schwer und ernst begann die Musik ihre großen Tonmassen zu entfalten. Es war, als wenn das rauschende Meer die Nähe des Allerhöchsten verkündete und plötzlich Gott Zebaoth selber aus der Tiefe stiege, um auf dem dunkeln Mantel seiner Wolken über die Welt Gericht zu halten. Mich überkam der ganze strenge Ernst des alten Testamentes. Hat Allegri in seinen Tönen über die eitle Pracht der Menschheit eine schwere Anklage erheben wollen? Dann mochte die gesammte Welt nur rufen: Herr! Herr! mein Herz ist jämmerlich vor Elend und ich liege in der Finsterniß vor Dir! — Die Wogen der Musik wälzten sich immer höher heran und in der bangen Schwühle fühlt' ich meine eigene Seele ächzen und zittern. Die Erde schien mir vernichtet vor dem Zorn des Himmels und die Töne predigten mir Salomo's Worte: Herr, Herr, Dein Grimm kommt über mich und Deine Schrecken drücken mich zu Boden. Meine Seele ist voll Jammer und unser Aller Leben nahe bei der Höllen. Mein Heiland, ich rufe zu Dir, willst Du nicht die Gräber öffnen und die Todten auferwecken? Denn die Lebenden sind voll eitlen Truges, der Tag ist zur Lüge geworden und die Wahrheit ruht in der

Nacht des Grabes. Du selbst, Herr, bist uns gestorben; willst Du uns nicht wieder auferstehen? Dein Geist ist uns abhandengekommen und wir sind Alle in der Irre. Wirst Du nicht wieder kommen und unter uns wandeln? — Mir war als müßten alle Thränen der Menschheit dem himmlischen Vater dargebracht werden!

Die Töne sprachen das nicht, die Worte der Bibel sagen das nicht ganz so, wie ich es fühlte; aber es waren schmerzlich wahre Gedanken, die Allegri's Miserere in mir aufrief. Wie die Musik verstummte, erhob sich der Papst mit der gesammten Klerisei. Die Kerzen brannten wieder, die Cardinäle schüttelten ihre prunkenden Kleider, die Schleppenträger legten die Falten zurecht. Die auserlesenen Vertreter der Christenheit erhoben wieder stolz ihr Haupt und schaarten sich zu neuem Gepränge. Der Stellvertreter Christi trat seinen Rückzug an; die Schweizer mit den kolossalen Flammbergen zogen vor ihm her, die seidenen Kämmerlinge mit den Fliegenwedeln fächelten rechts und links. Die Christenheit hatte auf einen Augenblick Buße gethan und in dieser Buße vielleicht nur neue Kraft geschöpft für eitele Weltlichkeit. Christus scheint nur in die Welt gekommen zu sein, um wieder zu verschwinden. Ach, ich fürchte, er ist uns eine bloße Erscheinung gewesen, wenn er nicht im Thun der Menschen fortlebt. —

Am andern Morgen machte ich dem Consultor der Inquisition meinen Besuch. Ich hatte schriftlich bei ihm um die Erlaubniß dazu gebeten; es schien mir heilsam, ihm zuvorzukommen, nicht erst die Vorladung vom heiligen Amt zu erwarten. Der Franciscaner, der seit kurzem diesen wichtigen Posten bekleidet, ist ein bevorzugter Freund des heiligen Vaters. Papst Benedict hatte, indem er diesen Minoriten zum Consultor ernannte, der Welt damit andeuten wollen, daß er weder die Härte der Dominicaner, noch die Casuistik der Jesuiten in der Kirche gelten lassen wolle. Lorenzo Giovanantonio Ganganelli — dies der volle Familienname des Mannes, — war mir als ein seltener Geist, fast als ein Sonderling bezeichnet. Schon mit seinem achtzehnten Jahre — er stand jetzt in der Blüthe des Mannesalters — war er in den Franciscanerorden getreten, hatte Theologie und Philosophie mit demselben Eifer studiert, mit welchem er sie jetzt in den Hörsälen der Propaganda lehrte. Er war eine mäßig gewachsene, feine und saubere Gestalt, mit dem entschiedenen Anstrich des Gelehrten, jedoch ohne die unbehülfliche Pedanterie, die seinen Genossen mitunter anhaftet. Man nannte ihn in ganz Rom nur den braunen Professor.

Ganganelli wohnte in einem Seitengäßchen, das mit seinem Gerüll alter baufälliger Häuser an ein Nebengebäude des Vatican stieß. Ein Diener führte mich sofort durch mehrere saubere, einfache Zimmer in den Büchersaal. Ein kleines Cabinet daneben stand offen; dies war der Raum, wo der merkwürdige Mann seine Buchdruckerei hatte. Der braune Professor liebte diese Kunst; sie füllte seine Nebenstunden. Das ist die einzig wahre „schwarze Kunst“, soll er gesagt haben, und diese schwarze Kunst ist kein Werk des bösen, sondern des guten Geistes!

Ganganelli stand in der kleinen durchschwärzten Kammer mit abgeworfenem Oberkleide am Fenster vor dem Setzkasten. Ein Blatt Papier war vor ihm aufgesteckt, auf welchem er emsig, mit dem Brillenglase bewaffnet, Buchstaben für Buchstaben mit den Augen verfolgte, während die geschickte Hand, in dem Alphabetkasten hin und her greifend, die nöthige Letter rasch und sicher herausfand.

Er hatte meinen Gruß unerwiedert gelassen; ich blieb auf der Schwelle stehen. In der Mitte des Zimmers regierte ein berußter Diener den Preßbengel. Diesen brachte jetzt der Meister selbst in Thätigkeit, und die gesetzten, eingeschienten und mit Schwärze bestrichenen Lettern standen alsbald fertig da auf dem Papier. Es war Deutsch, mit gothischen Buchstaben gedruckt. Der Professor bot mir jetzt freundlich einen guten Morgen und reichte mir, zufrieden mit seinem Werk, ein Blatt. Es waren zwei deutsche Verse mit ungeschickten, langgestreckten, eckigen Gliedern. Ich las die sibyllinischen Worte:

„Ist Christus tausendmal in Bethlehem geboren,
„Und nicht in dir, so bleibst du ewig doch verloren!"

O, mein Gott! dacht' ich, trifft uns das nicht Alle, Rom zumal? Rom läßt den Herrn geboren werden und sterben, Niemand aber stirbt mit ihm, und also steht Niemand mit ihm wieder auf. Es hält Keiner mehr Einkehr in sich selbst, die innere Stimme ist verstummt, es ist Alles hergebrachtes Außending geworden, und die Geheimnisse der Religion pflanzen sich fort wie ein altes gewohntes Mährchen, das die Amme zur Beschwichtigung den Kindern weiter erzählt!

Der Professor hatte seinen Anzug geordnet, während die Diener die Geräthschaften beseitigten. „Behaltet das Blatt!" sagte er, als ich noch immer mein Auge auf die zwei Zeilen heftete. „Diese Verse sind von einem deutschen Poeten Johann Scheffler, Angelus Silesius zubenannt, einem Manne aus eben dem Schlesien, das jetzt der Borussenkönig dem alten Hause Oesterreich entrissen hat. Sonst zogen in Germanien die Völker ihres Glaubens wegen den Harnisch an; jetzt lassen sie sich nur um politischer, ehrgeiziger Zwecke willen zur Schlachtbank führen. Ich weiß nicht, was schlimmer ist. Der Poet Silesius lebte zur Zeit des großen dreißigjährigen Glaubenskampfes; er war ein lutherischer Christ gewesen und trat zur Mutterkirche zurück."

„Also kann man", sagte ich, „römisch-katholischer Christ sein und sich zu der Wahrheit dieser Verse bekennen?"

Der Consultor der Inquisition sah mich forschend an. Ich weiß nicht: durchschnitt mein Wort allzu gewaltsam den Zusammenhang seiner Gedanken?

„Wir brauchen", sagte er, „die Richtigkeit des Sinnes, der in diesem Verse liegt, nicht abzuleugnen. Bei dem äußerlichen Thun der Frömmigkeit setzen wir ja die Erhebung des Gemüthes voraus, oder suchen sie durch Symbole und äußerliche Uebung zu erwecken. Der Streitpunkt der Kirche mit dem lutherischen Christenthum liegt nicht auf diesem Boden, vielmehr in der Frage, wie man sich mit Gott versöhnen könne, ob lediglich durch den Glauben, wie weiland der Augustiner Bruder behauptete, oder auch durch gute Werke. Und mich dünkt, die

Billigkeit liegt auf unserer Seite, denn auch das gute Werk, das ich in frommer Absicht thue, muß Gott wohlgefällig sein. Will man das Heil blos in der Feststellung der Lehre suchen, so werden wir den Kathederstreit nie los, und es ist schlimm, wenn das Christenthum eine bloße Beute der zänkischen Gelehrten wird. Den Völkern kann man Vieles einräumen, denn Vieles in der Religion ist ja Usus geworden, nationale Sitte und Gewohnheit."

Wir waren in den Büchersaal getreten. Ganganelli suchte einen Band aus der Reihe der Folianten hervor und schlug ihn mir auf. „Ich wünsche," sagte er, „Ihr läset vom deutschen Philosophen Leibnitz diese lateinische Schrift, worin er, neben manchen zufälligen Irrthümern, denn doch für die Transsubstantiation einen Beweis liefert, der — salva venia! — einer Apologie der römischen Lehre sehr nahe kommt. Und dieser deutsche Philosoph war Protestant gewesen und geblieben. Zu seiner Zeit war die große Arbeit einer Annäherung, Versöhnung und Ausgleichung der getrennten Gemeinden Christi sehr schön im Gange. Es war um's Jahr 1660, als Johann Philipp von Schönborn, Kurfürst von Mainz, unter Beistimmung Derer von Cöln, Trier und der Pfalz zwischen katholischen und protestantischen Deutschen den Plan einer Vereinigung entwarf und betrieb. Man wollte diesen katholischen Reformern im Norden die Messe in deutscher Sprache und die Priesterehe gestatten."

„Arbeitet man jenseits der Alpen uns wirklich in die Hände?" fragte ich.

„Denkende Männer aller Secten und Bekenntnisse“, sagte der Professor, „versammeln und vereinigen sich dort in stillen Logen. Es lebt in diesem nordischen Volke ein sehr tiefer, wunderbarer Drang nach den Geheimnissen des Lebens. Bei uns in Italien ist die Religion häufig nur eine Sache des Nationalstolzes. In Frankreich erliegt sie der Eitelkeit des frechen Witzes, bei den Germanen ist sie noch eine Sehnsucht nach dem Ewigen. Ich habe in der Geschichte und in den Büchern dieser Deutschen geforscht, und bin erstaunt, zu sehen, wie allezeit eine tiefe Inbrunst und Liebe in ihnen lebendig war, wie sie immer einem großen Ideale nachrangen, selbst auf die Gefahr hin, darüber ihr irdisches Wohl zu verlieren. Wenn jemals der Gedanke einer allgemeinen Kirche Christi in der Menschheit wieder zu verwirklichen ist, so haben diese Söhne des Nordens den Beruf, ihn auszuführen. Freilich sind sie es gewesen, bei denen sich die Begeisterung für das Höchste auch am stärksten in ihr Gegentheil verkehrte und der Hang zur Forschung von Grund aus die Tiefen des Lebens heillos durchwühlte. Immer aber waren sie es, bei denen das Feuer der Religion, wo es nicht mehr als leuchtende Säule voranwandelte, doch unter der Asche fortglühte, da der Glaube bei ihnen auf dem Rost der Untersuchung seine Probe besteht. Und hat nicht selbst jener Martin Luther, der ein Weib nahm und das Menschliche im Menschen heiligte, an das Wunder der Wandelung geglaubt? Sprach er nicht das Wort: dieses ist der Leib des Herrn! Mich dünkt, diese Kraft der Forschung, die den deutschen Denkern eigen ist, müsse sich immer wieder zum Mittelpunkt der Wahrheit zurückfinden. Eine neue Kirche hat jener Luther weder stiften wollen noch können. Daß sich die Anhänger der gereinigten Lehre zu einer geschlossenen Secte zusammenthaten, die ohnedies wieder vielfach in sich zerbröckelte, geschah wohl nur aus Noth und im Drange des Augenblicks. Dieser Augustiner Bruder hat zu seiner Zeit das dumpfe Gewölbe des alten Kirchengebäudes stark gelüftet. Er hat die Scheinheiligen und die Wucherer mit der Knute seiner Rede aus dem Tempel gegeißelt, er war der große Stallfeger Christi auf Erden und seine Herkulesarbeit muß der katholischen Welt noch zu Gute kommen. Wenn der erste Nothbehelf vorüber ist, werden wir uns mit seinen Anhängern verständigen können."

Wir hatten uns im traulichen Studierzimmer gemächlich niedergelassen; ich saß und lauschte auf des weisen Mannes Rede, während ich die Blätter des Buches, das er mir gereicht, durch die Finger gleiten ließ. Er fuhr fort: „In diesem Leibnitz, der an norddeutschen Höfen Prinzen und Grafen, Cavalieren und Damen seine Weisheit lehrte: welch' ein schöner Drang, die zerspaltene Welt wieder zum Bewußtsein der Eintracht zu bringen! Welch' ein Reich voll Glück in seinem Gottesstaate, welch' ein schöner Glaube an die von Ewigkeit gesetzte Harmonie zwischen Gott und Natur, Seele und Leib! Hier wird nichts geknechtet, um gewaltsam den Frieden zu erzwingen. Hier hat das Spiel der natürlichen Begierden seine Freiheit und der Geist fügt und schmiegt sich an seinen Körper, um eine beseelte Welt hervorzurufen. Welch' ein Triumph, wenn Glaube und Vernunft sich wieder als gleichberechtigte

Geschwister kennen lernten und liebten! Ich habe solche Bestrebungen deutscher Denker immer nur mit Ehrfurcht und Rührung betrachten können. Und ein ganzes Volk in solcher Arbeit zu finden, welch' ein Schauspiel, dacht' ich mir, muß das sein! Seitdem ich das erkannt, hat mich immer eine Sehnsucht erfaßt nach dem Lande jenseits der Alpen. Freilich kamen mir dann auch oft genug sehr burleske Subjecte vor, wie der deutsche Bruder, den ich herbestellt habe, um Euch, Herr Graf, in der Gallerie der Propaganda Führer und Erklärer zu sein. Solche Pflanzen, scheint es, sind im Lande der Germanen auch national."

Bevor er dies sagte, war ein Diener eingetreten und hatte ihm von der Ankunft des Pater Broccardo Meldung gemacht. Wie die Glocke an der Uhr des Vatican schlug, brach der gelehrte Mann unser Gespräch ab, rief den Diener zurück und ließ seinen Anzug sauber ordnen. „Seine Heiligkeit erwartet mich," sagte er, „und ich thue Euch noch heute zu wissen, wann Ihr Audienz haben sollt."

Dieser Mann mit dem vorurtheilsfreien Geist war zugleich ein Mann der Ordnung und Pünktlichkeit. In seinem Hausrath schien Alles systematisch zu sein, und so sah er auch auf Form und Etiquette, als ihn die gewohnte Conferenz in den Vatican rief, ob er schon nicht nöthig hatte, vor dem Oberhaupt der Kirche, das ihn Freund und lieber Bruder nannte, in absonderlichem Feierkleide zu erscheinen. —

Später hab' ich in deutschen Landen von dem Gerüchte gehört, nach welchem Ganganelli von deutscher Geburt gewesen sein sollte. Er habe, hieß es in Deutschland, ursprünglich Johann Gottfried Lange geheißen, sei zu Lauban im schlesischen Lande geboren, in Breslau Buchdrucker gewesen, dann nach Italien gegangen, dort verschollen, und mit wälschem Namen als Professor in einem Minoritenkloster wieder aufgetreten. Ich konnte mir nach den persönlichen Eigenschaften des seltnen Mannes die Entstehung dieses Gerüchtes wohl erklären, aber es doch zugleich als falsch nachweisen. Papst Benedict's Freund war der Sohn eines Arztes Ganganelli aus der Gegend von Rimini. Lieber Sohn eines Arztes! soll der heilige Vater einmal zu ihm gesagt haben, ich wollte, Du wärest selber ein Medicus zur Reform der Kirche und wüßtest gründlich die Schäden im geistlichen Regiment zu heilen; dann brauchten wir die Schüler Loyola's nicht! — Ein ander Mal freilich schalt ihn Papst Benedict einen Quacksalber, der nur oberflächliche Schutzmittel vorschlug.

Zwölftes Capitel.

Der Saal der deutschen Proselyten.

Im Vorzimmer harrte meiner der bereits angekündigte Pater Broccardo, — Burkhart, wie sein heimischer Name lautete. „Unser germanischer Bruder, kürzlich aus Westindien zurückgekehrt!" hatte der braune Professor ihn mir mit einem Gemisch von Schalkheit und Gemüthlichkeit vorgestellt.

Eine untersetzte, breitschultrige Gestalt bot sich in ihrer ganzen behaglichen Fülle dar. Die Beschwerden der Reise, die Strapazen des Missionslebens schienen den Mann nicht angefochten zu haben. Arbeit und Seelsorge um verirrte Schafe der Heerde hatten sein leibliches Wohl nichts weniger als beeinträchtigt. In den kleinen Augen kündigte sich eine listige Verschmitztheit an; die aufgeworfenen Lippen deuteten auf keinen Idealisten. Bei alledem sprach sich in dem runden, vollwangigen Gesicht eine gutmüthige Offenheit der Seele und so viel Biederkeit des Herzens aus, daß man den Glauben an Arg in ihm gern fahren ließ. Er nannte mich Frater Collega und schüttelte mir wacker die Hand, wie ich ihm namhaft gemacht wurde. Das mangelhafte Italienisch, das er sprach, vertauschte er bald mit einem schlechten Küchenlatein, bald mit einem fabelhaften Französisch oder mit dem Kauderwälsch nordischer Barbarei. Er war überall zu Hause gewesen, schien fast von allen Zonen der Erde einen Fetzen an sich gebracht und mit seiner vegetabilen Natur vereinbart zu haben. Er trug das Kleid der Gesellschaft, der ich selber angehörte, machte mir jedoch weit eher den Eindruck eines jovialen Bettelmönchs. Es war der erste deutsche Mann, der mir im Leben begegnete, und ich bekam allerdings durch ihn von den vielfach verzweigten Völkerstämmen germanischer Nation nur einen sehr einseitigen Begriff. Pater Burkhart's engere Heimath war der Schwabenwinkel, wie man in Deutschland den Gau bezeichnet, der geistig und physisch soviel Tapferkeit und Kernkraft erzeugt. Vom braunen Professor, der uns an der Thür des Hauses verlassen hatte, war mir Pater Broccardo in den Annalen der Propaganda, namentlich in der Geschichte der deutschen Proselyten als besonders bewandert angekündigt. In dem Palast der Congregation des Glaubens war eine Gallerie von Bildnissen der vornehmsten Männer und Frauen, welche die Kirche im Laufe der Jahrhunderte seit der großen Religionsspaltung wiedergewonnen. Es ist üblich und scheint auch vortheilhaft, daß in jeder Abtheilung der Gallerie ein Landsmann Führer ist.

Wir waren im Palast der Propaganda angelangt und schritten durch die hochgewölbten Räume des Hauses, durch weite Hallen und schmahle Gänge; wir standen endlich vor der Sala intima, in welcher die Mutterkirche die verlorenen, aber wiedergefundenen Schafe ihrer Heerde in Bildnissen aufbewahrt. Pater Burkhart machte unter den deutschen Proselyten den Cicerone. Der Foliant, den er unter dem Arme trug, enthielt Register sammt Bekehrungsgeschichte jedes Einzelnen; in der andern Hand führte er einen römischen Staatskalender mit sich. Der Custode, der uns durch die Vorsäle geleitete, erschien sich bei der Belesenheit und Beredsamkeit des deutschen Bruders bald als überflüssig und entfernte sich.

Die Sala intima bestand nach ihrer damaligen Einrichtung aus einer Reihenfolge von Zimmern, in denen die Bildnisse nach der Jahresfolge geordnet waren. Im ersten Gemach, getrennt von den übrigen, als nicht ganz zugehörig zur Reihe der germanischen Fürsten, hing das Portrait jener schwedischen Christine, die freilich mit ihrem angebornen Glauben auch die ererbte Krone niederlegte und als planlose Abenteurerin in der Welt umherschweifte, ohne der Kirche großen Gewinn zu bringen. Wer sich von der Religion seines Volkes trennt, sagt sich auch von dessen Sitten und Gewohnheiten los, zieht sich den Boden unter den Füßen fort. Mit seinem Volke übergehen, mit Tausenden zusammen einem neuen Glauben huldigen, zu dem ein Zeitalter herangereift, das dünkt mich groß und göttlich. — Aus Christinens Zügen spricht mehr launenhafte Grille als jener Tiefsinn des Herzens, der den Glanz der Welt abthut, um in der Stille seinen Gott zu suchen.

„Seltsames Schicksal!" sagte Pater Burkhart, „die Tochter des großen Schneekönigs, der die deutschen Ketzer im Kriege wider die heilige Kirche unterstützte, mußte zu Kreuze kriechen und zur römischen Fahne schwören! Seit jenem dreißigjährigen Bruderkriege geht's in deutschen Landen recht confuse, sage: confuse her. In meinen jungen Tagen — ich war schon als hoffnungsvoller Jüngling nach Rom gekommen — sollte ich auf Commando nach China gehen. Ich freute mich auf China, versprach mir daselbst Wunderdinge, und wie ein Frater Collega mich verdrängte, statt meiner die Fahrt nach dem Lande der leibhaften Mährchen machte, hätt' ich schier vor Neid bersten mögen. Ich wurde dafür nach Cöln am Rhein, nach Franken zu einem kleinen Dynasten, der auf Belle Promesse residirt, und nach Dresden, dem deutschen Florenz an der Elbe, beordert. Wie ich nach langen Jahren im Collegium zu Rom mit dem chinesischen Frater Collega wieder zusammentraf, und wir unsere Erlebnisse austauschten, war ich es schier, der mehr Raupen im Kopfe hatte, mehr Sagen, Fabeln und Mährchen von unsern Expeditionen zu erzählen wußte. Was Der in China erfahren, war nur halb so schnurrig. Verwandtschaftliches fand sich freilich zwischen beiden Ländern. In China beten die Menschen zum Confutse. In Deutschland haben sie einen gewissen mystischen Gott, den sie Confuse nennen, es geht dort, wie ich sage, confuse her. Bei dem jetzigen Kriege zwischen deutschem Norden und Süden ist wenig Religion im Spiele. Der König der Borussen — hier unser Staatskalender nennt ihn einen Marchese von Brandenburg — führte zwar gegen Kaiser und Reich einen verteufelten Krieg und ist, so zu sagen und mit Respect zu melden, der eingefleischte Teufel elber, ab er es kam ihm blos auf ein Stück Land an, das sie ihm denn auch schon in zwei Friedenstractaten zugesprochen haben. Er traut freilich dem Frieden nicht und so wird denn wohl die Katzbalgerei bald wieder losgehen. Mit diesem preußischen Fritzen ist nicht gut spaßen. Und in den trüben, von oben naßkalten, von unten aber sehr trockenen Ländern dieses brandenburgischen Marchese ist überhaupt nicht viel zu brudern. Wenn der letzte, in Gott ruhende heilige Vater ein Bisthum von Havelberg an seinen jüngsten Neffen vergeben hatte, so war das nicht so viel werth, als wenn ich Einem sechs Dreier schenke, und zwar in einem Lande, wo der Dreier nichts gilt!"

Wir standen, während der Alte schwätzte, in einem prachtvollen Saale, wo in ziemlich dicht gedrängten Reihen die Bildnisse der deutschen Convertiten des siebzehnten Jahrhunderts beisammen waren. Auch ein Markgraf von Brandenburg, Christian Wilhelm, aus noch älterer Zeit, fand sich unter ihnen; dicht neben ihm Johann Friedrich, ein Herzog von Braunschweig-Lüneburg; ein Wolfgang Wilhelm von der Pfalz aus der Linie Neuburg, ein Christian Ludwig von Mecklenburg-Schwerin; einige Fürsten aus dem Hause Hohenlohe-Schillingsfürst.

„Haltet einmal stille, werther Frater Collega!" sagte der deutsche Bruder, auf ein goldberahmtes Bild deutend, über welchem mit einem Trauerflor ein schwarzes Tuch hing. „Hinter diesem Vorhang steckt der deutsche Reichsgraf Justus Erich, gefürsteter Herr zu Schwarzenfels rc., auch einer von der alta fiamma, ein gewaltiger Nimrod — aber nicht vor dem Herrn! — haut und beißt um sich, speit Feuer und Flammen, wenn er was aus Rom wittert! Kann's Katholische sozusagen nicht riechen. War früher der Alchymistik ergeben, hatte seine Liebhaberei daran, das aurum potabile, das trinkbare Gold, im Schmelztiegel auszufinden. Ich ward zu ihm geschickt und mischte ihm zu Belle Promesse das Pulver. Wie ich ihm die Tiegel verwechsele und das rothe Gold von Augsburg einkoche, will mich der Gestrenge fast erwürgen und wirft mich, um Gnade für Recht ergehen zu lassen, leibhaft und eigenhändig die Treppe hinunter. Ich eigenfüßig auf und davon, froh, nicht per Staupbesen zum Ländchen hinaus gebracht zu sein. Hatte die besten Empfehlungsbriefe und Geleitscheine vom Cardinal Rezzonico, dem Vorstande der Propaganda; aber 's hilft nichts, Der duldet keine römische Seele in seinem Territorium. Glücklicher Weise ist selbiges nicht gar groß: man ist als gut Römischer alsbald über die Bamberger Grenze und hat's desto besser dort bei den vollen Fleischtöpfen Aegyptens; denn beim Reichsgrafen geht's, obwohl mit Anstand, sehr pauvre her und die sieben magern Kühe Pharaonis stehen in seinem Stall Zeitlebens auf Wartegeld!"

„Wie kommt ein protestantischer Reichsfürst in diese Gallerie?" fragte ich den Redseligen.

„Aus purem Versehen," entgegnete Pater Broccardo; „es hat nämlich besagte Erlaucht, Reichsgraf Justus Erich, als blutjunger Mensch auch seine romantische Epoche gehabt. Es waren nur kurze Silberblicke im frostigen Leben dieses Nobucodonosor, der sein germanisches Herz an die Tochter eines gutrömischen Hauses verlor, der Propaganda schon sein Bildniß schenken ließ, bald aber wieder nüchtern wurde."

Ich blickte, wie der Pater den Vorhang zurückschlug, in ein hohes, ehrlich festes Antlitz mit gothisch gewölbten Brauen; ein gewisser Fanatismus der Bravheit sprach sich in diesen Zügen des deutschen Reichsgrafen aus. Wir gingen dann auf andere Proselytenbilder über.

„Hier habt Ihr", sagte Burkhart, „den sächsischen Friedrich August, der im österreichischen Baden übertrat. Wir sind nicht immer so glücklich, einem Bekehrten auch eine Krone in Aussicht zu stellen, wie Diesem, den nach der polnischen Krone gelüstete. — Hier seht Ihr einige Königskronen und Herzogshüte in partibus infidelium."

Alle diese Fürsten und Herren waren in vollem Kostüm und mit den Insignien aller ihrer Würden dargestellt. Ueber manchem hing, ich weiß nicht, ob als sein guter Engel oder als sein böser Dämon, das Bild Dessen, der die Seele des Neubekehrten zu gewinnen gewußt. Auf den Landgrafen Ernst von Hessen-Kassel sah stolz und drohend der Capuziner Valerius Magnus hernieder. Ueber einem schwarz verhüllten Rahmen lächelte frohlockend der Jesuit Schmelzer.

„Dieser Schmelzer schmolz Euch alle Metalle in Gold um," sagte Broccardo, „er machte das härteste Eisen weich. Bei alledem steht er hier über einem treulosen Neophyten, der bald auch wieder linksum machte. Was läßt sich da thun? Wir hängen einen Trauerflor um den zum zweiten Mal Verlorenen!"

Einen Herzog Christian Ulrich von Würtemberg-Oels, der nach der Angabe des Katalogs im Jahre 1723 bei seinem Aufenthalte in Rom übergetreten war, führte der Cardinal von

Salerno an der Hand; ein Prinz Friedrich von der Pfalz erschien an der Seite des Pater Seedorf. — „Ist ganz frisch gewonnen," sagte Burkhart vertraulich, „seht nur nach der Jahreszahl: 1746."

Mit Friedrich August und der Jahreszahl 1697 war die Reihe der Bekehrten des siebzehnten Jahrhunderts geschlossen und wir standen schon unter der dritten Abtheilung, unter den Proselyten des achtzehnten Jahrhunderts. Ein Herzog Anton Ulrich von Braunschweig eröffnete hier mit dem Jahre 1710 den Reigen. Außer dem Herzoge von Würtemberg-Oels trafen wir auch noch einen zweiten Würtemberger, Karl Alexander, der als regierender Fürst von Würtemberg-Stuttgart im Verzeichniß stand; er war 1712 in Venedig als Prinz übergetreten. In seinem unglücklich brütenden Auge lag ein Tiefsinn, der vom verworrenen Gewühl des Lebens befangen, keinen andern Ausgang finden zu können schien.

„Einige von den gemüthlichen germanischen Fürsten", sagte Burkhart, „treiben Musik, Alchymie und Phantasterei aller Art. Wer in diese Gebiete auch nur mit einem Fuße tritt, den haben wir schon ziemlich sicher und halten ihn am Rockschoß fest! Die Holsteiner und die Hessen suchen in der Regel nach dem Stein der Weisen. Man muß die Leute gewähren lassen und ihnen nachher, wenn sie in klägliche Verwirrung gerathen, begreiflich machen, wo der ächte Stein der Weisen zu finden ist. Die Holsteiner sind herrliche Kerle, starke, steife Knochen und doch mitunter biegsame Herzen. Hier habt Ihr gleich ein Paar von diesen wehmüthigen Barbaren aus dem hohen Norden.

Die Hessen geben blind drein; sie heißen ja auch die blinden Hessen; Hessen-Kassel, Hessen-Darmstadt, Hessen-Rheinfels, fast alle Hessen sind unser. Kur-Pfalz ist unser, Kur-Sachsen ist unser, Alles wird unser sein!"

Burkhart riß Augen und Mund so weit auf, als wollte er die gesammten deutschen Länder verschlingen. — „Sachsen macht uns viel Freude, aber auch viel Sorgen!" fuhr er fort. „Freilich ist das Land der Heerd des großen lutherischen Ketzerthums: allein ich lobe mir bei alledem die Sachsen, es sind gewandte, graziöse, fügsame, nette Leute. Im vorigen Saale habt Ihr Christian August von Sachsen-Zeitz gesehen. Er war ein nachgeborener junger Prinz aus einer Nebenlinie. Als er 1689 übertrat, versprach er dem Papste ganz Sachsen, stieg in Gnaden, ward endlich Cardinal und hatte als kaiserlicher Commissär seinen Sitz in Regensburg. Mit Hülfe des obgedachten Pater Schmelzer ging er auch daran, seinen Bruder Moritz Wilhelm zu bekehren, und siehe, es gelang. Dieser trat mit seiner Gemahlin, einer brandenburgischen Prinzessin Marie Amalie zu uns über und communicirte römisch am Hofe seines Vetters zu Dresden. Es geschah selbiges, wie der Katalogus vermeldet, im Jahre 1717. Allein schon im nächsten Jahre bekam er mit seiner brandenburgischen Frau Gewissensbisse. Sie ließen den Professor Franke aus Halle kommen und dieser neidische Bösewicht entzog uns das Ehepaar sammt Kindern und Kindeskindern, nebst Herzogshut und allem Zubehör. Darum habt Ihr den schwarzen Schleier über dem Bilde gesehen, das unter Pater Schmelzer hängt. Auch ein Prinz von

Holstein-Sonderburg, Ernst August hieß er, ist nur drei Jahre lang unser Freund gewesen. — Hier seht Ihr den zweiten sächsischen König von Polen, in Sachsen hieß er Friedrich August der Zweite, in Polen August der Dritte. Er ist hier als junger Mensch, als Kurprinz dargestellt; auf dem Rahmen des Bildes leset Ihr die Jahreszahl 1712—1717. Die Bekehrung war also langwierig gewesen. Sein königlicher Vater war nämlich nur für seine Person übergetreten, die Damen seines Hauses waren protestantisch geblieben, und die königliche Mutter hütete den jungen Prinzen wie ihren Augapfel. Da mußte man denn freilich auf Umwegen zum Ziele kommen. Man mußte erst den Hofmeister des Prinzen gewinnen und dem jungen hoffnungsvollen Fürsten, als er auf Reisen ging, um die Welt zu sehen, einen geschickten Secretär zugesellen. Das war glorreichen Angedenkens der Pater Kopper, der verkleidet im Gefolge des Prinzen war und sich Weddernoy nannte. Dieser Weddernoy las dem neugewonnenen Hofmeister schon immer heimlich die Messe. Die sorgsame Frau Mutter des Prinzen bekam Wind davon und schrieb dem Sohne, er solle sich vor dem verkappten Kopper, vor dem Proselytenjäger in seinem Gefolge, in Acht nehmen. Aber denkt Euch, der Prinz war nicht im Stande, den heimlichen Jäger unter seinen Leuten zu entdecken; er hatte keine Ahnung davon, daß er an seiner Hand über die Alpen zog. Hier, diesseits der Alpen, gab es nun für ein junges frisches Gemüth tausend schöne Wunder und Legenden, an denen auch sein erlauchter Herr Vater, der sächsische Hercules, in Venedig sein Wohlgefallen gehabt. In

Bologna ward die Frucht reif, Salerno war auch behülflich und der deutsche Prinz legte in die Hände des Cardinals Cassoni heimlich sein Glaubensbekenntniß ab. Erst einige Jahre später trat er in Wien öffentlich in den Schooß der Kirche über. — Sollten wir einmal mitsammen in Deutschland sein, Signor," setzte der Alte hinzu, „dann wollen wir die Hohen***'s besuchen. Es ist ein vielverzweigtes, blühendes Geschlecht in Schwaben und Franken. Stammen auch eigentlich aus wälschen Landen. Alta Fiamma haben sie in alter Zeit geheißen und brennen fast alle lichterloh für die heilige Kirche!"

Der deutsche Katholicismus, so dachte ich mir, muß ganz anderer Art sein als der anderer Völker! Er hat nichts mit dem spanischen Fanatismus gemein, er geht Hand in Hand mit der Begeisterung für Kunst und Wissenschaft. Das wenigstens sagte mir das gutmüthig schwärmerische Auge so manches dieser Proselyten im Saal. „Es sind aber nur Einzelne, die zu uns traten," sagte ich zu Burkhart, „die Völker sind überhaupt wohl nicht zugleich mit ihren Fürsten gewonnen?"

„So viel an uns liegt," sagte Burkhart sehr ehrlich und offen, „vereiden wir die Fürsten darauf, nach und nach uns auch die Völker zuzuführen. So war zum Beispiel die Markgrafschaft Baden reformirt und seit dem Uebertritt des Prinzen aus der Linie Baden-Baden gelang es den Bemühungen des Cardinals Caraffa, wie Dieser in seiner Germania restaurata selbst erzählt, einen guten Theil des badischen Volkes wieder römisch zu machen. Allein, weiß der Himmel, das Zeitalter wird gar zu profan und schlau! Schon als die

Herren von Braunschweig und Würtemberg, jener Ulrich und jener Karl Alexander, die wir als Prinzen gewonnen hatten, ihr Regiment antreten wollten, mußten sie den Ständen ihres Landes die nöthigen Reservalien ausstellen, nach denen das sogenannte evangelische Christenthum unangetastet bliebe. Friedrich August von Sachsen gab nach dem Uebertritte seines Kurprinzen freiwillig ein gedrucktes Patent, daß die Lehre Luthers in seinen Landen nicht beeinträchtigt werden solle. Der Princeps barbarus teutonicus, der Treppenrunterschmeißer Justus Erich zu Belle Promesse, Der hat Stände im Lande, die keinen katholischen Fürsten dulden. In Stuttgart und Kassel haben die bösartigen Stände ebenfalls darauf gedrungen, daß der evangelische Glaube eine Bedingung zur Nachfolge im Regimente sei. Das ist denn doch, um wenig zu sagen, sehr unbescheiden!"

„Wenn die evangelischen Christen einig sind," sagt' ich, „so wird Rom ihnen nicht viel anhaben können!"

„Ja, aber da hapert's eben!" eiferte Burkhart. „Diese protestirenden Secten sind sich unter einander spinnefeind. Da liegt der Hase im Pfeffer! Als ich in Dresden hauste, hatten es die Reformirten in Sachsen noch nicht zu einem öffentlichen Gotteshause bringen können. In Leipzig, der schmucken Lindenstadt, wo alle Jahre große Völkermesse ist, da hatten sie vom König August, obschon Der katholisch geworden war, die Erlaubniß erhalten, sich niederzulassen. Eine Stube in Auerbach's Hofe, in dessen Keller ehedem der Teufel auf dem Weinfaß zum Fenster hinausritt, ward den Reformirten zu ihrer

Verrichtung überlassen. Aber die lutherische Geistlichkeit und der lutherische Pöbel der guten Stadt Lipsia ruhten nicht, bis ihnen dieser Ort wieder entrissen wurde. Ja man muß das in den lieben Deutschländern selbst erlebt und mitgemacht haben! Die Lutheraner halten die Reformirten für Ketzer; Diese verketzern wieder die Herrnhuter, die Herrnhuter schließen wieder die Andern von der ewigen Seligkeit aus, und so geht es bis in die aschgraue Unendlichkeit fort. Alles liegt sich dort in den Haaren, macht sich Himmel und Erde streitig und Jeder überliefert den Andern mit Haut und Haaren dem Gottseibeiuns!"

„Guter Freund," sagt' ich zum Pater, „dann haben wir wenig Grund, über unsere Stärke zu triumphiren! Nur die Schwäche des Feindes scheint uns einige Siege bereitet zu haben."

Dreizehntes Capitel.

Vor dem heiligen Vater.

Am nächsten Tage berief mich der Consultor der Inquisition zur Audienz in den Vatican. Die Audienz war zugleich ein Verhör; ich sollte zu meiner Rechtfertigung vor den allerhöchsten Richter auf Erden treten, der an Christi Statt die Menschheit zu leiten und zu behüten hat! Kaiser und Könige zitterten ehedem vor seinem Machtspruch, und er hielt noch immer den Schlüssel zum Himmel, wenn auch nicht mehr den zur Erde in der Hand. — Nicht ohne Bangigkeit schritt ich an Ganganelli's Seite durch die hohen Hallen, die der Fuß der gewaltigsten Helden zaghaft betreten, durch die Prunkgemächer, in denen die Abgesandten des fernsten Indiens auf Entscheidung über das Seelenheil von Millionen harrten, während die Botschafter ganz kleiner Höfe in der Nähe schon längst eine dreistere Sprache führten und als Diplomaten mit Rom über den Bannstrahl geschäftlich verhandelten.

Es war „der gute Alte“, wie ihn die Römer nannten, vor dessen Angesicht ich treten sollte. Er selbst hatte sich diesen

Namen gegeben. Als die Cardinäle im letzten Conclave uneinig waren, hatte er gesagt: „Wenn Ihr einen regierenden Herrn wollt, so wählt Den oder Diesen; wenn die Kirche Gottes einen Diplomaten braucht, so nehmt Jenen; wollt Ihr einen gutmüthigen Alten, dann wählt mich!“ Es geschah, und der gute Alte war denn doch in so weit ein regierender Herr, als er ein strenger und sparsamer Verwalter der von seinen Vorgängern vielfach vergeudeten Kirchenschätze wurde. Es war auch genug politische Einsicht in ihm, um sich den bedrohten Zustand der Kirche nicht zu verheimlichen. Die Fürsten und Völker zitterten nicht mehr vor dem Bannstrahl des Vatican; nur durch Mäßigung und Nachgiebigkeit schien sich das Ansehen der geistlichen Macht noch zu behaupten. Oder war es mehr als Diplomatie, war es Ueberzeugung von der Nothwendigkeit der christlichen Liebe, der ersten Grundbedingung der Religion Jesu, wenn Benedict sich gegen die Andersgläubigen freundlich und duldsam erwies? Dann freilich blieb es zu bedauern, daß der Herrscher in ihm fehlte, der die Einsicht des Gelehrten und die Ueberzeugungen des guten Herzens durch Machtgebote zu Gesetzen erheben und in der alten Kirche das System des Hasses, das System der Ausschließlichkeit stürzen mußte.

Es war ein stilles, bescheidenes Gemach, in das ich mit dem braunen Professor geführt wurde. Die ganze Umgebung ließ auf einfache Bedürfnisse schließen. Ein Paar Kerzen, halb herabgebrannt von der vorigen Nacht, standen auf dem Tische, grüne Gardinen verhüllten die Fenster, ein gleicher Vorhang trennte das Zimmer von einem innern Cabinet. Wie wir eintraten, schlug man die Gardinen zurück; es waren so eben erst Personen entlassen worden. Ein hoher, gepolsterter Räderstuhl faßte die Gestalt des Kirchenfürsten. Die Füße des alten Herrn waren in weiche Decken gehüllt; er schien von Zeit zu Zeit leidend, obwohl er nie klagte, seinen hohen Dienst nur selten unterbrach. Man sah es ihm nicht mehr an, daß er ehedem zu Paris in den Bureaux d'esprit geglänzt und, wie man sich erzählte, den aufgeklärten Schöngeist gemacht hatte. Sein blasses Antlitz war tief gefurcht. Die Mundwinkel hingen schwer herab, als hätten die Lippen des Mannes Enttäuschungen mancher Art gekostet, das Gefühl der Unzulänglichkeit des menschlichen Witzes erprobt. Sein gutmüthiges Lächeln war nicht ohne Beigeschmack von Bitterkeit. Es schien, als wäre diese Milde nur ein Nothbehelf. Seine Stirn war jedoch heiter und hell, und in dem freundlichen Auge leuchtete der Stern eines guten Geistes, dem vielleicht nur die Kraft fehlte, um in der Freiheit des Glaubens die einzige Rettung für die Kirche Christi zu sehen.

Es war keine feierliche, es war eine vertrauliche Audienz, zu der ich berufen wurde. Der heilige Vater saß in seinem Hauskleide vor mir; in seinem Wohnzimmer wollte er über mich richten und einen Streit schlichten, der Denen, die sich um mein und der Meinigen Wohl kümmerten, so verhängnißvoll schien. Mein Fürsprecher stand ihm zur Seite; sie wechselten Blicke mit einander, die gegenseitig ein herzliches Verständniß verriethen. Ich war auf den Teppich getreten, beugte mein Knie und war bereit, die übliche Huldigung darzubringen. Papst Benedict ließ es nur halb zu, indem er die Hand auf meinen Scheitel, dann auf meine Wange legte und mich bedeutete aufzustehen. Ruhig und erwartungsvoll stand ich da und blickte in das stillbewegte Angesicht des hohen Greises.

„Du machst uns mancherlei Sorge, Giuseppe La Torre," sagte Vater Benedict mit leiser, tiefer Stimme. „Bald sind es dunkle Schicksalswolken, die sich über Deinem Haupte zusammenziehen, bald brechen aus Deinem eigenen Herzen sprühende Funken hervor, die wie Irrlichter vor Dir hertanzen. Du hast über die Religion nachgedacht, mein Sohn, und da ist es denn begreiflich, daß der Zweifel Deinen Glauben erschütterte. Ist doch, wie Aristoteles sagt, der Zweifel der Anfang alles Philosophirens. Das wußten die Heiden; wir aber wissen, daß er auch das Ende ist, wenn man sich nicht in den Glauben zurückflüchtet, der uns über den ewig trüglichen Kreislauf des menschlichen Verstandes hinweghebt!"

Ich war, als ich aufgestanden, einen Schritt zurückgetreten und mußte mich anstrengen, die leise gesprochenen Worte des Mannes zu vernehmen. Er winkte mich jetzt näher zu sich heran, und wie ich mich vor ihm beugte, berührte er mit der Hand nochmals meine Schulter.

„Mein Sohn," sagte er mit einer gewinnenden Freundlichkeit, „Dein erlauchter Vater hat Verdienste um mich und meine Vorgänger im Amte; Dein gesammtes Haus und sein Schicksal liegt mir am Herzen. Wir haben die Geschichte Deines jungen Lebens vernommen. Aus Liebe zu Dir ward ein waldensisches Mädchen römische Christin. Nun gelt, aus Liebe zu ihr bist Du wohl Deinerseits ein wenig Waldensisch geworden, nicht? Das ist wohl so bei dem Austausch zweier Herzen leicht möglich, wie? — Nun, sei nur ruhig! Der gelehrte Professor der Seelenkunde hier soll uns den Fall näher untersuchen und erläutern."

Unter diesen Worten lächelte er in Ganganelli's still betroffenes Angesicht. Dann fuhr er ernst und ruhig fort: „Am Grabe der Gestorbenen ist ein Wunder geschehen. Ein Hirt, seit Jahren gelähmt, stand im Gebet plötzlich auf und wandelte. Man hat uns das in aller Form Rechtens mit priesterlicher und ärztlicher Beglaubigung berichtet, und wir haben auf Grund dessen beschlossen, die waldensische Maria seligzusprechen. Zur förmlichen Kanonisation, wie Ihr das in einer meiner Schriften finden könnt, gehören mindestens 'zwei Wunder. Aber ich bin nach bischöflicher Approbation der einen Thatsache bereit, die Gestorbene zu beatificiren. Da schreibt man mir jedoch plötzlich aus Deiner Heimath, der Hirt, an welchem kraft seines Glaubens das Wunder der plötzlichen Heilung geschehen, sei gar kein katholischer Christ, sei ein Waldenser gewesen!"

O mein Gott, dacht' ich still für mich, man hat dem Hirten sein Geheimniß entlockt!

„Jener Hirt starb vor kurzem," fuhr Benedict fort. „Als der Caplan Eures Hauses ihm im letzten Augenblicke vom Brot des Herrn reichte, sprach der Sterbende — von seinem Durst, und verlangte auch vom Kelch! Der Caplan entsetzte sich darob; der Hirt aber gestand ihm, es sei das seine alte

Gewohnheit im Leben gewesen; dann und wann habe er immer wieder ein Gelüst nach dem Blute des Heilands gehabt und in den Bergen bei den Waldensern communicirt. Ei, ei, mein bester Giuseppe! Wenn die waldensische Maria Wunder thun will, so sollte auch die Bekehrung, nicht blos die Heilung der Ketzer ihr Werk sein. Wir sollen Gutes thun an Jedermann, zuvörderst aber an des Glaubens Genossen! — Inzwischen wollen wir nicht so scharfe Abrechnung halten. Die Heiligen haben einen überflüssigen Schatz an Gnade. Hier steht mein gelehrter Freund, den ich zum Procurator der Maria Waldensis ernenne. Die Feierlichkeit ist angesetzt, und wir wollen das Fest in der Hoffnung begehen, das Reich Gottes werde sich mehren und gedeihen unter Gläubigen wie Ungläubigen. Selig sei die Todte! Du aber, mein Sohn, den die Dominicaner angeklagt haben, ein Freidenker zu sein, zeige zum wenigsten, ob Du Philosoph genug bist, den Satz: Mensch erkenne Dich selbst! zu begreifen. Wie ich höre, liegst Du fleißig den Studien ob, um Dich zu einem Missionsamte vorzubereiten. Der tapfern Arbeiter im Weinberge des Herrn sind uns nie genug. Den Gewinn der waldensischen Mormona hat der Orden, dem Du Dich zugewendet, Dir als ein Verdienst um's Himmelreich angerechnet, obschon Du sie doch wohl nicht ganz tactfest im römischen Glauben gemacht zu haben scheinst. Laß hören und steh' Rede, wie Du für die römische Kirche Seelen gewinnen zu können gedenkst, ohne ihnen das Gelüst nach dem Kelche zu verbieten, und das Abendmahl sub utraque zu entziehen!"

Ich schwieg einen Augenblick, um mich zu sammeln. Ich fühlte, bei aller Ehrfurcht und Scheu, die Nöthigung, kein Hehl aus meiner Ueberzeugung zu machen.

„Wenn Ew. Heiligkeit mir gestatten, frei zu reden," sagt' ich, „so muß ich bekennen, daß es mir, um Seelen für die allgemeine Kirche Gottes zu gewinnen, nicht heilsam, nicht von Vortheil dünkt, mit einer Versagung bei ihnen zu beginnen. Haben Diejenigen, die wir Ketzer nennen, ein Gnadenmittel mehr, als die altgläubigen Christen Rom's, so dürfen wir nicht damit anfangen, ihnen dies Mehr zu entziehen. Wer das Heil verkündet, soll geben, nicht entziehen, soll bringen, nicht rauben. Wir aber, mein heiliger Vater, wir verdammen die Andersgläubigen, weil sie das Abendmahl in beiderlei Gestalt genießen, wie Christus selbst es mit den Seinen theilte. Wir verkünden noch immer am Grünen Donnerstage ihr ewiges Verderben, und sie üben ja doch sub utraque nur aus, was viele Jahrhunderte hindurch im Schooße der Mutterkirche selber geheiligter Brauch war!"

Ganganelli's kluges Auge sah mich beinahe frohlockend an, als ich so sprach.*) Er wandte jedoch, als ich ihn beobachtete, rasch seinen Blick zur Seite, wie unwillig, nicht über mein Wort, doch über die Weise meines Ausspruchs, über Ort und Zeit meines Bekenntnisses.

---

*) Ganganelli später als Clemens XIV. hob bekanntlich die Bulle: In coena Domini auf, ließ sie wenigstens nicht mehr verlesen.

Benedict sah mich lächelnd und schweigend an. Er war wohl nicht um eine Antwort verlegen, und zu dem stillen Lächeln nahm er vielleicht nur aus Gewohnheit seine Zuflucht. Das Alter will mit diesem Lächeln sagen, daß es den Eifer des Gegners für jugendliche Uebereilung nimmt. „Ich weiß, was Dich so sicher macht!“ sagte der heilige Vater mit dem Kopfe nickend. „Der gelehrte Franciscaner hier hat Dir auch schon das Cölibat als eine bloße Sache der Disciplin eingeräumt und es aus der Reihe der Dogmen fortdisputirt. Lassen wir das. Die Disciplin ist so wichtig wie Glaubenssätze. Ein zukünftiges Concil nur kann daran ändern; bis dahin bleibt des Oberhauptes Befehl Gesetz. Oder Ihr Denker und Reformer müßtet es denn ebenfalls für keine Sünde erachten, an der Berechtigung des Bischofs von Rom zu zweifeln, Haupt der Christenheit, Statthalter Christi, Nachfolger Petri zu sein! Hm? Du siehst, mein Kind, wie mißlich Du meine Lage machst; ich soll über Dich richten, und Du erkennst mich vielleicht gar nicht als Richter an. Was? Man sagt mir, Du seiest bibelfest. Nun wohlan, zeige mir, wo die Bibel unsere Tradition, auf welche sich Petri Nachfolge stützt, widerlegt!“

Der Professor wollte einlenken, für mich das Wort nehmen, vielleicht in der guten Absicht, meine Sache nicht zu verschlimmern. Aber Benedict winkte ihm mit der Hand, mich gewähren zu lassen.

„Ich habe in der Schrift“, sagte ich offen und frei, „nicht finden können, daß Petrus von seinem Primate spricht.“

„Fehlt es am förmlichen Ausspruch," entgegnete Benedict rasch, „so handelt es sich um die Sache. Laß hören! Hast Du in der Schrift gefunden, daß Petrus Gemeinden stiftete?"

„Gewiß," war meine Antwort, „in Jerusalem, in Antiochien."

„Und überließ er diese Gemeinden sich selbst?"

„Nicht das," sagte ich, „er besuchte sie oft, er schrieb an sie, denn er war ja ihr Lehrer; er schlichtete auch ihre Streitigkeiten."

„Das heißt also," sagte Benedict, „er war ihr Haupt, ihr Bischof, nicht?"

Ich konnte das nicht leugnen. „Aber Petrus schrieb zuletzt von Babylon, nicht von Rom aus an die Gemeinden Kleinasiens!" warf ich ein.

„Nun," sagte Benedict, „von Babylon also, und wenn dies Babylon, von dem aus er seine Heerde leitete, Rom wäre? Nennt nicht schon die Apokalypse das heidnische Rom ein zweites Babylon?"

Ich stand geschlagen da; auf diesen Handstreich der Beweisführung war ich nicht gefaßt. Der gelehrte Benedict, ein geschulter Disputator, triumphirte.

„Ei, ei, mein Sohn," fuhr er freundlich und doch ernst fort, „eine bloße Gegenvermuthung wirft Dich schon aus dem Sattel? Sieh, mein Kind, ich will Dich nicht an Christi Wort gemahnen, der auf Petrus hinweisend sprach: Auf diesen Felsen will ich meine Kirche bauen! Das Christenthum muß nicht immer blos auf die persönlichen Aussprüche Christi zurückgeführt werden. Erst nach Christi Tode fanden sich die Forderungen und Bedürfnisse ein, die eine Kirche nöthig machten; erst mit den Aposteln stellt sich im Raum der Wirklichkeit das Christenthum fest. Neben dem neuen Testamente sind uns auch die Apokryphen, die Traditionen, ja die Legenden heilig. Höre mich an und laß mich reden! Petrus stand der Gemeinde in Jerusalem vor, ging dann nach Antiochien, wo er sieben Jahre lang Bischof war, kam dann nach Rom und stiftete hier ebenfalls Gemeinden, bis Kaiser Claudius die Christen und Juden vertrieb. Dann besuchte er wieder die Brüder in Kleinasien, kehrte von da nach Rom zurück und machte von hier seine Reisen nach Gallien, Britannien, Spanien und Africa. Ueberall stiftete er Gemeinden und sie erkannten in ihm ihr Haupt. Fasse nun de Gemeinden zusammen, mein Sohn, und Du hast die Kirche Wie diese innerlich Eins ist in Christo, so bedarf sie für den sinnlichen Menschen auch eines sichtbaren Zusammenhalts, und Rom ist für sie ein geschichtlich gegebener, ein natürlicher Mittelpunkt. Wozu sollten wir einen andern suchen, oder uns einbilden, in centrifugalen Peripherien leben zu können? Bevor Petrus mit Paulus zusammen den Märtyrertod erlitt, setzte er hier in der Stadt der sieben Hügel den Linus als Erben des Primates ein. Mit dieser Nachfolge Petri und Statthalterschaft Gottes erhielt die Kirche ihren Schlußstein. Deinen Studien, mein Sohn, bleibe es überlassen, ob es geschichtlich nachweisbar, daß Petrus fünfundzwanzig Jahre lang Bischof in Rom gewesen. Es bedarf aber der Beweise für unsere Axiome nicht. Dies Institut eines obersten Bischofs müßten wir erfinden, hätten wir es nicht! O, sie werden kommen, die Skeptiker und Deisten, und auch Christi geschichtlichs Dasein bezweifeln! Aber wahrlich, ich sage Euch, wir müßten auch diesen Christus zum Heil der Menschheit erfinden, hätten wir ihn nicht wirklich und wahrhaftig! Da wir nun aber Alles haben, wessen wir bedürfen, Ihr Männer, lieben Brüder, so sehe ich nicht ein, warum wir uns ärmer stellen sollten, als wir sind. Andern, die da versuchten eine Kirche Christi zu bauen, hat entweder der Grund- oder der Eckstein, oder die Kuppel auf dem Thurme gefehlt, oder sie suchen noch immer vergeblich nach einem Schlußstein; und dieser Stein, nach welchem sie vergeblich suchen, wird allezeit ein Stein des Anstoßes und des Aergernisses sein. Oder Du müßtest denn, mein lieber Jüngling, noch ganz aparte nach dem Stein der Weisen suchen! Wie? Giebt's auch ein Gelüst in Deiner Seele nach der Alchymie und Goldmacherei, Freimaurerwesen und Rosenkreuzerei? — Haha! Ich merke schon, wo es hinauswill! Jugend will sich austoben. Aber der Eusebio in Genua ist doch alt genug, dächt' ich, um der Phantasterei der jungen Welt Valet zu sagen!"

Er griff nach seinem Fuße, weil ein Schmerz plötzlich den Scherz seiner Rede hemmte. „Bruder Franciscaner", fuhr Benedict nach einer Pause fort, „was meinst denn Du von der Sache? Werden die Freimaurer jemals Geschäfte machen zur Ehre Gottes und zum Heil der Kirche?"

Zum Heil der Menschheit: — ja! dacht' ich bei mir. Zum Heil der Kirche? — Es kommt darauf an, wie weit wir die Mauern dieser Kirche Gottes auf Erden stecken, oder ob wir die Mauern und Schranken, die den Bruder vom Bruder, den Menschen vom Menschen trennen, nicht allesammt niederstürzen!

„Im deutschen Norden," sagte Ganganelli, „thun stille Bündnisse edler, denkender Männer noth; der Deutsche liebt Symbole, liebt Geheimnisse."

„Hat der Deutsche", sagte Benedict, „denn nicht genug an den geheiligten Mysterien der Religion?"

„Dem kalten, nüchternen Norden", entgegnete Ganganelli, „fehlt die Blüthe offener, heiterer Volksspiele. Seine Phantasie wird deshalb kryptogam; lassen wir ihm sein Spiel, ergeht es sich in edlen Formen!"

„Nun," sagte Benedict heiter, „so wollen wir denn auch dem jungen Freunde sein Phantasiespiel lassen, ihm seine Scrupel nicht für Todsünde anrechnen, Alles was er bisher gedacht und gezweifelt hat, eitel für Jugendirrthümer erklären und sein gesundes, gutes Herz verwarnen, sich nicht vom Verstande irren zu lassen. Seinen Herrn Vater wollen wir über des Sohnes ewig Seelenheil beschwichtigen."

Ich war auf des Professors Wink wieder hingekniet vor meinem Richter, um mit der Beendigung meines Verhörs den Segen seiner Hand in Empfang zu nehmen.

„Wir nehmen", sagte der gütige Mann, „sein Schweigen für Eingeständniß seiner Sünde, nicht? Wenigstens für den Entschluß, in sich zu gehen und besser über sich nachzudenken." Er legte die Hand auf meine Stirn und sprach das Gebet und die Fürbitte bei den Heiligen. „Damit er jedoch nicht ohne

Strafe und Buße davonkomme," fuhr der Kirchenfürst fort, sein Werk beschließend, „so wollen wir ihm aufgeben, seinen waldensischen Vetter, den wilden Ketzer, der bei ihm haus't, binnen Jahr und Tag, pünktlich auf's Datum gehalten, zum guten katholischen Christen zu machen und ihn uns als solchen zu stellen. Was? Die Frist ist lang genug, dünkt mich, und da Ihr, lieber Freund, Euch einmal zum Missionsdienste anschicken wollt, so könnt Ihr Euch an dem Nächsten, den Ihr habt, versuchen. — Er mag," schloß er, sich an Ganganelli wendend, „seine eigene Rechtgläubigkeit damit beweisen. So sei es, und der Herr mit Euch in aller seiner Freundlichkeit und Gnade!"

Meine Audienz war zu Ende; der sanfte Blick des liebevollen Hohenpriesters begleitete mich noch, als ich, an der Schwelle wiederholt mein Haupt beugend, von ihm schied.

Im Vorzimmer zog mich der Professor noch bei Seite, drückte mir die Hand und wünschte mir mit der schlichten Treuherzigkeit seines Wesens Glück, daß Alles gut abgelaufen. Er habe, sagte er, noch Vieles für mich auf dem Herzen, auch über den Orden, dem ich mich angeschlossen, freilich ganz unter uns. Er nannte die Gesellschaft Jesu ein Kriegsinstitut; ein solches passe aber nicht mehr in Friedenszeiten, und Frieden müsse die Kirche schließen. Man wußte, daß Ganganelli schon als bloßer Franciscaner gegen die Jesuiten, ihre Herrschsucht und ihr Missionswesen eiferte. „Der Orden", sagte er, „ist zur Bekämpfung der Protestanten gestiftet worden. Jetzt aber steht die Kirche mit den Protestanten auf leidlichem Fuße. Wir wollen sie gewinnen, — nicht bekriegen und niederwerfen. Wir bedürfen einer ganz andern Gemeinschaft edler und feiner Köpfe, einer Friedensgesellschaft, einer Congregation zur Verbreitung der Menschenliebe, eines Ordens von Brüdern —"

„So seid Ihr Freimaurer!" rief ich lebhaft, ihn unterbrechend.

„O, ich bitte, sprecht mir das Wort nicht aus!" sagte Ganganelli. „Waghalsige Thorheiten überlass' ich den Schülern Loyola's. Mögen Andere die Kastanien aus dem Feuer holen oder, wie sie's nennen, den Stein der Weisen suchen. Ich für mein Theil bin römischer Priester!" Er verbeugte sich mit einer Handbewegung und schritt durch eine Seitenthür seinen Weg weiter, als ich vor den Prunkgemächern und vor dem Mann der Schweizergarde stand, der mir bis zur Treppe des Vatican das Geleit gab. —

In welches Gewirr der Parteiungen bin ich gerathen! Sie können sich nicht zum Wohl des Ganzen die Hände reichen. Papst Benedict ist mild und freundlich, aber er belächelt weise jeden Versuch zur Reform der Kirche. Ganganelli ist aufgeklärt, aber er weist alle Gemeinschaft mit dem Orden Jesu von sich. Und Dieser, der sich mit den Bedürfnissen und dem Fortschritt des Jahrhunderts einläßt, will die Welt doch erst knechten und beherrschen, um sie dann von altem Aberglauben und Gewissenszwang frei zu machen! — Da wird denn wohl der Nothschrei der Völker erschallen müssen und eine Gewaltthat des Umsturzes dem zukünftigen Zeitalter für die Menschheit Bahn brechen.

Wie ich in das Profeßhaus zum „Gran Gesù“ und in meine Wohnung zurückkehrte, fand ich Pirro gegen seine Gewohnheit schon anwesend. Er pflegte sonst, bis die Sonne sank, am Strande zuzubringen; er stellte sich dann regelmäßig, wie ich ihm dies zur Pflicht machte, bei mir ein, und wir saßen oft noch die halbe Nacht, er redselig und mir seine Erlebnisse des Tages erzählend, ich meinerseits bedacht, Ordnung in sein Denken und Fühlen zu bringen. Es war das, wie mir schien, die geeignetste Art, ihn zuerst für die Cultur der Menschen zugänglich zu machen, um ihm dann unvermerkt und langsam die Grundwahrheiten aller Religion zu erläutern.

Er saß auf seinem Lager zurückgelehnt, sein Gesicht in die Kissen gedrückt. Wie ich zu ihm trat, richtete er sich auf, sah mich finster an, lachte wild auf und warf sich wieder zurück Geronnenes Blut klebte ihm auf Stirn und Wange.

„Pirro, was ist geschehen?“ rief ich, ihn mit beiden Händen ergreifend.

„Eine kleine Katzbalgerei, hat nichts zu sagen!“ entgegnete er mürrisch, — „oder wenn Ihr wollt, ernst genug: ein Religionskrieg; sie haben mich bei Angioletta angeschwärzt und verdrängt!“

Ich wußte, daß er ein Mädchen am Strande lieb hatte, eine Fischerin, die an der Tiber Netze strickte und feilhielt, während ihre Brüder Tages über auf den Fang gingen. Ich hatte das Mädchen gesehen, mit ihr gesprochen und ein artig still in sich vergnügtes Wesen in ihr gefunden. Von dieser Liebesneigung, die in Pirro erwacht war, hoffte ich für ihn das Beste, das Heilsamste: Fügsamkeit gegen die Sitte des Volkes, gegen die herrschenden Meinungen der Welt, denen man sich nicht ungestraft entzieht. Wenn er, um sich mit seiner Geliebten auf gleichen Fuß zu setzen, auf diese Weise und aus diesem Beweggrunde römischer Christ wurde, so war der große Streit seines Lebens, dem er für sich allein nicht gewachsen war, ausgeglichen, mein Missionswerk an ihm ohne viel Zuthun meinerseits vollführt.

Nur mit Mühe erfuhr ich von ihm den Vorgang, der das Verhältniß gestört. Mit großer Schlauheit hatte er sich den religiösen Uebungen der Fischer, ohne Aufsehen zu erregen, bisher zu entziehen gewußt, sich in der Stunde, wenn das Ave Maria läutet und Jeder an seine Brust schlägt, unter irgend passendem Vorwande ferngehalten. Armes Volk ist nicht argwöhnisch gegen einander; nur über Mein und Dein entspinnt sich ihr Hader. So hatte Pirro eine ganze Zeit lang ohne Anstoß unter den Leuten am Strande verkehrt und war fast zu den Ihrigen gerechnet. Erst den Luchsaugen der Eifersucht, der Eifersucht eines Nebenbuhlers, der sich um Angioletta's Gunst betrogen sah, gelang es, in Pirro verdächtige Absonderlichkeiten zu entdecken. Man hatte ihn belauscht, wie er sich bei'm Herannahen eines Priesters mit dem Allerheiligsten, das einem sterbenden Schiffer gebracht wurde, in jäher Hast und ungebährdig bei Seite geschlichen; man hatte herausbekommen, daß es mit ihm nicht ganz richtig sei. Das Mädchen, das ihn wirklich liebte, hatte ihn unter Thränen beschworen, mit ihr zum Pater zu gehen und, falls es bei ihm haperte, in aller Eile, eh' es die Brüder entdeckten, ein ordentlicher Christ zu werden. Da hatte Pirro gelacht, aber nicht im bösen, sondern im guten Sinne, fröhlichen Herzens, um das Mädchen zu trösten, wie er meinte, und gesagt, er sei kein Heide, und einem braven Jungen würden und könnten die Heiligen nicht gram sein, auch wenn er sich nicht um sie bekümmerte. Die Sippe des Mädchens aber verstand das übel und nahm es für Spott. In der ganzen Fischerstadt wälzte sich das Gerücht wie eine Lawine in den Bergen heran, ein waldensischer Ketzer wolle Angioletta freien. Wie man ihn bei ihr fand, ihn zur Rede setzte, habe er, wie er erzählte, zu Anfang ganz glimpflich seinen Glauben vertheidigt; erst als man ihn beschimpft, habe er seinem alten Groll Luft gemacht. Als man Miene gemacht, ihn zu fassen, ihn in's Kloster zu den Patres zu schleppen, da habe er allerdings zum Messer gegriffen und sich durchgeschlagen, ein armer Sünder gegen Viele!

In den stillen Abendstunden, die ich mit Pirro in meinem Zimmer verlebt, hatte ich es nicht an ernster Zusprache fehlen lassen; hatte gehofft, ihn wenigstens für die fromme Sitte des Volks, mit dem er hier lebte und leben wollte, fügsam zu machen. Der harte Trotz des unzugänglichen Gebirgsmenschen hatte nun sogar sein Herzensglück verscherzt, um auf seinen Sinn zu bestehen. Weinend und lachend, die Welt und sein Geschick verwünschend, nach Angioletta rufend und sie doch wieder mit ihrem Wahn laut verspottend, mitten unter einem Strom von Thränen seine possenhafte Wuth an sich selber auslassend: so saß und lag er nun auf seinem Bett, ein armes

Opfer des Widerstreites unüberwindlicher Mächte. Seine Wunden im Nacken und am Kopfe brachen wieder auf; ich verband sie nach Möglichkeit; auch waren sie ungefährlich und oberflächlich. Wie sich die wilde Natur in ihm erschöpft hatte, fiel er in einen tiefen Schlaf, wie es mir schien in den Schlaf der robusten, unverwüstlichen Gesundheit.

Aber dem war nicht so. Mitten in der Nacht, — ich war auf meinem Lager ruhig eingeschlummert, — ward ich durch ein Geräusch im Zimmer aufgeschreckt. Der Mond schien hell durch's Fenster; auf dem Simse aber stand bei geöffnetem Flügel Pirro's Gestalt, mit dem einen Fuße schon außen nach einem Haltpunkte tappend, während er, das Gesicht nach oben gestreckt, mit beiden Händen in die hellen Streifen des bleichen Nachtgestirnes griff. Ich stürzte auf den Nachtwandler zu, ergriff ihn mit beiden Armen und zog ihn in's Zimmer zurück. Wie ich ihn laut bei seinem Namen rief, schreckte er zusammen, fiel rückwärts zu Boden, starrte mich grell an und schlug krampfhaft mit den Gliedern um sich.

Der Lärm hatte meinen Diener aus dem Nebengemach herbeigerufen. Mit dessen Hülfe brachte ich den Armen auf sein Lager zurück, verhüllte die Fenster und blieb bei angezündeten Kerzen wach, auch als er von neuem in Schlaf versank.

Mochte das Mondlicht, obschon ich es abgesperrt hatte, doch seine Wirkung üben: nach einer Stunde erhob sich der Schläfer von neuem auf seinem Lager kerzengerade in die Höhe, aber er schien sanft und geduldig bleiben zu wollen. Wie ich ihn scharf in's Auge faßte, sah auch er, von der Macht des Blickes wider Willen beherrscht, mich unverrückt an, winkte mir zu und gab mir in Gebährden das Verlangen zu verstehen, die Kerze näher zu haben. Wie ich ihm den Leuchter dicht vorhielt, starrte er in die Flamme und nickte dann lächelnd. „Giuseppe," flüsterte er, „ich will Dir auch ein Licht aufstecken, aber ein Licht der Wahrheit! Dein Weib Mormona, das sie jetzt in den Himmel erheben, haben sie erst getödtet, heimlich vergiftet, um sie nun anbeten zu können. Pst! Ruhig! Ich weiß es, sie ist mir im Traume erschienen und hat mir's gesagt."

„Unglücklicher! Welcher Wahn, welche Lüge!" rief ich.

„Ich — Unglücklicher?" sagte der Nachtirre, „Du bist der Beklagenswerthe! Und sie werden Dir auch noch das Kind Mormona's, den Knaben Saverio, heimlich abthun!"

Wie ich ihn schüttelte, um ihn vom Gespenst des traumhaften Wahngebildes zu befreien, wachte er auf, faßte mit beiden Händen in mein Haar, glotzte wild drein und stieß ein grelles Gelächter aus, daß die Wände im Raum widerhallten. Ich glaubte nicht anders, als daß seine Tobsucht ein Anfall von Raserei war. Nur mit Mühe wurde er von uns beschwichtigt; gegen Anbruch des Morgens schlief er wieder fest und gesund.

Der Diener hatte mir Stillschweigen über die nächtliche Scene angelobt; ich machte jedoch oft genug die Erfahrung, daß der Mensch, dies Mittelding von Thier und Geist, in religiösen Scrupeln kein Gelöbniß, kein Versprechen kennt und achtet.

Pirro schlief bis in den vollen Tag hinein; dann stand er

auf, aß und trank und schien die Vorgänge der Nacht vergessen zu haben. Nur Angioletta's Verlust warf einen Schatten der Traurigkeit über sein Wesen. Gegen mich war er lieb und gut; seine kindliche Natur bezwang den Kobold in ihm bei wachen Sinnen. Ich hoffte, sein Paroxysmus würde mit dem Schleier der Nacht bedeckt bleiben.

Vierzehntes Capitel.

Donna Carlotta auf der Villa des Cardinals.

Pirro's Verhalten war von der Art, daß ich ungehindert meinen Obliegenheiten nachkommen konnte. Die Feier der Beatification war angesetzt; Tags zuvor sollte ich noch besonders dem Vorstande der Propaganda meinen Besuch machen.

Cardinal Rezzonico war ein Freund und Gönner der Gesellschaft Jesu. Bei deren Zerwürfniß mit dem obersten Haupt der Kirche, einem Zerwürfniß, das sich bis auf die Leitung der Congregation erstreckte, war der Cardinal der Vermittler zwischen der Curie und dem Orden. Nach den Statuten der Propaganda mußte der Papst wöchentlich einer Sitzung der Congregation beiwohnen; Papst Benedict ließ sich durch einen Vicar, durch Cardinal Rezzonico, vertreten.

Monsignore hatte mir den Tag, aber nicht die Stunde bedeutet, wo er mich auf meiner Villa empfangen wollte. Ich kam früher dort an, als man Besuch anzunehmen pflegte. Eminenz, hieß es, sei noch nicht aus der Stadt zurück. Man wies mich auf den Garten an und ich wandelte durch die wunderbar wechselnden Gehege bis zum Apennin, der diese reizende Schöpfung begränzt. Von einem Bachustempel auf einer mäßigen Höhe überblickte man das Panorama dieser Zaubereien, zu denen die Reize aller Zonen sich vereinigen mußten. Der Garten vereinigte en miniature den Charakter aller Himmelsstriche. Aus dem grauen Schatten eines Oelwaldes tauchte eine Meierei auf mit Gebäuden nach Schweizerart. Von einer Felsenpartie blickte eine gothisch-maurische Ruine herab mit halbzerstörten künstlichen Thürmen und Mauern. Aber auch diese Trümmer schienen wohnlich eingerichtet und belebt. Das Ufer am See drüben bot den Anblick eines neapolitanischen Fischerdorfs; Netze standen ausgebreitet, einige weibliche Gestalten in entsprechender Tracht schaukelten sich in einem Boote. Aus dem Versteck tropischer Gewächse ragte mit seinen geschweiften Spitzen und Glockenthürmchen ein chinesischer Pavillon hervor. Monsignore wollte vielleicht alle diese fernen Himmelsstriche, die für den Glauben gewonnen werden sollten, als Vorstand der Propaganda sich jeden Tag vergegenwärtigen; er übersah in seiner Villa gleichsam zum Spiel die ganze Welt in partibus fidelium et infidelium.

Als ich aus dem Schatten eines vielverschlungenen Laubganges trat, der mit seinen labyrinthischen Pfaden irreführte, sah ich mich plötzlich wieder an den Eingang, auf eine Terrasse dicht an der Villa versetzt. Ich stand betroffen still; unter der Pergola, auf seidenen Polstern, wie ein Pascha auf seinem Divan, saß der Cardinal. Drei junge Damen, ihrer Tracht nach die Bewohnerinnen der verschiedenen Partien und Anlagen des Gartens, umgaben ihn. So eben aus der Stadt von seinen Functionen zurückgekehrt, saß er noch halb und halb im amtlichen Kostüm, in gestickten Schuhen und Strümpfen. Die Eine der Damen, als Chinesin zu dem Glockenthurm gehörig, hatte ihm den Mantel abgenommen. Die Zweite, ein lächelnd frisches Kind, mit Strohhut und Bändern, das Schweizer Milchmädchen aus der Meierei, zog ihm scherzend und tändelnd die Ringe ab, die er über den violetten Handschuhen trug. Die Dritte, in gothisch spanischem Ritterkleide, stand abgewendet, den Kopf in die Hand gestützt, am Geländer der Pergola; sie schien an dem Geplauder der Gefährtinnen, die den alten Herrn zu erheitern trachteten, nicht Theil zu nehmen.

Die Gruppe war zu sehr mit sich selbst beschäftigt, um mich sofort wahrzunehmen. Ich wollte eilig in's Gebüsch zurücktreten, als die kleine Schweizerin meiner ansichtig ward, aufsprang und mit beiden Händen die Zweige zurückschlug. „Heiliger Joseph!“ schrie sie, „der Abbé der Waldenser!“ Dann legte sie lachend den Zeigefinger an den Mund, sprang bei Seite in's Gebüsch und suchte ihr Gelächter zu ersticken.

Monsignore hatte sich erhoben und trat mir mit dem Willkommengruß entgegen, bevor ich Worte fand, meine zudringliche Störung zu entschuldigen. „Unser Graf aus den Bergen von Piemont! Willkommen, Signor Giuseppe della Torre!“ sagte er mit der Liebenswürdigkeit des behaglichen Oberhauptes im Familienkreise; „seht, seht, Ihr losen Kinder! verplaudern wir hier die Zeit, während unsere werthen Gäste schon kommen!“

Ohne merkliche Spuren des vorgerückten Alters stand die freundlich würdevolle Gestalt des Mannes mit jener vornehmen Haltung vor mir, der es zugleich bequem ist, auch herablassend und wohlwollend zu sein. Die Chinesin war mit dem Mantel Sr. Eminenz der Schweizerin nachgeeilt, und nur die gothische Dame, die Dame im altspanischen Costüm, stand noch neben uns, als er mich mit den Seinigen bekannt machen wollte. „Signora Carlotta, die eine meiner Nichten!“ sagte der Cardinal. Ich dachte Augenblicks für mich: Das Zeitalter der Nepoten hat aufgehört, aber Nichten scheinen noch Styl zu sein! Es lag jedoch im Benehmen des Cardinals so viel offene natürliche Harmlosigkeit, ein Gemisch von väterlicher Fürsorge und Oberhoheit, daß jeder Argwehn strafwürdig schien.

Ich hatte Platz nehmen müssen an der Seite des Mannes, während die Donna wieder am Geländer lehnte. Monsignor war freundlich genug, von meinen Studien, von den Zwecken zu sprechen, die mich nach Rom geführt; er sprach auch von den Schicksalsfügungen meines Hauses mit theilnehmender Wärme. Es giebt freilich eine bloße Höflichkeit des Herzens, die der Diplomat und der Weltmann mit der Sicherheit seiner gefälligen Lebensformen zu vereinigen weiß. Ich fühlte mich verstimmt, als der Mann von meinem Verdienste sprach, der Kirche Roms eine Seele zugewendet zu haben.

„Ich muß mein Verdienst dabei bezweifeln,“ sagt' ich, „ein

Weib, das mich liebte, hat sich ohne mein Zuthun zu dem Glauben bekannt, dem ich angehöre."

„Ohne Euer Zuthun, soweit Ihr Euch dessen bewußt seid!" fiel der Cardinal ein. „Wer will Glück und Verdienst scheiden! Eine Waldenserin, die Euer Weib war, wurde römisch und diese Thatsache hat man bei Eurem Empfang im Collegium gefeiert."

„Die Thatsache", sagt' ich, „ist freilich wieder als ungewiß erschienen, da Mormona's Beichtvater ihre Seligkeit bezweifelte."

„Dafür wird sie nun im Sanct Peter beatificirt!" sagte der Kirchenfürst, als wenn ich der Begütigung benöthigt sei.

„Schlimm genug, daß es dessen bedarf!" warf ich zwischen. Der Cardinal sah mich ungewiß an. „Schlimm genug!" wiederholte ich, „Engel Gottes behüteten meines Weibes Herz Zeit ihres Lebens, Engel Gottes, liebliche Genien der heitern Lust am Dasein, spielten um sie her, ein Cherub der Liebe und Unschuld hielt Wache an ihrem Grabe. Wir aber, die wir sie erst todt vor uns sehen mußten, um an die Heiligkeit ihres Lebens zu glauben, wir, die wir das lebendige Leben kreuzen und knechten und nur den todten Leib erhöhen und anbeten: wir sind die von Gott und seinen Boten des Lichts und der Liebe Abgefallenen. Während die Fittige des Himmels um Mormona's Seele schweben, hat man hier den Versuch gemacht, die Rechtmäßigkeit ihrer Ehe, die Rechtmäßigkeit ihres Kindes in Zweifel zu ziehen!"

Der Cardinal wurde unruhig; der Widersinn, den ich ihm

nahe rückte, belästigte ihn. „Ich dächte, der Orden hätte Euch genügend geschützt, Graf La Torre," sagte er nicht ohne Empfindlichkeit. „Mit der Feier des morgenden Tages wird schließlich das Schicksalsvolle gesühnt, das auf Eurem Hause nach dem Glauben Eures erlauchten Vaters lastet. Ein gläubiges Gemüth wie das seinige hat das Recht, auch seine Scrupel gelöst zu sehen. Der Geist der Ketzerei in Eurem Hause wird mit der Seligsprechung der Waldenserin gesühnt; dieser Geist der Ketzerei müßte denn wider Erwarten und unversehens weiter wuchern, wo wir es nicht hoffen und wünschen!"

Er war mit diesen Worten, die er nicht ohne schärfere Betonung sprach, aufgestanden und verließ die Pergola, mit gnädiger Handbewegung mich zum weitern Verkehr der Dame Carlotta überweisend. „Eine Socia, Sodalin Eures Ordens!" flüsterte mir der Prälat lächelnd zu, als ich ihm einige Schritte zur Terrasse das Geleit gab und mich verbeugte.

Eine Schülerin des heiligen Loyola im spanischen Ritterkleide! „Signora," sagt' ich, „auf der Villa Sr. Eminenz scheint das ganze Jahr über Carneval zu sein!"

In dem Augenblick sprang die Donna Swizzera wieder aus dem Gebüsch unter die Pergola mit suchenden, fragenden Blicken, eilte jedoch, als sie des Cardinals nicht mehr ansichtig ward, augenblicklich in's Versteck zurück.

„Die Schweizer Donna", sagt' ich, „hat vielleicht allerlei Mährchen von den Köhlern in den Bergen Piemonts gehört. Vielleicht sind die Waldenser für die Kinder in Rom eine Art

Popanz, mit dem man sie schreckt? Und ein Missionär, ein Abbé für das arme Volk in den Höhlen und Schluchten meiner Heimath zu sein, mag allerdings der vornehmen und hohen Welt ziemlich lächerlich erscheinen. Der Ruß meiner Köhler daheim ist aber ächt, gegen die Schminke, in der sich das allerchristlichste Rom gefällt. In ihren rauhen Widderfellen würden sie falsche Kleider verschmähen. Hier freilich auf Monsignore's Villa scheinen Schäferspiele im Geschmack von Versailles nach der Schule der Pompadour an der Tagesordnung zu sein!"

Die Röthe, die plötzlich auf des Mädchens Wangen stieg, ließ mich den Spott meiner Worte bedauern. Carlotta senkte ihr Haupt, als müßte sie mir die Bewegung, die in ihr vorging, verbergen. „Es ist so viel Lüge in der Welt," sagte sie mit beklommener Miene, „daß man nicht weiß, wo man anfangen soll zu strafen, Signor, wenn bereits der lose Uebermuth eines Kindes Euch verletzt."

In dem dunkeln, unruhig flammenden Auge des Mädchens lag ein Schmerz, dem es Mühe zu machen schien sich zu verheimlichen. Die scharf hervortretenden Züge ihres Antlitzes ließen auf schmerzlich frühe Reife mitten in der Zeit der Blüthe schließen. Die erste Frische des Mädchenalters war aus diesem jugendlichen Antlitz gewaltsam verscheucht. Man war ungewiß, ob man eine Tochter Roms vor sich sah; die tiefere Olivenfarbe der Wangen erinnerte an's Morgenland. Das goldene Diadem, das ihre Stirn umzog, gab ihr das Gepräge einer Fürstin des Orients, die auf den Trümmern ihres Glücks schon in jungen Tagen sitzt und stumm vor Stolz ihr Weh verheimlicht. Der goldglänzende Schimmer in ihrem dunkelbraunen Haar machte sie zu einer Gestalt, wie sie Meister Tizian in seinen Bildern liebt.

„So viel Lüge in der Welt?“ wiederholte ich prüfend ihre Worte.

„Signor,“ sagte sie, „ich kenne die Geschichte Eures Lebens!“ Sie war mit diesen Worten an mich herangetreten und lehnte, ohne mich anzublicken, mit aufwärts geschlagenem Auge, ihre Hand auf meinen Arm. „Ich kenne die Geheimnisse Eures Schicksals“, sagte sie, „ich weiß, daß diese Welt in ihrer Eitelkeit und Sünde, in ihrem Stolz und Prunk viel zu tief verloren ist, um ein gottgeweihtes stilles Leben in seiner Wahrheit und Reinheit zu begreifen. Diese gleisnerische Lüge möchte gern Alles überdecken und ausgleichen, weil sie zu ohnmächtig ist, die Schmerzen der Welt auf sich zu nehmen.“

Ich erschrak vor dem Ausbruch ihrer Worte; so befremdend war mir Carlotta's ganze Erscheinung. Wie ich ihre Hand ergriff, den Blick ihres Auges, den sie mir entzog, suchte, trat der Cardinal mit seinen Gästen unter die Pergola.

Es waren neben mehreren weltlichen Würdenträgern auch Geistliche in verschiedener Ordenstracht, nicht blos in der Robe, die ich selber trug. Der jüngere Theil der Gesellschaft wurde von den beiden Damen, der Chinesin und der Schweizerin, in Anspruch genommen.

„Ich muß Euch“, sagte der Cardinal, auf mich zuschreitend, „mit einem recht munteren Arbeiter im Weinberge des Herrn bekannt machen, Graf La Torre. Er ist keiner von den Idealisten, kein Clausulant in der Sophistik der Kathederweisheit, aber dafür auch kein Finsterling nach Art gewisser düsterer Mönche, die nur mit Gewaltsamkeit das Reich Gottes fördern wollen, ein Bruder, der mit einer gesund natürlichen Derbheit die ihm fehlende Feinheit der Doctrinen ersetzt, ganz kürzlich von einer Mission in Mexico zurückgekehrt."

Es war der mir schon bekannte germanische Bruder Broccardo, der in den Sälen der Propaganda mein Führer gewesen. Er begrüßte mich als alten Bekannten, Confrater und Socius. Wie die Dienerschaft auf der Pergola an kleinen Tischen vertheilt den Abendimbiß auftrug, war der wackere Deutsche alsbald recht fleißig dabei, dem Falerner aus dem Keller des Cardinals zuzusprechen. Der Rebensaft entband seine ohnedies nicht stark gefesselte Zunge. Bei der steigenden Vertraulichkeit seiner Rede war er bald der Mittelpunkt des Kreises. Er erzählte von den Abenteuern seiner letzten Reise, von seinen „Geschäften" in der Verbreitung des Glaubens; der Bettelmönch, der in ihm steckte, kam in allerlei Capucinaden zum Vorschein.

„Ja, ja, mein bester Confrater," sagte Burkhart zu mir gewendet und sein Glas schwenkend, „da drüben jenseit des Oceans hat man alle Hände voll zu thun; aber es scheffelt auch! Man bemüht und barmt sich da nicht ab um den Gewinn einer einzelnen armen Seele; man gewinnt sie da heerdenweise."

„Ei, ei, mein guter Bruder," sagte der Cardinal mit strafendem Lächeln, „wenn Ihr heerdenweis für das Reich Gottes werbt, so versetzt Ihr Euch wohl in die Zeiten des Carolus Magnus zurück, der eine eigenthümliche Manier hatte, die Heiden zu taufen!“

„Nun ja,“ sagte der deutsche Bruder, „er trieb die Sachsen heerdenweis in die Elbe, da ging's auf Commando, und wer nicht untertauchte: Kopf ab! Man war in Sachen des Heils noch nicht so spinös und scrupulös wie heutzutage die tüftelnden hochgelahrten Herren als Missionäre. Es waren schöne Zeiten für die Propaganda, als man die Menschen haufenweis, ganze Völker gleich, aufnahm in den Schooß der Kirche. Glaubt es nur, ein Schaf ist in der Heerde besser zu hüten, es läuft da mit! Und im hohen eisigen Rußland läßt sich das Geschäft auch noch in Reih' und Glied abmachen. Kopf hoch, Kopf nieder! wird commandirt, und dann geht's strich- und colonnenweise, das erste Glied wird „Peter!“ das zweite Glied „Paul!“ getauft et voilà tout.“

Wie Einzelne in der Gesellschaft, während Andere lachten, den Scherz mißbilligten und die Stirn runzelten, fuhr Broccardo fort: „Nichts für ungut, hohe Herren! Ich will damit nicht sagen, daß nach solcher Christenbescheerung im Ganzen und Großen nicht noch hinterher Seelsorge und Unterricht nöthig und heilsam sei! Man hilft und bessert nach, wie man, ist einmal der Guß des Metalls geschehen, auch noch die Feile anlegt. Aber ich meine nur, das Christenthum solle nicht blos Eigenthum der Erleuchteten, der Einsichtigen, vom Himmel Bevorzugten sein; es ist auch Sache des armen Volkes, das die sublimeren Wahrheiten unsrer geheiligten Religion nie verstehen wird und dennoch theilhaben soll und muß an der allgemeinen Gnadenspende!"

„Sehr wahr!" sagte der Cardinal, froh, dem anstößigen Bekenntniß eine gute Wendung abgewinnen zu können, „das Christenthum muß den Völkern auch unverstanden zur Sitte und Gewohnheit werden. Der Missionär darf nicht lediglich auf die vollendete Einsicht und volle Reife des Proselyten warten. Auch wer blos an den äußern Formen der Kirche theilnimmt, hat schon Theil an deren innern Segnungen."

„Wie wollten wir sonst die Kindertaufe rechtfertigen!" rief man ihm beistimmend zu. „Wir nehmen den lallenden Säugling auf in die Gemeinschaft der Gläubigen, in der Zuversicht, das kaum erwachte Leben werde nach und nach zum Bewußtsein des christlichen Inhaltes heranreifen!"

„Pater Broccardo", sagte Jemand im Kreise, „hat auf seiner letzten Missionsreise Abenteuer erlebt, die an's Mährchenhafte grenzen."

„Gar nicht mährchenhaft!" eiferte der deutsche Bruder, „ich bin gewürdigt worden, unserer geheiligten Religion einen indischen Kaziken zu gewinnen, der bei den Gebeinen seiner Väter sich verschworen hatte, nie Christ zu werden. Unfern der mexicanischen Grenze liegt der Wohnsitz meines Indianerhäuptlings. Er verspottete alle Höllenstrafen, blieb gegen alle Verheißung paradiesischer Freuden widerspänstig. Er war ein so lustiger Teufel, wie je einer in einer Rothhaut steckte; wie denn der Teufel, dies sei für meine ehrenwerthen Confratres in der Mission bemerkt, nicht lediglich für schwarz zu nehmen ist, er tritt in allerlei Farben auf und ist für die Neger weiß zu erachten! Wie ich an das Hoflager meines Vizlipuzli kam, trat ich zunächst als Handelsmann auf; ich brachte den Tauschhandel in Blüthe. Die kleinen Bedürfnisse der Cultur, wohlbemerkt, müssen Bahn brechen zu weiteren Bedürfnissen, und das Wahre kommt dann oft wie der Dieb in der Nacht. Die vielen Weiber des Kaziken waren wie die Raben über die kleinen Schmucksachen her und saßen mir auf, Tag für Tag. Ihm selbst aber war wenig anzukommen. Sonst hat man doch schon manchem Indianerstamm begreiflich machen können, daß das Christenthum die indianischen Gottheiten nicht gradezu verwerflich findet, ihnen nur höhere Namen und bessere Eigenschaften beilegt. Man kann dem Sonnenanbeter sagen, die Sonne sei im Grunde als allbelebende Macht ein Gott Vater. Den Feueranbetern läßt sich begreiflich machen, es gebe auch ein geheimes, unsichtbares, die Welt mit wahrem Lebenshauch erfüllendes Feuer, heiliger Geist genannt. Und Denen, die zum blauen Sternenhimmel beten, kann man vorstellig machen, dieser Himmel sei ja eigentlich der blaue, silbergestickte Mantel der Mutter Gottes."

„Wenn dann nur nicht Alles zum Possenspiel wird!" sagte ich unwillkürlich halblaut vor mich hin. Carlotta stand mir gegenüber; ich fühlte den Blick ihres Auges, der mit seinem schweren Gewicht auf mir ruhte.

Die peinliche Stille, die auf mein hingeflüstertes Wort in der Versammlung folgte, wurde vom Cardinal unterbrochen. Auch ihn verletzte die naive Offenheit des Redenden; er mahnte ihn an den Ernst der Sache, um wenigstens den Anekdotenkram des Missionärs zu beschränken.

„Verzeihen Eminenz, ich meine nur so von ungefähr,“ fuhr Broccardo fort, „man vertauscht den Heiden die Objecte ihrer Anbetung, um sie nach und nach an's Glaubensheil unsrer Kirche zu gewöhnen; anders kommt man ihnen nicht bei, man muß schmuggeln und Tauschhandel treiben, um ihnen ihre Götzen langsam und unmerklich in Heilige zu verwandeln. Allein mein Teufelskerl von Kazike verachtete seine Götzen, sagte, sie dürften nicht mucksen, wenn er ihnen hinreichend Futter vorwerfe, ja, er prügele sie, wenn sie ihm nicht zu Willen wären. Was da zu machen? Er glaubte nur an böse Mächte, an gar keine guten Götter. Na wart' nur, dacht' ich, du sollst schon dran glauben! Er schwur hoch und theuer, nie Christ zu werden. Was gilt die Wette? sagte ich. „Eine Tonne Goldes,“ sagte er, „die setz' ich ein, und du deine Nase!“ — Topp, sagte ich, vedremo!“

Der Cardinal war bei Seite getreten, um nicht Zeuge des Beifalls zu sein, den der possenhafte Erzähler erntete. Von den ältern geistlichen Herren wendeten sich einige lächelnd, andere zürnend ebenfalls ab, verließen die Pergola und folgten dem Cardinal. Um so mehr drängten einige jüngere Abbés, Liebhaber lustiger und galanter Histörchen, den deutschen Bruder, mit seinem Spaße herauszurücken, den er selbst ernst genug zu nehmen schien. „Eine Tonne Goldes eingesetzt?“ rief man lachend, „und gegen Eure Nase? wie?“

Burkhart machte ein Gesicht, in welchem sich pedantische

Ehrbarkeit und Schelmerei den Rang streitig machten. Er zögerte, seine Erzählung von der seltsamen Bekehrung des Kaziken zu beenden; aber man benahm ihm die Furcht, Aergerniß damit zu erregen; war es doch nur noch ein Haufe heiterer Lebemänner, die um ihn standen und lüstern waren auf Spaß und Scherz. „Eine Tonne Goldes also, oder Eure Nase?" hieß es von neuem.

Burkhart fuhr flüsternd fort: „Wie es sich um meine Nase handelte, mußt' ich schon ein Uebriges thun. Ich nahm die Weiber vor, die der schönen Sächelchen wegen mir schon gewogen waren. Das Frauenzimmer ist allerwegen, auch wenn es kupferroth, fuchsfarbig ist, ein Gemüth wie Wachs; es kommt nur darauf an, wie man's knetet. Jede nahm ich besonders in's Gebet und machte ihr ganz privatim die Offenbarung, daß das Weib dem Manne ebenbürtig, nicht seine Sklavin sei; das Christenthum dulde nicht die Vielweiberei! Ein Weib, dem Manne gleich und ihm zur Seite gesetzt als seine zweite Hälfte: das sei bei uns Gesetz! Dies zündete; Jede dachte nun als Christin die ausschließliche Frau Kazikin zu werden; sie ließen sich alle einzeln, jede mit ihren Kindern taufen. Mit allen zu Haufe trat ich dann Nachts an des Kaziken Lager und vollzog die Taufe an ihm; der Geist würde schon nachkommen, wußt' ich. Wie er aufwachte, bezeugten es Alle, er sei über Nacht Christ geworden. Er lachte und meinte, er hätte nichts gemerkt. Ich sagte ihm, da sei er nicht der Einzige; auch den Kindern geschäh's im Schlafe. Er sagte, er wisse dann nicht, was die Kirche an ihm gewonnen. Eine Tonne Goldes, sagt' ich, und meine Nase! Von den Weibern macht' ich ihm den Vorschlag, die Eine sich an die rechte Hand, die Anderen sich an die Linke trauen zu lassen. Ist auch schon dagewesen in der christlichen Welt! Nur war die Wahl ihm schwer, und mitten drin mußt' ich fort über die Grenze nach Paraguay, wo es für uns bösere Händel giebt. Am Hoflager des mexicanischen Häuptlings habe ich wenigstens die Bahn gebrochen, ländlich, sittlich. Ich erlaube mir, auf das Wohl meines Kaziken und seinen Fortschritt in der christlichen Wahrheit mein Glas zu trinken!"

Ein schallendes Gelächter war der Erfolg der Capucinergeschichte des deutschen Bruders. Von den höheren Prälaten waren nur wenige Ohrenzeugen gewesen; andere hatten nur mit halbem Ohr hingehört, um über den lustigen Schwank nicht richten zu müssen. Mich aber befiel es schwer und heiß, wenn ich bedachte, in welchen Händen hier die Sache Gottes sei! Wenn Christus wiederkehrte, die Welt der Menschen, den Schauplatz seines Wirkens von neuem beträte: wie würde er zur Geißel greifen müssen, um die Vorhalle seines Tempels zu reinigen!

Die Stimmung der Gesellschaft ward immer ausgelassener. „Ja, ja, mein bester Confrater im Herrn, Graf La Torre," rief Pater Burkhart herüber, „Ihr wollt nicht mit mir anstoßen auf meinen Kaziken, traut also dem Frieden nicht! Ja, kommt nur mit mir nach Deutschland, da fehlt's nicht an Arbeit. War lange Zeit mit Pater Guarini in Dresden. Da mußte man schon den Schöngeist machen, um zu effectuiren. Anderwärts geht man mit den Spießen zu Biere."

Ich stand auf und sagte mit mehr Eifer und Bitterkeit, als hier gut schien: „Ich beneide Euch nicht um Eure Triumphe in der Verbreitung unserer geheiligten Religion, geize nicht nach so glänzenden Erfolgen."

„Nu, nu," eiferte Burkhart, „ich weiß schon, Ihr treibt die Sache con amore und ganz im Stillen. Habt da einen närrischen Kauz von Waldenser bei Euch und scheint an der armen Seele recht gründlich zu manipuliren. Der Junge lief mir neulich in den Weg, schien ganz verbiestert. In der Fischerstadt erzählt man sich allerlei ärgerliche Dinge von ihm. Wie weit seid Ihr denn mit dem Ketzer?"

Aller Blicke waren jetzt auf mich gerichtet, während die ältern Herren sich wieder zu uns gesellten und auf die Pergola traten. Ich hatte die Sache zum Ernst gewendet und trug nun selbst die Schuld, Rede stehen zu müssen. „Mein werther Pater," sagte ich ausweichend, „wir nehmen die Sache so grundverschieden, daß wir uns schwerlich einigen können."

Er drängte jedoch; und da ich seine Art, Heiden zu bekehren, verwarf, sollte ich ihm meine Methode lehren. Der Cardinal trat hinzu und gebot mir allen Ernstes, über meinen waldensischen Genossen als Seelsorger zu berichten. Ich war betroffen, aber ich sammelte mich und gab meinen Gefühlen der Empörung vollen Ausdruck.

Ich begann: „Die Wahrheit, dünkt mich, hochwürdige Herren, die Wahrheit ist ein Samenkorn, das oft den ganzen Winter in der Erde überdauert. Auch irrt man wohl, nimmt man die Sache bei Ketzern so leicht wie bei Indianern. Denen können wir die heidnischen Religionsbegriffe in's Christliche übersetzen, ihnen die Sonne, wie der heitere Pater sagte, als Gott Vater deuten, den großen Geist, zu dem sie beten, als den heiligen Geist der Kirche, den blauen Sternenhimmel als den Mantel der Mutter Gottes. Sagt mir aber doch, mein ehrenwerther Bruder, wie Ihr hier zu Lande einem Ketzer beikommen wollt! Ein Ketzer ist kein Heide, ist schon Christ, nur kein römischer. Er glaubt schon an Gott Vater, an den Sohn vielleicht mehr als wir, denn er hält sich mit Leib und Seele an dessen Wort und verwirft, was nicht in der Schrift steht. Er hält sich für berechtigt, auch vom Kelche zu trinken, weil Christus selbst ihn den Seinigen gereicht, vierzehn Jahrhunderte hindurch auch der römische Laie vom Blut des Herrn getrunken hat, bis man ihm entzog, was Christus Allen gab. Wie wollt Ihr ihn widerlegen, beruft sich der Ketzer auf Gottes Wort? Wie dann?"

Eine tödtliche Stille lag über der Versammlung; ich sah blasse Gesichter, begegnete erschrockenen Mienen. — „Wer sagt das? Ihr oder der Ketzer, den Ihr bekehren wollt?" rief eine Stimme aus dem Hintergrunde.

„Er sagt noch mehr," fuhr ich fort, „der irrende Ketzer, den ich bekehren soll, dessen Stimme ich hören muß, wenn ich ihn widerlegen will! Der Athem Gottes durchdringt das Weltall. Welt und Natur sollen nicht verdammt, sie sollen durchdrungen und geheiligt werden vom Geist. Die Ehe ist ein Sacrament; sie heiligt die Natur im Menschen. Warum aber ist der

Priester vom Segen dieses Sacramentes ausgeschlossen? Ich frage, der Ketzer fragt, er beruft sich auf das Wort Gottes!"

Die Versammlung war von ihren Sitzen aufgesprungen und stürmte durcheinander. Einige starrten mich sprachlos an, in Anderen machte sich der Zorn in Gebährden Luft. „Ist das ein Mitglied der Gesellschaft Jesu?" hörte ich mehrere Stimmen durcheinander. — „Um Gott, mein Sohn, Ihr rüttelt an den Grundsäulen der Kirche!" rief der Cardinal, der zu mir getreten war und schmerzlich seine Hand auf meine Schulter legte."

„Eminenz," sagt' ich, „gern und vollständig sag' ich mich von der Propaganda des Glaubens los, wird ihre Erniedrigung, wie sie hier laut wurde, gutgeheißen. Gern und vollständig sag' ich mich von einem Orden los, der in einem seiner Mitglieder die Profanation seiner Zwecke duldet!"

Ein dumpfes Gemurmel von Verwünschungen folgte. „Er ist reif zum Ketzer!" hieß es laut, „er stößt die Dogmen der Kirche um!" — Ich glaubte mich plötzlich unter Ketzerrichtern aus der Zeit der Dominicaner. Aber ich wollte ihnen die Spitze bieten. Warum sollte ich hier meine Ueberzeugungen verleugnen, nachdem ich sie am Fuß von Petri Stuhl, vor Papst Benedict und im Beisein Ganganelli's frei und ungestraft ausgesprochen?

„Ich stoße kein Dogma um," rief ich, und bezwang damit auf Augenblicke den Tumult. „Das Tridentiner Concil, auf das wir uns immer berufen, hat die Rechte des heiligen Vaters und der Hierarchie festgestellt, aber das Dogma nicht erledigt.

Entziehung des Kelches und Priesterehe sind keine Dogmen, mit denen unsere Kirche steigt oder fällt, sind nur Verordnungen der Disciplin, die ein früheres Jahrhundert für sich als nöthig erachtete. Noch auf dem Tridentiner Concil trat ein geistlicher Mann, Augustin Baumgartner, Bayerns Abgesandter, als Vertheidiger der Priesterehe und des Abendmahls in beiderlei Gestalt auf. Die Kirche, meine Herrn, hat seine Forderungen nicht bewilligt, aber sie hat ihn nicht verdammt!"

Der kaum beschwichtigte Sturm brach von neuem los. „Ist das des alten La Torre Sohn, der Graf aus Piemont?" schrieen Mehrere. „Ein Philosoph ist unter uns! Der Abbé der Waldenser mit der Philosophie der rußigen Köhler und Savoyarden! — Mitten im Schooße der Kirche Ketzerei!" so scholl es von andern Seiten. Vergeblich trat der Cardinal in den Kreis der Tobenden: „Werthe Herren," eiferte er mit Wort und Hand, „wir halten hier kein Concil, sind hier unter uns; ein hingeworfenes Wort sei kein ernster Zankapfel!" Der Aufstand schien jedoch allgemein; Viele der Anwesenden zerstreuten sich eilig in die Gehege des Gartens.

Mich hatte unversehens, wie ich allein stand, eine weiche, glühende Hand erfaßt, die mich aus dem Tumult unter der Pergola in einen sicheren, dem Lärm entrückten Schattengang zog. Es war Carlotta. „Wo führt Ihr mich hin, Signora?" fragt' ich. Sie hielt an und stand mir gegenüber, Aug' in Auge, meine Hand heftig an sich pressend. Eine fieberhafte Bewegung hatte sich des Mädchens bemächtigt, eine zitternde Hast lief über ihr Antlitz, wie sie jetzt meine Hand freigab und mich mit der Angst eines gequälten Herzens ansah. „Giuseppe La Torre!“ sagte sie, „Ihr seid gefährdet, Eure Freiheit, Euer Leben steht auf dem Spiel. Man wird Euch vor Gericht stellen, über jedes Eurer Worte wird die Inquisition Rechenschaft fordern!“

„Ich werde auch dann“, war meine Entgegnung, „offen sein und mich zu rechtfertigen wissen. Ich werde ihnen, was ich für Wahrheit halte, nicht schuldig bleiben, und bin begierig, wie weit ihr Witz und ihre Pfiffigkeit reicht, mich zu widerlegen.“

„Man wird Euch nicht widerlegen,“ flüsterte Carlotta, „man wird Euch Gewalt anthun!“

„Ich muß auch das erwarten,“ war meine Erwiederung. „Vielleicht wenn sie morgen das Fest der Beatification meines Weibes feiern, ergeht über mich zugleich, der ich sie zum rechten Glauben bekehrt haben soll, in den Kerkern der Inquisition ein Ketzergericht?“

„In Euren Empfindungen, in Euren Gedanken,“ sagte Carlotta, „feiert die unterdrückte Wahrheit, die verstoßene Natur ihren Triumph. Ein Held werdet Ihr dastehen.“

„Ein Märtyrer wollt Ihr sagen, Signora? Helden der Kirche können nur Märtyrer sein. Aber dies Geschlecht ist zu feige, um Märtyrer zu machen, dies Jahrhundert erträgt keine Helden, die im Feuer ihren Glauben erhärten, es spinnt Ränke, es kämpft und ringt nicht. Sie werden es nicht wagen, die Schrecken des alten Fanatismus aufzubieten, sie sind nur noch die Schatten ihrer selber. An Drohungen wird es nicht fehlen, wohl aber am Muth, der selbst zur Grausamkeit noch gehört. Man kann in diesem thatenlosen Jahrhundert auch nicht mehr sterben für eine heilige Ueberzeugung!"

„So soll man für sie leben!" rief das Mädchen. „Ihr werdet als Sieger über Welt und Menschen triumphiren, aber noch ist die Zeit nicht gekommen!"

„Mich gelüstet nicht nach Siegen!" sagt' ich trüb und schwer, „der Preis meiner Kämpfe liegt bei den Todten. Wer will mir das Grab öffnen, mir die Geliebte wieder lebendig machen?"

„Aber die Todten sind nicht todt für uns!" rief Carlotta. „Ihr Geist lebt in uns fort, der Geist der gestorbenen Mormona hat noch zu fordern von Euch, hat keine Ruhe, bis ihre Sache als ein Recht der Menschheit, als eine Forderung der Natur siegreich durchgedrungen sein wird!"

„Ich will die Sache der todten Mormona führen!" sagte ich und hob meine Hand zum Himmel. Carlotta streckte, seltsam ergriffen, ihre Rechte ebenfalls in die Höhe, als wollte sie den Schwur mir abnehmen, ihn mitschwören. Sie lehnte ihr Haupt an meine Schulter, ihre ganze Gestalt zitterte und drohte zusammenzusinken, so daß ich sie halten und stützen mußte.

Erst jetzt befiel mich der Sturm ihrer Aufregung mit der ganzen Gewalt einer dunkeln Furcht. Ich richtete sie auf, ich starrte sie an. Ihr Auge flammte bald auf, bald fuhr ihr Blick scheu zu Boden. „Signora," sagt' ich erschrocken und befremdet, „Ihr wißt um meines Weibes Glauben? Und wollt

Mormona's Sache zu der Eurigen machen? Ihr, die Nichte eines Cardinals?"

„Ich bin es so wenig," rief das Mädchen in irrer Angst, „so wenig, als ich zu dieser Welt des Scheins und der Lüge gehöre. Ich verachte die Formen, hinter denen sich ein falscher Inhalt birgt. Ja, Signor, auch ein Weib kann als freies Wesen fühlen, auch eine schwache Frauenseele die Bande der Gewohnheit, die Ketten der Sklaverei zerbrechen. Ich gehöre einem Volke an, das jahrhundertelange Knechtschaft gezeichnet hat, einem Volke, in welchem sich die vornehme Christenheit in Spott und Schmach das Abbild ihrer eigenen Verlorenheit geschaffen hat. Ich will sie von mir streifen, die falschen Bande, die gegen Natur und Menschheit sind, abthun den Schimmer und den Glanz, den Hochmuth und die Lüge!"

Ich sah sie zögernd an, ungewiß, wie leicht ein gequältes Frauenherz die Grenze berührt, wo Schmerz Irrsinn wird. Plötzlich stürzte sie, wie ich schwieg, mir zu Füßen und umfaßte mein Knie; ich war unfähig ihr zu wehren, sie zu beruhigen. „Ich will Euch folgen!" rief sie, „Eure Sache, Eure Lehre soll die meinige sein. Erbarmt Euch meiner, rettet mich vor Schmach und Sünde!"

Ein Strom von Thränen entlud ihr gequältes Herz; sie zitterte so heftig, daß ich die Wankende mit beiden Händen fassen und halten mußte. — Die Dämmerung war während dessen eingebrochen; es war still um uns, nur der Abendwind flüsterte in den Oliven. Wie Stimmen und nahende Tritte im anstoßenden Laubgang hörbar wurden, schreckte sie auf, sah mich mit der ganzen Gluth ihrer aufgestörten Lebensgeister verworren an und stürzte, einem gescheuchten Reh gleich, in das Gebüsch, das sie meinen Blicken entzog.

Nicht seine Nichte? dacht' ich still für mich, vielleicht Tochter? Dann also doch immer nur unglücklich, keine schuldbewußte Sünderin? — Meine Gedanken verloren sich in die Gräuel der Vergangenheiten, wo ein Alexander, ein Cäsar Borgia den Stuhl Petri, des Stellvertreters Christi auf Erden, mit allen Verbrechen menschlicher Verworfenheit befleckten. — Matt und gebrochen schlich ich durch die Gänge des Gartens, die mich zum Ausgang führten.

Fünfzehntes Capitel.

Beatification und Flucht.

Der Klang der Glocken weckte mich am nächsten Morgen; der Tag der Beatification Mormona's war angebrochen, gegen Mittag die Stunde der Festlichkeit in Sanct Peter festgesetzt. — Nach Papst Benedict's Bulle wurde dort nicht blos jede Kanonisation, sondern auch die einfache Seligsprechung vollzogen. Von jener ist diese noch sehr verschieden; die Kanonisation erstreckt sich auf die gesammte Kirche, die Beatification hat nur örtliche Gültigkeit; Mormona wurde damit nur die Heilige von Santa Maria und La Torre. O sancta simplicitas! Mir war sie lebend eine Heilige gewesen! — Jeder Glockenschlag summte mir wehmüthig diesen Gedanken in meinem Herzen nach.

Im Profeßhause war schon früh geschäftige Regung. Alles suchte sein Feierkleid hervor, um dem großen Zuge sich anzuschließen. Ich für mein Theil hatte Dispens erhalten; man gestattete dem Gatten der neuen Kirchenheiligen die Freiheit, sich selbst überlassen zu bleiben. Ungesehen, unerkannt, unberücksichtigt, wollte ich in der Volksmenge Zeuge der feierlichen Handlung sein. Ich hätte es nicht über mich vermocht, in diesem Schauspiel, und wenn es noch so heilig gemeint war, eine Rolle mitzuspielen. Aber ich mußte es miterleben. Zugleich sollte dies das Letzte sein, was mich an Rom band. Meinem Vater hatte ich damit, wie ich hoffte, zur Sühnung des Hauses genuggethan; ich selbst konnte und wollte nicht länger der Kirche zum Opfer verfallen; die Erklärung meines Austritts aus dem Orden war bereits in den Händen des Generalvicars der Gesellschaft.

Es war nicht möglich, Pirro zu bewegen, mich nach Sanct Peter zu begleiten. Der Verlust Angioletta's hatte ihn still und stumm gemacht; er hatte sich sogar der Speise enthalten und in einem Halbdämmer, der an Stumpfsinn gränzte, Tag und Nacht zugebracht. Wie ich ihm jetzt das Läuten der Glocken deutete, lachte er hell auf und drückte beide Fäuste gegen die Stirn. „Die Todten spricht man selig," sagte er, „und für die Lebenden hat man Verwünschungen und Inquisition, Messer und Gift!"

„Gift?" wiederholte ich; Messer bezog ich auf die Scene am Strande, bei der er seine Verwundung davongetragen; „Gift, Pirro, wer hat Gift für uns? Sprich Dich aus, Dein Grimm und Groll macht Dir Hirngespinnste."

„Ach, sie werden nicht ruhen," sagte er, „bis sie der todten Mutter auch noch den Knaben todt in die Arme legen!"

Er sprach das so ruhig und tonlos hin, wie wenn einem

Nachtwandler das Traumbild, das ihn beschlichen, im Gehirn sitzen geblieben, so daß er es in den wachen Zustand mithinübernimmt. „Mensch!“ rief ich, ihn schüttelnd, „bist Du wach oder wieder im Traum?“

Ich redete auf ihn ein, das heutige Fest sei von der Kirche gutgemeint; ich hatte ihm erzählt, wie liebevoll der heilige Vater von der Todten gesprochen und die Feier angeordnet, um meinem Vater ein Genüge zu thun.

„Wenn ich Eurem heiligen Vater nur einmal beichten könnte!“ fuhr Pirro auf, „ich wollt' ihm Dinge sagen, daß sich — Gott erbarmen sollte! Aber Gott erbarmt sich, ein Priester nicht!“

„Pirro! Was wolltest Du ihm sagen?“ rief ich und ergriff ihn mit beiden Händen. „Papst Benedict ist ein milder, freundlicher Greis, sein weißes Haar würde Dir Ehrfurcht einflößen, auch wenn Du der Gläubige nicht bist, um ihm die Füße zu küssen.“

Pirro krampfte die Fäuste zusammen und preßte die Lippen übereinander. „Was wolltest Du ihm beichten? Heraus mit der Sprache!“ rief ich.

Als ob er etwas Unheilvolles in seinem Innern ausbrütete, wich er mir aus und sagte, sich abwendend: „Nun ich würde ihm sagen — frommer Vater, würd' ich sagen, warum erst todt und dann zu Gnaden aufgenommen? Warum soll man nicht bei lebendigem Leibe schon geduldet sein? Angioletta denkt auch nicht besser!“

„Alle Welt hier fühlt gleich!“ sagte ich, „es ist dies das Gefühl, die Gewohnheit, die Sitte des Volkes!“

„Die Priester haben's dem armen Volk erst eingeredet!“ meinte der Bursch.

„Die Priester sind der Ausdruck dessen, was das Volk vom Himmel erwartet! Du wirst weder die Priester ändern, noch das Volk! Halte Dich ruhig, oder Du stürzest Dich und mich in's Verderben!“

„So wie so!“ murmelte Pirro, „sie werden Dich, mich, den Knaben, uns Alle umbringen und dann unsere todten Knochen heilig sprechen! Muß für Euch Römischgläubige nicht Alles erst todt sein, eh' Ihr es anerkennt?“

Ich sah ihn zornig an, und doch trat mir eine Thräne in's Auge. Was der Naturbursche hier aussprach, einfach hinwarf, war ja der tiefste, schmerzlichste Inhalt meines Lebens, die Frage: Warum, warum habt Ihr das Christenthum zu einer Religion des Todes gemacht?

Ich rüttelte Pirro und bedeutete ihn, vernünftig zu sein. „Sei nicht thöricht,“ fuhr ich ihn an, „wir ziehen heim in die Berge, wir wollen dem Knaben Saverio, dem Kinde Mormona's, leben, uns ihm widmen.“ — Es bedrückte mich, daß lange Zeit aus der Heimath jede Kunde ausgeblieben war.

„Wohin gedenkst Du?“ fragte ich Pirro, als er sich aufmachte, um das Zimmer zu verlassen.

„Jeder geht seinen Weg!“ brummte er vor sich hin, „sieh Du zu, wie sie Dein Weib in den Himmel erheben; ich will sehen, was Angioletta macht. Ihre Brüder sind beim Feste, während sie selbst vielleicht das Haus hütet. Lebe wohl. Jeder geht seiner Liebsten nach, — Du Deiner todten, ich meiner noch lebendigen!"

Er schlenderte hinaus über den Corridor, die Treppe des Hauses hinunter und über den Platz. Wie ich ihn so ruhig abziehen sah, dachte ich nicht, daß der Kobold in ihm so gewaltsam zum Ausbruch kommen sollte. —

Die fromme Schaulust des Volkes drängte in dichten Haufen zum Sanct Peter. Der Strom der Menge tri b mich mit dahin. In einem Winkel der Kirche wollte ich das große Schauspiel aufführen sehen, unter dessen Pracht und Glanz ich noch einmal mein Herz und meine Wünsche für das Leben zu Grabe tragen konnte. Draußen stand die Sonne hoch im Scheitel; innen im weiten Raum des Doms waren die Fenster verhüllt, das zahllose Heer der Kerzen mußte mit ihrem magischen Schein das künstliche Dunkel verscheuchen. Ich hatte mich am Vorsprung eines Pfeilers hingekauert; der Armleuchter erhellte den Platz um mich her, während ich selbst dicht unter ihm im Schatten blieb. In den Gallerien war die stolze Pracht der vornehmen Welt versammelt; unten wogte ab und zu das Volk. Ich hatte den Aufruhr meiner Seele beschwichtigt; ich wollte das Fest als eine letzte Buße nehmen, als eine Probe meiner Selbstbeherrschung. Als aber die Orgel in Begleitung schmetternder Posaunen ein hohes Siegeslied begann, mußt' ich mit Gewalt beide Hände gegen mein Herz drücken; ich allein unter all' den Tausenden war der Leidtragende und Niemand wußte, wie verlassen und verloren ich mich mitten im Schooß der Christenheit fühlte.

Ein neues Gewühl entstand in der Menge. Der festliche Zug war auf dem Platze angelangt und bewegte sich jetzt durch das Hauptportal in's innere Schiff der Kirche. Der Säulenschaft, an dem ich Fuß gefaßt, ließ mich die Scene überblicken. An die Nobelgarde, die in rother Gala mit Hellebarden, geflammten Schwertern und Harnischen den Zug eröffnete, reihten sich Abtheilungen aller Orden und Brüderschaften. Der heilige Vater erschien auf dem Tragsessel im Purpurgewand, mit dem weißen Pluviale auf der Brust, der goldnen Mithra auf dem Haupt. Vater Benedict sah heiter und wohlgefällig auf die stürmische Menge, der er eine neue Heilige bescheerte. Der gute Alte, dessen haushälterische Sparsamkeit manchen Luxus der Kirche eingeschränkt, wollte seinen Kindern doch einmal wieder ein Fest geben; und seine Gelehrsamkeit hatte das Ceremoniel bei der Seligsprechung sinnreich geordnet. So war denn dem Volke, das „Circenses" verlangt, auch wenn es „Panem" nicht hat, ein Genüge geschehen. Die Kämmerlinge wedelten mit den Fächern von Straußfedern, die Prälaten und Referendarien der Curie trugen die Stangen des Baldachins, die Schweizergarde schloß den Kreis hinter dem Tragsessel des Statthalters Christi.

Du bist Petrus! erscholl jetzt der Gesang vom Chor, als der Papst am Presbyterium hielt. Das Volk, auch die Menge draußen, welche die Hallen nicht mehr faßten, stimmte in den Lobgesang ein; es war jetzt, wo man ihm ein Schauspiel gab, von der Unfehlbarkeit des guten Alten wieder ganz überzeugt. Am Altare nahm der Papst die Mithra ab und sprach ein Gebet; dann hob man ihn auf seinen Thronsessel. Die Cardinäle nahten zum Handkuß, die Bischöfe und Aebte küßten ihm die Kniee, die Pönitentiarien der Basilika den Fuß. Dann stimmte der heilige Vater das: Veni, creator spiritus! an. Ein Gebet: Komm zu uns, heiliger Geist! thut freilich der Welt tagtäglich noth. Der braune Professor, Pater Giovanantonio Lorenzo Ganganelli, feierlich geschmückt, trat jetzt als Procurator der waldensischen Maria langsamen Schrittes aus dem Kreise der Prälaten und erzählte dem versammelten, andächtig lauschenden Volke das Leben der Auserwählten; er rühmte ihren Wandel hienieden, sprach sogar von ihrem Verdienst um die Kirche Gottes, da sie an einem Gichtbrüchigen Heilkraft geübt, und trug die Bitte vor, sie selig zu sprechen. Altem Brauche gemäß ließ sich auch ein Advocatus Diaboli, wie das Volk ihn nennt, vernehmen, ein Widersacher alles Dessen, was heilig und gottgefällig ist. Mormona's Widersacher hätte sagen können, ihre Bekehrung sei aus Liebe zu einem irdischen Mann, nicht um Gottes und des Himmels willen geschehen. Ein Dominicaner hätte ihr ketzerisch Gelüst nach dem Kelche des Herrn, ihren Abfall in der letzten Stunde ihres Lebens verdammt. Papst Benedict's Mantel der christlichen Liebe war menschlich weit und liebevoll warm. Er gewährte die Bitte des Procurators der waldensischen Maria, er sprach mit fester, lauter, freudiger Stimme die Zuversicht aus, die Wahl der neuen Heiligen werde Gott wohlgefällig sein.

Alles lag jetzt auf den Knieen, während der heilige Vater den Lobgesang anstimmte. Dann schmetterten die Posaunen vom Chor, die Glocken läuteten, das Volk erhob sich, es wußte jetzt, daß es im Himmel eine Heilige, eine Fürbitterin mehr habe.

Der Papst war wieder auf den Tragsessel gehoben; er breitete, während der Zug sich von neuem in Bewegung setzte, links und rechts seine Hände zum Segen über die Menge aus, die zu beiden Seiten, so weit es die Schweizer gestatteten, zu ihm heranwogte. Plötzlich stockt der Zug. Dicht am Ausgange des Presbyteriums gestaltet sich unter Hin- und Herdrängenden ein wilder Knäuel. Eine kurze, stämmige Gestalt springt unter den Hellebarden hindurch in den Kreis der Wedelträger und ergreift mit kecker Hand das Gewand des heiligen Vaters. Der Tragsessel schwankt; die stürmische Hast, mit der man dem Eindringling wehrt, verursacht nur noch größere Verwirrung. Papst Benedict glaubt nicht anders, als daß ein besonders Hülfsbedürftiger so eifrig seinen Segen verlange. Er läßt halten; eine plötzliche Stille herrscht rings im Kreise. Der verwegene Mensch, nicht zufrieden mit dem Segen, den der heilige Vater ihm giebt, winkt ihm zu, ihm sein Ohr zu leihen. Der Papst neigt sich gnädig herab. Da raunt ihm Jener mit wilder Gebährde höhnische Worte zu. Der Papst fährt zurück und winkt den Beamten. Sie ergreifen den Frechen, und wie er sich wehrt, strecken sie ihn hinterrücks zu Boden. Der gellende Schrei, mit dem er niedersinkt, durchschneidet wie ein lachender Spott die feierliche Stille.

Das Alles war das Werk weniger Minuten. Meine Pulse stockten; der verwegene Mensch war Niemand anders als Pirro. Nur einen einzigen Blick hatte ich auf ihn werfen können; jetzt verschlang ihn das Gewühl der Menge, die wie eine empörte Woge über ihn zusammenschlug. Die bewaffneten Diener schleppten den Frevler nach der Seitenhalle und durch eine Nebenthür hinaus, während der Zug sich wieder geordnet hatte und seinen ungestörten Fortgang nahm. Eh' ich mich hindurcharbeitete und den Ausgang gewann, war Pirro längst beseitigt; ich erfuhr nichts, als daß ihn die Wache in das nächste Kloster abgeführt. „Der Mensch muß der Galeere entsprungen sein!" sagte ein Officier der Schweizer. — „Oder dem Irrenhause!" meinte ein Anderer. Die Trommeln wirbelten, die Kanonen von Sant Angelo donnerten, Erde und Himmel waren in Aufruhr. Ein einzelnes Menschenleben ließ sich in dem heiligen Tumult leicht unterdrücken.

Das Kloster der Barmherzigen Brüder diente zugleich den Sbirren und Polizeisoldaten zum Wachhause. Jeder Festtag in Rom macht es nöthig, daß man die Straßen säubert, durch welche ein feierlicher Zug seinen Weg nimmt. Bettler, Kranke und müßiges Gesindel laufen sonst in solcher Menge zusammen, daß sie die Processionen stören. Haufenweis bringt man sie bei den Barmherzigen Brüdern unter und füttert sie dort, bis der Festtag vorüber ist. Was Wunder! daß sich das hungrige Volk freiwillig einstellt, um über Nacht verpflegt zu werden.

Vor der Pforte lagerte noch ein Schwarm zerlumpten Gesindels, welches zu bedauern schien, daß die Wache nicht Lust bezeigte, neue Verhaftungen zu machen. Ich klopfte wiederholt, um Einlaß zu begehren. „Ei, Signor,“ rief ein Bube aus dem Haufen, „man hat schon genug Spitzbuben, das Haus ist voll!“ — „Ja,“ sagte ein mürrischer Graukopf, „jetzt ist sogar der Carneval sehr arm an Lustbarkeiten, es geht halt geizig her im jetzigen Regiment. Ehedem ließ man die Juden in Säcken tanzen und hing beim Pferderennen den Thieren brennende Lunten an den Schweif, um rechtgläubige Christen zu ergötzen. Heutzutage sind selbst die Barmherzigen Brüder sehr sparsam, und man muß schon, wie der waldensische Teufel, einen absonderlich schlechten Streich begehen, um eingesteckt zu werden!“

In dem Augenblick öffnete sich das Schubfenster in der Pforte und das greise Haupt eines frommen Bruders wurde sichtbar. „Laßt ab vom Hause des Herrn!“ rief er zürnend, „es wird Niemand mehr aufgenommen — die Suppe ist alle!“

„Frommer Vater,“ flüsterte ich, „wo ist der Unglückliche, den die Schweizer vom Sanct Peter brachten?“

Der Alte bekreuzte sich. „Was geschieht mit ihm?“ fragte ich. „Er wußte nicht, was er that, sein Sinn ist gestört!“

„Mag wohl sein, Signor!“ entgegnete der Barmherzige, „er hat Gott gelästert, die Heiligen verhöhnt, den heiligen Vater beschimpft.“

„Wahnsinn und Tollheit sprach aus ihm!“ rief ich.

„Das heilige Amt wird den bösen Geist schon in ihm erkennen und bannen!“ hieß es, während das Fenster sich schloß.

Ich eilte nach dem Profeßhause, in meine Wohnung. Das

Collegium war noch wie ausgestorben; Niemand war vom Feste zurück, nur die Kranken und die Wächter, die nicht theilgenommen hatten, waren zugegen. Der Pförtner sagte, ein Bote in der Haustracht der Beamten des Cardinals Rezzonico habe wiederholt nach mir gefragt, ein Schreiben in der Hand, das er jedoch wieder mit sich genommen. Auch mein Diener war nicht daheim.

Ohne zu wissen weshalb, raffte ich in meiner Wohnung Geld und Papiere, das mir Nöthigste, zusammen, steckte es zu mir und ging nach dem Palast des Cardinals. Die Möglichkeit, wie Pirro durch eine mächtige Fürsprache am nächsten Morgen mit dem Rudel Vagabunden heimlich entlassen werden könne, wollte mir nicht mehr einleuchten, nachdem man ihn erkannt, das Volk ihn als Waldenser bezeichnet; dennoch mußte Alles versucht werden, ihn frei zu machen.

Der Cardinal war von der Kirche gleich auf die Villa gefahren; Niemand im Palaste wußte von einer Botschaft an mich. Es dunkelte bereits, als ich vor dem Kloster der Barmherzigen Brüder abermals stand. Der Platz war leer; eine einzelne Gestalt schlich im Schatten der Häuser auf und ab. Wie ich auf die Pforte zuschritt, hörte ich meinen Namen flüstern; ein Diener des Cardinals steckte mir hastig ein Schreiben zu, während er in den Schatten zurücktrat. Ich hieß ihn warten und las; die kleine Lampe an der Pforte war eben hell genug, mit Mühe zu entziffern: „Ihr seid gefährdet, Graf Giuseppe, das heilige Amt tritt zusammen, um über Euch Gericht zu halten!“ Die Züge der Hand waren weibliche. Wie ich den scheuen Diener schärfer mustere, seine Hand ergreife, unter der breiten Krämpe des Hutes in sein Gesicht blicke: steht Carlotta vor mir. „Signora, Ihr selbst?“ rief ich erschreckt. — „Ihr liebt die Maskeraden nicht, Signor Giuseppe!“ sagte sie halb schüchtern, halb in dem Ton des Vorwurfs. — „Um Gott, Donna, Ihr habt es gewagt!“ war der Ausdruck meiner Verlegenheit. Carlotta's Zeilen waren das Ergebniß des gestrigen Tages und dessen, was sie vom Cardinal vernommen. Einem Boten hatte sie die warnenden Zeilen nicht anvertrauen, sie noch weniger im Collegium mir hinterlassen mögen, ob sie schon mit dem Wappen des Cardinals gesiegelt waren. In der Livree des Hauses war sie meiner Spur nachgegangen, hatte sie erreicht, als es dunkelte. Ich drückte ihre Hand an meine Brust; ich fühlte die erhobenen Schläge ihres Busens. „Jetzt seid Ihr doppelt gefährdet,“ sagte sie rasch und drängend. „Man wird Pirro verhören, ihn zu Geständnissen wider Euch zwingen, seine Sache mit der Eurigen vermischen. Der Orden schützt Euch nicht zum zweiten Male. Ihr müßt fliehen, noch heute Nacht. Eilt nach Civitavecchia, dort liegt ein Schiff nach Genua segelfertig!“

„Nicht ohne Pirro!“ sagte ich fest und sicher.

„Es ist Mormona's Bruder!“ flüsterte sie, rang nach Entschlüssen, schwieg und sann. „Ich bin bereit, laßt mich handeln!“ sagte sie plötzlich, wie ein Held, mit der Energie ihrer entschlossenen Seele; „der Ring, mit dem ich den Brief an Euch gesiegelt, muß mir Eintritt verschaffen; Ihr seid verloren, wird er nicht frei!“

Sie wies mich stürmisch zurück, schlug ungestüm an die Pforte und rief, als das Schubfenster sich öffnete:

„Im Namen Sr. Eminenz des Cardinals der Propaganda! Hier sein Siegelring, ich habe eine Botschaft, welche eilt!“

Der Ring blitzte im Schein der kleinen Leuchte in der Hand des Bruder Schließers; dann öffnete sich die Pforte, Carlotta trat ein und der Riegel fuhr hinter ihr zurück. —

Es mochte fast eine Stunde verstrichen sein, mir däuchte es eine halbe Nacht, als die Pforte sich wieder aufthat und im Schein der Leuchte Carlotta in der Haustracht des Cardinals wieder herauszutreten schien. Ich stürzte herbei; aber die Gestalt floh, sie sprang in weiten Sätzen, wie ein gescheuchtes Wild vor mir her, bis sie athemlos zusammensank. Ich schlug den Mantel, den Filzhut zurück; es war Pirro, den ich mit beiden Armen umschloß, bis er von der jähen Hast sich besann und mich erkannte. Carlotta war mit dem Wärter zu ihm in's Gemach getreten, hatte denselben zu entfernen gewußt und die Kleider mit Pirro getauscht. Es war leicht gewesen, ihn willig zu machen. Sie unterwies ihn, wie er sich zu verhalten habe, ahmte, wie der Wächter eintrat, seine Gebährden nach und warf sich mit Verwünschungen auf den Boden, während Pirro in ihrer Tracht entlassen wurde.

„Unglücklicher! Was hast Du in Sanct Peter gethan, verbrochen?“ bestürmte ich Pirro.

„Verbrochen?“ wiederholte er und sah mich trotzig an. „Ihr wißt ja, daß ich dem heiligen Vater längst schon gern beichten wollte!“

„Du hast ihn verhöhnt, beschimpft!" sagte ich.

„Beschimpft? Heißt die Wahrheit sagen beschimpfen?" erwiederte Pirro ganz fest und sicher. „Ich hab' ihm gesagt, ich sei Pirro, der Ketzer, und glaube Recht zu haben, wenn ich kein Römischgläubiger werde. Mormona, meine Schwester, habe auch den Weihrauch nicht riechen können und all' das Gehabe mit den heiligen Knochen und all' der Verwesung. Auch sei es nicht wahr, daß sie römischgläubig gestorben, sie sei als Ketzerin gestorben, obschon jenseits im Schooße der Engel geborgen!"

„Mich und Dich wirst Du in's Verderben stürzen!" sagt' ich. „Zum Strande gingst Du; was hattest Du in Sanct Peter zu suchen?"

Er erzählte in abgebrochenen Sätzen, wie Angioletta, die er in der Fischerhütte traf, ihn verschmäht und verwünscht, trotz seiner Liebesschwüre. Da mochte es ihn wie Raserei erfaßt haben, und er war, dem Strome der Menge folgend, nach Sanct Peter gerathen. Erst in der Halle selbst sei ihm sein Unglück wieder zu Kopf gestiegen, und es habe in ihm laut nach Rache geschrieen, daß sie eine Ketzerin sacrificirten und er, ihr Bruder, Ketzer wie sie, verflucht sein solle. Da, wie der heilige Vater Glück und Segen spendend sich zu Allen geneigt, habe er den Angriff gewagt und ihm in's Ohr geraunt, was Wahrheit sei und was die lügnerische Welt für Hohn genommen und Verbrechen schalt. —

Der nächste Vetturin am Thor hatte uns aufgenommen und führte uns nach Civitavecchia.

Sechszehntes Capitel.

Traum und Liebe; Irrsinn und Schmerz.

Der Seeweg war nach langer Zeit wieder offen, aber der Genuese, der uns an Bord nahm, mußte auf Depeschen an die Republik warten, nachdem ich mit Pirro in einer besonderen Cajüte sicher untergebracht war. Wir lagen noch den ganzen Tag im Hafen, es dunkelte bereits und es wurde noch immer nicht gelichtet. Aber schon der Anblick des Meeres, das Thun und Treiben am Hafenplatz that mir wohl; ich athmete unter dem Volke gesund und frei, mir war als hätt' ich, von Rom fort, die Katakomben eines Grabgefängnisses hinter mir.

Es mochte Mitternacht sein, Pirro war in der Koje fest eingeschlafen, als ich auf's Deck stieg. Nach so langer Störung der Schifffahrt bei dem Kriege auf Corsica, war die Zahl der Passagiere wie die Menge der Güter gleich groß. Kaufleute vieler Nationen, Armenier, Griechen und Juden tummelten sich zwischen ihren Waarenballen. Man lief vom Strande noch immer ab und zu; der neuen Ankömmlinge war noch immer kein Ende. Hier und da fanden sich Gruppen zusammen; der Gegenstand des Gesprächs, wo es allgemein wurde, war Corsica. An die Ereignisse auf der Insel knüpften die Händler ihre Hoffnungen. Einige von den Soldaten, die als Bedeckung den Schnellsegler begleiten sollten, hatten früher gegen den König Theodor gefochten, jenen abenteuerlichen deutschen Baron, der jetzt in Europa von Hof zu Hof betteln ging. Ein alter, ergrauter Kriegsmann, den sein Stelzfuß dienstunfähig gemacht, obschon er noch die Uniform der Republik Genua trug, führte das große Wort vor den Jüngeren, die sich um ihn gelagert. Er saß auf einem Waarenballen und blies den Rauch seiner Cigarre gemächlich von sich, während er mit der Faust zur Bekräftigung seiner Worte durch die Luft hieb. Die Laterne, die über ihm am Fockmast hing, beleuchtete von Zeit zu Zeit sein wetterbraunes Angesicht. Er erzählte von Pasquale Paoli, der die Corsen wieder unter ihr altes nationales Panier zusammengerufen. Der Alte hatte als Genuese gegen den corsischen Helden gefochten und ließ seinem Feinde doch eine Gerechtigkeit widerfahren, welche die Kirche Gottes in ihrem Streit gegen ihre Widersacher nicht immer offenbart. Ein blutiger Vernichtungskampf, wo Faust sich gegen Faust waffnet, läßt die Menschen immer noch menschlicher sein, als wo es gilt dem Andern das Heil der Seele, seinen Glauben und seinen Himmel im Lande Jenseits streitig zu machen.

„Franzosen und Engländer“, sagte der Soldat, „haben sich so lange um Corsica gestritten, daß kein Mensch mehr wußte, um was es sich handelte. Corsica wollte sich von der Republik frei machen; es hatte es blos mit dieser zu thun. Da kamen die beiden großen Handelsmänner aus dem Norden und machten ein Geldgeschäft daraus. Allerlei Gauner mischten sich in die Sache und der Corse wußte nicht mehr, wem er sein Blut verkaufte. Paoli, Sohn eines genuesischen Generals, aber ein Corse von Geburt, hatte endlich den verworrenen Handel geschlichtet. Kinder! sagte er zu seinen Landsleuten, ein Volk kann nur für sich selber kämpfen! Der Mohrenkopf ist Euer Panier; unter dem müßt Ihr siegen oder sterben. Franzosen und Engländer können Euch nur verkaufen. Genua hat Euch regiert, und wenn Ihr frei sein wollt, so zeigt der Welt erst, daß Ihr der Freiheit werth seid! Pasquale Paoli hat Banditen in ehrliche Soldaten verwandelt. Selbst die Blutrache schwören die Corsen jetzt ab und gewöhnen sich an Zucht und Ordnung. Er hat Schulen gestiftet und selbst gelehrte Juden zu sich berufen. Die Juden sind erst unter dem Fluch der Christenheit schlecht geworden, wie Corsica unter dem Druck der genuesischen Knechtschaft. Gott und alle Heiligen sollen mich strafen, wenn ich es je vergesse, wie der kleine Rabbi Lasse mich gepflegt und mir Gutes gethan hat, als ich bei den Corsen in Gefangenschaft schwer darniederlag. Ja, seht ihn Euch nur an, da sitzt er auf dem Strohsack und lächelt und will es nicht Wort haben, daß er mich an Leib und Seele gerettet!"

Aller Augen waren auf die kleine Gestalt eines Mannes in orientalischem Gewande gerichtet, der so eben seinen Platz verließ, um sich den Lobpreisungen des Soldaten zu entziehen.

Meine Blicke konnten ihn kaum noch erreichen, wie er still und scheu in den unteren Raum hinabstieg.

„Ist er Arzt?“ fragte ich den Soldaten.

„Alles ist er, was Ihr wollt,“ sagte Dieser, „ein Mann, der Gott ehrt, die Natur kennt und die Menschen liebt. Wenn man ihn mit unsern Heiligen in die Wagschaale legt: er wiegt ihrer ein Dutzend auf. Hat seine Weisheit aus dem Orient mitgebracht, kein abendländischer Christ thut es ihm an Gelehrsamkeit gleich. Dem können selbst die hohen Herren der Kirche nichts anhaben, denn er legt die Hand auf sie und heilt ihre Gebrechen. Paoli hat ihn zum Vorsteher einer hohen Schule machen wollen, aber es duldet den Mann nirgends lange, er ist wie ein wandernder Apostel. In Rom hat ihn der heilige Vater über sein Zipperlein um Rath befragt und nach Genua hat ihn jetzt der Doge berufen. Die hohen Herren verschreiben ihn sich wie einen Wundermann, und er geht unter Fürsten und Bischöfen von Hand zu Hand. Nun, ich glaub's schon, daß dieser Jude Wunder thut trotz einem Heiligen. Die christliche Weisheit und die christliche Liebe könnten bei ihm in die Schule gehen!“

Auf der andern Seite des Schiffs zwischen Theertonnen und allerlei Geräth saß und hing eine stiller und scheuer plaudernde Gruppe. „Habt Ihr schon gehört,“ flüsterte der Eine dem Andern zu, „was im Sanct Peter zu Rom gestern geschehen? Bei hellem lichten Tage mitten im Festzuge, von Trabanten umgeben, ist der heilige Vater meuchlings überfallen, aber — pst! versteht mich recht! nicht mit Stilett und

Messer, sondern mit Schimpf- und Schmachworten. Es soll ein Teufel von Waldenser gewesen sein; die Barmherzigen haben ihn dem Ketzergericht überliefert."

„Nicht doch!" entgegnete ein Anderer, der es besser wußte, „der wilde Teufel ist entwischt, oder der Waldenser hat sich in ein Frauenzimmer verwandelt."

„In des Teufels Großmutter vielleicht? Oder in sonst ein altes Mütterchen?" meinte ein Dritter, „wo er selbst nicht hin will, da schickt er ein altes Weib!"

„In ein ganz junges Blut hat sich der Böse verwandelt!" eiferte ein Spottvogel, „man sagt, es sei eine Cardinalsnichte oder sonst etwas vom Palast Rezzonico; sie habe mit dem armen Waldenser eine Liebschaft gehabt und wolle sich nun für ihn ketzerrichtern lassen."

„Was Liebe nicht kann!" meinte ein Alter, „Eins opfert sich für's Andere; das heilige Amt sollte ein Einsehen haben. Der arme Kobold aus den Bergen soll ohnedies toll im Kopfe sein."

„Dann war's nicht barmherzig von den Barmherzigen, ihn der Inquisition zu übergeben!" sagte der alte genuesische Soldat, der inzwischen hinzugetreten war, „toll im Gehirn? Also krank, dann gehört er in's Lazareth, und die Barmherzigen thäten besser ihn zu pflegen, als ihn auf Tod und Leben zu inquiriren. Da hättet Ihr in Ajaccio sehen sollen, wie mein Jude die Irren curirte! Höchst menschlich, ohne Feuer und Zangen, rein mit Mondschein und Handauflegen."

Ich hatte mich still gehalten und dachte nur, welchen Gefahren und welchem Spott Carlotta preisgegeben sein konnte.

Wie ich das Deck verlassen wollte, hatte sich ein Knäuel Menschen um die Treppenöffnung, die in den inneren Raum des Schiffes führte, zusammengeschlungen, der sich jetzt eben so schnell entwirrte und vor einer Erscheinung, die von unten in die Höhe stieg, zurückwich. Es war Pirro, traumwandelnd. Vom Mondlicht gelockt, hatte er die Koje verlassen und suchte mit offenen Augen schlafend das Freie. Kerzengerade, starr und steif und doch wie geflügelten Leibes, stand er bereits auf dem obersten Waarenballen, winkte Allen, die ihm wehren wollten, schwang sich über alle Hindernisse hinweg und stieg die Strickleiter hinan, dem Mastkorb zu. Ich war herbeigeeilt; jeder Versuch, ihn zu hindern, hätte Gefahr gebracht; der Matrose, der ihm nachkletterte, konnte nichts als die Sicherheit bewundern, mit der er, das Antlitz zum Monde gerichtet, Hand und Fuß fest und leicht bewegte. Eine lautlose Stille lag plötzlich rings auf dem Deck. Und der Traumwandlende schien es zu fühlen, daß man ihn beobachtete; er streckte die Hand nach uns aus und sprach einige Worte, die jedoch vom Lärm der Brandung und dem Rufen am Strande übertönt wurden. Dann stieg er ebenso behende und vorsichtig herab. Ich bedeutete die Leute, den Armen ruhig gewähren zu lassen. Er stand jetzt auf dem Bugspriet; ich war dicht unter ihn getreten, jede Bewegung, die er machte, verfolgend. „Hört, hört!“ rief er laut mit weinerlicher Stimme, „Allen soll vergeben werden, nur den Lügnern nicht! Selig sollen Alle sein, nur Die nicht, die Seelen kaufen! Ein Prediger in der Wüste bin ich gekommen, Euch von oben die Wahrheit herunterzuholen; denn bevor die Steine predigen werden, müssen die Dummen reden, da die Klugen dieser Welt verstockt sind. Fluch Denen, die die Wahrheit nicht hören wollen! Wehe auch Dir, armer Giuseppe, der Du die Wahrheit hörst und sie doch verfälschest. Sie haben Dir Dein Weib geraubt und rauben Dir den Sohn. Fälscher, Täuscher, Lügner zur größern Ehre Gottes!"

„Hör' auf, Unglückseliger!" rief ich überwältigt und meiner nicht mehr mächtig. Mit einem gellenden Schrei erstarb plötzlich seine Stimme; die Traumkraft, die ihn gehoben, schien nachzulassen, und er glitt schlaff zwischen den Tauen herab auf's Deck. Wie seine Füße hart aufstießen, wachte er vollends auf, stürzte zurück, raffte sich in die Höhe, starrte die Umstehenden an und schrie mit dem Ausruf eines wilden Thieres: „Verrath, Verrath, die Schergen des heiligen Amtes!"

Ich hatte mich auf ihn geworfen, rief ihm seinen Namen jetzt in's Ohr, um ihn völlig zu wecken. Er schleuderte mich mit Riesenkraft von sich, stürzte jedoch selbst rücklings nieder und schlug mit Händen und Füßen um sich, während seine Augen wilde Flammen, seine Lippen weißen Schaum sprühten. „Er hat das böse Wesen!" flüsterte die Menge und sprang auseinander, während ich mit ihm ringend am Boden lag. „Ruft den weisen Doctor, holt den Rabbi herbei!" rief der alte Soldat. Einige herzhafte Seeleute banden dem Armen Hände und Füße, um ihn vor sich selbst zu schützen.

Wie ich, von der Anstrengung erschöpft, mich vom Boden erhob, stand der kleine Rabbi schon unter uns, kniete zu dem

Unglücklichen nieder, breitete seine Hände über ihn und bestrich ihm mit einem stählernen Stäbchen Stirn, Brust und Leib.

„Ruhig, ruhig, verstörter Geist!" sagte der Alte, legte dem vor ihm Liegenden beide Hände auf die Magenhöhle und bändigte die Tobsucht des Unglücklichen, wie man wilde Thiere zähmt, mit festem, scharf durchdringendem Blick, Aug' in Auge. Er flüsterte dann still für sich ein Gebet, warf das Obergewand ab und arbeitete mit beiden Händen strichweise auf den Körper des Armen ein. Dieser versank alsbald in tiefen ruhigen Schlaf. „Nun in die Cajüte!" sagte der Rabbi und machte die nöthige Anordnung. Ich folgte, ihm dankbar die Hand drückend. Unten blieb er noch bei dem Schläfer, ihn emsig beobachtend, und wiederholte das Streichen mit den Händen.

„Er hat Furcht vor dem heiligen Amt!" sagte der Rabbi, wie er Miene machte uns zu verlassen. Ich sah ihn erschreckt an. „Nur ruhig!" sagte der Alte, „haltet ihn hier im untern Raum! Mit einem Tollen hat alle Welt Erbarmen, weniger mit einem Ketzer! Doch es wird nicht so arg sein, denk' ich, weder mit dem Einen, noch mit dem Andern."

„Ihr wißt —" fragte ich erstaunt.

„Kann's mir denken, komme von Rom!" erwiederte Rabbi Lasse.

„Ihr erfuhrt," fragt' ich wieder, „woher? von wem?"

„Bitte!" sagte der Rabbi ablehnend, „ein Jude darf Vieles wissen, nur nicht woher! Nur ruhig," fuhr er fort, zu Pirro geneigt, „jetzt wird er schlafen, bis ich ihn wecke; ich denke, ich hab' ihn sicher in der Gewalt!"

Der Mann hatte so viel Geheimnißvolles, daß ich nicht wieder mit Fragen in ihn zu dringen wagte. Der Blick seines freundlich milden Auges leuchtete mir noch, als er die Thür der Cajüte hinter sich zog und leise die Stiege betrat.

Ich saß und sann nach über die seltsame Heilmethode des Mannes, noch mehr über seine Kunde von uns aus Rom.

Pirro lag still und athemlos, der magnetische Schlaf hielt Leib und Seele gefangen. In dem Augenblick wurden die Anker gelichtet; wir stießen ab vom Lande; ein Halloh jubelnder Stimmen gab uns das Geleit. Kurz vor Abgang waren noch allerlei Nachzügler an Bord genommen, auf dem Decke tobte und schwirrte es noch durcheinander; einige Kanonenschläge am Bord und drüben, dann das Läuten der Glocke und endlich Stille.

Die schaukelnde Bewegung wiegte mich langsam ein. Durch das kleine Fenster warf die Laterne vom Deck ihren schwankenden Schimmer herunter; vor meinen dämmernden Blicken liefen die Gestalten meines Lebens wirr durcheinander. Ich gedachte des Knaben Saverio. Des Hausmeisters Nachrichten über ihn waren die besten; der Mann hatte mir bis zur letzten Woche regelmäßig Kunde gegeben; andere als diese hatte ich freilich nicht; mein Vater war für mich verstummt. Wie ich zurücksank, tauchte wie fast immer, wenn ich den Uebergang zum Schlafe suche, Mormona's Gestalt vor mir auf, diesmal thränenfeucht und vergeblich bemüht, mir freundlich zuzulächeln.

Hat es Dich aufgestört in Deinem himmlischen Schlafe,

armer Geist? dacht' ich still für mich, aufgestört, daß man Dich selig gesprochen, und zürnest Du deshalb? — Ich schlief endlich ein; das Auge der Geliebten leuchtete mir weiter im unsichern Lande bunter Träume. Es war mir sogar, als dränge sich ihre Gestalt lebendig an meine Seite, als wehte mir vom Lande Jenseits der Hauch ihres Mundes entgegen. Und dieser klopfende Busen war mehr als Traum; mit so heißem Athem der Lippen küssen Geister nicht! „Mormona!" rief ich mit der ganzen Sehnsucht meiner Seele. Ein lauter Schrei war die Antwort auf meinen Ruf. Erschreckt fuhr ich in die Höhe. Es war völlig Nacht um mich her; die Lampe über mir war ausgelöscht. Nur mit Mühe besann ich mich, wo ich war; erst eine Wendung des Schiffes brachte mich zum völligen Bewußtsein. Auch du ein Träumer! dacht' ich. — Aber das war kein Traum, das war Wirklichkeit gewesen! Der Duft einer lebendigen Gestalt hatte mich angeweht, mir war, als müßt' ich den Leib noch fassen können, dessen warmes Leben sich aus meinen Armen wand. Ich war aufgesprungen und tastete in dem ungewissen Dunkel umher. Ich lauschte; ich glaubte ein raschelndes Gewand zu hören. Ich rief nach Licht, ich rief Pirro bei Namen. Der Schläfer rührte sich nicht; aber die Thür der Cajüte war in Bewegung, der leise Schritt eines flüchtigen Fußes wurde auf den untern Stufen der kleinen Treppe hörbar. Wie ich darauf hinstürze, umfasse ich die zitternde, sich sträubende Gestalt, die mit einem unterdrückten Schrei zu Boden sinkt und, mit beiden Armen meine Knie umschlingend, meine weitere Bewegung hemmt. Ueber uns auf dem Deck ließen sich die schweren Tritte eines Kommenden vernehmen; es war der Matrose, der am hintern Mast die Laterne wieder anzündete. Ein Weib, voller Angst vor Entdeckung, kauerte zu meinen Füßen; das aufgelös'te schwarze Haar fiel über Kopf und Schultern. Es bedurfte kaum des schwachen Lichtstreifens, der jetzt vom Deck herunterfiel, um Carlotta zu erkennen. Der Schreck der Entdeckung bändigte die freudige Bewegung, die ich fühlen mußte, Pirro's Retterin wiederzusehen.

„Carlotta, Ihr hier?" war mein Ausruf mehr des Staunens, als sonst einer Bewegung. —

Sie hatte einen Tag voll Angst und Gefahr in Rom überstanden. Auf die Beschämung am nächsten Morgen, als sie sich den Beamten der Inquisition, die Pirro zu holen kamen, entdecken mußte, folgten Schrecken aller Art. Man hatte es einen Teufelsspuk genannt, statt des Waldensers die Nichte des Cardinals im Gefängniß zu finden. Mit der Scheu vor etwas Ungeheuerlichem hatte man sie nach dem Palast Rezzonico geführt, sie dort bis auf weiteren Befehl in strengem Gewahrsam gehalten. Nicht die Furcht vor Strafe, die Scheu vor Spott und Hohn trieb sie zu verzweifelten Entschlüssen; das Eingeständniß, den Waldenser befreit, mit ihm die Kleider vertauscht zu haben, bot für Spötter so viel Stoff, hatte so viel Beschämendes, daß ihr mädchenhafter Sinn es nicht ertrug. Es gelang ihr noch vor der Ankunft des Cardinals, aus dem Gemache im Palaste zu entkommen. Die Kenntniß der Oertlichkeit kam ihr zu statten, sie gelangte durch eine Tapetenthür, durch ein Fenster in den Hof. Draußen auf der Gasse entsprang sie den Verfolgern in den Ghetto und rettete sich dort mit Gefahr ihres Lebens in ein Haus, bis es ihr gelang an den Strand und nach der Hafenstadt zu kommen; sie hatte zu den letzten Ankömmlingen gehört, welche die Barke noch kurz vor dem Ankerlichten an Bord gebracht; die Erzählungen der Leute auf dem Deck hatten sie verschüchtert und so war sie von einem Winkel in den andern geschlichen, bis sie in meine Cajüte schlüpfte, wo sie mich schlafend fand.

Ein Strom heißer Thränen hieß sie jetzt verstummen. Was sie nach dem Ghetto geführt, auf welchen Schutz sie dort gerechnet, darüber schwieg sie beharrlich. Auf die besorgte Frage, welche Folgen ihre Flucht nach sich ziehen könne, raffte sie sich auf, sah mich an mit dem Schmerz eines geheimen Weh's und faßte krampfhaft mit beiden Händen meinen Arm. „Kannst Du noch fragen, was mich zu Dir getrieben?“ rief sie laut weinend. — „Giuseppe, stoß' mich nicht von Dir!“ schluchzte sie, und der stolze Bau ihrer Gestalt drohte sich aufzulösen. „Ich habe gebrochen mit der Welt, abgeschlossen mit Allem, was hinter mir liegt. Giuseppe, laß mich Dir folgen, sei's in die grenzenlose Weite der Welt, sei's, daß Du in den stillsten Versteck des Lebens flüchtest. Laß mich Deine Magd sein und Dir dienen! Laß uns in die Berge zu den Waldensern ziehen; ich will sie lieben, ich will sie meine Brüder nennen, denn ich weiß, was es heißt zu einem Volke gehören, das der Fluch der Menschen beladen, ausgestoßen, verhöhnt und verspottet! Aber laß mich am großen Gott nicht verzweifeln und laß uns selber groß denken, Giuseppe, in unserem Gefühl die Erlösung von den Schmerzen der Welt finden, aus dem Unglück eine Religion der Liebe stiften!"

„O mein Gott!" rief ich und rang nach Licht und Luft in diesem Labyrinth der Verwirrung.

„Schäme Dich meiner nicht, Giuseppe!" jammerte sie laut; „daß ich Muth habe, der Welt zu trotzen, hab' ich Dir gezeigt; aber ich habe nicht den Muth, in der Beschämung vor den Menschen zu bestehen. Ich kann nicht nach Rom zurück. Sei Du mein Retter, mein Erlöser aus der Schmach! Du hast ein Weib geliebt, das zu den Köhlern der Berge gehörte. Gedenke, daß ihr Werk noch unvollendet ist. Ich gelobe Dir, Mormona's Sendung zu erfüllen!"

„Stören wir den Schlaf der Todten nicht!" sagte ich, „ihre Sache ist rein von der Leidenschaft der Sünde."

Carlotta sank mit einem leisen Schrei plötzlich wie gebrochen in sich zusammen; dann erstarb ihre Stimme; die Schläge ihres Herzens schienen stillzustehen. Mich befiel die Angst, ein Herz geknickt zu haben, dessen Aufruhr mir gegolten und für dessen Gefühl kein Echo in mir rege ward. Das Unglück, geliebt zu werden, ohne Gegenliebe zu fühlen, zog wie ein Samum über mich her.

Es war jetzt so still im Raume, daß man die Wogen, die an die Planken des Schiffes schlugen, einzeln zählen konnte. Der matte Schein der leise auf- und abschwebenden Laterne über uns zitterte über Carlotta's Haar, das, aufgelöst, ihre ganze, am Boden zusammengekauerte Gestalt überdeckte. Wie ich die Hand auf ihr Haupt legte, fuhr sie zurück und zitterte fieberhaft in sich zusammen. „Carlotta!“ sagt' ich, mich zu ihr neigend, — „Carlotta! Wie ist Euch?“ fragt' ich mit der Sanftmuth eines theilnehmenden Herzens.

Sie raffte sich vom Boden auf, schüttelte das Haar von der Stirn und sah mir, blaß wie ein Marmorbild, starr und fest in's Auge. Wie ich sie von neuem anreden, begütigen wollte, winkte sie mit der Hand zurück, zornig, fest und entschieden.

„Laß uns nicht so scheiden, Carlotta!“ rief ich, „bleib, stehe mir Rede, unverstanden soll und kann ich die Wohlthäterin, die Retterin Pirro's, nicht von mir lassen!“

Sie winkte noch einmal abweisend; ich sprach kalt von Dank, wo sie Leidenschaft und Liebe gefühlt! Sie stürzte die Treppe hinauf und warf die Thür hinter sich in's Schloß.

In dem Augenblicke, wo ich ihr folgen wollte, regte sich der Schläfer, der in der Hängematte bisher ruhig gelegen. Ich wagte nicht ihn zu verlassen; hier Traumsucht und Irrsinn, dort Schmerz und Sturm: ich saß zwischen inne. — Ich saß und hütete den Schläfer, bis der Tag mit seinem Licht heraufzog. Mit dem ersten Strahl der Sonne trat der Rabbi zu uns in's enge Gemach.

Siebzehntes Capitel.

Magnetiseur und Rosenkreuzer.

„Habt Dank, lieber Meister, daß Ihr kommt!“ rief ich ihm entgegen. Hinter ihm trat ein Begleiter, die hohe, dünne, knochige Gestalt eines jungen Mannes in's Gemach, den er mir als seinen Gehülfen bezeichnete. „Erlaubt“, sagte der Rabbi, „daß ich ihn theilnehmen lasse an dem, was uns hier beschäftigt!“

„Hängt der Fall mit dem Mondlicht zusammen?“ fragt' ich, während beide Männer sich zu dem Schlafenden wandten.

„Die Sonne beherrscht das Herz, der Mond das Gehirn!“ sagte der Rabbi, „den Unmündigen und den Tollen giebt's der Herr im Schlaf, Kinder und Narren, wißt Ihr —“

Seine Frage, ob Pirro im Traume von neuem gesprochen, mußt' ich verneinen.

„Ich wußt' es,“ sagte der Rabbi, „er ist ganz in meine Macht gegeben, ihn bindet der Magnet mit seiner Kraft. Wenn ich will, kann er uns jetzt Rede stehen über Dinge, die sein

Gemüth bedrücken. Der gestörte Sinn hat oft diese Gabe der Fernsicht und weiß Blitze der Ahnung festzuhalten, auf die der selbstbewußte Verstand, auch wenn sie ihn in unbewachten Momenten überschleichen, nicht achten mag. Es ist kein höherer, kein erleuchteter Zustand, in den sich ein krankhaftes Gemüth versetzt fühlt; man erwarte keine Enträthselung der Geheimnisse Gottes, keinen Aufschluß über das Jenseits der Geisterwelt, wenn uns die Seele im magnetischen Schlafe Rede steht. Aber eine Schau in die weite Ferne, wenn auch nur dunkel und nicht frei von Täuschungen, ist ihr verliehen. Ist es doch auch dem Thiere eigen, aus der Ferne zu wittern, was sein Leben schmerzhaft bedroht; der Instinct hält es in einem tieferen Zusammenhange mit der elementarischen Welt. Der Sinn des Naturmenschen und das Gemüth des Weibes hat oft sogar ohne allen krankhaften Anreiz diese Gabe der Ahnung, die sich im magnetischen Schlafe bis zur Fernsicht steigert."

„Meister," sagte ich, „Ihr bedientet Euch zweier Stäbchen, um die gestörten Lebensgeister des Nachtwandelnden zu beschwichtigen und Euch dienstbar zu machen!"

„Es bedarf deren nicht," war die Antwort, „bei einem Aderlaß hab' ich die Entdeckung gemacht, daß auch der menschliche Körper die Kraft besitzt, die im magnetischen Steine ruht. Der Ausfluß des Blutes veränderte sich, wenn ich mich näherte oder entfernte. Auch im lebendigen Leibe sind Pole wie im Magnet."

„Man rühmt Eurer Heilkunst Wunder nach!" sagte ich.

„Wunder?" wiederholte der Rabbi und sah den Gefährten

lächelnd an, „Wunder können ja doch nur christliche Heilige thun!“

Der Gefährte schlug die Augen nieder; erst jetzt fiel mir die klösterlich abgezehrte Miene des Genossen auf, der im starken Knochenbau seines Antlitzes doch zugleich dieselbe Abkunft mit dem Manne des alten Bundes bekundete.

„Hexerei! wollt Ihr sagen, Graf La Torre!“ fuhr der Rabbi fort. Mir fiel kaum noch auf, daß er meinen Namen kannte. „Ich bin zufrieden, hält man das ABC meiner Wissenschaft nicht für das Werk des Bösen. Auch ist die Kunst ja nicht neu. Euer Paracelsus, Euer Baptista van Helmont kannten längst die magnetische Kraft, die im Menschen schlummert. Wer sie zu wecken weiß, lockert den Verband zwischen Geist und Leib, macht die Seele vom Körper unabhängig.“

„Gehört das Gebet dazu?“ fragte ich in meiner Wißbegier; „Ihr betetet zuvor!“

„Ich bete nur, um mich zu sammeln,“ sagte Rabbi Lasse. „Das Gebet macht geschickt, um die zerstreuten Kräfte der Seele auf Einen Punkt zu richten. Oft genügt schon der reine Wille, um sich eines gestörten Geistes zu bemächtigen. Eben die Kranken sind es, in denen die Seele auf Augenblicke unabhängig vom Leibe wird, und indem ich ihnen diesen Zwiespalt befördere und festhalte, gebe ich ihnen, ist die Krisis vorüber, um so sicherer die verlorene Harmonie zwischen geistiger und leiblicher Kraft wieder zurück. Auch in dem armen Burschen aus den Bergen wird diese Eintracht, die wir Gesundheit nennen, sich wieder einstellen, wenn sein kranker Sinn sich mit dieser Abschweifung vom verständigen und gewöhnlichen Bewußtsein ein Genüge gethan hat. — Ihn quält etwas daheim; nicht blos die Schergen des heiligen Amtes, die Angst um ein bedrohtes Leben in der Heimath jagt ihm im Traum das Blut in's Gehirn. Was ist es nur mit dem Knaben, um dessen Leben ihm bangt?“

Ich hatte kein Hehl, dem werthen Meister Aufschluß zu geben über Mormona's Knaben und Pirro's fixe Gedanken.

„Ich weiß, ich weiß,“ sagte Rabbi Lasse und versank mit seinen Gedanken in den Anblick des Schläfers. Ich wollte erstaunt fragen: „Ihr wißt?“ aber ich unterdrückte die Regung, um jede Störung zu vermeiden.

„Wollt Ihr gestatten,“ sagte der weise Jude, „daß ich den irren Geist des Schläfers dorthin führe, wo ihn die Angst der Sorge gebannt hält? Nennt es nicht Mißbrauch seiner Lebensgeister, wenn ich ihn zwinge, uns über den Schauplatz seiner Heimath, über die Menschen, an die seine Furcht sich klammert, Rede zu stehen! Die Natur ist gütig, wenn auch nicht immer willig!“

In mir selbst stieg die Sorge um die Meinigen daheim plötzlich zur quälenden Angst; ich bedrängte den Alten, seine Kunst spielen zu lassen. Er stand und bohrte sich mit dem Blick seiner leuchtenden Augensterne in die jetzt geschlossenen Wimpern des Schlafenden.

„Liegt die Kraft,“ fragt' ich, „die Kraft, des Schläfers Seele zu regieren, im Auge, Meister?“

„Im Auge und in der Hand,“ sagte der Rabbi, noch

immer willig, mir Rede zu stehen, während seine Gedanken sich mit Pirro's Zustand beschäftigten. „Versucht es nur selbst, Eure Lebensgeister mit der ganzen Kraft Eures Willens in die Fingerspitzen zu drängen, und Ihr fühlt alsbald in den zehn Enden Eures Körpers die sprühenden Phosphorfunken, die auch in dem Schlummernden, wenn Ihr seine Nerven berührt, das verborgene Feuer der Seele entzünden.“

„Sind die Spitzen der Finger“, fragt' ich, „die Leiter der magnetischen Kraft?“

Der Rabbi bejahte es. „An diesen äußersten Enden des Leibes“, sagte er, „bilden die Nerven wieder die Kreisform des Gehirns. Drängst Du in die zehn Spitzen die ganze Kraft Deiner Seele, so wirkt die Berührung Deiner Hand magnetisch. — Jetzt aber, erlaubt!“

Er streckte beide Hände vor sich aus, als wollte er in den großen Zusammenhang der Natur hineingreifen. Seine Muskeln spannten sich, seine Adern schwollen, in seinen Augen funkelte ein wunderbarer Glanz. So stand die an sich kleine Gestalt des Mannes wie aus ihren Fugen gerückt und über ihr Maß hinweg gedehnt vor uns, als er sich anschickte, mit der ganzen Gewalt seines Leibes sich über den Schläfer zu breiten. Der Gefährte hatte inzwischen, dieses Momentes gewärtig, Pirro's Kopf in die Lage nach Norden gebracht, in welcher Richtung der Schlummernde, wie die Nadel in der Boussole, am sichersten der magnetischen Wirkung anheimfällt. Pirro's Körper war jetzt schräg an die Wand gerückt, die Füße reichten bis auf den Boden hinab. Der Rabbi lehnte sich jetzt über ihn hin, Fußspitze gegen Fußspitze, Knie gegen Knie; seine ganze Gestalt deckte den Knaben. Jetzt ergriff er dessen Däume, je einen mit seiner Hand, und hielt ihn so lange fest, bis sein Blut mit dem des Schläfers gleiche Wärme hatte. Mit der flachen Hand fuhr er dann über Pirro's Leib hin vom Kopf über die Schultern und Arme, setzte den Daumen ein, wo der kleine Finger in der Hand wurzelte, und fuhr immer tiefer hinunter, als wollte er den Körper spannenweis ausmessen.

Ich stand und sah in stiller Erwartung diesem Thun zu. Der Meister gerieth in immer größere Aufregung; alle seine Lebensgeister waren in stürmischer Wallung, während er mit den ausgestreckten Fingerspitzen auf den Schläfer hineinarbeitete. Er blickte ihn dabei unausgesetzt starr an, Auge in Auge, als wollte er die Seele aus ihm herauslocken, sie mit dem Feuer seiner Blicke entzünden. Pirro's Augenlider standen jetzt weit auf, aber nur das Weiße war sichtbar; der Stern hatte sich tief nach oben in die Höhlung gezogen.

„Willst Du fromm und gut sein?" flüsterte ihm jetzt der Rabbi zu. „Wirst Du ehrlich und getreu mir Rede stehen?"

Pirro öffnete die Lippen, seine Stimme klang fremd, von innen heraus, als bedürfe sie nicht des gewohnten Redeorgans. Er sperrte und sträubte sich eine Weile, als suchte er sich der Gewalt, die über ihn erging, zu entziehen; dann hauchte er leise: „Alles will ich thun, Dir zu Liebe!"

„Kennst Du mich? Was weißt Du von mir?" fragte der Meister.

„Ich sehe nicht Dein Kleid, aber ich sehe die Gestalt Deines

Geistes!" sagte der Knabe. „Dein Herz ist voll Liebe und Freundlichkeit. Wie ein warmes Bad ist der Athemzug Deiner Lippen, wie gelindes Oel fließt es durch meine Adern, wenn Du sprichst!"

„So folge mir, wohin ich Dich führe!" sagte der Rabbi; „richte Deine Blicke dorthin, daheim, wo sie ruht!"

„Ah!" hauchte Pirro und dehnte die Brust wie erlösungsbedürftig hoch auf. „Wie ein armer Vogel am Faden flatterte meine Seele hin und her und konnte nicht frei werden von den Fesseln. Nun Du mich auf Deinen Mantel hebst, zieht es mich durch die Lüfte hin, hin in den Oelwald, — die Ulmen rauschen, die Oliven stehen trauernd still. Da schläft sie ruhig süß, Frieden im Antlitz, und Freude tönt unter den Seligen: Hosianna in Ewigkeit!"

„Ist sie von ihnen vergiftet?" fragte der Rabbi.

„Nein, nein," war die Antwort laut und sicher; „sie starb einen sanften Tod, das Maß ihrer Liebe war voll, der Becher des Lebens schäumte vor Freude über; darum starb sie; freilich klebte am Rande des Kelches ein Tropfen Wermuth!"

„So folge mir jetzt in eine andere Halle!" drängte ihn der Rabbi.

„Ja, ja, wo die Angehörigen des Hauses ruhen!" rief Pirro.

„Also in der Gruft!" fuhr der Rabbi fort. „Steh' mir Rede, was siehst Du dort? — Särge?"

„In der Kirche wird ein Katafalk hergerichtet!" hauchte

Pirro ängstlich, „sie wollen den alten Grafen beisetzen, der Pendel seines Lebens stand plötzlich stille!“

„O mein Gott!“ flüsterte ich und legte die Hand auf mein stürmisch klopfendes Herz.

„Was siehst Du sonst noch dort?“ fuhr der Rabbi fort.

Pirro machte Zuckungen, als ob ihn die weitere Anstrengung schmerzte. Mitten durch sein Antlitz lief ein Ausdruck des Widerwillens, er bäumte sich in die Höhe, sein ganzer Körper warf sich in heftigen Erschütterungen hin und her. Der Rabbi arbeitete von neuem mit beiden Händen auf ihn ein, er bezwang nur mit Mühe den wilden Ungestüm. „Rede, gieb Antwort!“ rief er, mit dem Schläfer ringend, „was schaust Du noch daheim?“ Pirro knirschte mit den Zähnen und schwieg.

„Wo ist Mormona's Sohn?“ rief ich laut in der Angst meiner Seele. Der Rabbi wiederholte diese meine Worte. Pirro stöhnte laut auf und machte mit beiden Händen eine Bewegung, die es ungewiß ließ, ob er die Frage von sich abwehren oder mit dem Hinweisen auf eine weite Ferne beantworten wollte.

„Ist der Knabe todt?“ rief ich.

Der Rabbi schüttelte das Haupt. „Er sieht ihn nicht!“ sagte er zu mir gewendet.

„Verschwunden mein Sohn Saverio?“ fragte ich zitternd.

„Lassen wir ihn für heute ruhen!“ mahnte der Alte, „er ist erschöpft, seine Seele hält uns nicht mehr Stand.“

Der Meister ließ von ihm ab; er strich rückwärts mit der

flachen Hand über ihn hin; es war die umgekehrte Bewegung, womit er die aufgestörten Lebensgeister des Schläfers wieder beschwichtigte. Pirro schloß die Augenlider; er verfiel in einen festen, ruhigen, von Traumbildern befreiten Schlummer. Der Rabbi war niedergekniet, nicht zum Gebet, sondern vor Erschöpfung; dann richtete er sich mühsam auf, wankte zum Sessel und lehnte sich mit geschlossenen Augen zurück. Mir blieb die qualvolle Unruhe, nicht zu wissen, was hier Wahrheit und was Trug der Sinne, wie weit dem gestörten Geist ein Blick in die ferne Heimath gestattet war.

„Fraget das nicht!" flüsterte, als ich dieser Qual Worte gab, der Gefährte des Meisters. Der hagere, mönchisch blasse Ascet sah mich mit den hohlen, gespenstischen Augen durchdringend an und führte mich still bei Seite. „Die Erscheinungen des animalischen Magnetismus", sagte er, „bringen die substantielle Kraft und ideale Macht der Seele zum Vorschein, bringen wenigstens die festen Verstandesunterschiede von hier und dort, hüben und drüben in Verwirrung. Aber sicher unterscheiden wir noch nicht Leib und Seele; auch will uns vom Lande Jenseits noch kein Geist gehorchen!"

Er stierte vor sich hin, als verlangte er, die verschlossene Tiefe solle sich mit dem Mittelpunkt der Welt ihm öffnen. „Der Schläfer", fuhr er, auf Pirro deutend, fort, „wird nun Friede haben; seiner kranken Traumsucht, die ihn irre in die Ferne trieb, ist nun ein Genüge geschehen. Wenn er erwacht, wird er gesund aufstehen, die Krankheit von sich schütteln und von seinen Traumbildern nichts wissen. Wenn Traum und

Wachen sich ineinander wirren, so nennen die Menschen das Tollheit und Wahnsinn. Der Meister hat schon manches gestörte Gehirn geheilt, indem er die fixen Ideen organisirte und sie magnetisch zwang, sich auf das Bereich des Schlafes zu beschränken."

„Ihr seid schon lange des Rabbi Schüler?" fragt' ich.

„Ein Anfänger in der Wissenschaft, ohne mich dessen rühmen zu können," war die Antwort. „Auch müssen wir es geheimhalten, denn die Menschen nennen es Magie und schwarze Kunst."

„Und doch hat auch Christus durch Handauflegen geheilt!" warf ich ihm in die Rede.

Er schien das Wort zu überhören. „Vor dem Sündenfalle", sagte er, „war im Menschen das Ferne und das Gegenwärtige nicht geschieden, Vergangenheit und Zukunft nicht getrennt. Seine Sinne reichten weiter, er hatte mehr Theil an den Strömungen der elementarischen Kräfte. Die Welt der Menschen ist mit dem Sündenfall ein verworrenes Chaos geworden, die Sinnlichkeit, weil sie von den einfachen Wegen der Natur abirrte, ist sündhaft und der Geist ein fernes Jenseits geworden, in das der verirrte Mensch mit sehnsüchtigem Auge hinblickt, ohne es zu erreichen, ohne es wieder ganz hereinziehen zu können in den Kreis des Lebens. Wir halten die Natur für verworfen und können deshalb auch Gott nicht mehr finden, es wäre denn, er beschliche unser Herz in geweihten Augenblicken der Verzückung, oft erst dicht an der Pforte des Todes, wo Gott und Natur ihren Frieden schließen und ihr Zwiespalt endet. Jesus von Nazareth hat wie die alten Propheten in der ursprünglichen Reinheit der Menschennatur das Göttliche wieder aufgefunden. In seiner vom Geist durchleuchteten Gestalt, still und selig, fast weiblich hingegeben an das Walten der Natur, ein Mitglied jener Schule der Essäer, wandelte er unter den Menschen lange Zeit unerkannt und unverstanden. Ehe man an sein Wort glaubte, glaubte man an seine Hand, denn seine Hand war wunderthätig, weil er die guten Kräfte des Lebens kannte, weil er wußte, wo der Mensch heilig und wo die Natur göttlich ist. Seitdem die Menschen zu ihm wie zu einem Gott beten, haben sie ihn sich fern gerückt. Er soll sie erlösen, damit es ihnen erlassen bleibe, selber göttlich zu werden! Wir haben das verlorene Paradies, das Er wiederfand, durch unsere Schwachheit zum zweiten Male verloren, gehen nun wieder in der Dämmerung um und tappen unsicher nach einem trügerischen Schein von leuchtenden Phosphordünsten, wo wir im vollen Sonnenschein der Gnade Gottes in der Natur athmen könnten. Hier ein alter Seher, dort ein stiller Waldbruder oder die hinsterbende Liebe eines Weibes: das waren für die dunkle Welt Jahrhunderte lang nur noch schnell vorüberfahrende Blitze, und wir haben auch diese zu Irrlichtern werden lassen. Die Erhebung zum Göttlichen ist nur noch ein kurzer Moment, den die Natur unseres Geschlechtes nicht mehr auf lange erträgt."

Ich erschrak über diese Offenbarungen so heftig, daß ich mit zitternder Hast des Redenden Hand ergriff. „Ist das auch der Glaube Eures Meisters?" fragt' ich, „Eures Meisters, der sich einen Juden nennt?"

Der Fremde sah mich durchdringend an. „Er ist kein Jude im gewöhnlichen Sinne des Wortes," sagte er, „kein Jude in dem Sinne, den der Haß der Christen damit verbindet. Sie haben die Juden so lange geknechtet, bis diese wahrlich Knechte geworden sind. Sie glauben an keine Propheten mehr, und ihrer bedarf doch die Welt! Die Juden glauben, man müsse zu Jerusalem beten. Eliesar Lasse meint, auf jeder Stelle, wo der Mensch den Staub der Welt von sich schüttelt, sei es noch möglich, Gott zu finden. Die Juden hoffen auf einen zukünftigen Heiland. Eliesar Lasse meint, der Geist, der da frei macht und erlöst, sei alle Zeit dagewesen und noch alle Zeit gegenwärtig; nur merken sie ihn nicht und lassen ihn vergeblich an die Pforte klopfen, lassen ihn mitten im Leben, wo er doch so gern weilt und wo er seine Stätte sucht, von Hütte zu Hütte obdachlos vorüberwandeln. Nur wo der Mensch den Menschen findet, noch unberührt vom hinfälligen Tand der Welt, noch unverfälscht vom Ränkespiel der Begierden, da wird es noch möglich sein, daß der herumirrende Geist Gottes seine Einkehr hält und unter ihnen weilt. Rabbi Lasse ist so wenig im gemeinen Sinn ein Jude, wie ich ein Christ, ob mich schon die Taufe dazu machte, das Kleid des Ordens, das ich trage, dazu stempelt."

Er schlug seinen Kaftan von den Schultern zurück; die Robe der Männer von der Gesellschaft Jesu ward sichtbar, auf der Brust die Kapsel mit dem Lamm, das die Fackel trägt, als Sinnbild, mit den Buchstaben S. S. I. — Sodalis Societatis Jesu.

„Ihr tragt das Gewand eines Ordens," sagte ich, „das ich abgelegt; ich habe keinen Theil mehr an seiner Genossenschaft."

Der Mann sah mich dreist und sicher an. „Warum," fragte er, „warum ein irdisches Gewand, weil Staub an ihm haftet, mit einem andern vertauschen, an dem vielleicht nicht weniger Spuren menschlicher Unzulänglichkeit kleben? Auch solltet Ihr in Frage ziehen, ob der Orden, den Ihr aufgeben wollt, Euch seinerseits aufgiebt! Glaubt Ihr keinen Theil an ihm zu haben, Graf Giuseppe della Torre, so fragt Euch zuvor, ob der Orden nicht an Euch Theil habe und seinen Antheil gültig zu machen Willens sei! Warum das Gute, das er hat, seine weite Verzweigung, seine Weltverbindung, nicht nutzen, — wenn nicht zur Ehre Gottes, so doch zum Heil der Welt?"

„Ihr scheint Euch sehr gut mit der Gesellschaft gestellt zu haben, Euch innerhalb ihres Verbandes Eure Freiheit erhalten zu wollen!" sagte ich, den Redenden mit Blicken messend, die er ruhig und fest erwiederte.

„Ein Waisenkind jüdischer Eltern," sagte er, als müsse er sich rechtfertigen, „erwachte ich zu meinem ersten Bewußtsein in einem Findelhause der Gesellschaft Jesu; ich ward ein Zögling in der Schule meiner Wohlthäter; warum mich von ihnen trennen?"

„Ich meinestheils", sagte ich, „fand nicht was ich im Orden

gesucht. Ich suchte in ihm einen Bund vorurtheilsfreier Männer, die unbehindert von der Knechtschaft des Buchstabens den fortschreitenden Gedanken des Jahrhunderts sich zu eigen machen, ein Bündniß denkender Köpfe, welche über die Fesseln der Bekenntnisse hinaus dem Dienst der Menschheit sich weihen, die Welt beherrschen wollen, um sie zu erlösen, nicht um sie eigennützig auszubeuten. Die Gemeinschaft Edler suchte ich, die eine unsichtbare Kirche stiften wollen, an deren Altar der Mensch dem Menschen die Hand bietet und ihn als Bruder begrüßt. Ich fand das nicht im Orden der Männer, die sich Jesu Schüler nennen.“

Mein Gegner sagte ruhig und trocken: „Was Ihr suchtet, durftet Ihr nicht in den Formen einer Gesellschaft finden wollen, die, so bildsam sie ist, doch immer die Schöpfung eines früheren Jahrhunderts bleibt! Hat der Orden seine Mission, ein Feldlager wider den protestantischen Geist zu sein, aufgegeben, so kann er doch nicht in den Formen und Ergebnissen mit diesem Protestantismus, ob er schon dessen Vortheile in seinen Dienst nehmen möchte, Hand in Hand gehen. Es ist schon genug, wenn er eine Verbrüderung der Denkenden, wie Ihr sie sucht und wollt, nicht stört! Was Ihr aber sucht, Graf La Torre, es ist zu finden, auch innerhalb des Ordens, freilich aber dort nicht mehr und nicht weniger wie innerhalb jeder sonstigen Gemeinschaft, sie sei staatlicher oder kirchlicher, weltlicher oder geistlicher Art. Was Ihr suchet, Graf La Torre, es existirt; der Bund freier Edler, die im Menschen den Menschen wollen, ist vorhanden, und es bekennen sich zu ihm Mitglieder aller Religionen und Secten, Genossen jedes Standes und Geschlechts, Bewohner aller Zonen so weit das Rund der Erde reicht, so weit der Tempel der Natur seine Hallen öffnet, der große Baumeister der Welt die Elemente des Lebens kennt und prüft.“

„So seid Ihr Freimaurer?“ sagt' ich.

„Ihr sagt es, Graf La Torre,“ war die Antwort des Mannes, „Maurer von der Loge und nach dem Bekenntniß von Rose und Kreuz.“

„Ist, was Ihr mir als Euer Bekenntniß angabt, gemeinsames Gut Eurer Loge?“

„Wir arbeiten in diesem Sinne,“ sagte der Mann, „in den Logen zu Turin, in Paris und in deutschen Landen.“

„Scheidet Ihr Euch streng von den Systemen anderer Logen?“ fragt' ich.

„Wir unsererseits sind duldsam, die Intoleranz ist auf Seiten Anderer!“

„Ich werde Euch aufsuchen,“ sagt' ich, ihm die Hand bietend.

„In Rose et croix findet Ihr uns allerwegen!“

Ein Tumult auf dem Deck des Schiffes ward hörbar; der Fremde — er hatte sich mir Belmar genannt, — brach auf, faltete sein Gewand zusammen und stand noch einen Augenblick über den Rabbi geneigt, der in leisen tiefen Zügen mit dem Lächeln des Friedens auf seinem Angesicht, den Schlaf des Gerechten schlief. Ich ließ jedoch nicht ab von ihm.

„Darf ich wissen,“ fragt' ich Belmar, „was ihm und Euch so viel Kunde von mir und meinem Thun in Rom verschaffte?

Ihr kanntet meinen Namen, kanntet Pirro, wußtet was mit ihm geschehen!"

„Von wem sonst als von ihr konnte uns diese Kunde kommen!" flüsterte Belmar.

„Von ihr? Von wem?"

„Von des Rabbi Tochter, Carlotta."

„Carlotta, die Nichte des Cardinals, — Rabbi Lasse's Tochter?"

„Hat sie es Euch verschwiegen," sagte Belmar, „so geschah's vielleicht in der irren Hast ihrer geängsteten Seele. Ein Kind des Ghetto ist nicht jederzeit einer vorurtheilsfreien Duldung gewärtig. Carlotta ist im Kerker der Inquisition geboren. Ihr Vater, damals Juwelier, hatte bei dem letzten Kirchenfeste für ein Kleid der Mutter Gottes falsche Steine geliefert. So lautete die Anschuldigung, da die Thatsache feststand, der Betrug eines römischen Hofbeamten erst nach Jahren entdeckt ward. Der Lieferant wurde heimlich eingesteckt, sammt seiner jungen Frau, deren Zustand unberücksichtigt blieb, und die ohnedies das Loos des Gatten zu theilen entschlossen war. Verleumdungen und heimliche Anklagen gegen die Gesinnung des Juden brachten seine Sache vor das heilige Amt. Man nahm die Lieferung falscher Steine nicht blos für Betrug, sondern auch für Verhöhnung der christlichen Religion. Lasse's Frau starb im Kerker kurz nach der Geburt des Kindes. Der Vorstand der Findelhäuser, Cardinal Rezzonico, nahm aus besonderer Menschlichkeit das Kind zu sich in's Haus; so ward Carlotta Christin, ihren Vater aber traf das Urtheil der Verbannung auf zehn

Jahre von Rom. Er ging nach dem Orient; er studierte dort an der Wiege der Menschheit die Bücher der Vorzeit, in den Katakomben Aegyptens die Weisheit der Hieroglyphen, in den Schulen der Perser die Geheimkräfte der Natur. Wie er nach Rom heimkehrte, war längst sein guter Name wieder hergestellt, der Betrüger im Personal des päpstlichen Hofes entlarvt; die Cardinäle empfingen ihn mit offenen Armen, aber sein Weib war todt, sein Kind war Christin. Da er den hohen Herren der Christenheit mitunter das Zipperlein heilt, werden sie wohl durch die Finger sehen, ist dem Vater die Tochter nachgeeilt."

„Wo ist Carlotta?" rief ich, „laßt sie mich sehen, ich that ihr weh!"

„Signor", sagte Belmar, mich bei der Hand fassend, „entschuldigt ein dreistes Wort! — Ihr habt das Weib in ihr beleidigt; sie hat gelobt, Euch nicht wieder zu sehen. Ihr habt sie als Hülfsbedürftige kennen gelernt; sie kann nicht nach Rom zurück; es fehlt ihr aber nicht an Stützen in der Welt, sie ist eine Affiliirte der Gesellschaft Jesu."

Ich schwieg bestürzt; mein klopfendes Herz, die Stimme des Gewissens sagte mir, ich hätte das Unglück ihrer Neigung zu mir als etwas vom Schicksal Gebotenes auf mich nehmen sollen; ich durfte ein Weib, das sich an mich klammerte, nicht von mir stoßen. Ob ihr scheiterndes Schiff an den Klippen zerschellte oder auf eine Sandbank gerieth: — ich trug daran einen Theil der Schuld. —

Belmar war, nachdem ich ihm das Geleit gegeben, von meiner Seite verschwunden; ich wagte nicht ihn nochmals aufzusuchen. Wie ich wieder in die Cajüte hinunterstieg, trat mir der Rabbi entgegen, Pirro an der Hand. Das freundliche Lächeln stand wie das Zeugniß einer guten That auf seinem edlen Antlitz, wie er mir den Traumwandler wohlbehalten überlieferte. „Laßt mich auch ferner, wenn Ihr es für gut erachtet, sein Arzt sein!“ sagte der Mann mit der anspruchslosen Duldermiene, welche die gerühmte Demuth des Christenthums beschämen konnte. Ich umarmte ihn still gerührt. „Wenn Ihr mein bedürfet,“ sagte er, „Ihr wißt, Signor, wo der Jude in Genua haust, am alten Hafen hinter Palast Fiesco in der alten Trümmergasse. Aber auch im Collegium der Männer Jesu denk' ich Euch zu finden; ich gehe dort aus und ein. Die hohen Herren sind mir wohlgeneigt, sie berufen mich oft, seitdem sie wissen, daß ich weder mit falschen Steinen noch mit der schwarzen Kunst des Gottseibeiuns handle.“

Wie er mich ernst und forschend anblickte, mußte ich denken, er habe, nur in halben Schlaf versunken, meine Unterredung mit Belmar vernommen.

Die Felsenstadt Genua lag vor uns, unser Schiff warf Anker. Im Gewühl des Hafens umtobte uns das Geschrei der geschäftigen Menge. Für den Rabbi stand ein Maulthier bereit; Belmar, der Jude und Mönch, der freie Maurer und Jesuit, gab ihnen das Geleit; eine verhüllte Frauengestalt schritt ihnen zur Seite, zweifelsohne Carlotta. — Mich nahm die Sorge um Pirro in Beschlag. — —

Die Steine brannten heiß, als wir die Strada nuova zum Palast der Jesuiten hinunterschritten. Ich mußte Eusebio sprechen, eh' ich Genua verließ. Pirro schauderte beim Anblick der schwarzen Mauern des Collegiums zusammen; er stand still und zögerte; erst als ich ihn an die Hand nahm, hielt er Schritt und ging sinnend neben mir her. Rechenschaft konnte er sich von dieser plötzlichen Furchtanwandlung so wenig wie von seinen Nachtgesichten geben.

Eusebio war krank, hieß mich aber in den Sprechsaal führen. „Laß uns fliehen, Giuseppe!“ flüsterte mir Pirro zu, mich beim Eintritt in den Saal mit der Gebährde kläglicher Angst am Kleide zerrend. Er zuckte heftig zusammen, wie Pater Eusebio, mühsam auf einen Diener gestützt, in den Saal trat, gebückten Hauptes, todtenblaß, die Augen in ihre Höhlen zurückgesunken. Er streckte mir zitternd seine Arme entgegen, und wie ich an seinem Herzen lag, fand seine Erschütterung in einem Strom von Thränen ihren Ausdruck. „Müssen wir uns so wiedersehen?“ rief er mit erstickter Stimme.

Ich sah erschrocken in sein Antlitz, das er mir halb entzog; ich fragte nach dem Grund seiner Aufregung.

„Nun, Du kommst ja doch aus Santa Maria?“ fragte er entgegen.

„Von Rom komm' ich,“ war meine Rede, „nichts weiß ich von dort; was ist geschehen?“

„Was geschehen?“ wiederholte er; „so haben Dich die Briefe nicht erreicht, die Dir den Tod des Sohnes melden?“

„Mein Sohn Saverio todt?“ rief ich bebend.

Eusebio senkte das Haupt und tastete nach dem Arm des Dieners. Mit einem gellenden Schrei stürzte Pirro auf uns ein; eine Fiebergluth war in seine Wange getreten, seine Augen rollten, seine Stimme kreischte: „Mormona's Sohn — todt? Priester, Du lügst! Der alte Graf ist todt — ich sah in vorletzter Nacht in der Kirche den Katafalk errichten; er ruht im Sarge, in der Schloßcapelle. Den Knaben Saverio sah ich nicht, ich konnte ihn nicht finden, aber er ist nicht todt, der alte Graf ist todt!"

Eusebio wankte zurück; der Diener hatte Mühe, ihn zu halten, während ich Pirro mit beiden Händen ergriff. Mit dem Zwange, den ich ihm anthat, stieg nur sein Wuthanfall; krampfhaft mit den Gliedern um sich schlagend, mit glotzenden Augen, Schaum auf den Lippen, stürzte er unter dem Ausruf: „Alles Lug und Trug!" rücklings zu Boden. Mit Hülfe herbeieilender Diener, die sich kaum seiner bemächtigen konnten, ward der Unglückliche entfernt; ich hörte noch seinen Wuthschrei den langen Corridor entlang; man trug ihn in ein entferntes Gemach.

Von den hereinbrechenden Schrecken betäubt, folgte ich dem Provinzial, der sich auf sein Zimmer führen ließ, nachdem für Pirro einer der Aerzte des Instituts herbeigeholt, den Dienern aber Stillschweigen über den Vorfall auferlegt war.

Eusebio lehnte auf seinem Lager und reichte mir abgewendeten Angesichts seine Hand. „Das Unglück Deines Hauses hat mich niedergeworfen," sagte er mit matter Stimme. „Vor vier Tagen berief mich ein Eilbote nach Santa Maria. Pater Uberto ließ mir melden, der alte Graf fühle sich sehr schwach, wolle sich mit mir, mit unserem Orden versöhnen, müsse meinen

Rath hören über sein Testament. Ich eilte dahin; ich fand Alles in Trauer, der Knabe — hatte nach kurzer Krankheit in Krämpfen geendet. Des Hausmeiers Frau, die getreue Pflegerin, lag danieder; sie hatte zugleich ihr eigenes Kind, Saverio's Milchbruder, zu beweinen."

„Beide Knaben todt?" rief ich entsetzt.

„Ihr Schicksal vollzog sich in derselben Stunde; Saverio's Sarg steht in der Waldcapelle zu Füßen seiner Mutter."

Ich brach zusammen; meiner Sinne nicht mächtig, saß ich stumm und starr.

Als ich mich aufraffte, machte mir Eusebio noch folgende Mittheilungen. „Ich fand Deinen Vater", sagte er, „sehr schwach, aber bei vollem Bewußtsein. Die Beatification Mormona's hätte ihm genügen sollen, sein Haus für gesühnt zu halten. Du selbst warst vom heiligen Vater freigesprochen, unter der Bedingung Deines weiteren Eifers für die Kirche. Trotzdem liefen von Kundschaftern über Dich aus Rom Berichte ein, die Deines Vaters Seelenruhe störten. Er ist entschlossen, sein gesammtes Hab und Gut bis auf ein Pflichttheil, das Dir zu belassen sei, dem römischen Hofe zu vermachen und Santa Maria in ein geistliches Institut zu verwandeln, in welchem die Propaganda des Glaubens unter Vorsitz eines Dominicaners den Schauplatz ihrer Thätigkeit eröffnen solle. Ich protestirte gegen diese Verfügung in Deinem Namen, mein Sohn, im Namen und Interesse unserer Gesellschaft, deren Sodale Du noch warst. Auch auf Grund der Familienstatuten Deines Hauses konnte ein Bedenken erhoben, die Rechtmäßigkeit eines solchen Testaments bezweifelt werden; aber ich mußte es geschehen lassen, daß diese Verfügung des letzten Willens in Form einer Schenkungsacte abgefaßt wurde. Die Kirche soll auf fünfundzwanzig Jahre mit den Gütern Deines Hauses belehnt werden; diese Dauer des Beneficiums wurde beschlossen, um in dieser Frist all' Dein Hab und Gut, die ganze Stätte Deiner Familie kirchlich zu benedeien und den Fluch des Hauses zu sühnen."

„O Wahnwitz, wann wirst Du enden?" rief ich.

„Noch ist die Schenkungsacte nicht unterzeichnet," sagte Eusebio, „eile nach Santa Maria, stelle den letzten Willen Deines Vaters durch ein Gelübde zufrieden; noch ist es Zeit. Du weißt, sein Wort war: Er oder der Knabe müssen der Kirche gewidmet werden!"

„Mein Gott!" rief ich, „ist noch nicht genug geschehen, um dem Fanatismus des Aberglaubens zu genügen? Sind der Opfer nicht schon genug?"

„Der letzte Wille eines Sterbenden hat heilige Kraft," sagte Eusebio, „auch wenn die Form der Abfassung rechtlich anzutasten wäre. Der letzte Wille Deines Vaters sollte noch in anderer, viel härterer Form abgefaßt werden, in der Form einer Enterbung, falls Du Deine Einwilligung verweigertest. Ich habe dagegen protestirt; der Orden kann aber als Dein Anwalt nicht mehr auftreten, wenn Du aufhörst, sein Genosse zu sein. Noch ist es Zeit, mein Sohn: nimm die Erklärung Deines Austritts zurück und wir wollen Dich schützen, Dich retten!"

„Ich fühle mich auf mich selbst verwiesen!“ sagt' ich, „ich will versuchen, mein Recht selbst zu wahren, mein Unglück allein zu tragen.“

„O mein Sohn, dann seh' ich Dich Stürmen preisgegeben, die ich nicht beschwichtigen kann.“ —

Mit diesen Worten streckte er mir seine Arme entgegen; ich aber beeilte mich, die Heimath zu erreichen.

Achtzehntes Capitel.

Die Todten in Santa Maria und ihr Prophet.

Pirro's Zustand war nach dem krampfhaften Anfall noch bedenklich genug; das Pferd, das mich nach der Heimath führen sollte, stand gesattelt; es war keine Möglichkeit, daß mich Pirro begleiten konnte. Ich sah ihn in der Pflege zweier Aerzte des Collegiums; ich hatte mir nur noch ausbedungen, daß dem Rabbi Lasse Zutritt zu ihm gestattet werde. Ein Eilbote wurde von mir beauftragt, den werthen Meister in der Judengasse aufzusuchen und zu berufen. Der Diener, der mich begleitete, mußte auf mein Geheiß noch ein gesatteltes Maulthier zur Hand nehmen, ohne daß ich dafür die Bestimmung sogleich angab. In der äußersten Vorstadt Genua's wußte ich einen als rechtschaffen und hülfreich bekannten Medicus, der, ohne Geistlicher zu sein, weit und breit gesucht und gerühmt war. Diesen bat ich, um eines wichtigen, von mir noch verschwiegenen Falles wegen, mir den Tag und die Nacht zu widmen. Er ging ebenso bereitwillig auf die Bitte ein, das Kleid seines Standes für diesmal mit einem bürgerlichen zu vertauschen.

Wie die Kuppeln von Santa Maria aus der Ferne vor mir aufstiegen, hielt ich, vom Widerstreit meiner Gefühle überwältigt, an. Ich bedurfte der Sammlung meiner Gedanken und fand doch im Wirrwarr der mich von zwei Seiten bestürmenden Empfindungen keinen Faden, der mich sicher leitete. War es der Schmerz um den Verlust des Sohnes, war es der Groll gegen den Plan, der über mich und mein Dasein tyrannisch verfügen wollte: ich weiß nicht, was mich tiefer erfaßte und durchschüttelte.

Wie ich um den Vorsprung des Oelwaldes biege, seh' ich im dämmernden Schatten einen Maulthierzug halten. Zum zweiten Male wird mein Name gerufen; erst die Begleiter machen mich aufmerksam, als ein Mann sich aus dem Sattel hebt und mit aufgeschürztem Kleide hart auf uns einschreitet. Hat er dem Pferde in den Zügel gegriffen, — genug, es bäumt sich und scheut vor der Gestalt, und ich erkenne den Caplan. „Bote des Todes!" entfuhr mir unwillkürlich; eben so rasch gleit' ich aus dem Sattel, Pater Uberto steht vor mir.

„Ihr kommt zu spät, Signor!" tönt es wie Grabeston von seiner Lippe.

„Ich weiß, Caplan," sag' ich ihm, „Ihr habt den Sohn Mormona's schon beigesetzt."

„Zu spät", fährt er fort, „um Eurem Vater die letzte Ehre zu erweisen."

„Dann lebt der Knabe noch, wie?" rief ich halb sinnlos, „dann hat der Traumwandler sich nicht geirrt! Meinen Vater sah er todt, den Knaben sah er nirgends. Oder wollt Ihr mir denn Alles tödten, rauben?"

Uberto sah mich starr aus hohlen Augen an; in seinem Antlitz stand nichts, als das Gebot der Nothwendigkeit, dem Himmel die Erde, der Kirche die Welt um jeden Preis zu opfern. Aber es war dieselbe Nacht gewesen, in welcher Pirro die Vision gehabt: da hatte mein Vater die Augen geschlossen, da ward ihm in der Kirche der Katafalk errichtet, er selbst in der Gruft beigesetzt. Auf die Nachricht aus Rom, ich sei zu Schiff nach Genua, hatte sich der Caplan aufgemacht, mir die zweite Trauerkunde in Person zu bringen.

Ich lenkte vom Schlosse ab in den Olivenwald; der Caplan ritt sein Saumthier schweigend neben mir. „Des Knaben vollgültiges Leben, Pater Uberto," sagt' ich ihm, „ist von Euch in jeder Form bezweifelt worden, erst in der Rechtmäßigkeit meiner Ehe, dann in seinem ganzen Dasein!"

„Den Gewissensfragen Eures frommen Vaters mußte Antwort werden," entgegnete der Priester; „lassen wir die Todten ruhen und ehren die Bedingungen ihres seligen Scheidens!"

„Aber bringen wir nicht die Lebenden ihnen zum Opfer!" sagt' ich bis in meine tiefste Seele verwundet. Er oder Du! klang mir immer noch wie das Echo meines Schicksals.

Ich hieß den Caplan seinen Rückweg zum Schlosse allein fortsetzen; ich hielt mit meinem Medicus vor der Waldcapelle, wo Mormona ruhte, ihr zu Füßen der Sohn.

Der Arzt gelobte mir Schweigen; die Leiche des Kindes lag vor uns. — Das Ergebniß war ein unverfängliches; kein

Zeichen eines unnatürlichen Todes ließ sich entdecken, das entstellte Antlitz des kleinen Wesens, sein ganzer Leib deutete auf nichts, als auf die Spuren des Krampfes, der sein Leben beendet.

Den Hausmeier fand ich am Lager seines Weibes, Beide noch halb sinnlos vor Schmerz über den eigenen Verlust, betäubt von den wiederholten Schlägen, die Alle betroffen. In der Verwirrung fand ich keine Zeit, war ich selbst zu unfähig, mit der Ruhe des Juristen zur genauen Bestätigung der Thatsachen die Zeugen zu verhören; mein Argwohn, daß hier ein unerhörter frommer Betrug mich hinterging, tauchte erst später auf, ich nahm die Scheu der dabei Betheiligten, mir Rede zu stehen, für den Ausdruck des Schmerzes über ihr eigenes Unglück. Auch der Arzt unseres Hauses war erschienen; die Kinder waren nach seinem Bericht in derselben Nacht gestorben. Dann betrat ich die Stätte, wo mein Vater ruhte, auch das Gemach, wo er starb. Auf dem Sessel am Pulte, auf welchem er das Testament, dann die Schenkungsacte aufgesetzt, hatte ihn der Schlag getroffen. Der Arzt, ein blind ergebener Diener seines Herrn, gab mir Bericht über die Einzelheiten in ihrer raschen Folge. Eusebio, von meinem Vater aus Genua herbeigerufen, hatte ihm meinen Zurücktritt aus seinem Orden verkündet, aber er hatte trotzdem als mein Anwalt gehandelt, die Form des Testamentes verworfen, seine Bestimmungen und Bedingungen wesentlich geändert. Als er das Schloß verließ, lag die Schenkungsacte noch ohne Unterzeichnung auf dem Tische. Mein Vater hatte noch gezaudert, den letzten Federzug zu thun, da wird ihm durch Eilboten aus Rom die Kunde von dem in Sanct Peter geschehenen Frevel Pirro's. Mein Vater war außer sich. Die bösen Geister des Wahns, sein Haus für verloren und dem ewigen Verderben preisgegeben zu sehen, stürmten von neuem auf ihn ein, er unterzeichnete und in demselben Augenblick endete ein Herzenskrampf sein mühselig, in Selbstqual erschöpftes Leben. Der Sohn Mormona's oder ich! Einer von uns sollte der Kirche angehören! Dies hielt er für die einzige Sühne für sich und sein gesammtes Haus. Erst nach fünfundzwanzig Jahren sollte das Testament eröffnet werden, bis dahin die Schenkungsacte bis auf mein Pflichttheil gültig sein, die Güter des Hauses von der Kirche verwaltet werden. In einigen Tagen bereits erwartete man die Beamten aus Rom; Uberto war bis dahin Testamentsverweser; die Eröffnung des nachträglichen Codicills sollte im Beisein eines Beamten vom heiligen Amt der Inquisition vollzogen werden.

Von weltlichen Gerichtspersonen aus dem nächsten Orte, herzoglich savoyischen Beamten, ließ ich im Beisein des bischöflichen Vicars unseres Sprengels in Form Rechtens einen Protest aufsetzen gegen die Beschlagnahme meines Erbes. Ich wollte dann nach Genua zurückeilen, mit Hülfe Eusebio's die Schenkungsacte in ihrer Gültigkeit umstoßen, in Rom alle meine Verbindungen aufbieten, um im letzten Falle das Provisorium in der Verwaltung meines Eigenthums in meine Hände zu bringen. Sollte Santa Maria Eigenthum der Kirche werden, so wollte ich mein Erbe zum Asyl eines freien Glaubens, zum Mittelpunkt einer Propaganda machen, welche die Kinder der

Berge, statt sie zu verdammen und auszuschließen, gewinnt und aufnimmt. „Abbé der Waldenser" hieß ich spottweise in Rom; ich gedachte auf der Scholle meines heimischen Landes eine freie Kirche zu errichten, eine Gemeinde, zu deren römischen Formen sich auch die Kinder der Berge bekennen durften, ohne den einfachen Gehalt ihres Bekenntnisses als ein Werk des Bösen verdammen zu müssen. Dann war das Gelübde des verstorbenen Vaters, sein letzter Wille nicht entweiht und mir selbst und der Heiligkeit meiner Ueberzeugungen, meinem eigenen Gelöbniß, den Bau einer unsichtbaren Kirche Gottes in der Duldsamkeit und der Liebe der Menschen zu beginnen, ein Genüge gethan. „Das wirst Du gutheißen können im Lande Jenseits!" sagte ich meinem Vater in sein todtes, starres, felsenfestes Antlitz, als ich am offenen Sarge stand und von ihm Abschied nahm. „Das wirst Du gutheißen im Lande Jenseits, wo Du einzig und allein Glück, Seligkeit und Frieden wähnst! Geläutert und geklärt wird vor Deinem Geiste der Wahn schwinden, daß das Leben erst eingesargt werden müsse, um vor Gott gerecht zu werden!" — Das waren in Santa Maria meine letzten Gedanken.

Es sollte jedoch anders kommen, als ich gedacht; ich sollte der Spielball in den Händen der Eifersucht und der Herrschbegier zwischen Jesuiten und Dominicanern bleiben! —

In einer hellen Mondnacht kehrte ich nach Genua zurück. Im Hafen war noch besonders lebhafte Bewegung; aus Rom waren Tags über wiederholt Schiffe angekommen. Daß sie mich betreffende Depeschen gebracht, davon hatte ich keine

Ahnung, als ich nach den schwarzen, auf der einen Seite glänzend vom Nachtlicht umsäumten Mauern des Collegiums die Straße hinaufstieg. Auf dem Platze weithin bis vor die Thüren des Gebäudes hatte sich ein Haufe Volk zusammengerottet. Aus der Nebengasse erscholl ein Gesang, den von Zeit zu Zeit der düstere Ruf eines Hornes unterbrach. Ein Zug schwarzer Gestalten bewegte sich langsam heran.

„Die Brüder vom heiligen Amte!" hieß es auf der Gasse. „Halten ihren Umzug, um Angeklagte vor Gericht zu laden! Haben lange nicht frische Beute gehabt!" So raunten sich die Leute zu. „Seitdem sie nicht mehr in die Berge ziehen und eine Razzia halten," meinte ein stämmiger Mensch vom Hafen, „gehen sie hier herum und sehen, wen sie verschlingen." — „Hätten viel zu thun", sagte ein Anderer, „wenn sie alle Sünder einstecken wollten!" — „Im Gegentheil", äußerte Jener, „wenn Alles, was Sünder heißt, vor Gericht geladen werden sollte, da hätten sie Nichts zu thun, denn sie könnten doch nicht damit anfangen, sich selber einzustecken!" — „Schämt Euch," rief ein Mann von positiverem Glauben, „das heilige Gericht zieht nur gegen Gotteslästerer zu Felde." — „Na, da kommt nur fort," erwiederte der Matrose, „sie dürften sonst bei uns den Anfang machen für eben das, was wir hier gesagt und gehört haben. Auch wer's hört, ist des Teufels Kamerad!"

Der Zug hatte vor den Thüren des Collegiums Halt gemacht. Einer von den Ministranten trug die Fahne der Inquisition, ein Zweiter hielt in seinen Händen den San Benito, das safranfarbige Büßerhemd mit schwarzen Teufelsfiguren, das man dem Angeklagten vor Gericht anzieht. „Sie halten schon still," flüsterten Einige im Volke, „und schauen müßig drein; hier giebt's Nichts zu holen!" — „Die Väter der Gesellschaft Jesu", sagte ein Anderer, „stehen außerhalb ihrer Gerichtsbarkeit; wer sich in deren Schutz begiebt, ist feuerfest; es wäre ein Eingriff in die Rechte des großen Jesus, nach dem sich die Väter nennen!"

Inzwischen schien es doch, als sollte wenigstens die Auslieferung eines Sünders gefordert werden. Wie die Glocke tönte, stürzte alles Volk zu Boden; nur die Geistlichen blieben aufrecht, den Blick gen Himmel gerichtet. Das scheue, dumpfe Gemurmel der Menge unterbrach dann wieder die Litanei des Gesanges, der wie ein heiseres Todtenlied klang. Den Moment der Reverenz hatte ein Mann in jüdischem Talar benutzt, mir einen Zettel zuzustecken. Wie ich damit unter das Licht der Lampe an der Pforte des Hauses trat, las ich die Worte: „Flieh', flieh' noch diese Nacht! Und gedenke, der Du von Gott und Natur durch Kreuz und Rose zum wahren Rosenkreuzer bestimmt bist, der Bundesbrüder in Turin! Der große Rosicrucius beruft Dich!" — Ich glaubte wiederum Carlotta's Handschrift zu erkennen.

Auch im Innern des Collegiums war Alles aufgestört. Die Scholaren standen in den Gängen beisammen. Einige bestürmten mich mit Fragen, Andere schlichen scheu bei Seite, wie ich den Corridor hinunter nach der Wohnung des Provinzials schritt. Eusebio empfing mich im Saal, wohin er soeben sämmtliche Professen berufen wollte. „Gott sei gelobt!

Ihr seid da!" rief er mir entgegenstürzend, „das heilige Amt fordert Euch vor, Giuseppe La Torre, Euch wegen antikatholischer und unchristlicher Aeußerungen zu rechtfertigen." Er überreichte mir die ihm zur Ausführung übersandte Vorladung.

Ich fragte nach den Beweggründen der Vorladung.

„Mein Sohn", sagte Eusebio, „ich habe es nicht an Warnungen fehlen lassen; die Lawine, die sich über Deinem Haupte zusammenballte, konnte jeder ungefähre Anlaß entladen. — Ich erhielt jeder Zeit Bericht über die Vorgänge in Rom. Deine Rechtgläubigkeit war auf die Probe gestellt, indem man Dir den wilden Pirro zur Bekehrung anheimgab."

Ich erinnerte daran, daß mir für das Werk, ihn zu bekehren, die Frist eines Jahres eingeräumt war.

„Statt dessen", sagte Eusebio, „wurde der heilige Vater in Sanct Peter mitten in der Feier des Festes von dem Deiner Obhut und geistigen Pflege Anempfohlenen beschimpft!"

„Ein krankes Gehirn", war meine Entgegnung, „ist des Arztes bedürftig; man wird nicht mit Exorcismus und Teufelsbann gegen den Armen einschreiten, noch weniger mich, der ich sein Seelsorger und Missionär sein sollte, dafür zur Rechenschaft ziehen wollen."

„Ich habe auch Briefe vom Generalvicar meines Ordens," fuhr Eusebio nach einer Pause fort. „Pater Lorenzo schrieb mir vorwurfsvoll, ein Enthusiast, höchstens ein unklarer Schwärmer sei ihm als Sodale der Gesellschaft angekündigt und Du habest Dich als Widersacher unseres Ordens, nicht blos als

Widersacher gegen die bestehende Kirche gebährdet. Auf der Villa des Cardinals hat Graf Giuseppe Latorre gegen alle Satzungen Roms Dinge geäußert" —

„Nichts", fiel ich ein, „was ich nicht als mein Bekenntniß dem heiligen Vater selbst mittheilte, mein Bekenntniß über Cölibat und Abendmahl in beiderlei Gestalt, in Gegenwart Ganganelli's, des Consultors der Inquisition!"

„Papst Benedict ist alt," sagte Eusebio, „Herrschaft und Regiment ruhen kaum noch in seiner Hand und seine Tage sind gezählt. Laßt das Conclave zusammentreten, laßt einen Mann wie den Cardinal Rezzonico gewählt werden, und unser Orden beherrscht die Kirche."

„Laßt", rief ich, „einen Ganganelli gewählt werden und Euer Orden stürzt!"

Eusebio zwang sich zu einem weisen Lächeln. „Der braune Professor", sagte er fast spottend, „ist vor der Hand noch nicht Bischof, geschweige Cardinal! — O mein Sohn, — daß unsere Sache Schwächen hat: wie sollte das unter Menschen anders sein! Aber daß wir in der Herrschaft, die wir erstreben, das Wohl des Ganzen, das Heil der Menschheit betreiben: daran hättest Du nie zweifeln sollen. Will der römische Hof für jetzt noch nicht unser System gutheißen: — ein Papst ist sterblich, ein Orden nicht! Hat er Unvollkommenheiten, nun wohl; er ist aber bildungsfähig, er geht vorwärts mit den Bedürfnissen und mit der Aufklärung des Jahrhunderts. Man hat gesagt, wir wären nichts als die Leibwache des heiligen Vaters. Mein Sohn, wir sind mehr; wir wachen über die geistigen Aufgaben und Rechte des Stuhles Petri, um die Menschheit zu Einer Heerde wieder zu vereinigen. Um dieses Zweckes und Zieles halber müssen wir die Herrschaft der Welt wieder an uns bringen."

„Mit allen Mitteln? Um jeden Preis?" unterbrach ich ihn im bittern Groll meiner Seele.

„O mein junger Freund!" fuhr Eusebio fort, „einen Genossen meiner Pläne dacht' ich mir in Dir zu erziehen, einen Erben dessen, was diese Brust in sich birgt und was unter den Eingeweihten noch als Geheimniß waltet, bis die Zeit gekommen, wo die Saat reif, die Menschheit mündig, die Wahrheit im Stande sein wird, unverschleiert vor das Licht der Sonne zu treten."

Er hatte mich, als er so sprach, an seine Brust gezogen und blickte mich zärtlich liebevoll an. „Einen La Torre mein zu nennen," sagte er, „in ihm dem nach mir kommenden Geschlechte einen Genossen zur Reform der Kirche zu geben: das war mein Lieblingsgedanke; es scheint, er war zu kühn. Der große Baumeister der Welt mag sich andere Werkzeuge suchen!"

„So will ich als Maurer Hand in Hand mit Euch am Aufbau eines neuen unsichtbaren Tempels der Menschheit arbeiten!" Das war mein Wort, als ich Eusebio's Umarmung erwiederte und prüfend in sein Antlitz blickte.

Er richtete sich hoch auf und trat zurück. „Zuvor", sagte er, „bin ich Soldat Jesu Christi, Mann meines Ordens." Ein strenger, kalter Ernst stand in seinem Gesicht und hatte die Weichheit seiner Stimmung verdrängt.

Wie von draußen das Armesünderglöckchen und das dumpfe Horn von neuem ertönte, war seine Haltung wieder die des Vorgesetzten, wo nicht des Richters. „Man ladet Dich vor, Graf Giuseppe!“ sagte er stark und drängend. „Laß uns jetzt thun, was noth ist. Es giebt noch Ein Mittel, Dich dem Verfahren des heiligen Amts der Inquisition zu entziehen.“

„Welches?“ fragt' ich, ohne mich schrecken zu lassen.

„In der Vorladung des heiligen Amtes ist ein Formfehler begangen,“ erwiederte Eusebio, „ein Formfehler, der uns Anlaß giebt zur Gegenbeschwerde, Anlaß, die Vorladung als unrechtmäßig anzuzweifeln.“

Ich horchte auf. Ich las von neuem die Anklageschrift; sie war bis auf das Signalement meiner Person mit allen meinen Titeln auf's umständlichste ausgefertigt; nur die Bezeichnung: S. S. I., Sodale der Societät Jesu, fehlte, obgleich die Erklärung meines Austritts noch nicht angenommen, noch nicht bekanntgegeben war.

„Ich überreichte sie noch nicht,“ sagte Eusebio, zog ein Schriftstück aus der Busentasche und zerriß es vor meinen Augen. „Somit, mein Sohn, bleibst Du, was Du bist, Sodale der Gesellschaft Jesu.“

„Wider meinen Willen?“ fragt' ich.

„Wider Deinen Willen und zu Deinem Heile!“ erwiederte Eusebio. „Nur so kann Dich der Orden schützen, Dein Recht vertreten. Wir werden die Vorladung des heiligen Amtes der Inquisition zurückweisen, Du stehst nur unserer Gerichtsbarkeit. Wir werden Santa Maria, Dein Erbe, verwalten; wir werden es im Sinne des Verstorbenen verwalten, ohne das Testament anzutasten und ohne Deine Rechte zu verkürzen."

„Wird Eure Casuistik das im Stande sein?" flüsterte ich still für mich hin. Mein Widerstand war gebrochen; aus den Händen der Dominicaner war ich in die Hände Derer überantwortet, die sich nach dem Namen Dessen nennen, der die Unschuld, die Reinheit, die Liebe selber war.

„Als Dein Socius und Oberer", fuhr Eusebio fort, „hab' ich Dir zugleich anzukündigen, daß der Orden Dir in Geleitschaft eines unserer Geschäftsträger eine Mission nach dem deutschen Norden anvertraut. Alles ist vorbedacht, der gute Bruder, der Dich begleiten wird, ist von Rom eingetroffen und zur Reise bereit, Dein Missiv ist ausgefertigt."

Eusebio überlieferte mir das Missiv, dessen Siegel und Unterschrift, vom Generalvicar vollzogen, mir den Schutz des Ordens sicherte.

„Schlimmer", sagte er, „steht es mit der Ladung des Waldensers vor das heilige Amt."

„Um Gott!" rief ich, „kann Pirro nicht mein Begleiter sein?"

„Die Anklage lautet auf öffentliche Störung des Gottesdienstes an geweihter Stelle, Schmähung" —

„Ausbrüche der Tollheit!" unterbrach ich Eusebio. Meines Bleibens war nicht länger, unser Abschied war in Hast und Eile.

Ich stürmte fort, den Armen zu sehen, mit den Aerzten des Hauses mich in Vernehmen zu setzen; es galt ein Verbrechen zu verhüten.

Der Medicus, ein Conventuale der Gesellschaft, gehörte zu den Verständigen in seiner Wissenschaft; er verwarf entschieden die alte Maxime, im krankhaft gestörten Gehirn eine Anwandlung des bösen Geistes zu bekämpfen. Aber der Mann stand doch so gut wie seine Collegen unter der Controle und unter den Einflüssen der Diplomaten im Orden; es konnte besten Falles in deren Interesse sein, auf Wahnsinn zu curiren, um den Patienten vor dem Ketzergericht zu bewahren. Er hatte einen günstigen Moment benutzt, um gewaltsam auszubrechen, hatte sich zur Wehre gesetzt und saß in einem der Behälter des Krankenhauses, das früher abwechselnd Verbrechern und unheilbar Wahnsinnigen zum Aufenthalt gedient haben mochte.

Ich betrat mit Arzt und Wächter das feuchte Gewölbe, in das man ihn gebracht. Der Arme saß im Winkel auf dem Block, an den man ihn gebunden, mit dem Rücken an die Wand gelehnt, mit stieren Blicken vor sich brütend, die Hände über die Brust gekreuzt, die langen Aermel um seinen Leib geknüpft. Dicht neben ihm an den Mauern hingen Ketten und Ringe, ehedem in alter blinder Zeit die Heilmittel für Geist und Leib. Durch das halbvergitterte Fenster oben in der Wand, der Thür gegenüber, blies ein scharfer Luftzug, der ebenso feindlich war wie der feuchte Moder am Boden. Pirro blieb unbeweglich, wie ich zu ihm trat, seine Schulter erfaßte, seine Wange berührte. Er glotzte vor sich hin und schien mich nicht kennen zu wollen; ein Strom von Thränen brachte dann endlich in seinen stumpfen Zustand eine heilsame Lösung.

Ich bat den Arzt, mich hier unter seiner Oberaufsicht schalten und walten zu lassen nach meiner Ueberzeugung, da ich wissen müsse, wie mein armer Freund zu behandeln sei. Er gestattete es mir versuchsweise, fand jedoch einen Wechsel des Aufenthaltes nicht sofort zulässig. Ich ließ Streu und Decken über den Boden breiten, Tisch und Sessel herbeischaffen; auch hinreichende, mäßige, den Augen wohlthuende Beleuchtung und die alte Harfe, die noch aus der Zeit meines Aufenthalts im Collegium in der Bibliothek des Hauses aufbewahrt wurde. — In Indien giebt es unbändige Thiere, die sich nur mit Musik fangen und zähmen lassen; ich wollte versuchen, ob mein altes Instrument aus Piemont den Kobold der Berge nicht bezwingen sollte.

Im Thal Luserna und weiter hinein in den Wäldern meines Landes findet man die Harfe noch in den Hütten alter Leute, und wenn die Jugend sie nicht mehr zu spielen versteht, so hängt sie doch Ehrfurcht gebietend an der Wand unter den Reliquien der Altväter. An ihre Saiten knüpfen sich die Sagen der alten Zeit, und wenn unversehens ein Luftzug, der durch's Gemach fährt, über sie hinzittert, dann erklingen sie mitunter von selbst und wecken alte Mährchen auf, so schaurig süß wie aus der nordischen Sagenwelt. Das Instrument gehört auch dem Norden an, wo im Nebel die Geister erschlagener Helden umgehen und für ungerechte Schmach und bitteres Leid ihre Sühne fordern.

„Ich will zu ihm in diesen Tönen reden," sagte ich zum Medicus, „wenn mein Wort nicht bis in sein verstocktes Gemüth dringen sollte. Die Musik muß, wie bei den Hellenen, zu den Heilmitteln gerechnet werden, dem gestörten Geist die verlorene Harmonie wiederzugeben. Der Mensch dieses Zeitalters weiß nicht mehr was dem Leidenden noththut, weder in der Gotteskunde, noch in der Heilwissenschaft. Auf beiden Gebieten scheint die Kunst, die Seele zu behandeln, verloren gegangen. Was Gifte sind, das habt Ihr Forscher sehr eifrig aufgefunden im Reiche der Natur. Die Schaalen todter Schnecken, den Thran vom Wallfisch, die bittere Galle vom todten Ochsen, die Wirkungen der kleinen spanischen Fliege: das kennt und wendet Ihr an; aber was positive Heilkraft ist, was Leben giebt und Athem einflößt: die guten Geister und Mittel der Natur, das kennen wir wenig. Wissen wir doch auch in Sachen des Glaubens nicht mehr, was Kraft und Nahrung giebt, selig macht und verdammt!"

Der Rabbi weiß es; er sammelt sich im Gebet, und sein alter Gott offenbart ihm im Nervenäther seiner Glieder einen wunderbaren guten Geist, wo wir Christen dem alten Wahn wieder huldigen möchten, im zerstörten Gehirn gehe leibhaft der Böse um.

Ich hatte Pirro seiner Bande befreit. „Auf meine Gefahr!" bedeutete ich Arzt und Wächter. Eines neuen Wuthanfalls gewärtig, blieb der Letztere an der Thür wie auf der Lauer stehen, während ich mit Pirro Arm in Arm im Raume ab und zuschritt. Er erquickte sich an Speise und Trank, nicht ohne Mühe, nicht ohne mein Zureden; erst meine Versicherung, ihm Bürgschaft für die Nahrungsmittel zu leisten, erst nachdem ich ihm vorgekostet, war sein Widerwille beseitigt und der Natur ihr lange versagtes Recht geworden. Mit mir allein hätte er sich vielleicht alsbald ausgesprochen; aber mit dem Blick des Argwohns, den er aus den schrägen Höhlen seiner Augen auf die Gegenwärtigen warf, unterbrach er jeden Beginn zur offenen Mittheilung, trotz dem Vertrauen, das er zu mir zu fassen schien. Ich wiederholte ihm die Vorgänge in Santa Maria; er schien sich Mühe geben zu wollen, mir Glauben zu schenken, aber es ward ihm schwer. Er zog mich bei Seite in den Winkel des Gemachs und flüsterte mir zu, gestern Nacht sei ihm Mormona erschienen, mit drohendem, vorwurfsvollem Gesicht; sie habe auf uns alle eingescholten, auch auf mich, weil wir so schlechte Augen hätten und den Knaben nicht fänden. „Sie ruhen nicht, bis sie uns Alle als Leichen vor sich sehen; aber noch muß der Knabe lebendig sein!“

„Saverio ist todt!“ sagte ich und sah Pirro durchdringend an. Er schlug ein schmerzlich höhnisches Gelächter auf, während er meinen Arm von sich schleuderte, faßte mich aber alsbald wieder unter, schnalzte mit den Fingern und zog mich fast im Sturmschritt im Raume auf und ab. Dann und wann machte er förmliche Sprünge und wiegte wie zum Anlauf Beine und Füße. Seine Augen liefen dabei kreuzweis im Gewölbe des Kellers auf und nieder. Plötzlich packte er in wilder Hast mit beiden aufgestemmten Händen meine Schultern, schnellte sich, mich hinter sich schleudernd, mit der Schwungkraft einer wilden Katze über mich hin und hing oben am ausgebrochenen Mauerstück am Fenster.

Arzt und Wächter waren Augenblicks auf ihn zugestürzt, aber im Nu stand er so tief in der Nische, daß er selbst vom Tische aus nicht mehr mit unsern Händen erreichbar war. Während der Wächter Miene machte, den Stuhl auf den Tisch zu stellen, um so seiner habhaft zu werden, hatte er schon mit der Gewalt der tollkühnen Wuth einen Eisenstab dergestalt auseinandergebogen, daß er quer von der Seite Schulter für Schulter seinen Leib durchzwängen konnte. Er stand schon draußen, als der Wärter laut rufend zur Thür hinausstürzte „Lug und Trug, leb' wohl!“ schrie Pirro mit wildem Gelächter. „Ich gehe nach Santa Maria, Dir den Knaben zu suchen, blind wie Du bist, Giuseppe! Der Knabe muß leben; meine Augen sahen Alles, nur ihn nicht!“ Ein Sprung, ein dumpfer Fall, ein Gerassel wie von zerbrochenen Scherben: das folgte sich rascher als der Lärm der mit Stangen herbeieilenden Diener den Corridor herunterscholl. Wie sie den Gefangenen nicht mehr vom Kerker aus erreichen konnten, eilten sie in den Hof hinaus, in welchen das Fensterloch mündete.

Das Halloh in den Gängen des Hauses, um den ausgebrochenen tollen Waldenser zu fangen, mischte sich draußen mit dem Gesange der Schaaren vom heiligen Gericht, die Niemand anders als just den entsprungenen Ketzer forderten. Ich hätte dort, als Ziel desselben Begehrens, ebenso wenig den Eifer der Verfolgung beschwichtigen können wie im Innern des Hauses; ich vertraute auf das gute Naturell des Menschen aus den Bergen, auf die Pfiffigkeit des Wildes, das in Gefahren geschult und gewitzigt ist.

Aber das Unheil wuchs. Der Arme hatte aus dem engen Hof keinen Ausgang gefunden. Mühsam war er an einer Dachrinne hinaufgeklettert und in ein oberes Stockwerk gelangt. Allein auch dort war die Wuth der Verfolger schon wach; Trepp' auf und ab durch die Gänge gejagt, mußte er endlich, hart bedrängt, aus einem Fenster hinaus zum zweiten Male einer Regenrinne sich anvertrauen. Sie war kein so treuer Leiter und Helfer in der Noth wie die frühere; sie riß unter der Gewalt des Schwunges, den er sich gab, sie zu erfassen, mit ihren Fugen und Eisen aus der Mauer, stürzte mit ihm kopfüber drei Stock hoch nieder und zerschlug mit ihm auf den Quadern der Straße.

Ich war hinausgeeilt; ich sah den Armen vor meinen Augen zusammenstürzen, mit Einem Schlage zerschmettert, eine Beute des Todes. Seine Hand war noch warm, aber das Uhrwerk des Herzens stand still.

Ein Paar Leute vom Strande, gute Bursche ohne Furcht und Scheu, ließen sich gewinnen, um sich seiner zu bemächtigen. „Ein armer Junge aus den Bergen!“ sagt' ich ihnen, „unschuldig verfolgt, ein gestörtes Gehirn, that nie jemand wehe!“ Damit bestach ich sie, und zwei Schultern trugen die schnelle Beute des Todes schon bei Seite, als der Strom der Menge mit den Dienern des Collegiums heranschwoll. „Begrabt ihn still!“ empfahl ich noch den Fischern, „scharrt ihn an einer Waldecke ein, oder versenkt ihn mitten ins Meer, all' eins! Die Mutter Erde ist überall des Herrn, wo der Mensch nicht mit der Qual seiner Gedanken ihren Frieden stört!“ — Mit des armen

Jungen Bekehrung hatte ich meine Rechtgläubigkeit, meine eigene Anwartschaft auf den zukünftigen Himmel beweisen sollen, und konnte ihn nicht einmal vor Wahnsinn und Tod bewahren! Ich schlich in den tiefsten Schatten der Gasse, in den verborgensten Winkel des Gebäudes, um mit meinem Schmerz allein zu sein und Pirro's armer Seele in meinen Gedanken eine stille Messe zu lesen. —

Wie der Tag anbrach, stand mein Gefährte zur Reise nach dem deutschen Norden an meiner Seite. Der Genosse, der mir zugesellt war, weil nur je ihrer Zwei zu gegenseitiger Bewachung mit Aufträgen an die zerstreuten Missionshäuser betraut werden, war Niemand anders als der germanische Bruder, Pater Burkhart, genannt Broccardo. „Gott zum Gruße und nichts für ungut!“ war sein Wort, mit dem er mich bewillkommnete. Er gehörte zu Denen, die Gott auf den Lippen haben, ihn auch sonst von Herzen gern einen guten Mann sein lassen. Pater Burkhart war angewiesen, mir in jeder Weise möglichst zu willfahren und freien Spielraum zu geben.

Die Sonne lugte mit blutrothem Auge über die Felsen Genua's; sie spiegelte sich im Meere, als wir die Stadt verließen. Turin und Genf in der Schweiz waren unsere nächsten Stationen. — —

* * *

Hiermit schließt der erste Theil der Bekenntnisse, die in der Handschrift vor uns liegen. Für die nächsten Jahre fehlen alle Aufzeichnungen. Sind es Jahre gewesen, die einer Oede, einer Steppe glichen?

In Turin war Graf Giuseppe in die Freimaurerloge Rose et Croix aufgenommen worden, in Genf hatte er viel im Seminar der Calvinisten verkehrt; er bekannte sich seitdem zum Glauben der Reformirten Christen. Bei alle dem blieb er äußerlich in der alten Gemeinschaft, auf die ihn das Schicksal seines Hauses verwiesen hatte; der seltsame Gefährte seiner Wanderungen wich nur selten von seiner Seite. Erst nach einer langen Pause beginnen die Mittheilungen seiner Feder von neuem; sie führen uns auf deutschen Boden, und die Herausgeber dieser Denkwürdigkeiten überliefern die weiteren Erlebnisse des Grafen della Torre wie folgt.

Neunzehntes Capitel.

Deutschland und seine Religionskriege.

— — So bin ich denn nun mitten in diesem wunderbaren Deutschland, das mir oft genug eben so wunderlich erscheint. „Hier werdet Ihr Euch wohlfühlen," sagte Pater Burkhart zu mir, als wir in dem ersten deutschen Gasthaus unsern Einzug hielten und die ersten Laute seiner heimischen Mundart an unser Ohr schlugen. „Hier werdet Ihr Euch wohlfühlen!" sagte er mit einem Gemisch von Gutmüthigkeit und Spott, „hier zu Lande kann Jeder nach seiner Façon selig werden!" — Es ist dies einer jener Aussprüche des Königs der Borussen, dessen Witzworte in der ganzen Welt umlaufen. Dieser Friedrich scheint mit Bonmots aus der Voltaire'schen Schule sein Zeitalter eben so sehr beherrschen zu wollen, als er mit deutscher Faust Provinzen des heiligen römischen Reiches ansichreißt. Man rüstet sich abermals gegen ihn, um seinen Anmaßungen zu begegnen, während man doch an allen Ecken und Enden seinem starken Geiste huldigt, seine Einfälle bewundert oder belacht. Ich erinnere mich, daß der Schrecken seines

Namens selbst bis nach Rom drang, und der heilige Vater sich ernsthaft bekreuzte, als Monsignore Borgia ihm bei Tische als Würze eines jener vielen Pfefferkörner des königlichen Witzes anbot.

Pater Burkhart's Mission ging zunächst nach Dillingen, dem Sitze des Bischofs von Augsburg. Aber wir verfehlten dort den Prinzen des sächsischen Hauses, der dies Bisthum mit dem von Trier vereinigte. Wir reisten in Eilmärschen durch Baiern; die kriegerischen Bewegungen zwangen uns, im Kloster B. Rast zu halten. Pater Burkhart hatte hier Freunde und verschaffte auch mir einen Umgang, den ich mir nicht besser wünschen könnte. Wäre der Glaube der alten Mutterkirche überall in Deutschland so aufgeklärt, wie unter diesen gelehrten Benedictinern, so bliebe nur zu hoffen, daß die protestantischen Christen auch ihrerseits geneigt wären, sich zu einer neuen Kirchengemeinschaft mit uns zu verbrüdern. Der Prälat, Abt Valerius, ein langer hagerer Mann, hat eine gewisse redliche Ehrwürdigkeit, die keineswegs einem finstern Aberglauben in die Hände arbeitet. Er zeigte uns die kostbare Monstranz des Klosters. Auf der einen Seite besteht sie aus großen Aehren von Diamanten, die das Brot des Herrn vorstellen; auf der andern aus Trauben von Rubinen, die auf den Wein bei'm heiligen Abendmahl deuten. Burkhart äußerte einen Zweifel über die Aechtheit der Diamanten. „Ich weiß,“ sagte der Abt, „man trägt sich mit dem Gerücht, einer meiner Vorgänger habe aus dem Erlös der ächten Steine den Ankauf unserer Bibliothek bestritten. — Es ist genug,“ fügte er mit seiner ruhigen Würde hinzu, „wenn der Glaube des Volkes an die Wirkungen der Monstranz ächt ist! Wir, die wir die Wissenden sind, schöpfen doch ganz wo anders Kraft und Erhebung." — Er wies dabei mit dem Stolz eines gelehrten Bewußtseins auf die Räume, wo die Bücher stehen. Pater Placidius, der Oberbibliothekar des Klosters, stand neben uns und fühlte sich in seinem ganzen Werth. Auch Pater Beda, der exegetische Schriften verfaßt hat, auch Pater Franciscus, der aus dem Französischen übersetzt, Alles ist hier Schriftsteller, und selbst einige Laienbrüder schreiben Choralbücher auf Pergament ab, mehrere von den frommen Vätern sind äußerst geschickt in der Malerei der Initialen. Pater Johannes, der Mathematicus, ein kleiner, lebhafter Mann, ist mit einem Grundriß vom Klostergebiet beschäftigt, auf den er jedes Haus, jede Hütte und jedes Ställchen, genau vermessen, einträgt; die Einkünfte und Abgaben beschreibt er daneben im Texte. Er wies uns auch seine Sammlung von Mineralien und Petrefacten, die er bei'm Vermessen des Landes verfaßte, und bei dieser Veranlassung war es, wo dieser kleine rührige Mann uns unter vier Augen die Zweifel gegen die Aechtheit der Steine in der Monstranz erhärtete. „Thut nichts zur Sache!" sagte er mit seinem gutmüthig listigen Lächeln, „unächte Steine sind doch immer noch mehr werth, als eine unächte Gurgel des Ritters Sanct Georg und ein falscher Finger der heiligen Gertrud, was sie beides da drüben im Bamberger Domstift in natura aufweisen wollen!" — So offen, naiv und leutselig sind hier Priester der alten Mutterkirche! Ich glaube, sie wären, wenn man ihre gute Einsicht walten ließe, reif zu einem guten Einverständniß mit den christlichen Ketzern. Sie sind aufgeklärt genug, um ihren Verkehr mit Protestanten in jeder Weise zu pflegen. Der Dienst im Kloster ist gering, die Observanz nicht streng; man kann hier ganz seinen Studien leben. In welchem Zustande dabei das Volk verbleibt, ist freilich eine andere Frage. Ich fürchte, die Aufklärung hält sich unter den Deutschen in geschlossenen Logen fest und erschrickt vor sich selber und dem tausendfachen Zwiespalt, den sie anregt, wenn sie sich mit scheuem Tritt hinaus in die Wirklichkeit wagt.

Am fürstlichen Hofe zu Bamberg fand ich Nichts von jener schlichten Erhabenheit, aber auch Nichts von jenem dunklen Tiefsinn, den ich in den rechtgläubigen Ländern des heiligen römischen Reiches deutscher Nation erwartete. Auf dem Petersberge liegt die Residenz des Bischofs von Bamberg, der zugleich mit Würzburg belehnt ist. Adam Friedrich, ein geborner Graf von Seinsheim, ist ebenfalls ein Mann der Aufklärung, zieht ausländische Manufacturisten herbei, liebt Pracht und ästhetisches Vergnügen. Er spricht fast nur französisch, und seine Günstlinge sind immer einige Pariser Abbés, die an seinem Hofe à la Voltaire den Schöngeist machen. Seine Zeit ist ziemlich regelmäßig auf Jagden, italienische Opern und französische Komödien vertheilt. In Pommersfelden, einem seiner pompösen Lustschlösser, sahen wir neulich ein Schäferspiel, in dem sich mein Landsmann, der berühmte Zachini, bewundern ließ. Auch die Frau des fürstlichen Hofkapellmeisters, Signora Fracassini, welche die besondere Gunst Sr. bischöflichen Gnaden besitzt, wird als Bravoursängerin gefeiert und von den Herren am Hofe vergöttert. Die Musik in den Kirchen ist hier allerorts ganz opernmäßig. Trabanten mit Stäben stolziren mit großem Schaugepränge in den Hallen auf und ab, während römische Paradesänger ihre wollüstigen Töne gurgeln. An die Strenge der ambrosianischen Kirchenregel gewöhnt, wie sie in Mailand herrscht, wo kein üppiger Geigenton im Tempel Gottes laut werden darf, muß mir die Weltlichkeit des deutschen Kirchendienstes um so mehr auffallen. Vergeblich hab' ich bis jetzt auf jene erhabene geistliche Musik gelauscht, an welcher Deutschland so reich sein soll. Wo find' ich überhaupt den Ernst, der dieser Nation inwohnen soll? In welchen Höhlen lauert er, an welchen Ketten liegt er? Verkriecht sich dieses Volk vor sich selbst? Hat es seine eigene Natur verloren? — Ich weiß freilich nicht, wie dies hundertfach zerfetzte Deutschland dazu kommen kann, einen gemeinsamen Gedanken zu fassen, um zu sich selbst zu kommen. Jeder Fußbreit Landes hat hier eine andere Gestalt. Hier sind nicht blos, wie bei uns in Italien, die Städte zu Staaten, die Provinzen zu Reichen und die Stämme zu besonderen Völkern geworden; hier ist fast jedes Dorf gegen das andere verbarrikadirt, äußerlich durch Schlagbäume, Mauthen und Zollsperren, innerlich durch provinzielle Vorurtheile, die jeder kleinste Ort mit der Halsstarrigkeit eines Vierfüßers festhält. Jeder ist hier eifersüchtig auf den Andern, will selbständig sein auf Kosten des Andern und hält sich gegen den Nächsten verschanzt. Das Wort „Heimtücke" scheint recht eine deutsche Erfindung zu sein. Und um sich gegen den Nachbar draußen trotzig abzuschließen, erträgt man zu Hause mitunter die ärgste Sklaverei. Diese hundertfache Selbständigkeit der vielen einzelnen Punkte, die kein großer Gedanke mehr bindet und eint: das nennen sie ihre Freiheiten. In einer Provinz betet man an, was in der nächsten als Teufelei verschrieen wird. Einer und derselben Sache baut man hier Altäre, dort Kerker, und so ist dies tiefsinnige Volk, das immer das Größte erdachte und es nie festzuhalten, nie nach Außen hin zu gestalten wußte, unselig zerworfen, zerrissen, in seinen Fundamenten aufgelöst. Es ist, als ob der Zwiespalt wie ein Fluch auf diesem Volke lastete. Aeußerlich ist der Deutsche phlegmatisch, und innerlich verzehrt ihn ein seltsamer Drang nach den Geheimnissen der Geisterwelt. Sie bücken sich vor der hergebrachten Tyrannei und stiften ganz im Stillen heimliche Vereine, wo sie der Freiheit Altäre bauen. So sind denn hier die Logen die eigentlichen Zufluchtstätten der frei Denkenden und der edel Fühlenden. Aber sie thun das Maurerthum wie Sonntagsandacht ab und werkeltagen weiter. Ich suche eine Loge, die sich im Leben der Menschen bethätigt, einen Verein der Freien und Edlen, der es sich zur Aufgabe macht, die Menschenwelt umzugestalten, die Wahrheit zur Wirklichkeit zu machen. Die Wahrheit soll nicht in den Schlupfwinkeln stillsitzen, sie soll sich der Lebensformen bemächtigen; eine Loge freier Maurer muß Macht haben, um Propaganda zu machen; eine Nation aber nicht anders als in sich selbst das Heil der Neugestaltung suchen. Die Fürsten hier schwelgen in fremdländischen Genüssen; an den katholischen Höfen sind die Italiener gleichsam Hahn im Korbe, die protestantischen Höfe sind französirt. Die Priester seufzen oder lächeln über den finstern Glauben und lassen doch das Volk in seiner dumpfen Nacht. — Und wie find' ich die Andersgläubigen? Haben sie sich ganz abgelöst vom Zusammenhang mit ihren Brüdern? Oder sind sie von einer Sehnsucht nach Einigung mit der alten Kirche erfüllt? Haben auch sie vielleicht nur die Kraft zum Zwiespalt, ohne den Punkt zu finden, wo der Christ dem Christen, der Mensch dem Menschen die brüderliche Hand zum Bunde reicht? Sie haben den Heiligendienst abgeschafft und sehen in der Person des Heilands den alleinigen Mittler. Aber sie wissen nicht recht, was ihnen Christus ist. Die Einen beten zu ihm als zu dem Gott der Gnade, vor dem die Creatur in ihrem Nichts zusammensinkt. Sie stellen ihn sehr hoch, aber erheben sich nicht zu ihm. Die Andern drängen sich keck ihm zur Seite, nennen ihn ihren weisen Lehrer, einen aufgeklärten Menschen, der die reinste Moral gepredigt, aber sich leider soviel Wundergeschichten aufbürden ließ. Also bis zum Wunder, bis zur Anerkennung der Macht des Geistes über den Leib, bringen es diese Rationalisten nicht? — Wer fühlt nicht, daß das Christenthum reich genug ist, um alle diese Secten zu umfassen, in denen bald das Herz, bald der Verstand vorherrschend Sprache gewonnen! Aber sie haben den Mantel Christi in tausend Stücke zerfetzt, und jede Partei hält den abgerissenen Zipfel für den ausschließlichen Inbegriff seiner heiligen Erscheinung auf Erden! In der freien Reichsstadt Ulm, die in ihren Mauern nur lutherische Christen duldet und einem Reformirten kaum für Eine

Nacht ein Ruhelager gestattet, las ich an den Straßenecken als Neuigkeit den Anschlag eines Buches mit dem Titel: „Lieber türk'sch als calvin'sch!“ — Wie wir in Stuttgart Rasttag hielten, brachte mir der Gastwirth auf meine Bitte um ein gutes deutsches Buch ganz heimlich das Buch der Bücher. Aber es war in einer eigenthümlichen Abfassung, es war die sogenannte Wertheim'sche Bibel. Die alte Bildersprache ist hier in gewöhnliche Ausdrücke, in profane Redensarten von heute verwandelt. Diese gemeine Sprache läßt sich nicht mehr mit Erfolg citiren, oder die Prophetie der Bibel verliert darin ihr Gewicht. Deshalb haben die frommen Leute in Halle die „Bosheit“ dieses Uebersetzers entlarvt. Es sei, sagen sie, in tausend Jahren kein so heilloser Betrug gespielt. Der Gastwirth zur goldenen Gans in Stuttgart schlug mir im „Reichspostreuter“ aus alten Jahrgängen die Verbote auf. Die gute Stadt Nürnberg hat das Vergehen, diese Bibel zu lesen, auf fünfzig Thaler gutes Courant angeschlagen. Kursachsen meinte, das Verbrechen sei hundert Thaler werth; die Krone Preußen verstieg sich bei Confiscation der Wertheimer Bibel auf hundert Goldgulden. „Wir in Stuckert“, sagte der gemüthliche Wirth und schob listig sein Käppchen auf's linke Ohr, „wir in Stuckert haben nitt so eiteln Preis d'raufg'setzt, aber geheim halte müsse wir's dennoch; unser Herr Pfarrer in der Kirche hat siebenundzwanzig Sonntage über die Frechheiten des gottlosen Herrn Schmidt gepredigt.“ Dies ist der Name des Uebersetzers. Es sind etwa fünfzehn Jahre her, da ward er in Wertheim auf die peinliche Anklage des Reichshoffiscals gefänglich eingesteckt. Sein Proceß sollte auf Kosten des fränkischen Kreises geführt werden; da aber der fränkische Kreis sich nicht dazu verstehen wollte, so zog sich die Untersuchung in die Länge. „Inzwischen“, sagte mein guter Wirth, „hat man den Inquisiten entwischen lassen!“

Noch peinlicher aber als die Anklage des Reichshoffiscals find' ich die heimliche Auflauerei der Leute unter einander, um auszumitteln, wes Glaubens Kind man sei. Und wehe dem, den ein besonderes Gelüst nach den geheimen Schätzen des Christenthums bei Andersgläubigen dazu treibt, die Gränzen seiner ihm angebornen Kirche zu überschreiten! Nach der Ueberzeugung der gründlichen norddeutschen Gelehrten steht der Verlust der ewigen Seligkeit darauf. Und so eifrig sonst die Herren vom Worte Gottes sich bei Hofe um weltliche Gunst bemühen, in diesem Punkte hauen sie blind drein mit der Faust, oder mit der Zunge, die manchem deutschen Mann wie eine Faust aus dem Maule hängt. Als die andersgläubige Prinzessin von Wolfenbüttel an den spätern Kaiser verheirathet wurde, schrieb der gelehrte Fabricius eigens ein Buch, um nachzuweisen, daß den katholisch Gläubigen dadurch nicht das ewige Heil jenseits entzogen werde. Aber ein zelotischer Herr Löscher widerstritt dieser, wie er sagte, gar frechen Behauptung; der katholische Glaube, sagte er in einer grausamen Schrift, sei ein Gräuel Gottes. Die Facultät der kleinen Hochschule zu Helmstädt vertheidigte ihren Fabricius, aber die Tübinger verketzerten die Helmstädter, und die Helmstädter verunglimpften die Wittenberger, die ihrerseits wieder mit den

Hallensern darüber zerfielen, und Diese, die Hallenser, als die allerfrömmsten Leute, verdammten alle Welt. Die Sache ward hochverrätherisch, denn die arme unschuldige Seele der Prinzessin von Wolfenbüttel lief Gefahr, von den wüthenden deutschen Gelehrten zerrissen zu werden. Als der große Kanzel- und Kathederstreit ausgetobt hatte, war Jeder so klug wie zuvor. Die hartköpfigen Hofprediger in Wolffenbüttel blieben der Meinung, ein Glaubenswechsel, er sei zu Gunsten der katholischen oder der reformirten Kirche, ziehe den Verlust der ewigen Seligkeit nach sich. Als sie dem Herzoge wegen seiner Zustimmung in die Heirath gar das Abendmahl verweigerten, machte er von seinem Hausrecht Gebrauch und jagte sie zum Lande hinaus. — Das sind ganz einfache, wahre und alltäglich sich wiederholende deutsche Historien. — Deutschland hat also auch seine Inquisition, nur handhabt sie Jeder, Lutheraner Katholik und Calvinist, wie er mag und kann, auf eigne Faust. Es kann hier also, wie der König der Borussen sagt, Jeder „nach seiner Façon" selig, aber auch nach der Façon Dessen, der die Oberhand hat, die Treppe hinunter und zum Hause hinausgeworfen werden. Bricht er dabei den Hals, so ist das nur dieselbe Façon, in der er Andern ihr leibliches und ewiges Wohl streitig macht. Die tiefsinnige deutsche Freiheit, beruht sie vielleicht auf dem alten berühmten deutschen Faustrecht?

Im Schwaben- und Frankenlande war erst ganz kürzlich der Hohenlohische Religions- und Familienkrieg beigelegt. Die Linien Waldenburg, Bartenstein und Schillingsfürst waren nach dem westfälischen Frieden zur katholischen Kirche zurückgetreten, und gaben fortgesetzt, wie es heißt, den evangelisch gebliebenen Unterthanen mehrfachen Anlaß zu Klagen über Beeinträchtigung. Nach dem Normaljahr 1642 blieb die evangelische Kirche die in diesen Landen herrschende; allein die Fürsten gaben ihrem Hofgottesdienste, den zu halten der westfälische Friede sie berechtigt, eine größere Oeffentlichkeit, ließen Processionen durch die evangelischen Städte ziehen, erlaubten benachbarten Klostergeistlichen, Pfarrgeschäfte zu üben, schmählerten dadurch die Einkünfte der evangelischen Geistlichkeit und erlangten in einigen lutherischen Kirchen die Gestattung des katholischen Gottesdienstes. Das wäre sehr schön, beruhte das auf Gegenseitigkeit; aber es geschah aus Haß und Feindschaft, und wer Wind säet, sagt hier ein Sprichwort, wird Sturm ernten. Nun rückte vor einigen Jahren (1744) das Osterfest heran, für die Katholischen aber um zwölf Tage früher. Die fürstlichen Regierungen geboten allen Unterthanen eine gleichzeitige Feier nach dem verbesserten römischen Kalender, den die Evangelischen nicht anerkannten. Das evangelische Consistorium zu Oehringen versagte diesem Gebote Gehorsam. Da wurden fünf Prediger abgesetzt, das Consistorium aufgehoben. Dawider klagten nun die evangelischen Linien des Hauses Hohenlohe, die Linien Neuenstein, Oehringen, Kirchberg und andere, wegen Verletzung der Familienverträge bei'm kaiserlichen Reichshofrath. Sie erlangten einen für sie günstigen Entscheid; die katholischen Linien wurden bei Androhung der Execution zur Wiederherstellung des früheren Zustandes verurtheilt. Das markgräfliche Anspach hatte die Executionstruppen zu stellen auch an Kurbrandenburg, Kurhannover, Kurhessen, Sachsen-Gotha erging kaiserlicherseits die Aufforderung, die nöthigen Truppen in Bereitschaft zu halten. Die Gemüther waren noch ganz erfüllt von diesen kaum beigelegten Stürmen, sie dampften gleichsam noch vom Eifer des Religionskrieges. Während dessen rüstete der Borussenkönig von neuem, als wollt' er dem ganzen Trödel ein Ende machen. —

Von Bamberg bis Erlangen macht man nur einen Weg von vier bis fünf Meilen, und doch fühlt man sich plötzlich auf diesem kleinen Raum in eine ganz andere Welt versetzt. In Bamberg fette Triften, volle, runde Gesichter; im Wirthshause schwere Schüsseln, daß der Tisch kracht; unter'm Krummstabe, sagen die Leute, ist gut wohnen! Im protestantischen Erlangen magerer Sandboden, aber lauter helle Gesichter, eilige Füße, nie ruhende Hände. Dort das satte Behagen des reichen Ackerbauers, hier die flinke Rührigkeit der Gewerbe. In Bamberg hohe Häuser mit einer Architektur voller Pomp und Stolz, aber schmutzig und Nachts ohne Beleuchtung. In Erlangen niedrige, profane Häuser, aber reinlich und Nachts mit Laternen erhellt. — Man spricht mir viel von einem Gegensatze zwischen Ober- und Niederdeutschland. Mir däucht, man hat diesen Unterschied fast überall gleich bei der Hand; wenige Meilen genügen, ihn zur Erscheinung zu bringen. Die ganze Natur dieses Volkes und Landes scheint diese Mannichfaltigkeit zu bedingen. Hielte nur irgend ein mächtiger Gedanke diese auseinande gefallene Welt der Deutschen zusammen! Aber in diesem Hange zu Gegensätzen zerarbeiten sich alle Kräfte, und mit seltener Hartnäckigkeit besteht Jeder um so eifriger auf seiner Meinung, je dunkler der Gegenstand schimmert, den er mit gläubigem Auge in hellem Lichte zu erblicken meint.

Wir saßen in Erlangen ganz harmlos in einer jener rauchgeschwärzten, bierklebrigen Tavernen, in denen deutsche Studenten zechen und singen. Mein Socius Burkhart ist ganz stolz auf seinen nationalen Gerstensaft, Cerevisia genannt, gleichbedeutend, sagt er, mit dem Kurmi der alten Kreter. Auch die alten Aegypter, eiferte mein Sodale, brauten schon Gerstensaft; Osiris hatte ihn erfunden. In deutschen Landen feiern sie den König Gambrinus als den Erfinder. Wie ich zum ersten Male den braunen Saft getrunken, war es mir wirklich, als müßten mir die Geheimnisse der alten Aegypter zu Kopf steigen. In der Taverne zu Erlangen tranken und tobten deutsche Studenten. Es sind dies gar wilde wüste Gesellen, in zerlumpten Röcken und zerrissenen Schuhen, in langen Bärten und mit nackter, behaarter Brust, den Schläger an der Seite und schnell fertig mit der Faust. Ich dachte bei'm ersten Anblick an die Lazzaroni Neapels. Wie eine Horde Räuber, die sich um ihre Beute streiten, saßen sie da. Aber sie debattirten über die allerheiligsten Dinge. Ein kecker Bursch, ein reformirter Theolog, mit einer doppelten Schmarre im Gesicht, stellte den Satz auf: Luther sei in vielen Dingen gar sehr „auf dem Holzwege" gewesen, er habe noch an die wirkliche Verwandlung bei'm Abendmahle geglaubt. Alsbald brach eine heftige Parteiung aus, ob Brot und Wein nur bildlich als

Leib und Blut des Herrn zu nehmen seien. Die „lutherischen Dickköpfe" stritten heftig dagegen, und während sie so von ihren Gegnern gescholten wurden, schlugen sie auf den Tisch, daß die Bierkrüge zitterten, und schwuren den „reformirten Spitzköpfen" den leibhaften Tod. „Euer Luther", schrie ein Gegner, „hatte noch den Augustinermönch im Leibe! Hat er nicht auch mit dem Tintenfaß nach dem Teufel geworfen?" Dies gab das Signal, den Teufel wirklich loszulassen. Jeder sah jetzt in seinem Gegner den bösen Dämon, und statt des Tintenfasses dienten die Bierkrüge zu Wurfgeschossen. Die Schläger waren blank, Tische und Stühle wurden in Batterien verwandelt und mit wildem Geheul fielen die Kämpfer über einander her. Es floß Blut in diesem Abendmahlsstreit und wir hatten ein wunderbar burleskes Schauspiel von dem praktischen Ernst dieses theoretischen Deutschlands. Nur Wenige saßen am Ende des Saales ganz unbetheiligt am Vorfall; sie schlürften ruhig ihr perlendes Bier, während das Blut der Brüder floß, und bliesen gemächlich weite Dampfwolken aus ihren Nüstern. „Wir sind Philosophen," sagte Einer von ihnen, mit dem sich Pater Burkhart einließ. „Wir wissen, daß die Wahrheit weder auf dieser, noch auf jener Seite liegt; sie steht gleich weit entfernt über beiden Parteien." — „Sehr wahr, gleich weit fern von beiden," sagte Burkhart mit verstecktem Lächeln und drückte einem fremden geistlichen Herrn die Hand, dessen Bekanntschaft er schon früher gemacht zu haben schien. „Laßt sie nur kämpfen, bis sie athemlos am Boden liegen, dann ist auf beiden Seiten die Ernte für uns um so sicherer."

Pastor Dreikorn, so nannte sich der Fremde, schüttelte wehmüthig den Kopf, als wir uns vor dem Tumult auf die Gasse flüchteten. Er ist evangelischer Prediger in der freien Reichsstadt Nürnberg. Er rief sein Wehe über diese Zerwürfnisse des Christenthums, er pries die römisch Gläubigen glücklich, die mitten im Sturm des Lebens nie ohne Steuermann und Compaß seien. Als er schied, nahm er auch mir das Versprechen ab, ihn in seiner guten freien Stadt heimzusuchen. Da er in uns die römisch Gläubigen erkannte, mußt' ich auf seine Vertraulichkeit mit Pater Burkhart schließen, denn wir sind hier in ganz weltlicher Tracht und mit Pässen hergereist, die uns als protestantische Christenkinder bezeichnen. Sie waren französisch aus Genua, aus Gênes, ausgestellt, allein Burkhart hatte an dem Worte radirt und gepinselt, so daß man eben so gut Génève, Genf, lesen konnte. Ich weiß nicht, welche Zwecke mein Begleiter noch sonst damit verknüpft, aber schon in Ulm hätten wir ja als katholische Christen kein Strohlager zur Nacht bekommen.

Die Stadt Erlangen verließen wir in einem Zustande, der fast an Aufruhr gränzte. Aus dem Streit der Studenten erwuchsen Straßentumulte, an denen die Bürger Antheil nahmen. Der Markgraf, der in diesen Landen gebietet, mußte Dragoner abschicken, um den großen Abendmahlsstreit der Studenten zu schlichten.

Zwanzigstes Capitel.

In der Schenke zu Dunkelsbühl.

Wir mußten uns vor den preußischen Werbeoffizieren flüchten. In Erlangen hatten sie unter einer Anzahl Studenten, die „scandali halber" fortgewiesen wurden, eine zahlreiche Beute gemacht. Der Markgraf ist der Schwager König Friedrich's, und während er als Reichsfürst seine Truppen stellen soll, läßt er doch überall die dreisten Werbungen für die preußischen Fahnen zu. Das Reich will dem Könige den Krieg erklären, und doch schweifen die blauen Husaren mit einem Rudel junger Burschen bis dicht an die Thore von Nürnberg. In den Schenken singen sie Lieder auf ihren königlichen Helden, und die Jugend verläßt den Pflug auf dem Felde, Bücher und Schreibpult in der Schulstube. Nicht das Handgeld, das die Husaren bieten, der Ruhm des Königs reißt sie fort. In Dörfern und Städten, selbst in Klöstern und am Altar der Kirchen wird geworben; der preußische „Antichrist" scheint wie ehedem der Hunnenkönig ein neues Jahrhundert über Deutschland heraufzuführen. Der Kaiser hat keine Macht, die Kirche kein Ansehen, und diese ganze deutsche Welt hebt sich aus ihren Fugen.

Es ist in diesem Sommer des barbarischen Nordens so heiß, daß das Vieh auf der Landstraße zu verschmachten Gefahr läuft, die Saaten stehen welk; die braunen Apenninen Italiens können nicht dürrer sein. Es sind dies die Tage der Hundswuth, wie man hier sagt. Und die Menschen scheinen dabei eben so leicht in Raserei zu gerathen. Die Schwühle ward so drückend, daß wir ein Obdach suchten.

Es war in der Schenke eines katholischen Dorfes, das zu dem sonst protestantischen Gebiet eines Reichsgrafen gehört, der seinen Sitz in der Nähe hat. Das Gewitter, das schon seit mehreren Tagen am Himmel stand, drohte endlich auszubrechen. Es war Sonntags, das Dorf war menschenleer, und ein Kind, das einzige lebende Wesen im Wirthshause, rieth uns in die Kirche zu gehen, wo alle Welt sich hingeflüchtet, um durch Gebet den Zorn Gottes abzuwenden. Es war thöricht genug, daß die Menschenmenge sich dort zusammendrängte, wo der Zorn des Himmels sie am ersten erreichen konnte. Aber ländlich, sittlich: wir gingen hin und hörten den Pfarrer reden. Er schilderte die allgemeine Noth im Lande als eine Strafe des Himmels um der Menschen Sünden willen, verkündigte die Ankunft des jüngsten Tages, sprach von den ägyptischen Plagen, von der Noth der Kinder Israels in der Wüste und deutete mit ziemlich dürren Worten auf den neuen Nebucadnezar hin, der gegen Kirche und Reich zu Felde ziehe und mit seinem gotteslästerlichen Heidenthum den Zorn des Höchsten über die römisch-deutschen Lande bringe. Wir standen in der Vorhalle unter einem Trupp von Schnurrbärten, die bei diesen Worten eine unruhige Bewegung machten. Es waren preußische Werber, die in Bauerkitteln in der Umgegend ihr Gewerbe trieben. „Ein hübscher Feldprediger für uns!" rief ein Schnauzbart ganz laut dem andern zu. „O, ich kenne Euch wohl," rief der Pfarrer mit drohender Stimme herunter, „Ihr, die Ihr es wagt, Euer räuberisches Handwerk selbst hier an heiliger Stätte auszuüben. Ihr Seelenfänger, Ihr Knechte des Baals, gebt Acht: auf Euch wird sich der gerechte Zorn Gottes wälzen!" Mit ausgestrecktem Arme hing der Mann Gottes da oben im Kasten und schleuderte seinen Kirchenbann und seine Blitze. Aber sein Mund verstummte plötzlich und es schien ihn selbst zu überraschen, als der Donner des Himmels, den er auf die Uebelthäter herabrief, ihm wirklich Red' und Antwort stand. Wie eine Lawine sich von den Bergen löst, so hatte sich aus der Ferne ein dunkles Gemurmel immer näher herangewälzt, bis es sich mit Sturmesgeheul in einem lauten Krachen entlud. Auf einen Augenblick stand die Kirche wie in Flammen; rasch folgten dann hinter einander mehrere gewaltige Schläge; Alles schrie laut auf in der Angst, das Gebäude möchte bersten und in Trümmern über die ganze Gemeinde zusammenstürzen. Die Menge brach tumultuarisch auseinander, Jeder drängte in's Freie hinaus; man kam erst draußen wieder zur Besinnung. „In der Nähe hat es eingeschlagen, krach, krach!" schrieen die preußischen Husaren, die den Pfarrer suchten. Dieser ließ sich aber nirgends erblicken. Wir eilten nach der nahen Anhöhe, von wo man die ganze Gegend überblicken konnte. Links und rechts, vor und hinter uns stiegen Flammensäulen auf. Der Blitz hatte auf verschiedenen Punkten in der Nachbarschaft gezündet. Jung und Alt war jetzt bereit, dem nächsten Orte zu Hülfe zu eilen. Spritzen und Leitern wurden hervorgesucht; der prasselnde Regen, der sich plötzlich in Strömen ergoß, hielt uns nicht ab, den Zug zu begleiten.

Erst in der Nacht kehrten wir heim; das Feuer schien auf allen Punkten glücklich gelöscht. Die Schenke wimmelte von Leuten, die auf die verschiedenste Weise von dem Unglück berichteten, das, seltsam genug! sechs bambergische Dorfkirchen getroffen, während andere, meist protestantische Kirchthürme, die ganz dicht dazwischen liegen, verschont blieben. Die preußischen Werber, die sich auch hier wieder eingefunden, saßen am runden Tisch mitten in der Stube, zechten und lachten über den Fluch, den der Herr Pfarrer auf sie herabgedonnert. „Unser Herrgott", schrieen sie, die Mützen schwenkend, „weiß besser, wen er treffen soll!" Ein Theil der Bauern bekreuzte sich vor ihnen, Andere beriethen sich, um die frechen Gesellen hinauszuwerfen; aber Niemand wagte sich an sie. Sie hatten ohnedies beim Brande im nächsten Dorf wacker Hand angelegt und sich das trockene Plätzchen in der Schenke gar wohl verdient. Sie saßen jetzt frei und frank in ihren Pelzjacken da, und die abgeworfenen nassen Bauernkittel, die sie sich übergeworfen hatten und die jetzt am Ofen zum Trocknen hingen, lieferten ihnen das beste Zeugniß. Hatten sie gleich ein heidnisches Maul, so waren sie doch beim Löschen in ihrer Christenpflicht nicht faul gewesen. Alsbald schoben sie Tisch und Bänke bei Seite, um zu einem Tänzchen Raum zu gewinnen. Die grämlichen Alten von der Dorfgemeinde schlichen bei Seite, aber muntere Dirnen waren bald genug bei der Hand, während die Bauerburschen das Glück der Soldaten mit neidischen Augen duldeten.

Der Hufschlag von Pferden unterbrach die Scene. Einige Männer in Jagdkleidern, ganz durchnäßt, traten mit Geräusch in's Zimmer. Eine hohe, stark hervorragende Männergestalt, um welche sich die Anderen drängten, stand mitten im Raum und schien nicht ohne Wohlgefallen die Haufen fröhlicher Leute zu mustern. „Der Herr Reichsgraf!" schrie der Wirth wie vor Entsetzen und stürzte auf die Musikanten ein, die für die Husaren so eben einen frischen Walzer begannen. Bei der plötzlichen Stille im Saale waren Aller Augen auf den gestrengen Herrn gerichtet, der nur ungern das lustige Gesindel störte. So gravitätisch ehrbar die struppigen Brauen über den tiefliegenden forschenden Augen hingen, so gutmüthig schien doch der lächelnde Zug um seine Lippen. Auf den ersten Blick erkannte ich den Reichsgrafen Justus Erich, wie ich sein Bild als vermeintlichen Proselyten der römischen Kirche mit dem Trauerflor um den Rahmen in der Sala intima zu Rom im Palast der Propaganda gesehen. Ich suchte nach Pater Burkhart, mir das bestätigen zu lassen; aber der werthe Pater war beim Eintritt des Fürsten rasch hinter den Ofen geschlüpft und hielt sich mäuschenstill in der sogenannten Hölle zwischen Wand und Ofenbank. „Ich hab' es gern," nahm der Reichsgraf das

Wort, „wenn es nach gethaner Arbeit lustig hergeht im Volk. Aber da Ihr mich einmal erkannt habt,“ rief er dem Wirth zu und schlug ihm mit der flachen Hand derb auf die Schulter, „so will ich Euch Allen hier eine gute Lehre geben. Ruft mir die Aeltesten von der Dorfschaft zusammen! — Und Ihr da, Schnauzbärte Sr. Majestät von Preußen, ein Wort mit Euch!“

Die Soldaten hatten sich bei der Erscheinung des Reichsgrafen in den Hintergrund zurückgezogen und bezeigten wenig Lust, seiner Anrede Gehör zu schenken. Einige zogen rasch die grauen Kittel über die Uniform.

„Achtung! Front gemacht!“ rief der Fürst jetzt mit starker Commandostimme, und die Husaren standen plötzlich wie eine Mauer vor ihm. „Meint Ihr, Kerle, hier wie die Wölfe in Schafskleidern umzuwandeln?“ herrschte er ihnen zu, nachdem er jeden Einzelnen von Kopf zu Fuß gemustert. „Denkt Ihr, es solle hier auch so gelingen wie in den mecklenburgischen Landen, wo Euer Herr und König — allen Respect vor Sr. preußischen Majestät! — ungescheut werben läßt und die Beamten des Herzogs, die sich widersetzen, in's Loch steckt? Ihr habt drüben im Dorf löschen helfen, dafür sollt Ihr heute meine Gäste sein und die Zeche frei haben. Ich kann heut' noch auf das Wohl Eures Königs trinken; denn noch ist er nicht nach der Form Rechtens in römisch-deutschen Landen zum Reichsfeinde erklärt. Morgen aber macht Euch mit dem Frühsten aus dem Staube, sonst soll das Donnerwetter meinerseits in Euch dreinschlagen!“

Die Aeltesten der Dorfschaft waren inzwischen herangetreten

und standen ehrfurchtsvoll, seines Winkes gewärtig. „Nun, Ihr Väter der Gemeinde," redete er sie halb spottend an, „der Himmel hat uns, wie Figura zeigt, mit seinem Zorn verschont! Ihr meint wohl, Euer Singen und Beten hab's gethan? Ja, Prosit Mahlzeit, das eiserne Ding mit der goldenen Spitze, das ich Euch auf den Kirchthurm setzen ließ, hat's gethan! Wie ich Euch die Stange einschmieden ließ, da habt Ihr Euch zusammengerottet und Euch gegen die ketzerische Neuerung verschworen. Ihr meint, weil ich ein lutherischer Mensch bin, so hätt' ich einen aparten Herrgott und wüßte nichts vom ächten und rechten. Ich sag' Euch, meine Thurmspitzen reichen eben so weit in den Himmel hinein als die Eurigen. Daß Ihr Vierfüßer am Verstande bleiben wollt, habt Ihr mit Euch selber abzumachen; aber wenn Ihr noch lange murrt und brummt, daß mein Blitzableiter ein Werk des Teufels sei, so verdientet Ihr, daß ich Euch wechselweise bald von römischen Bettelmönchen, bald von preußischen Werbern schinden und ausplündern ließe. Ich habe, Gott sei Dank, hier nur dies eine katholische Dorf, aber ich schwör's Euch zu, ich will hier so gut wie in meinen andern Landen die gesunde Vernunft zu Ehren bringen. Basta, damit Gott befohlen! — Oder habt Ihr noch was zu reden?" Die angedonnerten Väter der Gemeinde hatten nichts zu reden; sie zogen sich scheu zurück. In hastiger Bewegung, mit den Farben des Zorns im Angesicht, fuhr der Reichsgraf im Zimmer noch auf und ab. Die funkelnden Blicke, mit denen er die Anwesenden durchmusterte, schienen noch ein anderes Opfer zu suchen. „Wo ist der Pfarrer? Ich will den Pfarrer Nökens sprechen!“ rief er seiner Umgebung zu. — „Ich lasse den ehrwürdigen Herrn Pater bitten!“ setzte er milder hinzu, indem er sich zu besinnen schien, daß sein barscher Ton Anstoß erregen mußte. — In dem Antlitz des merkwürdigen Mannes lag jenes deutsche Gemisch von barockem Humor und einer gar gutmüthigen Ehrlichkeit des Herzens. Hinter den gewölbten Augenbrauen und auf der hohen Stirn thronte in starken Zügen jene Zuversicht des Geistes, die immer sicher auf Gott zu rechnen weiß, und doch sprach sich in der Muskelkraft dieses biedern Antlitzes ein gewisser Trotz aus, der allen Ernstes im Stande schien, den allmächtigen Schöpfer Himmels und der Erden über seine oft wundersame Weltregierung zur Rechenschaft zu ziehen. Dieser Mann ist vielleicht der leutseligste Herr, wenn man sein Gemüth zu erfassen versteht; er gebährdet sich vielleicht wie ein Recke, der mit Lindwürmern kämpft, wenn man seinen Vorurtheilen nicht von der Seite beizukommen weiß. Ein Mann von starken mächtigen Grundsätzen, dacht' ich, aber doch wohl noch stärker und mächtiger in seinen Vorurtheilen! — Diesen Eindruck machte mir der Reichsgraf Justus Erich. Ich mußte bei seinem Anblick an jene alten germanischen Kaiser denken, die im eisernen Harnisch über die Alpen stiegen, die widersetzlichen lombardischen Städte mit grausamer Härte einäscherten und dann in Rom doch unterduckten, als Herren der Welt doch nicht das rechte Zauberwort fanden, um die verworrene Menschheit zu ordnen. „Dumme Jungens!“ stürmte er jetzt auf die Schaar junger Bauern ein, die ihn mit offnen Augen und

Mäulern anstarrten. „Lassen sich von fremden Kriegsknechten die Mädels wegfischen! Haben doch selbst Knochen im Leibe, um freche Gesellen aus dem Tempel hinauszuwerfen. Schlafmützen Ihr, das habt Ihr von Eurem Flennen und Beten!"

Alles fuhr wie Spreu vor dem Winde zurück, während er im Zimmer auf und nieder schnob. Polternd stieg er dann die Treppe hinauf, wo sein Gefolge ihm den Tisch bereitete. Es sollte mir vergönnt sein, an diesem Mahle theilzunehmen. Einer von den Cavalieren des Fürsten kam zurück, trat auf uns zu und erkundigte sich, wer die fremden Herren seien, die ihm der Wirth gemeldet. Burkhart war eben aus seinem Versteck gekrochen, und in demselben Augenblick trat Pater Nökens herein, eine kurze, breitschulterige, wohllebige Figur, der Pfarrer des Orts, der von der Kanzel gedonnert und den der Reichsgraf citirt. „Geistliche Herren aus Genf!" sagte Pater Nökens, auf uns deutend, als der Cavalier seine Einladung wiederholte. Burkhart aber machte ein sehr kläglich Gesicht, klagte über Katarrh und Rheuma von der Reise und erbat sich vom Wirth eiligst eine Schlafkammer, so daß ich allein als der fremde Geistliche dastand, an den die Einladung erging. „Se. Erlaucht bitten", sagte der Kammerherr, „die Abendsuppe mit ihm einzunehmen!" Pater Nökens zog mich bei Seite mit der flehendlichen Bitte, ihn nicht allein zu lassen der Erlaucht gegenüber, und so ging ich denn gleichsam zum Succurs für ihn und nach förmlichst eingeholter Erlaubniß, im Reisekleide erscheinen zu dürfen, auf die Einladung ein, zumal der Wirth erklärte, kein anderes Zimmer für mich zu haben. „Es wird hart über uns hergehen!" seufzte Paters Rökens, als er hinter mir her die Treppe hinaufkeuchte.

Der Reichsgraf saß schon bei der Suppe und empfing uns mit einer gravitätischen Schwenkung des Vorlegelöffels. Er hatte seine Jagdkleider mit einem alten Schafpelz vertauscht und gewährte uns in der seltsamen Zipfelmütze, die er von irgend einem Bauern geborgt zu haben schien, den Anblick eines Häuptlings jener nordischen Barbaren, die wir in ein fernes Thule versetzen. „Sehr willkommen!" sagte er in seiner polternden Vertraulichkeit. „Geistliche Herren sind mir immer sehr lieb und werth. — Aus Genf? So so! Aus der Heimath jenes famosen Sonderlings, Jean Jacques Rousseau, der sein Religionsbekenntniß wechselte wie man den Rock wechselt. Den einen Rock hielt er sich zum Spazierengehen, den andern zog er Abends an, wenn er schläfrig wurde. Er machte in Sachen der Religion so rasch, wie man die Hand umdreht, den Ueberläufer!"

Wir hatten uns kaum gesetzt, als er uns aufforderte, ihm über Rousseau unsere Meinung in die Suppe zu brocken.

„Monseigneur", sagt' ich, „halten ihn für keinen ehrlichen Menschen?"

„Doch, doch!" rief er, „aber er ist nur ein Genie, und von Genies halt' ich mir am liebsten, um sie studieren zu können, eine Gallerie in meinem Tollhause. Ehrlich? Wen der Voltaire hinterlistig mit seinem Geifer beschmutzt, der muß von Hause aus ehrlich sein, und ich wünschte nur, daß der preußische Friedrich, der sich nun einmal zum Augustus dieser französischen

Schöngeister aufgeworfen hat, in seiner Wahl lieber auf den tollen Bürger von Genf gestoßen wäre. Da wär' er doch am Ende auf Quellwasser statt in Sümpfe gerathen. Hat Rousseau Recht, so sind alle Menschen Narren; hat Voltaire Recht, dann sind sie alle lauter Schurken. Und das ist, sag' ich, der Sumpf, in den man bei Dem geräth. Ja, mit den elenden, wüsten und doch immer lächelnden Spöttern des Heiligsten giebt sich König Friedrich ab, duldet sie in seiner Nähe, gefällt sich in ihrem Umgang und läßt durch den Secretär der Berliner Akademie Lobreden auf sie halten, die er selbst verfertigt, aber die ihm sein boshaftes Waschweib Voltaire erst säubern muß. Deutsche Schriften, die mit den Waffen der Vernunft die Wundertheorien des alten Glaubens bekämpfen, läßt er verbieten, schickt die Drucker nach Spandau!"

„Vielleicht", nahm ich das Wort, „will die Majestät von Preußen gewisse Aufklärungen über das Christenthum nur innerhalb der Kreise einer gewissen bevorzugten Bildung zulassen; gewisse Ueberzeugungen sind vielleicht nur für das Volk verderblich."

„Volk, Volk," rief der Fürst, „wer will da die Grenze ziehen! Ich bin auch vom Volk und die fürstlichen Liebhabereien von Sanssouci fressen sich wie ein schleichendes Gift bis in's Mark des Volkes. Guter Freund, was die Fürsten in Deutschland privatim treiben, das äfft der große Haufe noch allezeit nach! Laufen sie doch gleich hin, gaffen und sind außer sich, wenn sich Einer mit 'nem Bischen Witz und Scharfsinn geltend macht! Und so wird immer ihr bestes Gefühl, das Gefühl der Hingebung, zur Narrheit, und Egoisten füttern sich mit der Liebe des Volkes. König Friedrich ist ein ungewöhnlicher Mensch, aber blos weil ihn die Schwäche und Erbärmlichkeit seiner Mitmenschen bedeutend macht; ein Spiegel deutscher Fürstentugend wird nimmermehr aus ihm. Sein Handwerk ist Rache und Großemannssucht. Seinen Liberalismus und sonst noch was hat er von den Franzosen. Ihn beseelt der Ehrgeiz, sich der Welt als Einen zu zeigen, der sie mit Füßen tritt und selbst die Götter verachtet. Man wird ihm wie einem Schauspieler applaudiren müssen, aber eine große, tiefe, deutsche Sache wird er nie leiten, nie erwärmen. Im Grunde paßt er auch zu seinem boshaften Pavian Voltaire. Voltaire hat alles Heilige in Fetzen gerissen, damit er witzig sein kann, und Friedrich stürzt im Interesse seiner Hausmacht das deutsche Reich über den Haufen. Beide haben die Lacher auf ihrer Seite, daß Gott erbarm!"

Er hatte während dessen mit der Gabel einen Fasan gespießt, hielt ihn in freier Luft vor sich hin und säbelte links und rechts die Stücke herunter. „Hier ein Flügel und da eine Keule!" sagte er eben so zornig als wohlgemuth. „Schlesien ist ein fetter Bissen! Hol's der Kuckuk! Was bleibt am Ende vom heiligen römischen Reiche übrig?"

Er hatte das Gerippe des Vogels in der Hand, drehte es nach allen Seiten und warf es den Doggen zu, die im Halbkreise um seinen Stuhl lauerten und über die Beute herfielen. „Hab ich nicht Recht, mein bester Herr Pfarrer?" sagte er zu Pater Nökens, „in dem einen Punkte können wir zwei Beide doch wohl einig sein, was? — Aber freilich, Ihr eifert nicht blos gegen die preußischen Husaren, Ihr zieht zu Felde gegen Blitzableiter, gegen Aufklärung und alle Naturgeschichte! Ihr habt den Blitz auf die preußischen Werber herabrufen wollen, und da hat er ganz wo anders eingeschlagen! Ihr meint, jene Kerle seien mit dem Teufel im Bunde!"

Der runde, feiste Pater schien auf eine Debatte, wie sie jetzt über ihn ergehen sollte, nicht eingerichtet. Er legte sein vollwangiges Angesicht bald auf die eine, bald auf die andere Schulter, blickte mit schrägen Augen in die Welt hinein und besaß als die beste Waffe zur Entgegnung jenes überwache Lächeln, das selbst der Weisheit einen zu hochmüthigen Anstrich giebt. Es quälte ihn offenbar, über geistliche Dinge hier ganz weltlich verhandeln zu sollen. Er drehte sich furchtsam hin und her, als suchte er im Nothfalle nach dem Loche, das der Zimmermann offen zu lassen pflegt. Vielleicht war er nur auf der Kanzel muthig, wo er von Sodom und Gomorrha sprechen durfte.

„Lieber Herr Pfarrer," fuhr der Reichsgraf fort, „ich glaube, es giebt gar keinen Teufel mehr in der Welt, wohl aber allerhand Teufeleien unter den Menschenkindern. Ihr habt mir die Aeltesten im Dorfe aufgewiegelt, daß sie sich zusammenthaten und bei Eurem Bischof gegen meinen Blitzableiter einen rechtgläubig christlichen Protest einlegten. Hör' Er mal, Herr Pfarrer, ich bitte, wo sitzt denn nun das wahre Christenthum, das sich bewährt? In sechs bischöfliche Dorfkirchen hat das Wetter eingeschlagen, weil sie den Blitzableiter für eine gottlose Neuerung halten. Ich hab' meinen Kirchthürmen die gottgefällige und segensreiche Erfindung des großen Franklin in America aufgesetzt, und siehe da, meine Kirchen sind alle verschont geblieben. Wo ist nun da Gottes Hand sichtbar, und wo liegt der Hund begraben? Wenn es noch in der Welt einen Teufel giebt, so steckt er in der Menschen Verschlossenheit, Schwerköpfigkeit, Hartnäckigkeit! — Aber kommen Sie her, Herr Pfarrer, und trinken Sie, das Bier ist gut. Ew. Ehrwürden werden es nicht verschmähen, mit einem lutherischen Ketzer anzustoßen. Kommen Sie, Herr Pfarrer, weil wir doch allzumal Sünder sind, und unser Herr und Heiland selbst mit den Zöllnern zu Tische saß."

Pater Nökens hatte wieder sein geheimnißvolles Lächeln, das zwischen Demuth, Weisheit und Dummheit schwankte. „Ew. Erlaucht hätten nur", sagte er, indem er nach dem Fasanflügel in der Schüssel griff, „uns nicht das Glockengeläute verbieten sollen!"

„So!" fuhr der Reichsgraf heraus. „Also in physicis ac naturalibus wollt Ihr keine raison annehmen! Herr Pfarrer, unsere Thürme sind vom Wetter verschont, weil die Glocken still hingen und nicht durch die Schwingung der Luft die elektrische Entladung an sich zogen. Nimm doch nur ein Bischen Vernunft an, alter Knabe, und erkläre Dich nicht so breitstirnig gegen alle Naturgeschichte!"

Der Pfarrer arbeitete eifrig an seinem Bratenstück und erklärte sich nicht weiter gegen die Naturgeschichte.

„Voyez, Monsieur: so geht mir's mit meinen geistlichen Herren!" sagte der Reichsgraf, zu mir gewendet. „Mit meinen evangelischen nicht besser! Hab' ich mir da ganz frisch von der Mutter fort einen funkelnagelneuen Hofprediger verschrieben. Er hat in Tübingen studiert, hat die besten Zeugnisse, und ich zahle ihm, was nur Gottes Wort an einem kleinen Hof verlangen kann. Aber glauben Sie wohl, daß der Mann im Stande ist, mich von der Unsterblichkeit der Seele zu überzeugen? Ich meine, so was man aus dem Grunde hieb- und stichfest überzeugen nennt. Wir debattiren stundenlang hin und her, und wenn ich alle seine Argumente aufgezehrt habe, kommt er immer wieder auf den verzweifelten Schlußpunkt: Wenn es keine Unsterblichkeit gäbe, — dann müßte es ja gescheidter sein, wir lebten wie das liebe Vieh. Und ich zweifle denn wirklich nicht, daß wir bei so bewandten schwachen Beweisgründen allerdings im Stande der Unschuld und der Vierfüßler verbleiben."

Ich sagte: „Monseigneur verlangt vielleicht mathematische Gründe?"

„Nun, einen vernünftigen, allerdings einen, der faßlich und handgreiflich ist," entgegnete er.

„Handgreiflich?" mußt' ich wiederholen, „handgreiflich können die geheimnißvollen Wahrheiten der Religion nicht bewiesen werden!"

„Geheimnißvolle Wahrheiten!" rief der Reichsgraf, „was wahr ist, kann und darf sich nicht verstecken wollen, muß seine Richtigkeit haben, das heißt, klar sein. Ich will die christlichen Heilswahrheiten nicht bezweifeln, noch gar bespötteln, wie die Franzosen und die Philosophen in Sanssouci. Aber ich ziehe die Religion vor den Richterstuhl der gesunden Vernunft, und ich denke, was daran richtig ist, muß Stand halten. Bitte um Verlaub, ich bin ein Mann der Logik, und der selbstbewußte, wache Mensch ist denn doch wohl die oberste Creatur in der Schöpfung!"

Ich schwieg; ich stand vor der Despotie des sogenannten natürlichen Verstandes. Ich mochte nicht sagen, daß eine Religion, die keine Geheimnisse mehr hat, gar keine Religion mehr ist; aber es reizte mich, diese alleinseligmachende Tyrannei der gesunden Vernunft, die alle Geheimnisse der Gemüthswelt leugnet, zu Schanden zu machen.

Die Philosophie geht allerdings auf die Sache; aber die Religion ist Bedürfniß des Gemüths! dacht' ich bei mir selbst.

An Pater Nökens hatte ich freilich als Mitstreiter und Bundesgenossen einen kläglichen Vertreter der menschlichen Gemüthsbedürfnisse.

„Ja, da schweigen nun die gelehrten Herren von der Gottesgelahrtheit, statt einen armen Laien mit seinem Bischen Vernunft zu informiren!" begann nach einer Pause der Reichsgraf, im Gefühl eines sichern Triumphes. „Da hab' ich hier einen meiner katholischen Herrn Pfarrer. Ich will ihn jetzt nicht weiter belangen, denn während er so eifrig die Sterblichkeit dieses Vogels beweis't, möchte er sich um die Unsterblichkeit eines so körperlosen Dinges, wie die Seele ist, nicht viel bekümmern! Mit einem Priester von der alten Mutterkirche hätte ich so gern einmal allen Ernstes einen Disput! — Was macht denn Eure alte Nonne drüben? Sie hat die

Schwindsucht und heilt durch Händeauflegen. Arzt, hilf dir selber! paßt auf sie nicht; sie bleibt krank, aber sie macht andere Leute gesund, wie?"

„Der Schweiß ihrer Hand ist segenbringend," sagte der Pater, „und der Glaube thut's!" sagte er und schlug sein Deckelglas zu.

„Da haben wir's wieder!" fuhr der Reichsgraf auf, sprang vom Sessel auf und schlug die Hände zusammen. „Mit Jedem laufe ich immer bis dicht an die Wand und da steht uns dann Beiden gleicher Weise der Verstand stille. Wo aber der Verstand aufhört, da fängt die Vierfüßerei an!"

„Die Vierfüßer an der Krippe hatten, mit Ew. Erlaucht gnädiger Erlaubniß, zu ihrer Zeit den ganz richtigen Glauben," sagte der Pfarrer eben so boshaft als einfach und schlicht.

„Ich glaube, sie haben ihn noch!" rief der Reichsgraf, und entlud in Blicken und Gebährden seinen ganzen Zorn auf den Pfarrer. Was man furor teutonicus nennt, ward mir hier in optima forma ersichtlich.

Fürst und Priester hatten sich offenbar verbissen und festgerannt; es war zwischen den Streitenden eine sehr peinliche Waffenstille eingetreten; es schien mir Zeit, dazwischen zu treten.

„Monseigneur," begann ich schüchtern und bescheiden, „Monseigneur giebt doch wohl zu wenig auf den Glauben des Menschen, — ich meine auf seine feste, heilige Zuversicht, die im Gemüth zu einer Stärke und Macht erwachsen kann, daß sie —"

„Berge versetzt!" unterbrach mich der Reichsgraf, „na, da haben wir's!"

„Lassen wir die Sprache der Bibel und der Bilder bei Seite!" gemahnte ich ernst und dreist; „unsere Rede hier über heilige Dinge ist ohnedies sehr einfach und schlicht, wo nicht profan und nüchtern! Ich meine: der Glaube, das heißt die feste Zuversicht auf Etwas, das ich für wahr halte, auch wenn ich es nicht mit den leibhaften Sinnen wahrnehme, nur in der Ahnung, aber stark und mächtig erfasse, ich meine: der Glaube kann noch immer Wunder thun."

Der Reichsgraf stutzte und sah mich mit seinem gebieterischen Zorn an. Die Augenbrauen spannten sich gothisch gewölbt in die Höhe; in seinem erhabenen rothbraunen Gesicht stand das Feuerzeichen jenes Fanatismus, der sich in deutschen Landen zur Zeit des dreißigjährigen Krieges, und so auch noch heute, wie es scheint, todtschlagen ließ und läßt.

„Wunder", sagte ich, „sind noch alle Tage möglich; aber freilich gehört die ganze entschlossene Willenskraft des Menschen dazu. Wenn der Kranke, der Leidende sich leiblich und geistig vorbereitet, mit ganzer Sehnsucht seiner Rettung nachstrebt, alle seine Kräfte zusammenfaßt, sich endlich, wie in letzter Todesangst, nach dem Gegenstande des Heils hinschleppt, so kann ihm dort an geweihter Stätte das Wunder der Erlösung werden, gleichviel, ob das Symbol seiner Anbetung eine alte Reliquie, oder der goldpapierne Saum am Kleide der Mutter Gottes ist. In der zusammengenommenen Seelenkraft des Menschen liegt, was wir Wunder nennen, ob es der Pöbel gleich, das

Aeußere mit dem Innern verwechselnd, dem Knochen des Heiligen oder der Schleppe der Jungfrau zuschreibt. In dem Willen, der sich fest auf den einen Punkt hinbannt, liegt Allmacht. Und dies, Monseigneur, nennen wir füglich doch auch Glauben, lebendigen Glauben. Mich dünkt, hierüber könnten sich die Philosophen und alle christlichen Secten vereinigen."

Der Reichsgraf sah mich sprachlos an; er rang nach Ausdrücken.

„Und auf diese Weise," nahm jetzt Pater Nökens, muthiger geworden, das Wort, „auf diese Weise sind überhaupt die Wunder der Kirche, die wir als Thatsache kennen, erklärlich. Gefährliche Kranke sind, mit Ew. Erlaucht Erlaubniß, durch die heilige Taufe, durch die letzte Oelung plötzlich gesund geworden. Der alte Cultus mit seinen Beschwörungen, seinen Exorcismen, seiner Weihung des Wassers und Feuers, seinem Hauchen an die Stirn des Neophyten hat denn doch wohl in früheren Zeiten Wunder verübt, die ein profanes, nachgeborenes Geschlecht nicht mehr kennt. Durch die Kraft des Glaubens machte Sanct Patrik in Irland die Blinden sehend. Die alten Könige von Frankreich heilten die Kröpfe durch Handauflegen, die Grafen von Habsburg das Stammeln durch die Berührung ihrer Lippen."

„Ach das sind alte katholische Legenden!" fuhr der Reichsgraf in die Höhe, räusperte sich, warf seinen Pelz ab, da es ihm zu schwühl wurde, und sah uns bald staunend, bald drohend an.

„In alten Legenden", sagt' ich, „steckt auch etwas Wahres:

die Macht des Gemüthes über die Elemente, der Sieg des Geistes über die Natur."

„Aber wir," entgegnete der Reichsgraf ausweichend, „wir lutherischen Christenmenschen lassen uns nur auf die Bibel ein, lassen uns nur aus der Bibel demonstriren!"

„Die Bibel?" wiederholte ich. Der starkmüthige Streiter hatte sich damit einen Rückzug sichern wollen, saß aber damit fest und gab sich gefangen. „Die Bibel!" sagt' ich. „Kamen die Blinden und Lahmen nicht zum Herrn, und half ihnen ihr Glaube nicht? Er legte die Hand auf sie und sie nahmen ihr Bett und wandelten. Die Kraft eines heilig reinen Willens überwindet selbst die Pforten des Todes. Lazarus erstand aus dem Grabe und der todte Jüngling der Mutter zu Naim kehrte zurück unter die Lebendigen. In der Berührung des Herrn lag der Zauber einer geheimnißvollen Kraft. Nennt Ihr diese Kraft eine göttliche, nun gut, aber wenn sein Geist noch in seiner Gemeinde lebt, so müßten auch seine Wirkungen, die Wirkungen des Glaubens, die Wunder, die der Geist über den Leib vermag, noch möglich sein."

„Mann Gottes!" rief der Fürst, und setzte mir beide Hände auf die Brust; er fand nicht gleich das rechte Wort. „Nennt Ihr denn", stotterte er keinlaut, „das Alles — Magnetisiren?"

„Nehmt es im großen und heiligen Sinne," sagt' ich, „und Ihr kommt der Wahrheit näher!"

„Und müßte noch immer möglich sein, sagt Ihr?" fragte er.

„Sicherlich!" war meine Entgegnung, „sicherlich thäte der

Glaube heute noch seine Wunder, wenn die Priester ihres Herrn und Meisters würdig wären!"

Er sah mich ungläubig und zugleich wie um Schonung bittend an; über die starken Muskeln seines Antlitzes lief ein leiser Hauch der hülfsbedürftigen Wehmuth.

„Jeder Priester sollte Arzt sein!" sagt' ich in der guten Absicht, ihn zu begütigen. „Dann würde er wissen, wo die Natur aufhört und der Geist beginnt. Pater Nökens würde auch gut thun, sich um die Physik zu bekümmern, damit er den Segen der menschlichen Erfindungen begriffe, bevor er die unmittelbare Hülfe Gottes herunterbeschwört."

„Gar nicht übel!" sagte der Reichsgraf und klopfte mir sichtlich erfreut auf die Schulter. Er fand sich schnell wieder in seiner guten Laune zurecht. „Wenn meine Priester die unsaubern Geister austreiben könnten, also daß diese in die Säue führen, ich wollt' ihnen alle Hände voll zu thun geben. Säue hab' ich genug im Lande."

Er trat an's Fenster und öffnete den Flügel. Eine warme schöne Mondnacht lag auf den Gefilden. „Alle meine Kirchen unversehrt geblieben!" sagte der Reichsgraf wie triumphirend still für sich, „da und dort und wieder dort. Die bischöflichen Dorfkirchen abgebrannt und mir keine einzige! Bravo Physicus! Vivat Franklin, großer Mensch!"

Er schwieg, wie er sich umblickte und uns sah, die wir hinter ihm standen. Sein großes Auge blieb auf mir haften. „Ja, ja," sagte er sehr ernst und ehrlich, „haben Recht, es giebt noch Wunder in physicis ac mathematicis. Gar keine Frage!

Es ist ein hohes, tiefes, köstliches Wunder, daß der Mensch da drüben jenseits des Oceans, der ehemalige Buchbindergeselle im freien Land America, die simple Maxime auffinden mußte, um den Blitz zu regieren. Das hätte sich weiland Jupiter tonans wohl nicht träumen lassen, daß man ihm in die Hände greifen könnte! Franklin ist ein Zauberer; gar keine Frage! Wie man ein bissiges Hündchen mit Brosamen begütigt, den Fisch im Wasser mit dem Angelwurm ködert: so lockt dieser Wundermann mit seiner goldgespitzten Eisenstange mitten aus der verderbenschwangern Wolke den Blitz herunter, wohin er will, bis auf die platte Erde, wo er sich meinetwegen sein kaltes Bett bohrt. Und das nennen die alten Weiber ein Werk des Teufels! I, so schlag doch der Blitz, wie er will, in die morschen Gehirnkasten! Vor funfzig Jahren hätten sie den Franklin, meiner Seele! noch als männliche Hexe verbrannt!"

Pater Nökens lächelte hinüber und herüber, so devot auch äußerlich seine Haltung vor seinem Landesfürsten blieb. Ich glaubte zu verstehen, was er verschwieg, aber ich deutete es mir nach meiner Weise. „Wunder gegen Wunder!" sagt' ich offenherzig, „im Reich des Glaubens und im Reich der äußern Elemente! Warum soll der Geist nicht mehr Wunder thun, meine feste, unerschütterliche Willenskraft nicht auf eine schwache leidende Seele wirken?"

Der Reichsgraf sah mich gebieterisch an, und da ich seinem Blick eben so fest begegnete, brach er rasch ab. „Bleibt mir aber nur mit der alten Nonne da drüben vom Leibe!" sagte er wie beleidigt und hieb mit der Hetzpeitsche unter die Köter, die unter dem Tische rumorten. „Aber nichts für ungut, meine Herrn!“ fuhr er fort und schwenkte vor uns seine Jagdmütze. „Für dies Mal Gott befohlen! Habe mich sehr gefreut über werthe Bekanntschaft und hoffe, noch weiter einmal disputiren zu können. Habe just Gäste in Belle Promesse, werde bald den Brautvater machen. Würde mir lieb sein, morgen und auf die nächsten Tage den werthen fremden Herrn bei mir zu sehen. Bitte sehr darum. Meine Gräfin Schwester verkehrt gern mit geistlichen Herren und würde erfreut sein, eine so gute Documentirung des Wunderglaubens zu vernehmen. Habe auch da ein Fräulein Tochter, — sehr nervös, wie sie sagen, obschon ich nicht weiß, was Nerven sind. Hat von Kindheit auf an Phantasien, an Gemüthsblähungen gelitten. Wird sich sehr freuen — und paßt derlei in ihren Kram! Und topp! Hochedelgeboren besuchen mich einmal!“

Die Pferde hielten vor der Thür und die Cavaliere standen seines Winkes gewärtig.

„Kann Er Gold machen?“ fragte er noch den bestürzten Pater Nökens, der ihm das Geleit bis zur Treppe gab. Der arme Pater sah so unglücklich unter sich hin, als wollte er sagen: nicht wohl möglich! „Na,“ sagte der Fürst, „dann nehm' Er's nicht übel, wenn's Andere versuchen! Das Pulver hat Er nicht erfunden, den Blitzableiter hat Er verketzert, nun schrei Er nicht Zeter, wenn ich im Schmelztiegel ein Bischen Chemie treibe. Hab' zwar die Lust daran schier verloren; aber wenn's mal wieder sein sollte: nehm' Er's nicht für ungut und halt' Er's nicht für Teufelswerk, kann Er auch selber nicht Gold machen.“

Der Pater bückte sich schier zu Boden, wie ein Ducatenmännchen, und wäre vielleicht für sein Leben gern, was das Goldmachen betrifft, dem gestrengen Herrn zu Willen gewesen.

„Es hat nicht flecken wollen im chemischen Schmelztiegel," sagte der Fürst, „aber während des Suchens danach hat man doch das Porzellan gefunden! Man muß auch dem Teufel sein Spiel lassen!"

Pater Nökens bekreuzte sich und machte zugleich seine Reverenz. Lachend und sporenklirrend stieg der Reichsgraf die enge Treppe hinunter; seine Hunde fuhren kopfüber hinter ihm drein. Der Hufschlag der Pferde, der Klang der Hifthörner und das Gebell der Rüden scholl lustig lockend durch die stille lauschende Nacht.

„Schimpft wider Voltaire und die französischen Spötter," eiferte der Pfarrer, „und nennt doch Alles, was Geheimniß ist, ridicule!"

„Und hat doch, wie es scheint," sagt' ich, „im Schmelztiegel nach dem Stein der Weisen gesucht! Hängt also doch wider Willen irgendwo mit dem Reiche des Wunderbaren zusammen!"

„Ist er weg, der große Treppenrunterschmeißer?" fragte Burkhart, der schmunzelnd und doch noch wie bedonnert sein breites Antlitz durch die Thürspalte schob. Er erzählte, wie er früher als Bettelmönch den Alchymisten gemacht und mit dem Augsburger Salz bei Sr. Erlaucht verunglückt sei.

„Ein Mann von starken, mächtigen Grundsätzen!" sagte ich in einem Anflug von Hochachtung. — „Und doch fürcht' ich," setzte ich still für mich hinzu, „diese seine Grundsätze sind nichts als Vorurtheile!“

„Ein wahrer Godegiesel für römischgläubige Seelen!“ eiferte Burkhart, und Pater Nökens erzählte von der Tyrannei der gesunden Vernunft im ganzen Lande. „Ist so sehr Souverän,“ sagte der Pfarrer, „daß er Jedem in den Topf guckt, sich, mit Permission zu sagen, um jeden Quark bekümmert. Bringt Mann und Maus, Menschen und Dinge mit seiner Aufklärung um und läßt kein Ei im Lande ungeschoren sich ausbrüten! Hat auch schon sein Fräulein Tochter, die Gräfin Justine, halb zu Tode geplagt, daß sie wie gestört umläuft, Tags über stumm wie ein Fisch, Nachts mondsüchtig und halb närrisch, daß Gott erbarm! Ist ein feines, liebes, zartes Wesen, ganz wie Dero Mutter selig, die italienische Prinzessin, die eine wahre Fürstin, von guter Familie und gutem katholischem Glauben war.“

Der Redselige war noch im Erzählen, als Pater Burkhart nach einem Wagen, der so eben vor der Thür hielt, den Kopf zum Fenster hinaussteckte. Eine Jagdkalesche vom Gefolge des Reichsgrafen war zurückgekehrt. „Erlaucht müssen etwas vergessen haben!“ sagte Nökens, „der reichsgräfliche Oberhofmeister steigt aus!“ Gleich darauf trat auch schon der Besagte breit und geräuschvoll in's Zimmer. „Ich bin der Baron Hinterbein,“ sagte der Betreßte mit gelinder Verbeugung und weit mehr Erwartung, darob begrüßt und respectirt zu werden. Er mochte einer von den Ceremonienkünstlern, dem nothwendigen Uebel der Hofkreise, sein. „Als Baron Hinterbein,“

sagte dieser deutsche Nobile, „bin ich von Sr. Erlaucht, unserm Allergnädigst regierenden Reichsgrafen, beauftragt, die Invitation an den fremden Herrn zu wiederholen und pflichtschuldigst zu bemerken, daß die Equipage zur Disposition steht. Wer von den Herren —"

„Monsieur Latour," sagte Burkhart, mit Eifer und Beflissenheit mich vorführend.

„Es sind," fuhr der Ceremonienmeister fort, „auf morgen und die nächsten Tage der hohen, höheren und höchsten Gäste soviel auf Belle Promesse, daß es billig und räthlich erscheinen dürfte, mir Namen und Stand genau anzugeben, um danach und dem entsprechend die betreffenden Appartements im Schlosse bestimmen zu können. Also: Latour, schlechtweg Latour? Weiter Nichts?"

„Joseph, wenn Sie meinen Vornamen wünschen!" sagt' ich.

„Wohl aus der französischen Schweiz?" fragte der Examinator weiter, Brieftasche und Stift bereithaltend, „nicht, aus der Schweiz?"

„Aus Piemont," war meine Entgegnung, „aber an der französischen Grenze."

„Sehr schön, aus Piemont also, Monsieur de la Tour, nicht? Herr von Latour, oder darf ich hoffen: Baron? Bitte, bitte!"

Der Marschall Hinterbein sah in dem Augenblick so hülfsbedürftig aus, als gehörte er zu Denen, die allerdings erst mit dem Baron den gesellschaftsfähigen Menschen beginnen lassen.

„Graf, wenn's Ihnen Vergnügen macht," sagt' ich, um seiner Unruhe abzuhelfen.

„Ah, Monsieur le Comte," beeiferte sich der Gute, „Ew. Gnaden Appartements auf Belle Promesse werden im rechten Schloßflügel bereit sein, dicht an die Festsalons, dicht an den Tanzsaal stoßend. Mein Herr Graf" —

„Bitte," fiel ich ihm in's Wort, „machen wir kein Aufheben davon, ich reise incognito, ohne Gefolge, ohne Gepäck, bin deshalb in Sachen der Toilette allerdings geniert und weiß nicht" —

„Bestens zu dienen, Alles schönstens besorgt, Monseigneur dürfen kaum befehlen, Alles bereits zu Diensten und in Ordnung!" war die Erwiederung des hohen Bedienten.

Burkhart streckte, als ich schied, die Arme dergestalt aus, als wollt' er mir seinen Segen auf den Weg geben. „Ich meinestheils mach' mich aus dem Staube!" sagte er, „gehe meine Route weiter nach Sachsenland, sonst werd' ich hier noch erwischt, Gott behüt's! Ihr wißt mein Ziel!"

Ein Tag in Belle Promesse, um Land und Leute kennen zu lernen, erschien mir weit mehr von Belang als die Genossenschaft des guten Burkhart; ich stieg in den Wagen, ohne zu ahnen, welcher Schicksalsfügung ich entgegenging.

Einundzwanzigstes Capitel.

In Belle Promesse.

Es mochte tief in der Nacht gewesen sein, als ich mit meinem Baron Hinterbein, dem nobilirten Stallmeister, der ehedem Vorderfuß hieß, in Belle Promesse anlangte und in den für mich als standesmäßigen Gast angewiesenen Gemächern des rechten Schloßflügels meine Ruhe suchte. Unterwegs war der Cermonienbaron vertraulich geworden, hatte mich mit den Verhältnissen des Hauses, der Veranlassung des bevorstehenden Festes bekanntgemacht. Man ging der Verlobung der Comtesse Justine entgegen. Prinz Emil, ein Hohenlohe, aus einer der katholischen Linien dieses weitverzweigten Stammes, wurde erwartet. Als ich meine Verwunderung bezeigte, daß just ein katholischer Bräutigam für ein so streng protestantisches Haus in Aussicht stehe, war mein Geleitsmann nicht verlegen, mir das als einen besonders kühnen und, wie es schien, glücklichen Schachzug des regierenden Herrn zu bezeichnen. Es sollte dem Reichsgrafen damit gelingen, seinen Vettern einen Andersgläubigen abwendig zu machen. Die Stände des Landes konnten auf das alte Anrecht pochen, nur einem protestantischen Landesfürsten den Eid zu leisten, und es war noch in diplomatischer Schwebe, ob Prinz Emil vor oder erst nach seiner Vermählung mit der Erbin der gefürsteten Reichsgrafschaft sich zur „gereinigten" Lehre bekennen werde. Der deutsche Religionskrieg dauerte also hier noch immer fort!

Wie ich am andern Morgen in Belle Promesse erwachte und an's Fenster trat, lachte mir eines jener wild romantischen Thäler, an denen Deutschland so reich ist, mit seinem üppigen Buchengrün und dem Gesange seiner Vögel entgegen. Die klagende Nachtigall, die im Schatten der Nacht ihr Lied geseufzt, lösten jetzt Chöre von Lerchen, Schaaren von fröhlichen Sängern im Haine ab. Heiter geschwätzige Anmuth wechselte im Thal mit verschwiegener tiefer Stille, fruchtbeladene, blühende Gefilde mit dem hohen Ernst schwarzbewaldeter Felsen, die den Blick steil hinabgleiten ließen in den dunkeln Schooß eines schilfumrankten See's. Eine Aeolsharfe von der nahen Grotte herunter rief eine Welt verstorbener Wünsche und begrabener Erinnerungen in der Seele wach. Ein alter, runder Thurm mit Bastionen und Zugbrücke mahnte an die Ritterzeit und ihre Kämpfe um Minne und Ehrenlohn. Drüben am Haag, welch' trauliche Plätzchen barg da der Schatten! Wie ein dunkelgrüner Mantel umzog der Wald das ganze Thal; oben über den Forst lief der hohe Grat einer uralten Länderscheide. In diesem Bergkessel, dacht' ich mir, kochen die Herzen heimlich, aber tief und heiß.

Für mein Costüm war bestens gesorgt; Morgen-, Mittags- und Abendtoilette, wie Zubehör zum Ball am nächsten Tage, war auf das sorgfältigste und in reicher Auswahl zu meiner Verfügung gestellt. Als mir die Stunde bezeichnet ward, wann der regierende Herr zu empfangen geruhten, schritt ich die weiten, fürstlich geschmückten Corridore hinunter über den Schloßhof durch's Hauptportal in das Mittelgebäude.

Der Empfang beim Reichsgrafen war gemüthvoll und biderb, wie man hier zu Lande sagt, und wie kein ander Volk dafür die entsprechenden Worte hat. Der Ehrenmann schien mir im Fürsten noch hervorstechender als der despotische Dynast, der Biedermann überwog noch bei weitem in ihm den Logiker und Vertreter der gesunden Vernunft. So schien es mir damals.

„Aber lieber Graf," sagte er mit vertraulich verlegenem Händedruck, „ich hab' Euch gestern da im ölichten Zwielicht der Schenke bei unserem Disput wahrlich für einen geistlichen Herrn gehalten. Nichts für ungut, aber bei Euch muß man auf der Hut sein; Ihr führt Redewaffen, die man im Moment schlecht parirt. Ihr müßt Theologiam tractirt, Universitäten frequentirt haben, daß dich!"

„Die Schule der Erfahrung durchgemacht," sagt' ich; „ein gehetztes Wild wird nicht blos scheu, es sucht auch durchzubrechen, um freies Feld zu gewinnen, wo es kann."

„Muß um pardon bitten!" äußerte der Gestrenge, „bin da gestern etwas grob gewesen, halten zu Gnaden! Ich weiß nicht, Ihr habt so etwas warm Menschliches in Eurer Art, die Sachen zu nehmen; es könnt' Einem schier Lust machen, zu meinen, all' der religiöse Widerstreit und Hader ließe sich noch einmal schlichten in der Welt."

„Gewiß," sagt' ich, „und die deutsche Nation hat vielleicht die hohe Aufgabe über beide Confessionen hinaus ein freies, allgemein menschliches Christenthum zu stiften."

„Ja, ja, Ihr seid so was man einen Philanthropen nennt!" — Er wollte mich durchaus classificiren. „Wahrlich," meinte er, „Ihr seid ein Protestant, der" —

„Selbst gegen den Protestantismus protestirt!" nahm ich ihm lächelnd die Rede ab. „Ich suche in allem Menschlichen das Wahre heraus und eifere, soviel wie ich vermag, für einen freien Zustand der Geister."

Ich blickte in sein ehrliches hohes Antlitz und gelobte mir, nicht ohne Noth in ihm den furor teutonicus wieder anzufachen.

Equipagen waren aufgefahren, die den Prinzen und sein Gefolge brachten; unser abgebrochenes Gespräch ward im Laufe der geräuschvollen Festlichkeit nicht wieder unter vier Augen aufgenommen.

In Prinz Emil lernte ich einen jener jungen, blassen, weichen Männer kennen, die das Beste wollen, aber das Gute festzuhalten und durchzusetzen nicht jederzeit Willenskraft besitzen. Dem Bündniß mit der jungen Gräfin lag seinerseits vielleicht ein Grad von Neigung zum Grunde; nur schien er außer Stande, den Wechsel des Bekenntnisses mit Energie entweder zu wollen, oder zu verweigern; er ließ sich von beiden Parteien dabei treiben, statt sich mit freier Kraft und selbsteigener Entschließung zu entscheiden.

Gräfin Thusnelde, Tante Erlaucht, wie sie bei Hofe vertraulich hieß, die Schwester des Regierenden, Diesem in der äußern Erscheinung sehr ähnlich, gothisch hochgebaut, aber hager und mit allen Attributen alter Jungfräulichkeit ausgerüstet, war als die erste Dame des Hofes der Mittelpunkt in gesellschaftlicher Beziehung, so sehr sie sich auch im Angeben des Tones von dem Willen des Souveräns gemaßregelt, bedrückt und eingezwängt sah. Justus Erich war gegen seine um vieles ältere, schon hochbetagte Schwester Erlaucht ausnahmsweise sehr galant; er glaubte ihr, vielleicht für früheren Unbill, Entschädigungen schuldig zu sein; aber er hatte, auch wenn er sie im Gesellschaftscirkel frei schalten und walten ließ, doch den Ton eines ironischen Humors, der sie zu verletzen schien, weil er mit seinen Anklängen an frühere Verhältnisse wie Spott und Hohn klang. Gräfin Thusnelde hatte in jungen Jahren zu einem einfachen Edelmann, einem Herrnhuter aus der Schule Zinzendorf's, eine Neigung unter ihrem Stande gehabt. Von dieser Neigung war ihr nichts als sozusagen „der Duft", der fromme Sinn des Herrnhuterthums geblieben. Gewisse süßliche Gefühlständeleien, die im Gefolge dieser Richtung sich einschleichen mögen, waren dem Reichsgrafen ein Gräuel; er hielt das für eingeschmuggelten Kryptokatholicismus, witterte darin römisches Wesen, dem er mit dem Tode seiner Gemahlin Valet gesagt, ja dem er seit seiner Jugendliebe und seit der „Gefahr", die ihm daraus erwachsen, den Tod geschworen. So war der freie Denker, der Mann der Aufklärung doch wieder nicht großsinnig und aufgeklärt genug, die Religion, das Bedürfniß des Gemüthes und der Eigenart des Menschen, freizugeben! Es gab für ihn festgerannte Mauern, die er sich in seinen Vorstellungen aufgebaut, in der Welt seiner Begriffe zusammengeballte Schrecknisse und Gespenster, die er sich selbst heraufbeschworen. Er, der Gegner Voltaire's, konnte doch kein einfach stilles, aschgrau einfarbiges Herrnhuterthum dulden, ohne in Spott auszubrechen; der klare Kopf, der die Bahn des freien Forschens Allen öffnen wollte, ließ sich wiederholt auf engherziger Unduldsamkeit ertappen. In dem, was er Jesuitismus nannte, witterte er die Hintergedanken der Hölle, eine Dialektik des Bösen, die nicht der Mensch aus sich und seinen Verhältnissen, sondern der leibhafte Gottseibeiuns aus Hekate's Bereich heraufgeschleppt, um das Menschengeschlecht zu verderben.

Gräfin Thusnelde schien bei solchem Regiment in ihrem Gemüthsbedürfniß verarmt und vertrocknet, die Tochter Justine vielleicht schon in ihrem ersten mädchenhaften Keim geknickt zu sein. Mitten in der rationellen Wirthschaft des Reichsgrafen, mitten in diesem System regelmäßig geschulter Verstandesordnung hatten beide Frauen vielleicht ihren geheimen Dienst, einen verschwiegenen Cultus, der dem Herzen und der Phantasie ein verschämtes Genüge that.

Kurz vor der Mittagstafel war Empfang und Vorstellung bei der Gräfin Tante. Eine leicht aufgebaute Gestalt, schlank und schwank, eine Sylphide, die sich wie durch einen bösen Zauber in Reifrock, Puder und Toupé verloren, stand Justine vor mir. Sie erschien mir wie ein Opfer, das einer Etiquette von Versailles willenlos den Nacken beugt. In dem dunkelblauen

Auge verrieth sich eine gequälte, eine erlösungsbedürftige Seele, die in der Irre nach einem Ausgang sucht. Ihr Antlitz hatte weniger Farbe als vielmehr nur Licht; ihre ganze zarte Gestalt war wie durchleuchtet, wie durchsichtig, aber die blasse Lippe schien zum Schweigen verdammt, so willig sich auch alle Nervenspitzen dieses ätherischen Wesens sehnsüchtig nach außen kehrten. Das Ceremoniell der Begegnung ließ sie kalt und todt, für die geregelte Ordnung der Etiquette war sie ganz indolent, ein willenloses Werkzeug, eine Maschine, die gar kein eigenes Leben kennt. — Der Tante Gräfin war ich vom gestrengen Herrn, der von unserem „Disput“ in der Schenke ausführlich berichtet hatte, in einer Weise angekündigt die ihrerseits eine wahre Sehnsucht nach Vertraulichkeit erweckte. Ich hatte den Glauben an das Wunderbare mitten in der prosaischen Orthodoxie eines geschulten und gemaßregelten Menschenlebens vertheidigt; ein solches Wagniß war in diesem Kreise seit Jahrzehnden nicht vorgekommen. Ich hatte, wie der Reichsgraf ehrlich und generös eingestanden, die Macht des Glaubens siegreich verfochten: in Belle Promesse ein unerhörter Fall! Diese Anerkennung der unberechenbaren Kräfte im Menschengeist und Menschenleben brachte die Gräfin Tante in eine Art Aufregung.

„Nicht wahr,“ sagte Thusnelde Erlaucht, „der Glaube ist mehr als eine bloße Schwäche des Gemüthes?“ Ihre Stimme klang dabei wie das Schluchzen einer längst verweinten Seele. In ihrem verblaßten blauen Auge schimmerte noch etwas vom Schmelz jener Jugend, die auch im altgewordenen Menschen nie ganz erstirbt. — Justine wiegte den schweren Fächer in der zarten Hand und blickte gleichgültig auf die schöngefiederten Papageien, die mit ihrem Geschrei das Geflüster der hin- und hersummenden Hofgesellschaft herausforderten und überboten.

„Der Glaube eine Schwäche?“ wiederholte ich mit ernstem Nachdruck. „Möchte doch dies in Unglauben verzehrte, in Gleichgültigkeit erlahmte Geschlecht von einem neuen Glauben erfaßt werden! Die abgelaufenen Endfäden aller Bestrebungen und Richtungen würden sich neu zusammenfinden. Glaube ist die höchste Kraft und Fähigkeit, den Gipfel geistigen Vermögens zu ersteigen, zu dem sich nur der ganze volle Mensch erhebt; der Glaube ist ein Centralfeuer aller unserer Lebensfunctionen. Und diese Zuversicht, ein Genosse der Geisterwelt zu sein“ —

„Nicht wahr, wer Christum glaubt und erkennt,“ unterbrach mich die alte Gräfin, „macht sich zum Mitgenossen seiner göttlichen Natur!“

Das war also vielleicht der Inbegriff der Lehre, zu der sich jene Zinzendorf'sche Gemeinde bekennt, eine Gemeinde, deren stille Weltentfremdung und Einkehr die Gräfin theilte, ohne ihrer Neigung dafür Raum geben zu dürfen! Einen Zusammenhang mit der Geisterwelt verstand sie als Weib nicht anders als im Gefühl einer Hingebung an die Person des Mittlers und Gottessohns, der ein für alle Mal und für alle Welt, wenn sie an ihn glaubt, mit seinem Blut das Sühnopfer geleistet haben sollte! Ich konnte nicht denken, daß sie über die Natur dieses Gottessohnes bis zum klaren Ergebniß nachgedacht; Christus lebte wohl weniger in ihrem klaren Bewußtsein, als in ihrer Phantasie. Ein weibliches Gemüth bedarf vielleicht in jedem Fall einer Person, auf die es schwört; der Mann sucht sich selber eine Stellung an Gottes Thron, seine Thaten, seine Gedanken, sein Wirken für die Welt sind seine Rechtfertigung. Ich schwieg und mochte nicht weiter gegen dieses Herrnhuterthum eifern, das dem Mann den Schauplatz der Welt entweder ganz entzieht, oder einschränkt und verdächtigt. Es galt hier, ein in sich bedrängtes Gemüth nicht darben, nicht verarmen zu lassen mit seinem Bedürfniß, das um so quälerischer wird, versagt man ihm die Nahrung.

„Ich kann den Glauben nicht missen, selbst wo man ihn Aberglauben schilt!" sagte die Gräfin mit zitternder Wehmuth.

„Was ist Aberglaube?" nahm ich das Wort auf. „Der Glaube an einen geheimen, von uns noch unerforschten Nexus des scheinbar Unzusammenhängenden! Ich habe wie in den Mythen und Legenden, so im Aberglauben der Völker immer nur ein oft unbeholfenes, aber eben so oft sinnreiches Surrogat für die noch versagte Erkenntniß des Uebersinnlichen gefunden. Der Aberglaube ist oft eine symbolische Andeutung für sonst noch unaussprechbare moralische Beziehungen. Physikalisch ist er Magnetismus, psychologisch Sympathie, wo nicht prophetische Ahnung."

„O mein Gott!" sagte Gräfin Thusnelde, „wie Sie mit Eins das feststellen, was uns so lange bedrängt! Hier ist meine Nichte, Gräfin Justine; sie hat Epochen, wo sie um alle Krankheits- und Todesfälle in unserer Nachbarschaft weiß. Sie hat plötzlich Beängstigungen, wenn ein Kind im nächsten Dorfe und oft weithin im Lande erkrankt, steht in der Nacht auf, weckt die

Dienerschaft, schickt Boten aus. Selten weiß sie genau das Haus anzugeben, wo Jemand plötzlich daniederliegt, aber nie geht ihr Mitgefühl ganz fehl, immer theilt sie den Schmerz eines Leidenden; ein plötzlich hereinbrechendes Unglück hat gleichsam eine Resonanz in ihrem Innern. Es mag das krankhaft sein, aber es ist doch! Nur die Furcht vor — die Furcht vor der aufgeklärten Welt, die das Alles für eitel Trug und Selbsttäuschung hält, hindert uns, ihren Ahnungen mehr nachzugehen. Mein Bruder Erlaucht brach neulich in heftigen Zorn aus, als Justine in der Nacht Lärm machte, aufstand und umging; sie leidet auch an nachtwandlerischen Zufällen. Ein Greis lag oben auf der Höhe im Forsthause im Todeskampf. Zufall! ruft dann immer die Despotie der gesunden Vernunft, die alles Gemüthsleben für krank hält. Und doch hat diese gerühmte gesunde Vernunft allerlei Räthseln und Geheimnissen im Schmelztiegel nachgeforscht!"

Die Gräfin hatte mich in eine entlegene Nische des Gemachs gezogen, während sie dies sagte; die Gesellschaft stand zu fern, ihre leisen Worte zu vernehmen.

Das also war das zusammengedrängte Seelenleiden dieser Frauen! Und diese Hemmung nannte man geistigen Störung? Beim Weibe bleibt oft Trieb der Sinne, unbewußter Instinct, was beim Manne Erkenntnißdrang ist. — An der Mittagstafel erfuhr ich, welcher ärztlichen Despotie das Leben der Frauen hier am Hofe unterworfen war. Justinens Schlaflosigkeit hatte man in den Epochen, wo Gemüthsanwandlungen sie befielen, durch Opium zu heilen gesucht. Ihre Aufregung mußte damit nur steigen; ihre Seele schweifte dann von einer gewaltsam unterdrückten Vorstellung zu andern, sie verwebte die Eindrücke der Sinnenwelt mit ihren Phantasien, und diese beherrschten sie endlich ganz, sie ward fieberkrank, hatte selbst Anfälle von Nervenkrampf, von Visionen.

Unter den zur Tafel Gezogenen war neben einigen hohen Beamten des kleinen Staates und Hofes auch der Leibarzt Sr. Erlaucht. Dieser Sohn Aesculaps gehörte zu den starken Dosengebern, zu jenen Materialisten, welche durch Aderlässe, Brechmittel und Spritzen Alles zu erzielen glauben, und mit diesen Apparaten, dünkt mich, eine gleich große Barbarei wie die alten Klöster mit ihrem Exorcismus des Teufels an den Tag legen. Der Leibarzt bei Hofe war zugleich Vorsteher des Narrenspitals im runden Thurm, das zu den Liebhabereien des gestrengen Herrn gehörte. Er war sich bewußt, alle Abarten des Gefühlslebens wie Würmer vertreiben zu können, gegen den Enthusiasmus eines erhitzten Gehirns siegreich mit Rhabarber in's Feld zu rücken. Er hatte zu Sr. Erlaucht allerhöchster Befriedigung im Narrenthurm allerdings schon manchen Schwärmer und Propheten curirt und stattete bei Tische ziemlich dreist und umfänglich Bericht ab über den Erfolg einiger neuen Versuche an kranken Nerven. Dabei war es doch seine fixe Idee, Tollheit, die seinen Mitteln widerstand, für erbliches Uebel und für unheilbar zu halten. Er erzählte vom letzten unter sechs Brüdern eines Kaufmanns der nächsten Stadt, die sämmtlich freiwillig endeten. Der letzte dieser unglücklichen Abenceragen, wie er sagte, ward eingesperrt. Allein er fingirte geheilt zu sein, machte als reisender Weinhändler Geschäfte, poculirte stark, aber kam damit nicht an's Ziel, sondern stürzte sich, da der Wein ihn nicht schnell genug förderte, in's Wasser. Gerettet, wollte er sich verhungern. Man flößte ihm Nachts im Schlafe mit einer Röhre Nahrung ein, und so dauerte dieser Proceß des Selbstmordes und gewaltsamer Gegenmittel nun schon fünf Jahre.

Der Reichsgraf war bei sittlichen Abnormitäten ebenfalls für Schreckmittel; kalte Sturzbäder hatte er gegen Trunkenbolde mit großem und dauerndem Erfolge angewendet. Kein Land in der That war von Vagabunden und Müßiggängern so gesäubert wie das seinige. „Auch gegen gewisse somnambüle Anwandlungen, dächt' ich, müßten kalte Douchen wirksam sein," sagte er, obschon etwas kleinlaut; „oder auch Pistolenschüsse, die den Narren von Schlafwandler schrecken!" setzte er hinzu mit einem strafenden Blicke, den er weithin über die Tafel zu seiner Tochter sandte. Justine war kalt und blaß wie der Tod geworden.

„Monseigneur erlauben," nahm ich das Wort, „mit gewaltsamen Mitteln kann man allerdings den Patienten von diesem Uebel befreien — insofern der Tod von der Krankheit heilt."

„Sie meinen?" sagte der Reichsgraf.

„Ein Schlagfluß", entgegnete ich, „ist dabei nicht blos möglich, sondern wahrscheinlich, ist die Natur des Leidenden zart und fein." — Ich erzählte vom Reclusorio in Neapel, wo man die Geistgestörten Komödie spielen läßt, ihnen Rollen einstudiert, und zwar jedem die ihm entgegengesetzt entsprechende. Die Hochmüthigen bekommen die Rolle des verlorenen, aber reuig zurückgekehrten Sohnes oder der büßenden Magdalene. Die sich in ihrem Wahn Kaiser und Könige dünken, müssen zerlumpte Bettler spielen, und indem so Jeder sich in das ihm Entfernteste hineinfühlt und hineinlebt, wird er der Hinfälligkeit der menschlichen Creatur recht inne, und dies Insichgeben hat schon vielfach Heilungen für immer bewirkt.

Man fand das mehr psychologisch interessant, als der Natur des menschlichen Gemüthes und seiner Abirrungen entsprechend.

Abends war bei der Gräfin Thusnelde Thee. Eine besondere, an mich ergangene Einladung, nicht zu spät zu erscheinen, ward für mich Ursache, an dem Ausfluge der Männer zu Pferde nicht theilzunehmen. Es war mir schon, als riefe mich mein Schicksal, als winkte mir ein Genius. Hilf und rette, löse und sühne! rief es in mir, noch eh' ich wußte wen und was!

Ich fand die beiden Gräfinnen mit ihren Damen allein. Die strenge Gesellschaftsordnung war um Vieles gemildert und erleichtert, da der Troß der Pagen und Lakaien bei der Bedienung entfernt blieb. Die an den Salon stoßenden kleineren Gemächer mit lauschigen Nischen und gothischen Winkeln gaben auch die Möglichkeit, sich aus dem geschlossenen, aufmerksam behüteten Cirkel zu entfernen, falls ein Wort zu äußern war, das einer Person allein, nicht Allen, nicht Jedermann galt.

Die Religion, und immer wieder die Religion war in diesem traulichen Kreise gar bald von neuem das Thema. Als wenn in diesen Zauberring, der die Erde mit dem Himmel, das Geringe mit dem Höchsten, das Vergängliche mit dem Unvergänglichen verbindet, alles sonst dem Leben Versagte gebannt und einbegriffen sei! Daß ich mich einen Protestanten genannt, der selbst gegen den Protestantismus protestire, war das Stichwort geworden, das vom Munde des Reichsgrafen wie ein Lauffeuer durch die ganze Gesellschaft ging, und das die Aufgeklärten, obenan der Starkgeist Justus Erich selber, für ihre Sache, die Frauen mit ihrer unterdrückten Stimme eben so gut für sich zu deuten wußten. Ich wartete nur auf den passenden Augenblick, wo ich mich entschieden für das bekannte, was ich war und wofür ich daheim galt. Nur wollte ich diesen Moment nicht herbeidrängen; war es mir doch ohnedies wichtiger, wie ich als Mensch zu Menschen, denn als Mitglied einer kirchlichen Gemeinschaft zu dem angeborenen heimischen Bekenntniß stand. Ich mußte vor den Damen mit dem Geständniß hervortreten, daß ich für die Vereinigung sämmtlicher christlichen Confessionen sei, in der römischen Kirche nicht und keinesweges vornehmlich und ausschließlich die Religion Christi sähe, aber auch keine von den protestirenden Secten für berufen halte, eine wahrhafte christliche Kirche zu gestalten. Das war zu viel für Gemüther, die in der Einseitigkeit erzogen waren, ob sie schon die harten Formen dieser engen Ausschließlichkeit zu durchbrechen sich sehnten. Gräfin Thusnelde zog sogar den Harnisch des starken Lutherthums an, als wollte sie sich hinter des Augustiners feste Burg Gottes verschanzen. Luther's Gemeinde, sagte sie, habe doch wahrlich, in Noth geboren, im Kampf geprüft, ja in Feuer und Blut bewährt, alle Merkmale einer ächten Kirche Christi an sich und für sich, einer Kirche, die ihr fester als Petri Felsen in Rom zu stehen scheine! Ich mußte ihr entgegenhalten, daß jede Abschließung, Ausschließung und Verwerfung, sowie das traurige Gefolge jedes Systems, jede Erstarrung der Doctrinen und Formen, der Freiheit Christi und der allgemeinen unsichtbaren Kirche, die er meine, widerstreite. Einen harten Kampf hatte ich bei den Angriffen gegen den römischen Glauben zu bestehen. Daß dem Laien die Bibel mit ihren Dunkelheiten versagt sei, kann ich nicht für unbillig halten. Daß die römische Kirche nicht in und mit dem Wort der Bibel ihren Abschluß gefunden, erklärte ich damit, daß der Katholicismus sich für eine fortgesetzte Offenbarung halte, und die wahre Kirche, in der Christus lebe, auch eine solche sei und sein müsse. Jeder Secte bestritt ich das Recht und die Befähigung, eine Kirche zu sein. Auch ein abgeschlossenes, ausschließliches Lutherthum muß ich verwerfen. Hat doch selbst die Augsburger Confession keinen andern Zweck gehabt und bekundet, als die wahre Katholicität, die wahre Rechtgläubigkeit der allgemeinen Kirche zu beweisen, wie sie sich in ihrem Artikel 21 in der That verbindlich gemacht, keine Dogmen gegen die katholische Kirche zu lehren und zu billigen. Ich räumte der Gräfin Thusnelde ein, daß ein Christenthum, in welchem Jeder, aller geistlichen Vormundschaft entwachsen, sich selbst Priester sei, allerdings als das eigentlich höhere und reinere angesehen werden müsse; nur daß man über die Wege zur Emancipation des Laien von aller Seelsorge des Priesters noch nicht einig werden könne. Ich beargwöhnte die Sicherheit der Römischgläubigen, sich vom Priester das Heil geben und entziehen lassen zu können; aber ich nannte den Protestantismus, der den Einzelnen für sein ewiges Seelenheil selbst verantwortlich macht, wie er bis jetzt sich gestaltet, nur einen Versuch in der noch immer vielfach unmündigen Menschheit. Ich verwies auf einen Plan, eine thätig wirkende Loge zu stiften, die dies Ziel betreibe. Ich schloß mein Bekenntniß mit dem innersten Satz meiner Ueberzeugungen, daß die Reformation erst dann richtig gefaßt werde, wenn man sie als Reformirung des gesammten katholischen Christenthums verstehe. Man müsse, sagte ich, durch den Protestantismus hindurchdringen, um wieder den ächten Katholicismus zur Erscheinung zu bringen.

Justine hatte diesen Verhandlungen, die nicht ohne Leidenschaftlichkeit geführt wurden, fast mit der starren Ruhe eines verblichenen Geistes beigewohnt. Mit leuchtenden Augen, aber sonst bewegungslos, hatte sie gelauscht, ohne weitere Theilnahme zu bezeigen; es war als wenn ihre Seele von fern her erst herbeigerufen werden müßte in den Kreis dieser Interessen, die das System der Tagesordnung unterbrachen. Mitunter war's als schweifte ihr Geist weit ab von Allem, was sie umgab und umtönte; dann wieder als wäre sie davor erschreckt, plötzlich ihren eigenen heimlichen Lebensquell rauschen zu hören. In einer Pause war sie rasch aufgestanden und an's Fenster getreten, hatte dann den Salon eben so plötzlich verlassen und das anstoßende Boudoir gesucht. Ihre Kammerdame war gefolgt, in der Besorgniß, es verkünde sich irgend einer jener Anfälle der

Abspannung und Lethargie, denen sie ausgesetzt war. Justine hatte mit stummer Gebährde abweisend gewinkt, dann aber, als wir schwiegen, unser Gespräch sich erschöpft hatte, hörten wir sie den Namen des Fräuleins rufen. Dieses trat aus dem Cabinet alsbald mit dem Auftrag zurück, mich zu ihr zu bitten. Tante Erlaucht machte die Pantomime der Gewährung und Genehmigung, und so stand ich vor der schweigsam Stillen, Aug' im Auge. Sie hatte den Kopf in die Hand gestützt und saß, in die Ottomane gelehnt, mit fragsam verlangenden Blicken vor mir. Es war als müßte sie sich erst auf die Sprache sterblicher Menschen besinnen, um ihren Gedanken Ausdruck zu geben; nur das Auge sprach in erhöhtem Glanz und Leben.

„Graf Latour," sagte sie scheu und still, „ist Wahnsinn heilbar?"

„Vollkommen!" sagte ich erschreckt, „freilich nicht durch Mittel der Barbarei, wohl aber durch liebevolle Pflege, durch Eingehen auf die Bedürftigkeit eines leidenden Gemüthes. Was wir geistige Störung nennen, ist ja oft nur eine Laune der Natur, eine Hervorbrechen versagter und unterdrückter Empfindungen, ein Traum, der sich gewaltsam in den wahren Zustand drängt, Schlafbefangenheit und Bewußtsein durcheinanderwirrt. Der Geheilte geht oft geläuterter, geistig freier dem neuen Lichte seines wiedergewonnenen Lebens entgegen. Er steht dann gesicherter da, hat er nach der traumhaften Krankheit der Seele seinen Zusammenhang mit Gott und der Welt von neuem begriffen!"

„O wie gut!" flüsterte die Comtesse und entzog ihr Auge

den prüfenden Blicken, mit denen ich sie umspannte. „Ich gelte für gefühllos," sagte sie. „Im Gegentheil. Mir fehlt es am Verständniß für das, was die Menschen treibt, aber ich fühle oft sicher genug, wenn auch unsagbar, was nicht gut darin ist." — Sie schickte ihre forschenden Blicke nach mir aus, wie Fühlfäden, um zu prüfen ob und wie weit mir zu trauen sei. „Graf Latour," fuhr sie dann fort, „ich leide an einem unerbittlichen Widerspruch gegen die Dinge dieser Welt. Aber ich fühle doch, daß ich kein Recht habe, diese Ordnung zu ändern. Man sollte mich gewähren lassen, wie ich mich in das was hier gilt, gefunden, ob mir schon oft genug eine Stimme im Traume sagt, es könnte besser sein. Man klagt, ich sei kalt und todt, aber was man mir bietet um mich zu reizen, die geschulte Regel des guten Anstands, der bunte Lärm der Erheiterungen, das hat mich nur mehr verscheucht. Ich verdanke der Tante Erlaucht sehr viel; sie suchte mich mit religiösen Vorstellungen zu erwärmen. Aber schon von Kindheit an, wenn sie mir Abends Capitel aus der Bibel vorlesen ließ, das Leben des Erlösers von der Krippe der Hirten im Stall bis zum Oelberg und Golgatha vor meiner Seele auf und niederstieg, nahm ich das Alles nur wie das Mährchen von einem göttlichen verzauberten Prinzen; ich hatte keinen Sinn, die Legende in die Sprache unserer gemeinen Nutzanwendung zu übersetzen."

„Sie hatten, Gräfin," sagt' ich, „wohl die Schönheit des heiligen Lebens begriffen, aber nicht die Doctrinen, die sich die Menschen daraus festgestellt, um sich darüber zu entzweien und zu befeinden!"

Sie sah mich aufhorchend an; fast wollte ein Lächeln, wie Zustimmung und Bejahung, über ihr Antlitz schweben, aber ein Hauch der Wehmuth verscheuchte den gefälligen Reiz, der um ihren Mundwinkel spielte.

„Saß ich in der Kirche," fuhr sie fort, „so erschrak ich darüber, was aus der heiligen Sage für harte Wahrheiten erwachsen waren, es schien sich mir in den Reden unserer Hofprediger aller Segen, den Gott über die Welt hat ergießen wollen, in eitel Fluch und Verderben zu verwandeln. Meine Kränklichkeit mochte Schuld daran sein, wenn ich in den Bildern am Altar den gegeißelten und den am Kreuz entseelten Leib des Herrn nicht ertrug, ohne krampfhafte Schmerzen zu empfinden; ich meine, man sollte den Herrn nur wie er lehrt und segnet, und Wunder thut mit Wort und Hand, vor Augen haben!"

„Mormona!" seufzte ich aus tiefer Seele; mich überwältigte das Andenken an Mormona's widerwillige Anwandlungen vor den Marterbildern aus der heiligen Geschichte.

„Was ist?" fuhr Justine auf und sah mich fragend an. Ich entschuldigte mich, daß die Gewalt einer alten Erinnerung in mir aufgestiegen. Sie fragte mich nicht danach, aber ich fühlte den leuchtenden Blick ihrer Augen, als ich die meinigen niederschlug. Ein Weib versteht sehr leicht und gut, wo Jemand an eine geheiligte Grabstelle in unserem Innern rührt, an eine Stelle, wo wir ein geliebtes Leben beisetzten.

„Sie waren viel in Italien, Graf Latour?" sagte Justine.

„Es ist mein Heimathland," entgegnete ich, „mein Name ist La Torre."

„Meine Sehnsucht nach dem Süden jenseit der Alpen", sagte die Gräfin, „hat Vater Erlaucht mit seinem entschiedenen Widerwillen gegen das Land meiner Mutter verpönt. Es bleibt ein versagter Wunsch, den Ort ihrer Geburt, den Schauplatz ihres kurzen Jugendlebens zu betreten. In früheren guten Tagen, wenn ich als Kind krank war, am Bette, hat mir Vater Erlaucht wohl in schwachen Stunden, wie er's nennt, von der Mutter und vom Süden erzählt; später, als ich den Wunsch nach ihrem Jugendland festhielt, wies er um so bestimmter jede Regung zurück, die daran gemahnte. Mein Vater — "

„Ein außergewöhnlicher Mann!" sagte ich, wie sie schwieg.

„Aber meine Mutter!" brach Justine aus und eine schwere Thräne zitterte in ihren dunkelblauen Augen. „In einer Villa am Strande unfern der Bucht von Genua hat sie ihre kurze Liebe geträumt, dort ward auch der Bund von Priesterhand besiegelt."

„In der Villa Speroni," sagt' ich.

„Sie wissen? Sie waren dort?" rief sie.

„Ich sah früher das Bild Ihres Vaters, Gräfin," erzählte ich, „in Rom, im Palast der Propaganda des katholischen Glaubens, in der Sala intima zwischen den Bildern deutscher Proselyten, in Lebensgröße, aber mit einem Trauerflor bedeckt, weil man sich thörichter Weise beeilt, an seine Vermählung eine Hoffnung, ihn zu gewinnen, zu knüpfen!"

„Im geheimen Saal der Proselyten sahen Sie sein Bild,

Sie, ein Protestant?", flüsterte Justine mit der scheuen Hast leidenschaftlicher Aufregung.

„Ich bin dem Herkommen und dem Bekenntniß nach katholischer Christ!" sagte ich.

„O mein Gott," rief sie zitternd, „lassen Sie ihn das nicht wissen, Niemand hier, Niemand!"

Sie hatte mit beiden Händen meinen Arm erfaßt und drängte sich in der Heftigkeit maßloser Angst an meine Seite, ich weiß nicht ob Schutz suchend oder in der Absicht, mich ihres Schutzes zu versichern.

Die Gräfin Tante hatte sich mit ihren Damen dem Cabinet genähert; unser Zwiegespräch war beendet, unterbrochen. Der Abend verlief sonst einfach und still. Die Herren waren zu spät von ihrem Ausflug zurückgekommen, um noch zum Thee bei den Damen zu erscheinen. Beim Abschiede nahm ich noch Gelegenheit, insgeheim die Gräfin Thusnelde nach Justinens Nachtwandeln zu befragen. „Hat sie Ihnen davon erzählt?" fragte die Tante nicht ohne Aengstlichkeit, und fuhr fort: „Anfälle der Art hat sie schon von früh gehabt, aber sie steigerten und fixirten sich erst bei einer gewissen Veranlassung. Von der verstorbenen Mutter besaß das Kind ein Crucifix von Ebenholz und einen Kranz mit Rosenkügelchen. Man hatte das dem Kinde zum Spielzeug gegeben, als Einziges und Letztes, was ihm von der Verewigten geblieben. Justine hatte damit getändelt, aber das Spiel ward verfänglich, als sie an dem Kranze ihr Nachtgebet herzusagen begann. Das erregte Eifersucht, Argwohn, Zorn; mein Bruder Erlaucht entriß ihr Beides, und seitdem stand sie oft Nachts halb wach und halb schlafend auf, es zu suchen. Auf ihre Bitten, ihr die theuren Angedenken wiederzugeben, erfolgten Zornausbrüche über Götzendienst und Narretheien. Seitdem Crucifix und Rosenkranz drüben im Archiv beigesteckt worden, hat die nachtwandelnde Träumerin kein anderes Ziel für ihre Sehnsucht als den alten runden Thurm. Natürlich wird Nachts jeder ihrer Fußtritte sorgsam gehütet. Sie hat aber doch schon mit verschmitzter List ihre Wächter getäuscht!"

Ich suchte früh mein Zimmer. Die ganze Nacht über war mir zum Sterben weh; die Dissonanzen im Leben der Menschen bedrückten meine Seele, ich mochte den Schlaf suchen oder wach bleiben. Arme, mißverstandene, gequälte Seele, könnt' ich dich erretten und erlösen! Das war mein Gedanke schlafend und wachend. Justine erschien mir wie ein gefangener, im Kerker stumm gewordener Vogel, der sich an den Stäben seines Käfigs die Flügel zerschlägt.

Zweiundzwanzigstes Capitel.

Nachtwandel und Liebe.

Der nächste Tag brachte mir wenig Beziehungen zu Justine. Bei der Begegnung am Morgen, wie an der Mittagstafel war sie wieder in ihre passive Stille, die an Starrheit grenzte, zurückgekehrt; ihr Seelenleben hatte sich wieder hinter die Formen, die um sie her galten, verkrochen. Nur dann und wann warf sie fragend und suchend den Blick ihres wunderbaren Auges zu mir herüber. Wie ich von meiner Abreise sprach, zog sie sich mit allen ihren Fühlfäden in sich zurück; ich empfand die Zuckung, die über ihr Herz lief, sympathetisch in meiner eigenen Brust. Erst die Nacht sollte das Mysterium unserer Liebe offenbaren.

Im festlich geschmückten Ballsaal zu Belle Promesse war Tanz. Der Reichsgraf in Person eröffnete den Ball mit einer schon betagten, aber kräftig imposanten Dame, einer Hohenlohe'schen Gräfin aus einer Seitenlinie, Kreuzdame und Vorsteherin eines protestantischen Fräuleinstiftes. Sie war, raunte man sich zu, eine alte Neigung des gestrengen Herrn gewesen; er hatte sie wenigstens gerngehabt, aber seine Zärtlichkeit für sie war nun bis dahin abgedämpft, daß er jährlich einmal ihr Cavalier war und auf ihren Wunsch mit ihr tanzte. Es war ein eigenthümlich Schauspiel, wie die zwei hohen erhabenen Gestalten eben so zierlich wie ehrbar im Tanz sich mit einander gebährdeten. Es war weniger ein Tanzen wie ein Becomplimentiren, ein Hin- und Herneigen der Gestalten in gegenseitiger Devotion und Gravität. Anfangs meinte man, sie hätten den Tanz parodiren wollen, aber sie trieben das Gliederspiel mit strenger orthodoxer Gewissenhaftigkeit. Dem regierenden Herrn lagen tiefe Falten auf der gewölbten Stirn, während sein Mund so viel Grazie als ihm möglich war, entwickelte. Er courbettirte, wenn ich so sagen darf, um seine Dame herum, er machte ihr die Honneurs mit der Courtoisie eines spanischen Granden. Jetzt war er ihr voraus, als wollt' er ihr entfliehen, und jetzt erschien er, wie sie hinter ihm herstolzirte, wie König David vor der Bundeslade. Es war eine Ciaconne von Sebastian Bach. So eigenthümlich wie der Tanz war auch die Musik. Es war als wenn erhabener Kirchenstyl sich zu einem Scherzo herabgelassen. Ein Riese von Geiger gehörte dazu, ein wahrer Briareus, wenigstens ein Spieler von verzehnfachter Kraft, um all' die Grandezza mit all' der Grazie, all' die Feierlichkeit des Reifrockstyls mit all' den Feinheiten einer süßen Empfindsamkeit auf dem Instrumente solo zu verschmelzen. Die Melodie verkriecht sich hinter lauter Schnörkel und Fiorituren, taucht aber hier neckisch, da mit aller Gewalt hervor, eine wahre Schlangenlinie mit Arabeskenguirlanden, wie sie auch sonst das Zeitalter liebte.

Auf diesen Ehrentanz, an welchem theilzunehmen nur das Alter berechtigt schien, folgten die üblichen französischen Tänze, die mehr dazu gemacht sind, die Grazie der Jugend zu entfalten. Prinz Emil eröffnete mit seiner designirten Braut den Reigen. Er führte sie mit Behutsamkeit und Delicatesse, aber unsicher, ohne Festigkeit und Zuversicht. Wie sie an mir vorüberschritten, schlug Justine das Auge zum Himmel auf, während ihre Lippen ein Lächeln erzwingen wollten. Plötzlich am Ende des Saales bemächtigte sich des Paares unter einem leisen Aufschrei ein Schwindel. Ich sah nur wie der Prinz, weder seiner noch ihrer mächtig, wankte, wie eine Wetterfahne um sie herumfuhr und auszugleiten drohte. Wie vom Blitz getroffen schien Justine das Bewußtsein und die Kraft der Fortbewegung verloren zu haben. Unbeweglich blieb sie stehen, der eine Arm behielt die ausgestreckte Haltung, während die andere Hand in's Ungewisse tappte. Ich war hinzugesprungen, und ehe noch der Prinz sich ermannt hatte, seine Tänzerin von neuem zu erfassen, griff sie mit der Rechten krampfhaft zu und hielt meinen zur Unterstützung dargebotenen Arm convulsivisch fest. So kaum ihrer Herr, hoben und trugen wir, der Prinz und ich, die theure Bürde aus dem aufgelösten und verworrenen Knäuel der Tänzer, die sich planlos um uns gruppirten. Eine Kammerdame öffnete die nahe Seitenthür, und während im Saal Musik und Tanz lose durcheinanderschwirrten, waren wir mit der Ohnmächtigen in das anstoßende Gemach getreten. Wir hörten nur noch, als die Thür hinter uns zufiel, wie die Musik plötzlich verstummte, ein dumpfes Gewirr laut ward, bis die Commandostimme des Reichsgrafen: „Fortgetanzt!“ das Signal zur Herstellung der unterbrochenen Ordnung gab. „Schließen Sie die Thür hinter uns!“ flüsterte ich der Kammerdame zu, „die Gräfin braucht Ruhe und Erholung!“

Mit Hülfe des Prinzen hatte ich die Leidende auf das nahe Ruhebett gelehnt; ich war jedoch außer Stande, meine starr von ihren Fingern umschlossene Hand aus der ihrigen zu ziehen. Der Prinz hatte seinen Arm um ihren Nacken geschlungen, um ihr Haupt zu stützen, als sich Justine erholte. Ein erneuerter Druck auf die Klinke der geschlossenen Thür schreckte sie auf. „Es wird der Leibarzt sein!“ sagte die Kammerfrau, bereit, die Pforte wieder zu öffnen. „Haltet die Ungethüme von mir zurück!“ rief Justine mit flammendem Zorn, während sie sich mit der Springkraft einer Stahlfeder in die Höhe schnellte und halb aufgerichtet vor uns saß. Sie hatte meine Hand freigegeben, blickte uns befremdet an, fragte was geschehen, warum der Tanz unterbrochen sei. Wie ich mit der ganzen Gewalt der Seele in ihr Auge blickte, fuhr sie leise in sich zusammen, als erinnerte sie sich der Situation. „Verzeihung, mein altes Uebel!“ seufzte sie, und eine Thräne über sich und ihren Zustand zitterte aus ihren Wimpern. Sie lehnte sich wieder zurück, senkte und hob ihr Auge und blickte mich hülfeflehend an. Meine Fingerspitzen zuckten, es war mir, als sei alles Feuer meiner Seele in die Nervenenden meiner Hand gefahren. Eine unendliche Wehmuth überfiel mich; ich gedachte des Rabbi, wie er die aufgestörten Lebensgeister meines Pirro mit seiner Handbewegung gebändigt und gemildert. Wie ich Aug' in Auge mich über sie beugte, hob ich unwillkürlich meine Hände wie zum Gebet, wie zur Abwehr alles Bösen über ihr Haupt, strich niederwärts über Hals und Busen und rief in heißer Angst bebend und flüsternd nach dem guten Geist zur Sühnung und Beruhigung. Justine lag still; ein Fittig des Friedens breitete sich bei der dritten Handbewegung über sie. Wie ihr Augenstern sich hob und nach oben unter die Höhlung trat, lächelte ihr Mund zum Zeugniß ihrer Beruhigung.

„Was thun Sie, Graf Latour?" fragte der Prinz ängstlich. Ich bedeutete ihn still und wies auf die Schlafende, die ihm selber Rede stehen sollte. „Wie ist Ihnen, Gräfin?" fragte ich leise in sie hinein.

„Sanft und gut!" hauchte sie in tiefen Zügen. „Wie auf den Flügeln des Windes hebt es mich hinauf bis in die Wipfel der Buchen und Tannen; sie beugen und neigen ihre Häupter, sie bedecken meine ganze Gestalt, der Athem der Liebe Gottes greift über die Saiten meiner Seele. Jetzt, jetzt, höher hinan, ich woge und webe in Licht und Aether, Alles ist Liebe und Milde. Ach, wer küßt meine Stirn?"

Dann schlief sie fest und tief; ich ließ von ihr ab, ich tastete nach meinen eigenen Händen, nach meiner Stirn, die heiße Tropfen bedeckten. Von der entgegengesetzten Thür nahten Schritte, die Damen vom Gefolge der Gräfin eilten mit Dienern herbei. Ich machte Ruhe und Schonung zur Pflicht; der Schlaf werde sie erquicken und heilen, sagt' ich. Ich empfahl ihr die Kleidung zu erleichtern, sie in ihr Gemach auf ihr Bett zu tragen. Den Prinzen beschwor ich, den so eben hereintretenden Arzt zu zwingen, ihr den Schlummer zu gönnen, sie in Frieden zu lassen. Ich zog mich dann zurück und suchte auf einem Umwege den Eingang zum Ballsaal.

Der Prinz, der den Transport begleitet hatte, ereilte mich auf dem Corridor, der beide Schloßflügel verband. Es war ein langer bedeckter Gang von Glaswänden und Fenstern, die nach einem Lichthofe gingen. Dicht zur Seite lagen die von mir eingenommenen Gemächer. Drüben begann die Reihe der Zimmer des linken Flügels, den die Damen des Hofes bewohnten.

„Welch ein seltsamer Zustand!“ sagte der Prinz noch ganz außer sich, indem er lebhaft meinen Arm erfaßte.

„Noch nicht so seltsam,“ war meine Entgegnung, „als die harte Barbarei der Mittel, mit denen man hier zu Lande gegen Anfälle solcher Art zu Felde zieht! Es ist das erste Gesetz für den Arzt, die Krankheit nicht zu hemmen. Auch liegt die Quelle der Genesung nicht außerhalb der Leidenden. Gräfin Justine ist von Kindheit auf falsch behandelt. Ihr Gemüthsleben ist gestört, weil man es unterdrückte, und die zurückgedrängte Phantasie flüchtet sich in den Schlaf und gestaltet sich die Träume bis zu leibhaften Erscheinungen. Darum ihre fieberhaften Ahnungen, ihr Nachtwandeln. Stört man das, so bricht der Traum als Wahnsinn mitten in die Wirklichkeit herein!“

„Sie ist im wachen Zustande so kalt, so todt!“ sagte der Prinz.

„Eben deshalb," entgegnete ich, „sie ist das Opfer der Despotie des nüchternen Verstandes, der hier das Scepter schwingt. Man pflege ihr Gefühlsleben, man schrecke nicht ihre Phantasieen zurück, dann wird ihr Geist ein Genüge finden mitten auf der Scholle der Wirklichkeit! Sie ist vielleicht ein Naturell wie ihre Mutter, ein Kind des Südens, eine Pflanze, die hier die nordische Zugluft hindert, sich frei zu entfalten. Weder das Klima, noch die Etiquette des Hofes, weder die kalte Herrschaft der Vernunft, noch die hier landesüblichen religiösen Vorstellungen passen für ein so zart und weich organisirtes Gemüth."

„Sie meinen, Gräfin Justine hätte bei dem Naturell ihrer Mutter eine Neigung" — der Prinz schwieg plötzlich und sah mich argwöhnisch an.

„Jedenfalls eine Neigung zu milderen Lebensformen, als man ihr bietet," setzte ich hinzu. „Wenn die Aufklärung des Verstandes sich mit allen Schrecknissen der Barbarei waffnet, da kann es nicht Wunder nehmen, geht darüber ein Gemüth zu Grunde."

„Und mit was für Mitteln," fragte Prinz Emil nach einer Pause, „haben Sie sich der Kranken bemächtigt?"

„Mit keinen, die ein böser Zauber bietet," sagte ich, „mit der magnetischen Kraft in Blick und Hand. Wollen wir darüber schweigen, Prinz; profane Köpfe möchten uns verketzern!"

Ich fühlte des Prinzen schweren, durchdringenden Blick, den er noch auf mir haften ließ, als wir am Eingang in den Ballsaal auseinandertraten. Der Tanz war kaum unterbrochen, aber die Festfreude getrübt, so viel der Reichsgraf sich auch Mühe gab, den seiner Tochter zugestoßenen Anfall zu ihren gewöhnlichen Anwandlungen zu rechnen. Der Leibarzt stattete ihm auch bald ganz beruhigenden Bericht über den festen gesunden Schlaf der Patientin ab. „Daß mir so was passiren muß, so ein Nervenspuk in meinem Hause!“ sagte der Mann in seinem Zorn; „ich lieb' es schon nicht, daß Eins krank ist; Gemüthskrankheiten sind mir eitel Thorheit!“ — Er bedachte nicht, daß die Thorheiten auch zu den kranken Zuständen des tyrannischen Verstandes gehören. — „Hält man die fünf Sinne stramm,“ eiferte er, „so kann derlei dummes Zeug nicht vorkommen. Centralpunkt verrückt? Unsinn! Kopf oben, reines Blut, Auge klar, Magen arbeitsam: so kommt man ohne Anfechtung selbst durch eine Welt voll Teufel! Das gesammte Frauenzimmer hat freilich seinen besondern Kram mit allerlei Functionen, und dann reden sie auch noch von Nerven! Lieber Herrgott, wenn Sehnen und Knochen frisch sind, was wollen da die Nerven anfangen? Was heißt: Nerven? Ohren steif und Knochen beisammen, so lange der Docht der Seele noch Oel hat: voilà tout!“

Der Prinz zog den Reichsgrafen bei Seite; ich weiß nicht ob er ihn von dem besonderen Vorgang im Seitengemach, der nur ihm und mir bekannt war, in Kenntniß setzte. Vielleicht war er blos bemüht, das gewaltsame Einschreiten des Medicus zu verhüten. Mir genügte das Bewußtsein, die Qual der aufgestörten Lebensgeister in sanften Schlaf gelöst zu haben. Ich glaubte zum ersten Mal an die Macht meiner Hand; aber ich verschwieg das auch der Gräfin Tante und hoffte, Prinz Emil werde meiner Warnung eingedenk sein.

Die Gesellschaft trennte sich früher, als anfänglich bezweckt sein mochte, nachdem der Leibarzt noch einmal von Justinens Zustand die beste Nachricht gebracht. Ich suchte mein Zimmer, fand aber weder Schlaf noch Frieden.

Es war eine schwühle deutsche Sommernacht; ein Gewitterhimmel hing schwer über uns. Wie ich die Fensterflügel öffnete, kämpfte die Mondscheibe mit den zitternden Wolken, die ein leiser Windhauch spielend und neckend und doch drohend genug bewegte. Im Schloßhofe war es still geworden, Wagen und Roß waren abgezogen, die gebliebenen Gäste untergebracht; in den Fenstern hüben und drüben irrten noch einige Lichter auf und ab und erloschen dann allgemach.

Ich verließ mein Zimmer, um dem Luftzug ungehinderten Spielraum zu geben, ging den Corridor an den Fenstern und Glaswänden hinunter und betrat das Gemach daneben, das an den Ballsaal stieß. Es war derselbe Raum, wo Justine auf dem Ruhebett gelehnt. Im Hintergrunde stand ein Instrument in Form eines Spinetts mit vollständiger Claviatur. Wie bei der Orgel waren hinten die Züge, aber mit Glocken und Schaalen von Glas, die nach Verhältniß ihrer verschiedenen Größe hoch und tief angebracht, eine Scala von vier Octaven bildeten. Diese waren so ineinander geschoben, daß jede nur einen Fingerbreit hervorragte und auf einer Axe ruhte, die mit dem Fuß bewegt ward. Glocken und Hände werden angefeuchtet, jene, wenn sie klingen sollen, mit den benetzten

Fingern berührt; an Süße und Zartheit übertrifft der Ton des Instrumentes alle andern. Es war eine Glasharmonika, nach dem Blitzableiter die zweite Erfindung des großen Franklin, von der man auf Belle Promesse Kenntniß genommen. Seit meinem Aufenthalt im Collegium zu Genua mit dem Orgelspiel vertraut, versuchte ich das Instrument, von dem ich gehört, es habe für den Spielenden Gefahr. Ich hatte keine Ahnung, daß die Gefahr, die ich heraufbeschwor, sich ganz anders bekunden sollte. Die unglaublich stark und anhaltend verbreiteten Schwingungen, die aus den sanft bestrichenen Glasschaalen hervorzittern, bringen durch die Fingerspitzen eine durchdringende Erschütterung in den Nerven hervor.

Ich spielte ein Stabat Mater von Pergolese; mich hob der Geist wie auf Flügeln in's Reich unsichtbar überirdischer Mächte. Nicht ich war's, der zu spielen schien; das Instrument spielte, die Macht der Töne riß mich in ihre Wirbel. Der Raum, die Sinnenwelt verschwanden um mich her; ich hörte kaum von fern ein leises Geräusch, das sich draußen am äußersten Ende des langen bedeckten Ganges ankündigte. Ich begann die neue Passage. Ein Windzug, der durch Thür und Fenster strich, löschte vor mir das Licht, das auf dem Pult des Instrumentes stand. Wie das Nachtgewölk am Himmel vorüberzog, goß der Mond sein blasses Licht über mich herein. Ich spielte die dritte Strophe; da klirrte es vom Corridor her wie ein Riegel, den vielleicht der Luftzug gelöst; es war am letzten Fenster, das von drüben in den bedeckten Glasgang führte. Meine Hände glitten mechanisch über die Tasten hin, während meine Augen, rückwärts gewendet, in's Dunkel und in die Tiefe des Ganges schweiften. Dort vom letzten Fenster her wandelte immer näher, mit Unterbrechung und Pausen, langsam tastend eine Gestalt, weißgekleidet, das Antlitz frei, die Hände erhoben. Ich saß regungslos da, meine Finger ließen den Ton lang verschweben; ich starrte in's Ungewisse nach dem Lauscher, der jetzt zurückwich, sowie der Ton verklang. Um mich meiner Sinne zu versichern, drückt' ich im Zweifel über das seltsame Gefühl, das mich beschlich, beide Hände von neuem in die Tasten. Die Gestalt richtete sich auf, als schöpfte sie tief Athem, und setzte den Fuß vorwärts. Ich konnte bei der Dämmerung nichts erkennen, als die ungewisse, wellenförmig im Schleier wogende Gestalt; ich hörte von ihrer Bewegung kaum den Saum des Gewandes, der über den Boden streifte. Die Gestalt wandelte auf mich zu; ich trat ihr entgegen; der Schreck über die Entdeckung lähmte mich fast; ich fühlte den schlanken Leib eines Weibes, der sich an mich drängte. Ich zitterte so heftig, daß ich zurücktrat. Sie flüsterte, was ich nicht verstand, trat fest auf mich zu und drückte mich wieder in den Stuhl, auf dem ich bei'm Spielen gesessen. Dann legte sie beide Hände auf meine Schultern, auf meine Stirn, während ihre Augen oben nach dem Mondlicht suchten, das scheu und schüchtern ganz verstohlen durch's Fenster lugte. Wie sich die Gestalt über mich lehnte, aufgelöst in meinen Armen hing, ihren warmen Pulsschlag mein Busen fühlte, besann ich mich erst von neuem, daß kein Traum mich umgab, ein lebendiges Weib sich an mich schmiegte. „Schrecke nicht vor mir zurück!“ hauchte sie wie mit Klängen der Aeolsharfe, „die gefangene Seele muß sich in die Nacht flüchten, um von den Banden der körperlichen Menschenwelt frei zu sein. Verachte mich nicht, wenn ich irre rede! Hast Du nicht selbst von den Völkern des Morgenlandes erzählt, denen die gestörte Seele heilig ist, weil aus ihnen Gott und Natur zum Menschen reden konnten? Sie haben mir Netze und Fallstricke gelegt, aber ich habe ihre List überlistet und sie zu Gefangenen im eigenen Zimmer gemacht. Die Geister sind gut, wenn der körperliche Mensch sie nicht stört und verwirrt. Laß Du mich frei wandeln, ich suche nach einem Herzen, das mit mir fühlt. Verspotte mich nicht, Dir will ich vertrauen. Sei Du nicht grausam, weil ich unglücklich bin. Du wirst meine Seele retten, Dir will ich mein Geheimniß bekennen!“

„O mein Gott!“ rief ich und glaubte zu vergehen unter der süßen Last, die sich mir schicksalsvoll in die Arme gab. Wie ich aufblickte, sah ich hell und klar in Justinens blaß verklärtes, ätherisch verzücktes Antlitz; der Mond ergoß sein ganzes Licht über uns her, nicht mehr argwöhnisch, sondern offen und voll, wie eine Segensspende, wie einen Glorienschein. Wie sich ihr Gewand von der Schulter löſ'te, leuchtete mir der Glanz der Lilie entgegen. „Reiner Engel der keuschen verschwiegenen Nacht!“ sagt' ich still und scheu. Ich zitterte vor dem Gedanken, die Seele eines unberührten Wesens, das Herz eines reinen Geschöpfes, ihren süßen Leib in meiner Hand zu halten. Sie sah mich lächelnd an, als hätte sie meine Gedanken errathen und sprach: „O armer Thor, Du thust mir wohl! Ich liebe Dich, Joseph La Torre, wie noch kein Weib geliebt. Sieh! über den Wassern fährt ein Sturm dahin, Welle bäumt sich gegen Welle, sie kräuseln wild auf, aber sie schäumen rauschend an einander und ihre weißen Spitzen küssen sich. So lieb' ich Dich! Und horch! Ueber das Waldesdunkel braus't der Nachtwind, er fährt über die Buchen dahin, als wollt' er sie brechen, aber stürmt vorüber und im Nachwehen beugen und neigen die Wipfel sich, und Blüthe tauscht den Duft mit der Blüthe. So lieb' ich Dich. Und weil ich Dich liebe, wie nur ein Weib einen Mann geliebt, kann ich Dir's auch gestehen, wie nie ein Weib es sollte!"

„Ihr Engel und Cherubim des Himmels!" rief ich, vom Glück der Liebe berauscht, „leiht mir Eure Flügel, um das Herz der Geliebten, ein Kleinod und nun mein heilig Eigenthum, zu schirmen!"

Ich preßte die Geliebte an mich, als könnt' ich fürchten, sie mit dem vorüberrauschenden Traum zu verlieren; mir bangte, sie bei ihrem Namen wachzurufen, als könnte sie mit wachen Sinnen ihre Liebe verleugnen.

Da nahten im Corridor eilende Schritte, nicht männlich feste, aber nicht minder hastige. Die Kammerfrau im Nachtgewande, eine Kerze in der Hand, lief keuchend herbei; Justine hatte sie in der That überlistet und im Vorzimmer abgesperrt, war auf der anderen Seite ihrer Gemächer entkommen und hatte, vom Klang der Harmonikatöne gelockt, vom Mondlicht geführt, den Weg nach dem bedeckten Glasgang gefunden. Ich winkte der Kammerfrau, das Licht zu beseitigen. Sie verstand nicht mein Begehr. Wie der Schein der Kerze Justinens Auge traf, zuckte sie zusammen und hing wie geknickt an meinem Busen; die Schwere, die plötzlich in ihre Glieder fuhr, machte mir erst jetzt den Eindruck eines Körpers, den ich in meinen Armen hielt. Ein Glück, daß die Kammerfrau nicht nach Hülfe gerufen; vielleicht fürchtete sie für sich selbst bei der Entdeckung, die Schlafende auch nur einen Augenblick allein im Zimmer gelassen zu haben. Ich gebot ihr Schweigen und Ruhe, und so tappten wir nach ausgelöschtem Licht durch die Dämmerung den Corridor hinunter. Dort am Ende übersah ich den Sprung und Schwung, der doch immer nöthig war, um von drüben in die Gallerie zu gelangen; die Tiefe der Hofmauer war zu beträchtlich, um bei wachen Sinnen den Schritt über das Geländer und über den leeren Raum hin zu wagen. Die Kammerfrau, seit deren Kindheit im Dienst bei der Gräfin, versicherte, in solcher Ausdehnung noch nicht eine nächtliche Anwandlung an ihr erlebt zu haben. Wir hatten glücklich ein Seitenzimmer erreicht und die Schläferin auf das nächste Ruhebett gelehnt, als das Geräusch von Nahenden mich zwang, eiligst, unbekannt und unbemerkt, wie ich dachte und hoffte, meinen Rückweg zu suchen. Erschöpft sank ich selbst auf mein Lager und schlief betäubt bis in den tiefen Tag hinein. —

Die Sonne stand bereits ziemlich hoch, als ich erwachte. Das Gewitter hatte sich entladen, ein leuchtender Sommertag lag über der Landschaft. Im Schloßhof war es sehr lebendig. Neue Gäste waren angekommen, Wagen fuhren ab und zu, reitende Boten sprengten hin und her. Der Friseur, der vom

Personal der Dienerschaft mich bediente, erzählte, für heute sei der eigentliche Tag der Verlobung des hohen Paares anberaumt gewesen, allein Comtesse könne das Bett, wenigstens das Zimmer nicht verlassen. Angekleidet eilte ich hinüber in den Schloßflügel, wo die Gräfin wohnte. Zu nicht geringem Erstaunen der harrenden Diener antichambrirte ich eine ganze Weile, um unter dem Vorwande, den Arzt sprechen zu wollen, von der Kammerfrau über den Verlauf der Nacht zu hören. Ich konnte sie nur im Fluge erhaschen: die Gräfin habe fest und ruhig bis an den lichten Morgen geschlafen, sei jetzt still und duldsam, weigere sich aber hartnäckig, an der Bestimmung des Tages theilzunehmen; von den Vorgängen der Nacht schien sie blos von ihrem Schwindel im Ballsaal und ihrem Erwachen in des Prinzen und meiner Gegenwart ein Bewußtsein zu haben. Ich zitterte vor dem Gedanken, ihr Traum werde über ihre wachen Sinne keine Macht, in der Wirklichkeit keinen Platz haben, wie ein Schattenbild der Nacht vom Tage ohnmächtig verscheucht sein!

Wie ich in meine Wohnung zurückkehrte, erfuhr ich, daß der Prinz wiederholt nach mir geschickt habe. Ich eilte zu ihm, war aber froh, ihn nicht zu treffen, ihm nirgendwo zu begegnen. Gräfin Thusnelde war unpaß, für Niemand zu sehen. Der regierende Herr war mit einer Auswahl der Gesellschaft zu Wagen und Roß nach Schwarzenfels, der alten Stammburg des Hauses, um dort Gestüt und Hirschpark zu besuchen. Er für seine Person sei sogar nach Empfang einer wichtigen Depesche tiefer in's Land hinein. Daß ich von jener Partie ausgeschlossen blieb, fiel mir weder auf, noch legte ich Gewicht darauf. Die Mittagstafel war nicht eben sehr zahlreich, nur von einigen Nachzüglern und Seitenzweigen der eingeladenen Herrschaften besetzt. Baron Hinterbein und die zurückgebliebenen Ehrendamen machten nebst den verspäteten Ankömmlingen den Rest der Gesellschaft.

Der Abend war herangekommen; meine quälerische Unruhe stieg bis zur Angst und Pein. Es duldete mich nicht im Zimmer; ich suchte das Weite, und doch trieb es mich wieder zurück. Ich fühlte klar und sicher, daß ein zweites Wesen in meine Sphäre getreten war und wie festgebannt in meiner Lebensluft blieb. Ich wußte mich doppelt, ich empfand, daß eine andere Natur über mich gebot. Zugleich überkam es mich wie eine Ahnung und Mahnung, ein großes Unheil zu verhüten.

Wie der Mond am Himmel stand, hielt ich das quälerische Gefühl von heranziehenden Gewitterwolken, die meinen Lebenshimmel bedrohten, nicht länger aus; ich eilte hinüber in die Vorzimmer der Wohnung der Comtesse. Zitternd fuhr mir die Kammerfrau entgegen, mit allen Zeichen des Schreckens mir meldend, der Reichsgraf sei mit dem Leibarzt und noch zwei anderen Personen dagewesen und habe die Gräfin lang und breit ausgefragt; sie habe nur gesagt, was Jedermann wissen könne. Auf der Treppe habe Se. Erlaucht von einer Gaunerei, von einem Betruge gesprochen, den er entdeckt. Im Nu war die geängstete Duenna fort, und doch lag mir ob, ihr eine Mahnung für ihr weiteres Verhalten in der Behandlung der Schläferin zuzuraunen.

Mit Anbruch der vollen Nacht wollt' ich mein Lager suchen, aber es trieb mich auf, ich mußte Thür und Fenster öffnen. Es duldete mich auch nicht im Zimmer, ich ging in das Gemach, das an den Ballsaal stieß, trat gedankenlos an den Harmonikaflügel, legte die Hand in die Tasten, fuhr aber plötzlich vor dem Gedanken zurück, die Schläferin herbeizulocken. In demselben Augenblick schon klirrten im Corridor die Scheiben, der Fensterflügel rauschte auf und die weiße Gestalt Justinens, wie gestern im Nachtgewande, aber sicherer und dreister, schritt den Gang hinunter auf mich zu. Ich war dies Mal entschlossen, sie bei'm Namen zu nennen, sie wachzurufen, um zu erfahren, was hierbei blos Traum oder Wahrheit sei. Im Eifer, auf sie zuzuschreiten und mich ihrer zu bemächtigen, nahm ich kaum die Kammerfrau wahr, die hinter ihr herschritt, noch weniger das Geräusch, das von der entgegengesetzten Seite laut ward. Die Zofe stürzte außer Athem auf mich ein, mit Gebährden der Angst, mit Worten der Furcht, von denen ich nur halb und halb: „Belauscht, entdeckt!" heraushörte. Justine stand kerzengrade vor mir, betastete mir Stirn und Schläfe, und sprach dann geisterhaft dasselbe Wort, das sie mir gestern gesagt: „Ich vertraue Dir, ich muß Dir insgeheim ein Geständniß machen!"

In demselben Augenblick brach unter dem Gewicht, das man gegen sie gestemmt hatte, die kleine Tapetenthür, die vom Ballsaal in's Zimmer führte, krachend zusammen; mit Dienern und Lichtern standen der Reichsgraf, der Prinz sammt einer Schaar von Lauschern auf der Schwelle, der alte Herr mit flammendem Gesicht, Prinz Emil bleich und fahl, in den Mienen der Andern Schreck und Entsetzen. Vom Geräusch und Lichtglanz erschreckt, fuhr Justine zurück und barg ihr Haupt an meiner Schulter.

„Lichter fort!" rief ich die Lauscher bedeutend.

„Glaub's schon!" murmelte der Reichsgraf im finstern Groll; Alle aber bannte der Schreck über das Bild, das vor ihnen stand, während ich die Schläferin auf das Ruhebett lehnte und beide Hände über sie breitete, um ihre Augen vor dem Kerzenlicht zu schirmen.

„Wird denn der Hokuspokus und Firlefanz bald enden? Die Gaunerei, der wälsche Lug und Trug!" In diese Worte brach plötzlich der Reichsgraf mit seiner Donnerstimme aus und fuhr wie ein angeschossener Eber wüthend auf mich ein. Justine schreckte aus dem Schlaf empor, sprang in die Höhe, rieb sich die Augen, die Stirne, starrte uns entsetzt an, griff mit beiden Händen in ihr Haar und warf sich laut weinend in die Kissen des Lagers zurück.

„Spitzbüberei der Charlatanerie!" schrie der Reichsgraf von neuem und erfaßte mich mit beiden Fäusten an der Schulter. Ich sprang zurück, griff an die Degenseite und rief empört: „Signor, ich bin ohne Waffen, bin Euer Gast, bin in Eurem Hause — und in Gegenwart all' dieser Zeugen?"

Er fühlte erst an der Bitterkeit meines Tones, wie stark er sich vergessen, sich selbst entehrt. Er schüttelte sein Haupt, als bäumte er sich gegen das Eingeständniß der eigenen Verschuldung, hob dann seine Hand und gebot den Begleitern zurückzutreten, unter dem Bedeuten, er habe mit dem Herrn da allerdings ein Geschäft unter vier Augen. Die Uebrigen traten hinter die Tapetenthür, deren schwache Seitenwand sie von uns trennen, die Verhandlung der Oeffentlichkeit entziehen sollte. Justine lag verhüllten Hauptes in den Kissen.

„Unglücklicher Mann!“ rief ich, „wollt Ihr nicht dies theure Leben schonen?“

Der Reichsgraf lachte wild auf. „Unglücklicher?“ wiederholte er, „wollt Ihr mir vielleicht dazu verhelfen, ein unglücklicher Vater, Vater einer unglücklichen Tochter zu sein?“

„Signor,“ sagte ich, „ich mache Euch verantwortlich für die Folgen!“

„M i ch verantwortlich?“ rief der Reichsgraf, „mich, der ich Euch zur Rechenschaft ziehen will? Darum also, mein Herr Graf, sind Wunder noch alle Tage möglich? Und das Euer Wunder: schlafende Mädchen bei nächtlicher Weile von ihrem Lager zu locken?“

Der Prinz war bei Seite getreten. Er verbeugte sich und machte eine abweisende Gebährde. „Unter solchen Umständen,“ sagte er, — „verzeiht, Erlaucht!“ Er machte Miene, sich zu entfernen. Ich mußte selbst darum bitten, daß er blieb; er war Tages zuvor Zeuge gewesen, wie ich den Starrkrampf, der sich Justinen's bemächtigte, löste und linderte. „Ich rufe Gott zum Zeugen an,“ rief ich, „daß ich an diesem theuren Leben keinen Raub bezweckt, keinen Frevel verübt! Daß ihre Empfindungen eine Richtung genommen, über die sie selbst nicht Herr geblieben, wer will darüber zu Gericht sitzen? Und noch war vielleicht Alles eine bloße Irrung der Phantasie, die sich im Traum ein Genüge verschaffte. Vom Schleier der verschwiegenen Nacht würde verdeckt geblieben sein, was eine bedrängte, irre Mädchenseele nur dem Monde gestanden. Ihr aber habt das keusche Geheimniß mit roher Faust aufgedeckt. Seht selber zu, wie Ihr damit auskommt, über die stillen, der Nacht vertrauten Bekenntnisse einer Mädchenseele zu Gericht zu sitzen! Die Beisassen Eures Gerichtshofes habt Ihr ja bei der Hand, die Zeugen gleich mitgebracht, um Anklage und Urtheil öffentlich zu machen!“

„Nicht das Opfer, nicht die Verführte wird angeklagt!“ rief der Reichsgraf.

„So richtet Eure Anklage wider mich,“ sagt' ich, „was ist geschehen?“

„Was geschehen?“ wiederholte der Alte, „finde meine Tochter bei nachtschlafender Zeit in seinen Armen und soll noch Rede stehen und sagen, was geschehen?“

„O mein Gott!“ rief ich in der Angst meiner Seele über die Rohheit dieser Barbarei.

„Gott Zebaoth und die Erzväter könnt Ihr anrufen!“ schrie der Wüthende, „und da Ihr doch einmal als schleichender Proselytenmacher so tactfest in der Bibel seid: hat nicht selbst der Legislator der Juden schon vor so viel tausend Jahren seinem Volk das Gesetz gegeben: Es soll unter euch nicht gefunden werden ein Weissager, oder ein Tagewähler, oder der auf Vogelgeschrei achtet, oder ein Zauberer und Zeichendeuter, der die Todten und die Schlafenden befragt, denn wer solches thut, ist dem Herrn ein Gräuel! Und habt Ihr, ich will von

Zaubertränken nicht reden, hier aus dem Zauberkasten nicht Töne heraufbeschworen, die des Mädchens Sinne gelockt und geködert?"

„Franklins Erfindung," sagt' ich, „wie sein Blitzableiter — Erfindungen des höllischen Geistes?"

„Ihr werdet Sophist genug sein," fuhr der Reichsgraf fort, von neuem auf mich eindringend, „aus aller Verwickelung Euch ein Schlüsselloch offen zu halten, — Ihr seid ein Jesuit!"

Die ganze Masse seines Grimmes entlud sich in dem einen Worte. Ich begegnete seinem Zornausbruch mit der ganzen Kälte und Ruhe, die sich plötzlich meiner bemächtigte.

„Und wenn dem so wäre?" sagt' ich.

„Blindschleiche im Weinberge Roms!" rief der Reichsgraf mit ausgestrecktem Arm, während der Zorn in rother Lohe triumphirend in seinem Antlitz stand, „Euer Genosse und Sodale, der deutsche Bruder Burkhart, ist auf der Bamberger Grenze ergriffen und wurde verdächtig befunden mit seiner Aussage, aus dem reformirten Genf zu sein. Sah meinen Feldjägern auch gleich nicht aus, wie Gottes Wort nach Calvin's Texte! Ich reiste gestern hin und hab' ihn verhört. Wen find' ich? Meinen alten Bettelmönch von ehedem, der als Chemiker im Lande herum quacksalbern ging mit dem rothen Pulver und der weiland Augsburger Goldtinctur! Ist Vater Jesuit geworden und hat Euch zum Missionsbruder, mein Herr Graf von La Torre. Eure Güter, in den Händen des heiligen Amtes, sind den Jesuiten verschrieben, und Ihr, deren Werkzeug, ambuliret und vagabundiret in fremden Ländern herum, und sehet zu, wen Ihr verschlinget! Herr mein Gott, wenn ich bedenke, daß ich die Schlange selber hereinführte, um hier die Weiber zu beschwatzen, auf Captation schwacher Gemüther auszugehen und bei meiner Tochter den Seelenfänger zu machen! O Du mein alter Gott im Himmel! Muß mir das passiren!"

Der Mann schlug beide Hände über sein Antlitz und brach in einen Strom von Thränen aus. Ich hatte kaum noch Waffen gegen ihn. Das Mitgefühl mit der Erschütterung dieses im Wahn seines Argwohns blöde befangenen Mannes hielt das Gefühl der Beleidigung, das in mir aufwogte, nieder. Bestürzt und betroffen war ein Theil der Begleiter wieder in's Gemach getreten und stand an den Wänden herum; Niemand wußte den Bann, der auf uns Allen lag, zu lösen. Da trat Justine plötzlich zwischen uns, mit erhobenem Haupt, frei vom Schleier, mit flatterndem Haar, die Arme aus dem weißen Gewande nach uns streckend, eine Priesterin, die hier allein das Wort fand, das der Himmel zu sprechen hatte.

„Hört mich, Ihr Männer!" rief sie, „ich bin wach, ich träume nicht, ich schlafe nicht, ich übersehe Alles und Jedes, ich erkenne Euch bis in die geheimsten Falten Eurer Seele. Vater, laß ab von Deinem Zorn, der Himmel gebeut es. Ich gelobe mich hier, festen, wachen Sinnes, frei und ohne Zwang, dem Manne zu eigen, der hier als Ehrenverletzer falsch angeklagt vor mir steht. Kein böser Zauber hat mich verlockt, der Instinct der Liebe trieb meine traumwandelnde Seele zu ihm; ich erkläre ihn jetzt mit wachem Bewußtsein zu meinem Retter und Ritter. Kein böser Dämon hat mich bestrickt, mit dem Zauber seiner

Liebe und Milde hat er mich gewonnen; ich gelobe ihm hier vor Gott und Menschen Herz und Hand!"

Sie hatte ihre Rechte auf meine Brust gelegt, die Linke zum Himmel erhoben. So stand sie wie ein heiliger Bote mit der Verkündigung zur Lösung der Wirren unter uns.

Der Reichsgraf hatte beide Hände von seinem Antlitz sinken lassen, der Strom der Thränen war plötzlich versiegt, er starrte mit offenen Augen und Lippen die Tochter an, nicht begreifend, welch' neues Mysterium sich hier verkündete. Der Prinz, der in den Ballsaal getreten war, erschien noch einmal auf der Schwelle der Thür, um dann für immer zu verschwinden.

„Ist es möglich? Meine Tochter diesem Manne Wälschlands verfallen?" rief der Reichsgraf mit erneutem Schmerzausbruch.

„Vater!" sagte Justine, sich an sein Herz werfend, „rufe nicht, wo die innere Stimme der Wahrheit und des heiligsten Naturgefühls gesprochen hat, den Wahn der Vorurtheile und die Meinungen der Welt herein in diesen Streit! Meinem Retter aus den Banden unseliger Verlorenheit, dem Lichtbringer mitten in der Nacht meines Lebens, dem Arzt meiner Seele gelob' ich mich. Laß Dich, Vater, bei der verklärten Seele der abgeschiedenen Mutter beschwören!"

Im Reichsgrafen hatte der Zorn in der ganzen Härte des Ausdrucks wieder Raum gewonnen. Die Erinnerung an die Verstorbene mahnte ihn zugleich an den ganzen Streit seines Lebens; der Haß gegen Alles, was römisch und wälsch, stand wie eine Donnerwolke auf seiner drohenden Stirn. Er schüttelte die Tochter von sich und herrschte mich an: „Mein Herr Graf,“ sagte er, „Ihr werdet es begreiflich finden, wenn ich Euch, bis zum Ausgleich dieser Sache, für meinen Gefangenen erkläre.“

„Einen Ausgleich,“ entgegnete ich, „würde ich als ehrenhaft für Euch und mich nur darin finden, wenn Ihr mir unter vier Augen Rede ständet, und mir diejenige Genugthuung gewährtet, die Ihr dem Cavalier nicht versagen dürft.“

„Ich kann Euch nicht für ebenbürtig ansehen, Graf Latour,“ war die stolze Erwiederung, „Ihr seid der Gefangene meines Criminalgerichts!“

Die Begleitung um uns her war zahlreich genug, um mit Nachdruck den Häscherdienst zu versehen.

Der Prinz hatte sich uns gänzlich entzogen; er wollte hier weder Kläger noch Zeuge weiter sein. Andern Tages in der Frühe reiste er ab unter schriftlichem Abschied und der Erklärung, bei so bewandten Umständen die Hand der Comtesse nicht mehr erstreben zu können. Wie ich das Zimmer, das der Schauplatz der Begebenheit gewesen, unter Begleitung des Reichsgrafen und seiner Cavaliere verließ, hatte sich Justine mit dem ganzen Schmerz der Verzweiflung an mich geklammert; sie war nur mit Gewalt aus meinen Armen zu reißen.

Die Haft, die ich im Laufe der nächsten Tage und Wochen zu bestehen hatte, war um deswillen besonders ehrenwidrig, als man das Anerbieten meines Gelöbnisses, nicht ohne Wissen des Reichsgrafen den Platz zu verlassen, mit Härte, ja mit Hohn zurückwies. Ich schrieb dem Reichsgrafen wiederholt, machte ihm die bündigsten Zusicherungen als Mann von Ehre, als Bruder und Maurer; ich setzte meine Rechtfertigung auf, machte ihm die offensten Geständnisse über mein Leben und Treiben. Was er aus meiner Heimath durch seine Spione über mich einzog, schien bei seinem Argwohn alle meine Darlegungen, Betheurungen und Schwüre zu entkräften. Ich muß es ihm zum besondern Verbrechen machen, daß er mich weiter keines Zwiegesprächs, keiner persönlichen Unterredung gewürdigt.

In Justinens Seele war inzwischen eine vollständige Umwandlung vorgegangen. Sie hatte keine nächtlichen Anfechtungen wieder; der Nebel, der ihren Sinn umzogen, war gelichtet, der Schmerz der Ereignisse hatte sie gereift, der Traum hatte seine Irrungen, seine Wolkenbilder von ihr abgeschüttelt, ihr Geist war klar und seiner selbst mächtig geworden, sie schien auf dem ungewissen Meere ihrer krankhaften Anwandlungen festen Anker geworfen zu haben. Es entwickelte sich ein Heroismus in ihr, der die stärkste Willenskraft daran setzte, mir anzugehören, mich zu ertrotzen, meine und ihre Ehre, wie sie glaubte, zu retten. Sie machte wiederholt die verschiedensten Versuche, ihren festen Entschluß zu documentiren. Die Tante Erlaucht ward in's Complott, wie der Reichsgraf sagte, gezogen; Justinens Vorstellungen, ihre Thränen, ihre Beschwörungen, ihr Fußfall, selbst das Gelöbniß ihrer Demuth und ihres willigen Gehorsams in allen Dingen sonst, blieben ungenügend, den in sich vergrimmten Willen des Vaters zu beugen; das Schreckgespenst des römischen Proselytismus hielt ihn zurück, einen friedlichen Ausgang zu suchen, und so trieb die gewaltsame Entscheidung, die er heraufbeschwor, just zu dem Ziele, dem er vorzubeugen mit allen Mitteln bemüht gewesen. Sein bitterster und empörendster Ausfall war mit Hindeutung auf meine Vergangenheit, die er in Erfahrung gebracht, das Wort: Ich hätte mich ja schon einmal an einem Weibe, an einer Waldenserin, als Seelenwerber und Proselytenmacher bewährt! — Einer Zusammenführung mit Pater Burkhart ward ich enthoben, der gute Bruder hatte Mittel gefunden, aus seiner Haft zu entkommen. Nach einer Reihe von Verhören vor den Sachwaltern der reichsgräflichen Landesjustiz, nach wochenlangen Verhandlungen ward mir endlich — nicht eine Ehrenerklärung und Freisprechung, sondern das Urtheil angekündigt: unter Bedeckung und bei Androhung neuer Haft über die Grenze geschafft zu werden. Noch in derselben Nacht ward ich auf dem bischöflichen Gebiete ausgesetzt und freigegeben. Ueber diese Art, einen Ehrenhandel zu schlichten, empört: was blieb mir übrig, als die Zuflucht bei den Feinden des Mannes zu suchen, den ich so hochgeschätzt, und an dem sich nur die traurige Wahrheit bestätigte, daß auch ursprüngliche Tugenden des Geistes verwildern können. Die Briefe, die mir Justine geschrieben, was ich ihr selbst, wenn ich dessen noch bedurfte, zu meiner Rechtfertigung schriftlich gemeldet, aller Verkehr zwischen ihr und mir war vereitelt und hintertrieben, bis sie selbst in Person plötzlich vor mir erschien und sich in meine Arme flüchtete. Nicht zwei Tage war ich im Bamberger Lande, als es ihr gelang, sich der Beaufsichtigung, die, einer Haft gleich, ihr zu Theil geworden, mit Gewalt und List zu entziehen.

Nachts bei Nebel und Unwetter, zu Fuß, ohne Schutz und Hülfe, nur in Begleitung der Kammerfrau, die ihr Loos von dem ihrer Herrin nicht mehr trennen mochte, hatte sie auf Umwegen durch Gestrüpp und Wald die Grenze erreicht und mich aufgefunden.

Damit war ihr und mein Schicksal entschieden und festgestellt; ich war jetzt der erklärte Ritter und Retter Justinens, hatte kein anderes Gebot, als das Gefühl der Pflicht für sie. Ich ging auch jetzt noch offen zu Werke, um ein Friedensbündniß zum Ausgleich anzubieten. Fluch und Verwünschungen folgten, wo wir demüthig um Segen gefleht. Da gelobte sich Justine vor einem Altar der alten Kirche mir zum Weibe, und der alten Kirche selbst zum Mitglied; man hätte ihr das vielleicht zur Bedingung gemacht, wär' es nicht freiwillig ihre Entschließung gewesen. Sie glaubte, daß der Geist ihrer dahingegangenen Mutter freudig und segnend auf sie herabblicken würde, wenn sie mir und meiner Welt, meinen Gedanken und meinen Gefühlen ganz anzugehören, jenen Schritt vollzog.

Wir gingen nach Italien, wohin mich ohnedies alsbald meine Angelegenheiten riefen. Meine Güter, Schloß und Land meiner Ahnen, waren in den Händen der römischen Curie. Der Orden, der mich noch immer zu seinen Sodalen zählte, betrieb mit allem Eifer meine Einsprache gegen die Schenkungsacte, und man sagte, er habe noch nie in Rom einen Proceß verloren.

Die Geburt eines Sohnes gab uns neuen Anlaß, dem Reichsgrafen zur Versöhnung die Hand zu bieten. Um den Religionskrieg zwischen uns zu beenden, gelobten wir den Sohn Joseph dem alten Herrn und seinem Christenthum, boten ihn als ein Opfer, als ein Unterpfand des Friedens an. Kann eine Mutter mehr thun, als auf ihr Kind verzichten? Der Reichsgraf ging darauf ein, aber nur zögernd, nicht ohne Argwohn, nicht ohne Besorgniß vor Hinterlist und Tücke. Er erklärte, unsere Ehe als rechtmäßig anerkennen zu wollen, wenn es ihm, wie er schrieb, gelungen, den Knaben, als zu ihm und seiner Welt gehörig, als „richtigen evangelischen Christenmenschen" großgezogen zu haben. Wir übergaben ihm den Knaben. Er sperrte ihn fast hermetisch ab, hielt von dem einsamen Jagdhause alle Einflüsse von draußen fern, schien ihn fast zum Sonderling machen zu wollen. Das Experiment, in dem jungen Menschenwesen, katholischer Leute Kind, alle Gemüthsschwelgerei, die dem alten Herrn verdächtig, zu unterdrücken, hätte leicht mißlingen können. Und was sollte das Problem, selbst wenn es gelang, beweisen? Was wir sind, wurden wir nie aus uns selbst, sondern als die Summe dessen, was uns umgiebt. Darüber hat denn meines Weibes Herz verbluten müssen! Anfangs, in den ersten Jahren, wußte sie heimlich den Knaben zu sehen, ihrer mütterlichen Sehnsucht, trotz dem Verbot, Nahrung und Genugthuung zu verschaffen. Die geschärften Maßregeln des Gestrengen machten später die Besuche schwierig, unmöglich; — ihr letzter, gewaltsam ertrotzter, gab ihr den Tod; ich kam nur noch zu ihrem Leichenbegängniß, als man sie, ihrem letzten Wunsche gemäß, vorläufig fern von aller Kirche an der Waldecke in der Nähe des stillen Jagdhauses bei Belle Promesse bestattete.

— — —

Ich stand bald darauf an Eusebio's Sterbebette; fast wär' ich auch hier zu spät gekommen! Ein Eilbote hatte mich zu ihm nach Genua beschieden; ich betrat das Gemach des Sterbenden, um noch sein letztes Geständniß zu vernehmen, seinen letzten Angstruf: Dein Sohn Saverio lebt! Er hatte schon seine Beichte vollendet, empfing bereits die Sacramente, als ich an sein Lager trat, mich über ihn beugte, und in jenem seinem letzten Seufzer sein Vermächtniß empfing. Er hatte nicht sterben können, nicht vor Gott treten wollen, ohne den Lug und Trug einzugestehen, mit dessen Hülfe er mein Schicksal leiten und seinem Orden dienen, mein Haus sühnen, meine Rechte sichern und doch zugleich der Kirche einen Tribut zuwenden wollte. Von meinem Vater zu Rathe gezogen, hatte er den ursprünglichen Plan des Dominicaners, die Güter meines Hauses für ewige Zeiten der Kirche zu schenken, nur dadurch zu meinen Gunsten zu hintertreiben und umzugestalten gewußt, daß er die Schenkungsacte auf fünfundzwanzig Jahre billigte und der Sohn bis dahin dem Orden Jesu übergeben ward. Als Sodale der Gesellschaft, als Soldat Jesu Christi, hatte er nicht anders handeln zu können geglaubt, selbst Täuschung und Fälschung zugelassen. Allein Eusebio war auch Mensch, er war Maurer, er hatte mich geliebt; er konnte nicht sterben, ohne schließlich in dem Geständniß gegen mich eine Gewissenserleichterung zu finden. So denke ich mir, und in diesem Gedanken will ich ihn im Lande Jenseits selig glauben. Mit dem Document des Reichsgrafen in der Villa Speroni hatte es für Eusebio dieselbe Bewandniß; er hatte es zugelassen, daß die bindende Clausel eingefügt wurde, aber er hatte durch Verheimlichung des Schriftstücks verhindert, daß es zum Nachtheil des Ausstellers benutzt und mißbraucht werde. Daß Eusebio nicht immer in aufrichtigem Einverständniß mit dem General seines Ordens geblieben war, bewies die Bewachung seiner Papiere, sobald ihn sein Krankenlager fesselte. Man hatte den Provinzial nicht vor Gericht ziehen wollen, denn seine Verdienste waren groß, sein Ansehen weit verbreitet; allein man lauerte nur auf sein Hinscheiden, um über seine Papiere herfallen und über des Mannes vermeintliche Reservalien sich Aufschluß verschaffen zu können. Lorenzo Ricci, seit längerer Zeit schon wirklicher General der Gesellschaft, haßte Eusebio, weil er ihn fürchten mußte; er fürchtete ihn, weil ehren und hochachten nicht seine Sache war. Er hatte sogar — eine Ausnahmsregel sondergleichen, womit der General das Anrecht der eigenen souveränen Gerichtsbarkeit Lügen strafte, — dem heiligen Amt der Inquisition die Anweisung gegeben, auf des Mannes gefahrvolle und verfängliche Papiere und Briefe, diese Documente seiner Verbindungen mit Ketzern und Freimaurern, diese Belege verrätherischer Plane zu einer Kirchenreform, Beschlag zu legen, sobald derselbe sein Auge schloß, da sein Anhang im Orden zu gewaltig war, um ihn noch bei Lebzeiten vor ein Ordensgericht zu stellen. Wie ich aus Eusebio's Gemach trat, hingen bereits die Siegel des heiligen Amtes an den Thüren der Wohnung, die Diener der Inquisition standen lauernd, ihrer Beute gewärtig.

Ich eilte nach Santa Maria; meine Nachforschungen ließen keinen Zweifel übrig, welche Fälschung vorgenommen war, um Mormona's Sohn der Kirche zu erhalten. Der Hausmeier und seine Frau, deren todter Knabe, Saverio's Milchbruder, an seiner Statt in der Gruft beigesetzt wurde, waren längst nicht mehr unter den Lebenden, allein die Aussagen der Leute, die deren letzte Stunden miterlebt, gaben mir die Gewißheit vom Inhalt ihrer letzten Beichte. Beide hatten das Geständniß gemacht, zum frommen Betruge die Hand geboten zu haben, im eben so frommen Glauben, dem Himmel, d. h. der Kirche damit einen Dienst zu thun. Sie starben dann ruhig, denn ein Priester hat die Macht, Alles zu begütigen, im Namen Gottes zu verzeihen und auf jede Unbill, an noch lebenden Menschen verübt, das Siegel der Verschwiegenheit zu drücken.

Saverio sollte bis zu seiner Mündigkeit vom Orden Jesu erzogen und behütet werden, dann sein Schicksal und seinen freien Willen erhalten. Ob dann noch freier Wille in ihm? — Er lebt, aber wo und wie werde ich ihn finden? Ich will wandern und ihn suchen. — — — O arme, arme Menschenwelt, wie verlierst du dich, angeblich um Gott zu dienen, allerwegen in ein Gewebe von Unheil, in ein Gewirr selbstgeschaffener, mithin selbstverschuldeter Leiden!

Schlußwort.

Die Söhne des Grafen della Torre als Herausgeber dieser Papiere.

— So weit unseres theuren Vaters, des Grafen Giuseppe della Torre Rechtfertigungsschrift, Bekenntniß und Erzählung seiner Schicksale. Was hier daran fehlt, erlebten wir selbst bereits mit ihm. In Genf, in Südfrankreich, in Paris hatte er vergeblich Saverio gesucht; in Deutschland, in den Stürmen der Rosenkreuzerloge zu Nürnberg, fanden sich endlich Vater und Söhne. —

Leser dieser Zeilen, Kind einer spätern Zeit, Sohn und Genosse eines andern Geschlechts, — wenn Du, vielleicht nicht ohne mitbewegt zu sein, diese Blätter prüfest, diese Geständnisse nach dem Maße Deiner eigenen Erfahrungen und Erkenntniß abwägst: wirf in die Schaale, die hier über Recht und Unrecht entscheiden soll, keinen Stein des Grolls, findest Du, sei's hüben, sei's drüben, je nachdem Du selbst in Deiner Lebensstellung Partei nimmst, Irrthum mitten in der Wahrheit, Wahn unter die heiligsten Ueberzeugungen gemischt! Was ist Wahrheit? — An der Lösung dieser Frage arbeiten die gesammten Jahrhunderte; jedes Geschlecht hat sie von neuem sich zu stellen, sie mit seinem eigenen Thun und Denken, oft mit seinem Blut und Leben zu beantworten. Vielleicht ist, was wir Wahrheit nennen, — nichts als die ganze volle Summe aller unserer Irrthümer. Lassen wir uns genügen, wenn eine Menschenseele den Drang verräth, einzeln das Wahre vom Falschen zu sondern, die Erscheinungen der Welt ihrer Entstellungen, ihrer Selbsttäuschungen zu entkleiden. Oft ist die Schaale süß und der Kern ein herber! Ausgerungen aber sind die Kämpfe des menschlichen Geschlechts nicht, und wenn noch Millionen Herzen darüber verbluteten! Heilig sei uns nur und stehe fest, was die Edlen, wenn sie als Opfer ihres eigenen Strebens fallen, gewollt, ersehnt, mit dem Auge des besten Scharfsinns in der Ferne erzielt, oder mit der Sonde aufrichtiger Prüfung still im eigenen Herzen ahnungsvoll gefunden. Moses, der das gelobte Land vom Bergesgipfel nur in der Ferne sah, war nicht der Schlechtesten Einer! Und wer demüthig in sich geht und an sein Herz schlägt, ist nicht der Schlimmste.

Sohn eines späteren, vielleicht glücklicheren Zeitalters, der Du, ein Erbe des alten Jahrhunderts, hoffentlich leichtern Kaufes, Wahrheit und Irrthum scheiden lernst, lege diese Blätter, mit welchen zwei Söhne die Geschichte ihres Vaters und ihres Hauses veröffentlichen, unter den Acten und Documenten zur Geschichte jener Zeit in ein bescheidenes Fach, wo neben der Entwickelung der Völkerschicksale auch den heimlichen

Angelegenheiten des menschlichen Herzens, seinen stillen Freuden und seinen verschwiegenen Leiden, ein Plätzchen eingeräumt wird. Diese Familienschicksale lassen Dich hinter die Kulissen der Weltgeschichte von damals blicken. Sie helfen Dir im Kleinen die großen Actionen ergänzen, die Vorarbeiten begreifen, welche am Ende des vorigen Jahrhunderts den gesammten Umsturz unserer Gefühle und Meinungen, unserer Staaten und Religionen hervorriefen. Was die Freimaurerei jener Zeit gewollt hat, ist noch heute unverwirklicht geblieben. Was die neuen Rosenkreuzer erstrebt, hat sich mit jenem Saint Germain in eitel Charlatanerie verloren. Er selbst verschwand spurlos im Lande Holstein, in den Schlössern und Laboratorien eines deutschen Herzogs, der in seinem Schmelztiegel noch immer den Stein der Weisen zu suchen fortfuhr, als das Zeitalter diesen Stein der Weisen schon ganz wo anders, am Heerde der Revolution zu finden glaubte.

Wir lernten in diesen Familienpapieren jenen Räthselhaften zuerst, unter dem Namen eines Abbate Belmar, als ernsten Schwärmer kennen, bevor er, über sich und seine religiösen Anwandlungen nüchtern geworden, als Graf San Germano von der andauernden Begeisterung seiner Anhänger für sich Nutzen zu ziehen und Charlatan zu werden begann. Es ist sehr wohl glaublich, daß Einer als aufrichtiger Schwärmer beginnen kann, um als ein Gemisch von Schelm und Narr zu enden. Saint Germain hat *sich* zuerst getäuscht, bevor er die Welt täuschte. Das unterscheidet ihn von seinem Nachfolger Cagliostro, jenem Joseph Balsamo aus Palermo, der, schlechter

Streiche wegen aus einem Barfüßerkloster gewiesen, als Betrüger begann, um als Verbrecher zu enden, und niemals Schwärmer war, auch nicht als er in London Maurer ward und religiöse Sekten stiftete bis ihn in Mitau zuerst die deutsche Frau Elisa von der Recke entlarvte. Auch hat ihn nie die Hierarchie benutzt, nie eine kirchliche Körperschaft mit ihm Zusammenhang gepflogen. Als Großcophta hat er sich in ägyptische Mysterien hüllen wollen, bis ihn die Pariser Halsbandgeschichte als gemeinen Dieb erwies. Bei seiner ersten Reise nach Deutschland hat er Saint Germain in Holstein besucht und diesen seinen Lehrer in allen Künsten, in Behandlung der Metalle und Edelsteine, in Anfertigung von Schönheitsmitteln und Lebenstincturen ausgeforscht und ausgelernt, nur nicht in dessen ursprünglich aufrichtigem Drang, alle Kirchen und Sekten in einem einzigen Glauben, im Glauben eines alttestamentlichen Bibelthums, zu vereinigen. Cagliostro endete als Verbrecher in einem römischen Gefängniß, Saint Germain starb einen einfachen, ehrlichen Tod, verloren zwar und aufgegeben, aber doch von der Kirche wie vom weltlichen Regiment absichtlich geschont. Wie weit er im Dienste und in den Händen der römischen Propaganda gewesen, Männer und Parteien der Kirche ihn vielleicht nur duldeten, oder ihn für sich arbeiten ließen, ist noch unenträthselt geblieben und ruht als Geheimniß in den Archiven Roms. Gläubige drängten sich längst nicht mehr zu ihm; er hatte den Glauben an sich selbst verloren, nachdem die Welt aufgehört, sich von ihm hinreißen und täuschen zu lassen. Cagliostro war mehr Schelm als

Schwärmer, Saint Germain jedenfalls ein ehrlicherer Narr. Der Menschenfreund und Menschenkenner wolle Beide nicht verwechseln! Im Landgrafen Karl von Hessen, dem er tief verschuldet war, hat Saint Germain bis an seinen Tod (1795) einen getreuen Gönner gefunden. An seinem Grabe schließlich kniete nur ein jüdisches Weib, jene Carlotta, die ihm treu geblieben, nicht blos im Gefühl gleicher Verlassenheit und Verstoßung, sondern auch in der Sympathie gleichen Ursprungs. Sie war zum alten Glauben, zum Glauben ihrer Väter zurückgekehrt. Man wollte wissen, sie sei zu Hamburg in einem israelitischen Spital als pflichtgetreue Barmherzige Schwester und Krankenpflegerin hochbetagt gestorben.

Was der Orden, der in diesen Denkwürdigkeiten so manche Gestalt lieferte, kurz vor seiner Auflösung durch Papst Clemens Ganganelli mitten und zwischendurch in jenen Freimaurer- und Rosenkreuzerbestrebungen gewollt, ist eben so sehr gescheitert, als die Bestrebungen der Stifter geheimer, alle Welt umfassender Sekten. Auf Papst Benedict XIV, den wir in den Bekenntnissen des Grafen La Torre als milden guten Alten kennen gelernt, war Cardinal Rezzonico als Clemens XIII gefolgt, der dem Orden der Gesellschaft Jesu, wie wir's ebenfalls aus diesen Papieren wissen, vielfach geneigt und zugethan war, und doch dessen Verbannung aus Portugal, Frankreich und Spanien erleben mußte. — Der Theilnahme an des vierten Heinrich von Frankreich Ermordung hat man weder früher noch später die Väter Jesu überweisen können. Das Buch, worin der fanatische Jesuit Mariana den Königsmord weiland vertheidigte, haben sie selbst verurtheilen helfen. Sie geriethen bei den Höfen trotzdem in Mißcredit; man verdächtigte ihre Erziehung der Jugend, aber man beneidete weit mehr noch ihre commerciellen Unternehmungen. Es war am 3. September 1759, als sie auf Pombal's Betrieb in Portugal des Landes verwiesen wurden. Paraguay, ihr Stapelplatz jenseit des Meeres, war eine Republik geworden, in der sie unter nomineller Oberhoheit Spaniens thatsächlich unumschränkt herrschten. Ihre dortigen Waarenniederlagen und Handelscomptoire waren eine reiche Geldquelle geworden. Bei Gelegenheit eines Tauschvergleichs, durch den Spanien sieben Pfarrbezirke jenes Landes 1750 an Portugal abtrat, hatte sich zuerst die Widerstandsfähigkeit des Ordens gegen die politischen Autoritäten erwiesen. Die Eingebornen leisteten unter Anführung der Väter Jesu Widerstand gegen die portugiesischen Truppen. Die gerichtliche Untersuchung dieserhalb in Portugal war noch nicht beendet, als ein meuchlerischer Anfall auf den König Joseph, 1758, ihre Sache verschlimmerte. Pombal ließ ihre Mitwirkung als wahrscheinlich schildern, und Europa sah unter dem Jubel der Aufgeklärten und der Spötter ganze Schiffsladungen portugiesischer Schüler Loyola's am Gestade des Kirchenstaates aussetzen. Dieser ersten Niederlage folgte fünf Jahre darauf die zweite, die Niederlage des Ordens in Frankreich. Daß dort neben dem Minister Choiseul auch eine Pompadour gegen sie arbeitete, kann dem Orden kaum zur Last fallen. Daß der Neid der Staatsweisen, die in Handelssachen oft von ihm ausgestochen wurden, am lebhaftesten gegen ihn schürte, vermehrt noch nicht unmittelbar die Last der moralischen Vorwürfe, die ihn treffen. Frankreichs Politiker, seine Sophisten und Atheisten wußten die Aufhebung des Ordens als einer „lediglich politischen Gesellschaft" durchzusetzen. Spanien folgte dem „vortheilhaften" Beispiele drei Jahre später. Das Papstthum war in Gefahr, stand mit seinem Credit auf dem Spiele, wenn es der Welt kein Zugeständniß machte, kein Opfer fallen ließ. Die Höfe von Versailles, Madrid und Neapel waren der römischen Curie abgeneigt; die Republik Venedig wollte die sämmtlichen geistlichen Orden ohne Zuziehung des Papstes reformiren. Clemens Rezzonico hatte den Stand der Dinge verschlimmert. Als nun Clemens Ganganelli am 19. Mai 1769 nach langem Disput im Conclave erwählt ward, konnte: Ausgleich mit den Fürsten! die einzige Devise des Papstthums sein. Wie wir in den Blättern unserer Familiengeschichte den „braunen Professor" in Rom kennen gelernt, so war ihm, dünkt uns, schon zu jener Zeit die Aufhebung der Grünen Donnerstagsbulle: In coena Domini, welche die Ketzer verflucht, recht wohl zuzutrauen; Ganganelli hat sie wenigstens nicht mehr verlesen lassen. Den Orden Jesu aufzuheben, hat er sich lange geweigert; er bedurfte, so willfährig und geneigt er auch nach seiner Privatmeinung dazu war, thatsächlicher Beweggründe, schlagender, untrüglicher Beweise, um als Regent „den Schritt vor Gott und Nachwelt zu rechtfertigen." Endlich, nach mehrjährigen Verhandlungen, erfolgte 1773 am 21. Juli die Bulle: Dominus ac redemtor noster. Damit war der Welt ein Gefallen gethan; ein Orden war also doch so gut wie ein Individuum als sterblich erkannt. Man hatte freilich mehr erwartet, als man sich der Archive und Cassen der Collegien bemächtigte. Ob die bedeutendsten Geldsummen, die erschwerendsten Actenstücke, wie man glaubte, kurz zuvor beseitigt wurden, wissen wir nicht. Wir fürchten nur Eines, wir fürchten: der Geist des Jesuitismus sei in der Menschheit unsterblicher als der thatsächliche Bestand der Gesellschaft Jesu. Geldsummen und Actenstücke ließen sich beseitigen. Aber der Geist der Schüler Loyola's wird sich aus den leerstehenden Collegien und Profeßhäusern über die Welt verbreiten und umgehen auch ohne lange und kurze Robe. Es war damit wenig geschehen, daß man ihre Hörsäle schloß. Ihre Casuistik hat sich dann um so ausgedehnter in die Philosophieen aller Lehrstühle der Welt geflüchtet. Ihr Probabilismus beherrscht die Salons der Großen mit einem System von Grundsätzen und Lebensregeln, das der menschlichen Hinfälligkeit schmeichlerisch nachhilft. Ohne Reservalien, ohne heimliche Vorbehalte wird kein Mensch mehr dem anderen trauen; dann werden die politischen Jesuiten die Jesuiten der Collegien ersetzen. Die Jesuiten werden sich für ihre Aufhebung gerächt haben, wenn die ganze Welt Jesuit geworden sein wird. — Möchte nur ihrerseits die Maurerei ihr System der Bruderliebe, der Eintracht und Förderung alles ächten Menschenwohls unter jeder Hülle und Bekenntnißform, zum Eigenthum der Menschheit machen, thatsächlich und allgemein, dergestalt, daß es dazu eines Geheimdienstes der Logen nicht ferner bedarf! Es winken sich aller Orten, aller Zonen die Geister und reichen sich ungesehen, unerkannt die Hände; die Menschheit mit ihren Zwecken und Zielen wird sich selber offenbar, der Geist der Maurerei Allgemeingut der Menschheit werden. — Soviel zur Steuer der Wahrheit und zur Beruhigung des Erstaunens, sieht man in der Geschichte unseres Hauses auch edle Männer und Priester des Ordens Jesu auftreten.

Die Bulle: Dominus ac redemtor noster beendete auch den Conflict in der Geschichte des Hauses La Torre. Mit der Aufhebung des Ordens Jesu ward auch dessen Protest gegen die Verschreibung der Güter unserer Familie an die Kirche erledigt. Unser Vater Giuseppe della Torre verlor an dem Orden den Anwalt in seiner Sache; er mußte sie nun selber führen.

Er war lange Zeit zu diesem Behuf in Rom. Der vierzehnte Clemens wollte ihm wohl, auch als Papst und Regent; allein er wollte einen Orden, ob er ihn schon aufgehoben und unschädlich gemacht, doch nicht blosstellen. Er untersagte also jede Einsicht in die Acten der Archive. Um jedoch unseren Vater zu begütigen, seinen weitern Nachforschungen und Anklagen ein Ziel zu setzen, ließ Clemens Ganganelli kraft päpstlicher Vollmacht das Testament des alten Grafen La Torre als von krankhaftem Gelüst eingegeben anzweifeln, die Bedingungen und Clauseln darin, wonach Einer des Hauses, entweder der Gatte oder der Sohn Mormona's, der Kirche sich widmen müsse, als unzulässig und widerrechtlich verwerfen. Der Opfer waren ja auch schon genug gefallen! Die Schenkungsacte hob sich damit von selber auf. Wir zogen ein in Santa Maria, Vater und Söhne, als unangefochtene Besitzer des alten Erbes, ungeschmählert, unbehelligt, ohne Bann und Buße, ohne weitere Kränkung und Verfolgung, — aber ach, wie arm und gebrochen, um Todte trauernd, die uns der blöde Wahn der Menschen entrissen!

Auf die Erbfolge in dem deutschen Reichsland, der gefürsteten Grafschaft Hohen——-Schwarzenfels, hat der Sohn der deutschen Ehe des Grafen Giuseppe La Torre als Enkel des Reichsgrafen Justus Erich keine Ansprüche erheben wollen. Prinz Emil, von der katholischen Linie, trat die Regierung über das meist protestantische Land an, unterschrieb jedoch, ohne überzutreten, den Ständen als Bedingung das Gelöbniß, keinem Mitglied eines fremden Ordens auf deutschem Boden Spielraum zu gestatten. Volk und Land befanden sich wohl, bis freilich der politische Sturm von Frankreich her Alles wieder in Frage stellte. Weder Oesterreich, noch Preußen waren diesem Sturm gewachsen und es gab längst kein Deutschland mehr.

Ende.

Milton Keynes UK
Ingram Content Group UK Ltd.
UKHW041823141223
434388UK00003B/89

9 783752 541519